SUSANA FORTES

Im Zeichen der Madonna

SUSANA FORTES

IM ZEICHEN DER MADONNA

Roman

Aus dem Spanischen
von K. Schatzhauser

LIMES

Die Originalausgabe erschien 2007 unter dem Titel
»Quattrocento« bei Editorial Planeta,
S. A., Barcelona

Verlagsgruppe Random House FSC-DEU-0100
Das für dieses Buch verwendete FSC-zertifizierte Papier *Munken Premium*
liefert Arctic Paper Munkedals AB, Schweden.

1. Auflage

Satz: Uhl + Massopust, Aalen
Druck und Bindung: GGP Media GmbH, Pößneck
Printed in Gemany
ISBN: 978-3-8090-2562-7

www.limes-verlag.de

Für César Portela,
den bedeutenden Architekten und Erbauer
der eindrucksvollen Loggia des Café Carabela

Tam multae scelerum facies!
Wie viele Gesichter hat doch das Verbrechen!
VERGIL

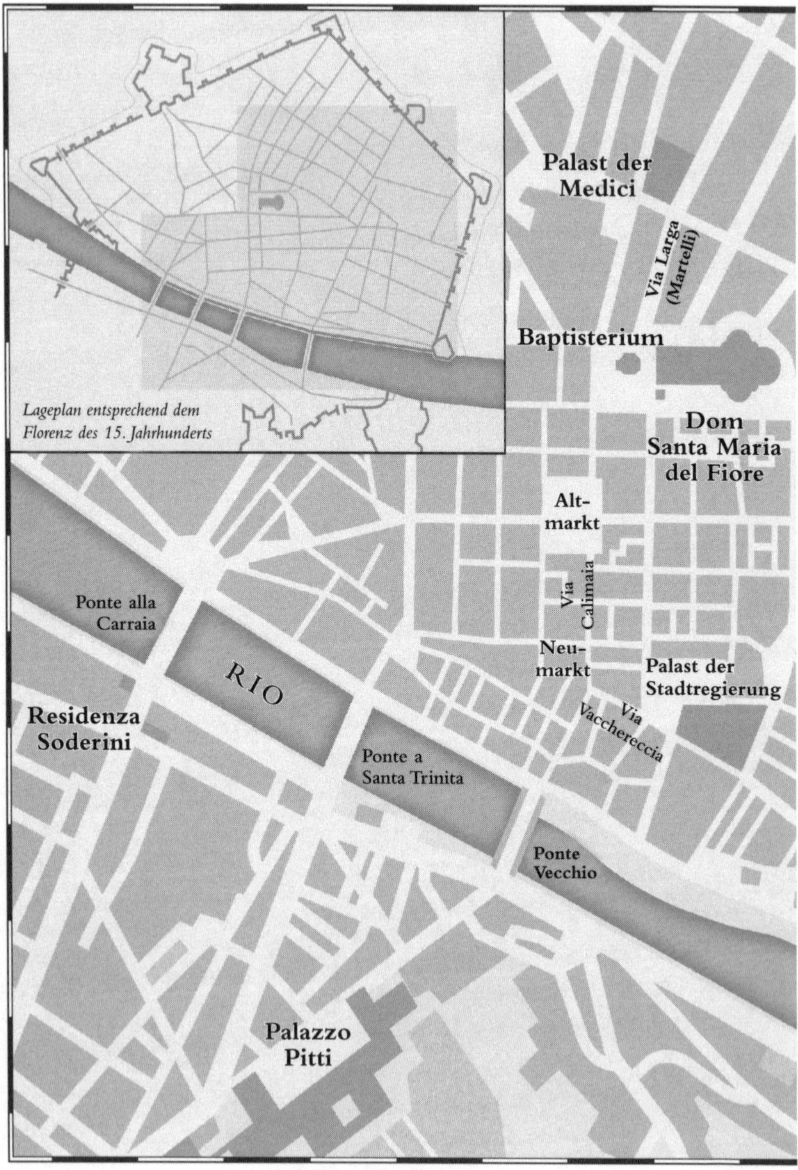

Lageplan entsprechend dem
Florenz des 15. Jahrhunderts
Palast der
Medici
Via Larga
(Martelli)
Baptisterium
Dom
Santa Maria
del Fiore
Alt-
markt
Via
Calimaia
Neu-
markt
Palast der
Stadtregierung
Via
Vacchereccia
Ponte alla
Carraia
RIO
Residenza
Soderini
Ponte a
Santa Trinita
Ponte
Vecchio
Palazzo
Pitti

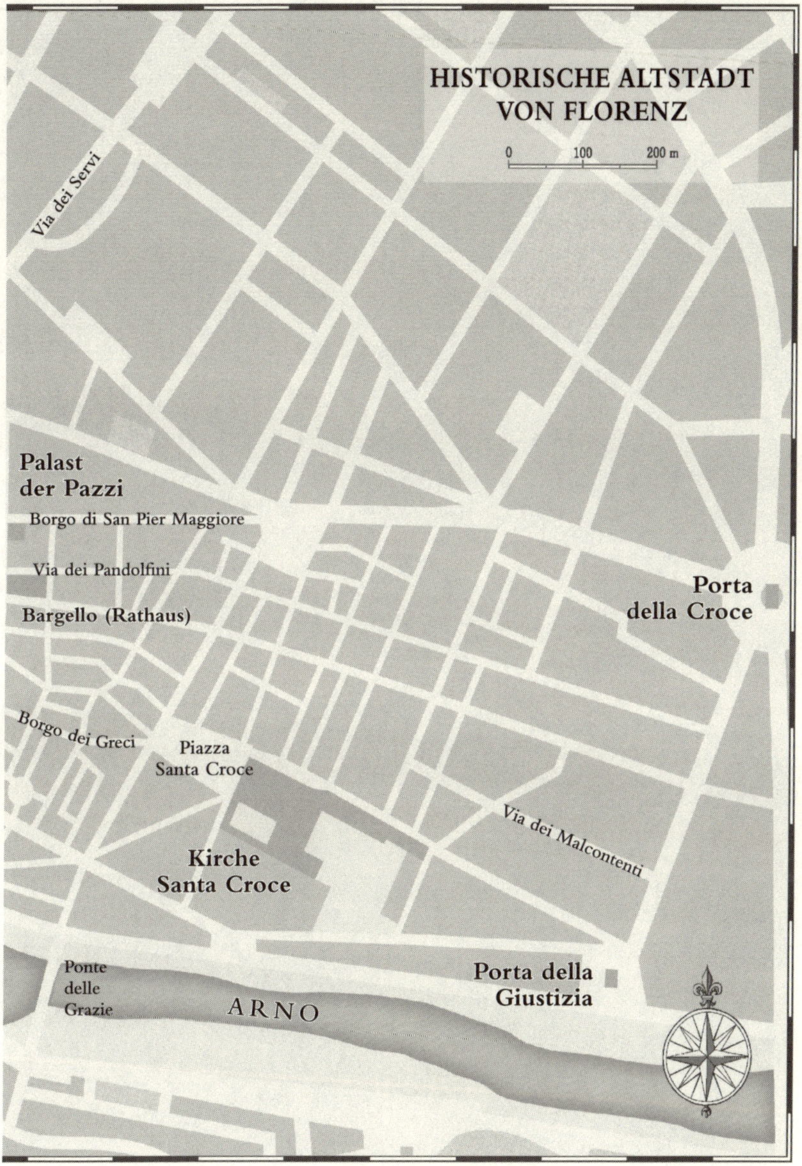
HISTORISCHE ALTSTADT
VON FLORENZ
0
100
200 m
Via dei Servi
Palast
der Pazzi
Borgo di San Pier Maggiore
Via dei Pandolfini
Bargello (Rathaus)
Porta
della Croce
Borgo dei Greci
Piazza
Santa Croce
Via dei Malcontenti
Kirche
Santa Croce
Ponte
delle
Grazie
ARNO
Porta della
Giustizia

Am 26. April 1478, es war der fünfte Sonntag nach Ostern, stand die Geschichte der italienischen Renaissance, wenn nicht gar die ganz Europas, auf des Messers Schneide. Vor dem Hauptaltar des Doms Santa Maria del Fiore waren die Vertreter der so erlauchten wie zerstrittenen ersten Familien von Florenz versammelt, an ihrer Spitze unangefochten Lorenzo de' Medici mit dem Beinamen der Prächtige, der die Zügel der Stadtrepublik fest in der Hand hielt. Als der Priester auf dem Höhepunkt der Messe den geweihten Kelch zur Wandlung emporhob, zückten Verschwörer die unter ihrem Umhang verborgenen Dolche und stürzten sich auf die Brüder Medici und deren Gefolgsleute.

Dieser als Pazzi-Verschwörung *bekanntgewordene Vorfall blieb den Florentinern wegen seiner Abscheulichkeit und Gewalttätigkeit über viele Generationen hinweg im Gedächtnis.*

Eine ganze Anzahl bedeutender Renaissancekünstler wie Botticelli, Verrocchio und Leonardo da Vinci hat die Erinnerung an diese Ereignisse in Bildern voll verborgener symbolträchtiger Hinweise am Leben erhalten. Doch keinem war es gelungen, der Wirklichkeit jenes Blutsonntags so nahe zu kommen wie dem Maler Pierpaolo Masoni.

1

Bei polizeilichen Ermittlungen in Mordfällen gehört die Arbeit mit dem Phantombild des Täters zu den wichtigsten Aufgaben. Allerdings wird die Sache schwierig, wenn das Verbrechen volle fünfhundert Jahre zurückliegt,

Auch wenn man ein Gemälde aus der Zeit der Renaissance nicht unbedingt als Beweismittel ansehen kann, vermag es uns dennoch manches über die Lebensumstände des Künstlers zu sagen, der es geschaffen hat. Damit ist nicht ausschließlich das gemeint, was das Gemälde in seiner Eigenschaft als Kunstwerk zeigt, sondern auch eine weitere Dimension seiner Oberfläche mit ihren übereinanderliegenden Schichten aus Farbpigmenten, die imstande sind, uns die Geschichte eines Werks auf ganz ähnliche Weise zu erzählen, wie wir den Jahresringen eines Baumes entnehmen können, was im Laufe seiner Existenz vorgefallen ist. Bisweilen verdeutlicht ein gerader oder ein verwischter Pinselstrich das Wesen eines Malers, und mitunter finden sich sogar seine Fingerabdrücke. Nach Ansicht mancher Wissenschaftler enthalten Gemälde auch den genetischen Code ihres Schöpfers in Gestalt mikroskopisch kleiner Spuren von Speichel oder Blut. Allerdings dürfte es angesichts der Unsicherheit der den Kunsthistorikern verfügbaren Mittel einstweilen besser sein, sich damit nicht näher zu beschäftigen.

Ein Sechsmonatsstipendium der Rucellai-Stiftung, das ich der Vermittlung des Rektorats der Universität meiner nordspanischen Heimatstadt Santiago de Compostela verdankte, gab mir die Möglichkeit, in Florenz meine kunsthistorische Doktorarbeit über den unter dem Spitznamen *Il Lupetto* bekanntgewordenen Maler Pierpaolo Masoni zu schreiben. Als er, einer der begabtesten und rätselhaftesten Künstler des 15. Jahrhunderts, im Jahre 1478 infolge eines Unfalls mit knapp dreiunddreißig Jahren das Augenlicht verlor, hatte er glücklicherweise im Auftrag der Medici bereits einige bedeutende Werke geschaffen, darunter das umstrittene Gemälde *Madonna im Schnee*. Überdies hat er den Kunstliebhabern mit einer Reihe äußerst wertvoller handschriftlicher Dokumente Einblick in seine Gedankenwelt hinterlassen. Kaum hatte ich begonnen, mich mit diesen in einem Regal im ersten Stock des Staatsarchivs von Florenz aufbewahrten Heften zu beschäftigen, als ich den Eindruck gewann, eher die Arbeit einer Detektivin auszuführen als die einer Erforscherin der Renaissance.

Zu Beginn meines Aufenthalts war ich von Florenz tief enttäuscht. Es kam mir vor, als habe man die Stadt einfach ihrem Schicksal überlassen. Überquellende Mülleimer und der ununterbrochene Lärm von Autohupen und Sirenen ließen keinen Gedanken an ihre Vergangenheit als Königin der Renaissance aufkommen. Nach und nach aber gewöhnte ich mich an die Stadt, und ich lernte, den Touristenhorden aus dem Weg zu gehen, die zu allen Stunden des Tages die schmalen Altstadtgassen bevölkerten. Das Straßenbild wechselte je nach der Tageszeit: Frühmorgens ließen Scharen von Angestellten, die mit der Aktentasche das Haus verließen, eine erstickende Duftwolke von Aftershave hinter sich, Kinder mit Schals und Benetton-Mützen eilten zur Schule. Später tauchten Beamte und Mönche auf, Japaner fotografierten sich gegenseitig auf den Knien von Donatellos *Holofernes* sitzend, frisch verheiratete Paare küssten sich auf dem Ponte Vecchio, Motorroller knatterten an Straßencafés vorüber, und wenn sich der Abend zu senken begann, boten Hundertschaften dunkelhäutiger junger Männer auf der Piazza della Repubblica Armreifen und Uhren zu sechs Euro das Stück feil, wobei sie ständig von einem Fuß auf den anderen traten, um der Kälte zu trotzen.

Inmitten der Menschenmenge, die allmorgendlich die Straßen anfüllte, trieb auch ich dahin. Eine Besucherin auf Zeit mit einem Koffer voller Bücher und einigen persönlichen Problemen, die ich unbedingt vergessen musste.

Die wichtigste Technik für jemanden, der in einer Welt überleben muss, deren Verhaltensnormen er nicht kennt, ist die Tarnung. Für mich aber gab es, wann immer das Gefühl der Fremdheit unerträglich wurde, ein unfehlbares Mittel, die Wirklichkeit vor meinen Augen zu verwandeln. Ob ich auf meinem Weg zum Staatsarchiv an der Haltestelle der Linie 22 wartete oder im Café *Rivoire* an der Piazza della Signoria einen Cappuccino trank und dabei zum Fenster hinaussah, erstand vor mir schon nach wenigen Sekunden ohne die geringste Anstrengung das Straßenbild, das Florenz im 15. Jahrhundert mit seinem Menschengewimmel geboten hatte. Wie in einem Kostümfilm wandelten vor meinen Augen Adlige und Priester, öffentliche Schreiber, Barbiere, Kupferstecher, Bildhauer und Kaufleute dahin.

Wenn Abstand gewinnen den Schmerz der Seele lindert, gilt das in ganz besonderem Maße für den Abstand, den uns eine Zeitreise ermöglicht. So beschloss ich, mich in meiner Renaissance-Festung zu verschanzen und Nachrichten aus einer anderen Welt den Zutritt dorthin zu verweigern, in welcher Gestalt auch immer sie kommen mochten, ob als Anrufe über das Mobiltelefon, als Briefe oder sonst wie. So fühlte ich mich an den kalten Abenden des toskanischen Winters, die meinen Kopf mit Träumen erfüllten, bei einer Tasse Cappuccino sicher.

Auch wenn ich gleichsam ohne jedes eigene Zutun nach Florenz gelangt war, gewann ich rasch den Eindruck, eine ohne mein Wissen von langer Hand vorbereitete Verabredung mit der Stadt gehabt zu haben. Mit dreihundert Euro in der Tasche war ich an einem Wintertag, an dem es wie aus Eimern schüttete, dort eingetroffen, die Kapuze meines Anoraks bis unmittelbar über die Augen hinabgezogen. Die Scheibenwischer des Taxis, das mich vom Flughafen zu meiner, ebenfalls vom Rektorat in Santiago vermittelten, Wohnung in der Via della Scala brachte, wurden des Wasservorhangs auf der Windschutzscheibe nicht Herr, so dass ich von dem Stadtviertel hinter der Kirche Santa Maria Novella mit ihren bröckelnden Fassaden, den engen Innenhöfen und den Madonnen in ihren Mauernischen so gut wie nichts zu sehen bekam. Die Stadt schien dem Regen auf Gedeih und Verderb ausgeliefert. Zu jenem Zeitpunkt wäre ich nie und nimmer auf den Gedanken gekommen, es könne sich um einen Ort voller geheimer Gänge handeln, die Vergangenheit und Gegenwart auf beunruhigende Weise miteinander verbanden. Das entdeckte ich erst später, als mich die Macht der Strömung bereits so weit mitgerissen hatte, dass es für eine Umkehr zu spät war.

Inzwischen hatte mich jene Welt so tief in sich aufgesogen, dass mir auf den Straßen, an denen im Mittelalter die Angehörigen der Zünfte ihrer Tätigkeit nachgingen, schon beim bloßen Vorüberfahren einer Kutsche mit Touristen der unverwechselbare Geruch zertretener Pferdeäpfel in die Nase stieg. Aus der ganz in der Nähe gelegenen Via Ghibellina, in der sich zur Zeit der Renaissance die *botteghe* genannten Künstlerwerkstätten mit ihren gewölbten Dächern und den Torbögen über den Eingängen befunden hatten, drang zusammen mit dem Staub hallendes Hämmern und der Geruch nach körperlicher Arbeit zu mir, der sich mit dem von Firnis und Lösungsmitteln vermischte, bis mich das bläuliche Zucken einer Schweißbrennerflamme aus meinen Träumen riss und in die Wirklichkeit zurückholte.

Draußen vor den Fenstern des Archivgebäudes spiegelte sich gelegentlich das Licht der Verkehrsampeln auf den Platanen am Viale della Giovine Italia. Ich konzentrierte alle geistigen Kräfte auf meine Forschungsarbeit und gab mir, da ich der Ansicht war, solange nicht alle Fakten vorlagen, sei die Interpretation der Ergebnisse ausschließlich meine Sache, die größte Mühe, damit weiterzukommen. Auch wenn ich mit der Möglichkeit rechnete, dass angesichts der damaligen Masse von Künstlern in Florenz dieser oder jener seinen niederen Instinkten erlegen sein könnte, wäre ich nicht im Traum auf den Gedanken gekommen, dass ich im festlichen Bild der Renaissance, das sich vor mir entfaltete, auf Gestalten wie aus der Schreckenskammer von Madame Tussaud's Wachsfigurenkabinett stoßen würde.

Bei dieser unerwarteten Wendung, die meine Arbeit mit einem Mal nahm, kam der Entdeckung einer ganz besonderen Quelle eine entscheidende Rolle zu. Damit meine ich Pierpaolo Masonis Skizzenbücher, in denen er neben den Entwürfen seiner Zeichnungen auch in schriftlicher Form alles festhielt, was er um sich herum wahrnahm. Es waren insgesamt neun Hefte, die über viele Jahre hinweg unentdeckt in den Kellerräumen des Staatsarchivs geschlummert hatten und zu denen mir das Geschick meines Doktorvaters Professor Rossi bei den Verhandlungen mit den Verwaltungsstellen des nationalen Kunst- und Kulturerbes schließlich Zugang verschaffte.

Bei diesen Heften handelte es sich nicht um großformatige Skizzenblöcke, sondern um Büchlein im Taschenformat von der Art, die der Italiener *quadernini* nennt, kaum größer als ein

Kartenspiel. Den Velineinband hielt ein Verschluss mit einem kleinen Hölzchen in einer Lederschlaufe zusammen, ähnlich den Knebeln an meinem irischen Dufflecoat, der jetzt auf einem Kleiderbügel in der Garderobe am Eingang zum Lesesaal hing. Allmorgendlich hatte sich der Maler ein solches Büchlein an den Gürtel gebunden, bevor er hinaus auf die Straße trat, um aufmerksam alles zu verzeichnen, was um ihn herum vorging – etwa so, wie heutzutage ein Fernsehreporter, die Kamera auf der Schulter, mit staubbedeckten Stiefeln durch den Schutt zerbombter Städte streift und seine Beobachtungen in einem schweißfeuchten Notizblock festhält, den er dann wieder in die Gesäßtasche seiner Hose steckt.

Ich stellte mir vor, wie *Il Lupetto*, mit lässiger Bewegung den Umhang über die linke Schulter geworfen, lautlos wie der Hund, der ihn auf Schritt und Tritt begleitete, vorbei an den verschlossenen Türen durch die gepflasterten Arkaden zog, hier und da unter einem Portal stehen blieb, um mit grimmiger Miene über die Dachvorsprünge ragende Wasserspeier zu zeichnen oder von der Höhe der Mauern herab die Stadt mit dem aufmerksamen Blick eines Insektenforschers zu betrachten, der das Treiben auf einem Ameisenhaufen studiert.

Diese Hingabe an die Beobachtung der Welt um ihn herum ist das eigentlich Bemerkenswerte an Masonis Aufzeichnungen. Damit hat er nicht nur einige Maler seiner eigenen Generation beeinflusst, sondern auch jüngere, so zum Beispiel Leonardo da Vinci, der erst vierzehn Jahre alt war, als sie einander in der *bottega* des Andrea Verrocchio kennenlernten, und schon bald sein glühender Bewunderer wurde. »Die Bewegung eines Niesens festhalten, die Dichte eines Blutstropfens, in den Gesichtsausdruck von Menschen eindringen, bis man sich ihre Ermattung, ihren Ehrgeiz oder ihre Lüsternheit vorstellen kann...

Vertiefungen im Gaumen eines Hundes beschreiben.« Das musste das wahre Wesen dieses Künstlers ausmachen, überlegte ich – ein Mensch, der imstande war, seine forschende Hand in den Rachen eines wilden Tieres zu stecken, wenn es sein musste.

Neben solchen Gedanken fanden sich in den Heften des Malers auch Kochrezepte, Haushaltsabrechnungen, Einkaufslisten, Adressen und sogar Bruchstücke von Gedichten, in denen Masoni den Dämonen, die ihn peinigten, freien Lauf ließ. In anderen Notizen verdichtete sich die Wirklichkeit seines Alltags zur Wucht eines Keulenhiebs, wie beispielsweise am 26. April des Jahres 1478, wenige Stunden, bevor er auf immer im Reich der Finsternis verschwand.

Es war der letzte Aprilsonntag. Noch waren alle von der frommen Ergriffenheit des Auferstehungsfestes erfüllt. Während ich mich in die archivierten Schriften vertiefte, sah ich die zitternden Sonnenstrahlen in der stillen Luft über dem Platz vor mir und fühlte mich von Schwindel erfasst, als stünde ich an einem Beobachtungspunkt auf der Stadtmauer: das vollkommene Blau des Himmels, die in eindrucksvoller Majestät im Sonnenlicht leuchtende Kuppel des Doms Santa Maria del Fiore, die Stimmen der Menschen, die kurz vor der Mittagszeit in der Via Martelli zusammenströmten, um zur Messe zu gehen. Es gab nicht den geringsten Hinweis darauf, dass es schon bald, und zwar auf dem erhabenen Höhepunkt der Messfeier, während der Priester vor dem Hauptaltar des Doms den Kelch hob, zu einem Gemetzel kommen würde, in dessen Verlauf Blut und zuckende Eingeweide das Kirchenschiff erfüllten.

Obwohl die Ränder in Masonis Notizheften nur sehr schmal sind, sind auf ihnen hier und da mit dunklerer Tinte und in einer gedrängten Schrift Sätze notiert. Immer wieder sah ich mir alle Seiten aufmerksam an und versuchte, mir keine noch so kleine Einzelheit entgehen zu lassen, die meine Untersuchung voranzubringen vermochte: ein leichtes Zittern, eine sich senkende Zeile, ein nicht zu Ende gebrachter Satz, irgendwelche Veränderungen, auch wenn sie auf den ersten Blick unbedeutend erscheinen mochten. Je mehr sich die Beschreibungen von *Il Lupetto* mit der Wirklichkeit des Todes beschäftigten, desto lebendiger wirkten sie. Wegen des Dämmerlichts im Dom, bei dem man sich wie in einer Grotte fühlte, bekam man die Vorgänge nur bruchstückhaft und verzerrt mit, wie Lichtbrechungen auf den Splittern eines zerbrochenen Spiegels. So nahm auch ich sie wahr, während ich, unsicher, was mich erwartete, las, was auf den vergilbten Blättern stand: Ich sah den Lichtkreis der mächtigen Kerzen vor mir, das Gesicht eines Mannes in einem Seitenschiff, der so starr blickte, als wären ihm angesichts eines entsetzlichen Ereignisses die Augen aus dem Kopf getreten, bevor sie im Tode brachen; ich hörte keuchende Atemzüge, das flüchtige Aufsetzen von Füßen entsetzt zurückweichender Menschen … Im lärmenden Durcheinander trat hinter einem Beichtstuhl ein Mönch hervor, dessen untere Gesichtshälfte ein gelbes Tuch wie eine Halbmaske bedeckte. Unterhalb der aufgerollten Ärmel seiner schwarzwollenen Kutte waren die Arme voller Blut, wie die eines Metzgers.

Inzwischen hatte sich das Innere des Doms in ein Inferno verwandelt. Schreie ertönten, und die Füße derer, die in wilder Panik in alle Richtungen davonstürzten, schienen das Gotteshaus in seinen Grundfesten erbeben zu lassen. So ungeheuer war das Chaos, dass einige der Anwesenden fürchteten, die von Brunelleschi erbaute Kuppel werde über ihnen zusammenstürzen. Alle flohen, von entsetzlicher Angst ergriffen: Domherren, die ihre langen Gewänder bis auf Taillenhöhe rafften, Räte der Stadtrepublik, fremde Gesandte, gewöhnliche Gottesdienstbesucher aus dem Volk, ob Männer, Frauen oder Kinder. Später sagte jemand mit Bezug auf jenen Tag, das Blut der Florentiner sei nicht rot, sondern schwarz, und ein rechtschaffener Mensch müsse sich beim Anblick gewisser Dinge die Augen ausreißen.

Je mehr ich mich in die Lektüre vor mir vertiefte, desto mehr verstärkte sich eine noch undeutliche Empfindung, die über mein akademisches Interesse an dem Gegenstand meiner Dissertation hinausging. Es war ein sonderbares Gemisch aus Abscheu und Verlockung, das meine Neugier anstachelte. Masonis Aufzeichnungen zufolge hatte die Nachricht vom Attentat, das der Familie des Lorenzo de Medici galt, die Luft mit dem Schwefelgeruch eines Gewitters erfüllt. Bevor es wie ein Strafgericht über der Stadt niederging, würden die ihm vorauseilenden Windstöße schon bald die Sonnensegel und Fahnen mit sich reißen und die Gassen mit dem Lärm eines Hexensabbats erfüllen. Obwohl mir diese wegen der Rolle, welche die Familie Pazzi dabei gespielt hatte, als Pazzi-Verschwörung bezeichneten Vorfälle keineswegs unbekannt waren, muss ich zugeben, dass mir die Fülle der abstoßenden Einzelheiten dennoch den Magen umdrehte:

Allem Anschein nach hatten sich einige der Verschwörer dazu hinreißen lassen, den Getöteten mit den Zähnen das Fleisch von den Knochen zu reißen. Ich hätte nicht sagen können, ob es sich dabei um ein makabres Ritual handelte oder ob diese Handlungsweise auf einen unbändigen Rachedurst zurückging. Flüchtig kam mir der Gedanke, religiöse Gründe könnten dabei eine Rolle gespielt haben. Es musste ja nicht unbedingt eine Art wirklicher oder symbolischer Kannibalismus wie bei der Eucharistiefeier gewesen sein, in deren Verlauf der Gläubige in Verbindung mit Christi Leib und Blut tritt, doch läge da eine mögliche Erklärung. Wie ließe sich sonst verstehen, dass jemand mit der Hand in einen zerstückelten Leichnam fährt und ihm, wie es in einer der von Masoni gesammelten Aussagen eines Augenzeugen heißt: »... das Herz herauszerrte, es in Stücke riss (...), sich eins davon in den Mund steckte und hineinbiss. Bei diesem Anblick wandte ich mich ab und floh ...«

Während ich mir eine mögliche Erklärung für all das zurechtzulegen versuchte, jagten sich die Gedanken in meinem Kopf. Was ich dann aber las, verblüffte mich noch mehr und verursachte mir so starken Ekel, dass ich mir unwillkürlich die Hand vor den Mund legte.

Ich hob den Kopf und sah zum Ende des Saales hin, als müsste ich mich vergewissern, dass ich unter dem Schutz dieses Wissenstempels stand und dort in Sicherheit war. Nicht mehr als vier oder fünf Personen arbeiteten an ihren Tischen, und einen Augenblick lang fragte ich mich, welches Ausmaß an Schändlichkeit jeder einzelne dieser gebildeten Forscher unter der äußeren Hülle verbergen mochte, und welche Bestialität in meinem eigenen Inneren mich für ein solches Gemetzel begeistern könnte.

Danach senkte ich den Blick, um den Absatz noch einmal zu lesen. Ohne dem, was dort stand, wirklich Glauben zu schenken, strich ich nervös mit den Fingerspitzen über die abgenutzten Ränder der Pergamentblätter, die auf der geneigten Platte des Manuskripthalters vor mir lagen. Ich spürte etwas wie den Stachel eines Skorpions in Höhe meines Zwerchfells. Eine innere Stimme riet mir, kein weiteres Wort davon zu lesen und das Heft sofort zu schließen, doch habe ich solchen Mahnungen meines Gewissens noch nie Folge geleistet.

Zwar erregten die drastischen Beschreibungen meinen Abscheu, doch zugleich entwickelte die Vorstellungskraft in den Windungen meines Gehirns ein Eigenleben und setzte mir unaufhörlich zu. Ich wusste sehr wohl, dass wissenschaftliche Arbeit Distanz und die Anwendung einer strikten Methode erfordert, doch sosehr ich mich um beides bemühte, es gelang mir nicht, die Vorstellung davon, was sich an jenen Tagen in den Straßen von Florenz abgespielt haben musste, aus meinem Kopf zu verscheuchen: Hufschlag auf dem Pflaster; Leichen, die man Pferden an die Mähne gebunden hatte; die Klagelaute von Menschen, die sich schwer verletzt auf dem Boden wälzten; das Flackern einer Fackel in einer nächtlichen Gasse nahe der Piazza del Governo; vor Entsetzen hervorgequollene Augen zwischen verfilzten schwarzen Haarsträhnen; Fetzen von schlaffem weißlichem Fleisch, das man mit Lanzen über Hauseingängen angeheftet hatte – und der fürchterliche Gestank. Vor allem der Gestank … So tief war ich in meine Gedankenwelt versunken, dass ich nicht einmal die Schritte des Saaldieners Torriani hörte, der durch den Mittelgang zwischen den Tischreihen an meinen Platz gekommen war. Auch sein leises Fingerschnalzen hörte ich nicht, mit dem er meine Aufmerksamkeit auf sich zu lenken versuchte, ohne die anderen Benutzer des Lesesaals zu stören. Seine Anwesenheit wurde mir erst in dem Augenblick bewusst, als sich eine Hand schwer auf meine linke Schulter legte, wobei ich so erschreckt hochfuhr, dass ich beinahe rücklings mitsamt meinem Stuhl umgefallen wäre. Ich sah ihn an, als nähme ich ihn zum ersten Mal wahr: seine langen weißen Haare, die er quer über den Kopf gekämmt hatte, um seine Glatze zu verbergen, die Hände, die abgearbeitet waren wie die eines Bauern. Obwohl er schon viele Jahre in Florenz lebte, hatte er nach wie vor die umgängliche Art der Bergbewohner aus Kalabrien und deren rosig-gesunde Gesichtsfarbe, die scharf vom Grau seines Arbeitskittels abstach.

»*Signorina* Sotomayor«, flüsterte er, sichtlich erstaunt über meine schreckhafte Reaktion. »Geht es Ihnen nicht gut?«

»Doch, doch«, gab ich zurück, während ich meinen zu Boden gefallenen Druckbleistift aufhob. »Ich habe mich nur erschreckt«, stotterte ich, wobei ich ihm beruhigend zulächelte.

»Sie sind immer viel zu lange hier drin. Junge Leute wie Sie gehören an die frische Luft und nicht zwischen diese vier Wände, wo man nichts als Plunder und Papiere aus alten Zeiten aufbewahrt.«

Sehnsüchtig dachte ich an die Vorhaltungen, die mir meine Mutter zu machen pflegte, wenn ich eine Weile zu Hause war. Eigentlich war es gar nicht so schlecht, wenn sich von Zeit zu Zeit jemand um mich sorgte. Ich sah ihn dankbar an, bevor ich ihn nach dem Grund seines unvermuteten Auftauchens fragte.

»Draußen ist ein Herr, der mit Ihnen sprechen will«, gab er zur Antwort.

Siedend heiß fiel mir ein, was ich vergessen hatte, und ich hob mechanisch das Handgelenk vor die Augen, um prüfend auf die Uhr zu sehen. Es war halb zwei. Fast hätte ich mich vor die Stirn geschlagen – mir war vollständig entfallen, dass mein Doktorvater, Professor Rossi, gesagt hatte, er werde mich am Staatsarchiv abholen und mit mir beim Mittagessen über den Stand meiner Arbeit sprechen.

So rasch ich konnte, ordnete ich meine Unterlagen, heftete meine Notizen in den Ordner und steckte ihn zusammen mit dem Schreibblock in den Rucksack. Bevor ich die Tischlampe ausschaltete, warf ich einen letzten Blick auf Masonis Notizheft. Auf den rechten Rand eines Blattes mit der anatomischen Studie von Eingeweiden und der Entwurfsskizze für den Kopf eines Wolfshundes hatte er einen seiner Aphorismen gekrakelt. Das waren meist rätselhafte oder doppelsinnige Sätze, wie er sie so liebte: »Es werden Gestalten von menschlichem Aussehen erscheinen, so riesig wie Giganten. Doch je näher man ihnen kommt, desto mehr schrumpft ihre gewaltige Größe.« Flüchtig überlegte ich, was das bedeuten mochte, doch da keine Zeit zu verlieren war, klappte ich das Heft zu, schob den hölzernen Knebel in seine Schlaufe und übergab es Herrn Torriani, damit dieser es unter den in jenem Gebäude aufbewahrten Tausenden von Schriften zur Geschichte der Stadt Florenz wieder an seinen Platz stellte.

2

Mit der Hand die Augen schirmend, als blendete ihn das Licht, ließ der Junge, dem das gelockte Haar in die hohe Stirn fiel, den Blick staunend am Dom emporwandern. Die größte Kuppel der Welt! Noch nie hatte er Vergleichbares gesehen. Die Mittagssonne ließ die neuen Ziegel in einem leuchtenden Rot erstrahlen. Das war für jeden ein gewaltiges Schauspiel, um wie viel mehr dann für einen Fünfzehnjährigen aus den Bergen der Umgebung, dessen Horizont bislang die gezackten Felsen um Monsummano herum begrenzt hatten. Fast hätte er vergessen, dass er abgesehen von einigen gekochten Zwiebeln an diesem Tag noch nichts Warmes gegessen hatte.

So tief war er in den Anblick versunken, dass er das mit Kies beladene Maultierfuhrwerk nicht wahrnahm, das die Straße entlangkam.

»Bei den Schlappen des heiligen Benedikt, bei der Jungfrau Maria und allen Teufeln!«, dröhnte eine Stimme von der Höhe des Fuhrwerks herab. »Steh doch nicht im Weg rum, *facchino*!«

Der Junge spürte, wie die Erde unter seinen Füßen bebte, und sprang zur Seite, während der Kies vom schräg nach hinten gekippten Boden des Karrens hinabglitt und eine Wolke von Staub aufwirbelte, der ihn heftig husten ließ. Am anderen Ende der Straße sah eine Anzahl von Gaffern zu, wie Arbeiter den Kies sogleich in einen Graben schaufelten. Offenbar entstanden dort Fundamente für ein großes Bauwerk. Ein Stück weiter hob ein Flaschenzug einen Steinblock von der Größe eines Obelisken vom Boden.

Zwar war der Vater des Jungen schon vor einigen Jahren als Angehöriger der Fußtruppen im Kampf gegen die Heere Pisas getötet worden, doch kam sich dieser nach den barschen Worten des Fuhrmanns zum ersten Mal wirklich allein vor. Ziellos lief er hin und her, benommen von dem Eindruck, dem Entstehen von etwas völlig Neuem beizuwohnen. Unruhig suchte er in seiner Gürteltasche, bis er ein Stück Quarz von der Größe einer Bohne gefunden hatte. Mit geschlossenen Augen ließ er zärtlich die Finger darübergleiten, als berührte er einen Talisman, und warf es dann in den mit Kalk und Kies gefüllten Graben, gleichsam als Opfergabe für seinen Wunsch, die große Stadt Florenz möge ihm Glück bringen. Mit ihren über vierzigtausend Einwohnern war sie für ihn nicht einfach eine Stadt, sondern eine ganze Welt.

Dieses von einer gewaltigen Ringmauer umschlossene und durch zwölf bei Dunkelheit von großen Pechfackeln erhellte Tore beschützte Gemeinwesen galt als das lebendigste von ganz Europa. Wenn nachts der Wind durch die Flammen der Fackeln fuhr, wuchsen die Schatten der Bauern ins Riesenhafte, die auf dem Heimweg von ihren Feldern den Handkarren voll Brennholz hinter sich herzogen. Innerhalb der Mauern von Florenz erhoben sich dreiundzwanzig Paläste, gab es über dreißig Banken, Hunderte von Werkstätten sowie Dutzende von Pfarrkirchen, Abteien und Klöstern. All das überragte der eindrucksvolle Turm des Regierungspalastes. Voll Bewunderung sah der Junge auf die Fahnen der verschiedenen Zünfte, die über den Plätzen wehten, und die rotgoldenen Sonnensegel vor einigen der Gebäude.

Neben etwas Wäsche und Kleingeld, mit dem er etwa eine Woche lang würde auskommen können, enthielt das Bündelchen, das er bei sich trug, eine mit einem roten Band umschlossene Papierrolle. Es war eine Mitteilung an Meister Verrocchio, mit dem seine Mutter von ferne verwandt war. Sie hatte den Brief einem Schreiber diktiert, weil sie hoffte, Verrocchio werde sich des Jungen annehmen, hieß es doch, seine *bottega* gehöre zu denen in Florenz, die die meisten Aufträge erhielten. Die Mutter bat, der Gevatter möge den Jungen mit den Grundlagen seiner Kunst vertraut machen, wofür dieser dem Meister zur Hand gehen werde: Holz hacken, Wasser holen, Fußböden putzen oder Botengänge erledigen – denn *was meinem Sohn an Jahren fehlt, macht er an Kraft und Geschicklichkeit mehr als wett.*

Während der Junge die Stadt in alle Richtungen durchschritt, versuchte er so zu tun, als kenne er sich dort aus. Von Norden nach Süden und von Osten nach Westen brauchte man auf geradem Weg mindestens zwanzig Minuten, wenn man kräftig ausschritt. Er, der stolz darauf war, sich in den dichtesten Wäldern nicht zu verirren, fand sich in dem Labyrinth aus Straßen und Gassen nicht zurecht. Als er begriff, dass er sein Ziel auf sich allein gestellt keinesfalls erreichen würde, entschloss er sich, einen Handwerker, den er auf einem großen Platz vor einem mit Zinnen bekrönten Palast sah, nach Meister Verrocchios *bottega* zu fragen. Dem Fries über dem von zwei Löwen flankierten Portal und der Höhe des Turmes nach zu urteilen, konnte es sich bei dem Gebäude nur um den Sitz der Stadtregierung handeln.

Der untersetzte Mann, dem die abgetragene Lederkapuze bis hinab auf die Schultern reichte, sah den Jungen erstaunt an. Er nahm einen Arm aus seinem fadenscheinigen gamsfarbenen Umhang und wies in die Richtung, in die er gehen sollte, wobei er ihn zugleich mit einem Wortschwall bedachte, von dem der Junge so gut wie nichts verstand.

Seine Verwirrung nahm noch zu, als mit einem Mal unter

dem Geläut von Glöckchen ein Trupp Reiter auftauchte. Wie benommen sah er zum ersten Mal mit eigenen Augen Lorenzo de' Medici, der den Beinamen ›der Prächtige‹ trug und über den er schon von klein auf viel gehört hatte. Niemand außer ihm konnte ein solches Gefolge haben. Als der Reiter, aufrecht im Sattel sitzend, elegant und meisterlich in die Mitte des Platzes trabte, belohnten ihn die dort versammelten Zuschauer mit lautem Beifall. Der Junge sah ihn genauer an. Über dem vorspringenden Kinn saß eine schmale Nase, und träumerisch wirkende Brauen überwölbten die schwarzen Augen, die sicherlich zornig blitzen konnten. Wo auch immer er vorüberkam, seufzten Frauen jeden Alters und Standes voll Sehnsucht. Das schwarze Haar fiel ihm bis unter die Wangen und sah von der Seite wie die Flügel eines Kormorans aus. Auch wenn man ihn nicht unbedingt als gut aussehend bezeichnen konnte, musste man ihn wegen der Macht und Würde, die er ausstrahlte, bewundern. Er trug einen herrlichen, mit Hermelin gefütterten Brokatumhang, und die Schabracke seines Pferdes war so reich verziert, dass sie einen Altar hätte schmücken können. Die Männer seines Gefolges wirkten wie der Hofstaat eines regierenden Fürsten: sie waren karmesinrot gekleidet, und auf den Sätteln ihrer Pferde lagen Decken aus Damast. Die mit Gold- und Silberblumen bestickten weißen Wimpel, die von den Lanzen der Schildknappen flatterten, wirkten zusammen mit deren kurzen Umhängen wie das Geschwirr von tausend Flügeln in der Luft. Noch nie im Leben hatte der Junge auch nur von ferne Ähnliches gesehen. Das Bild, das sich ihm darbot, versetzte ihn in eine sonderbar angespannte und zugleich geheimnisvolle Stimmung.

Als der Aufsehen erregende Trupp vorbeigezogen war, trat der Junge in eine enge Gasse, von der aus er in eine Straße mit zahlreichen Läden von Tuchhändlern gelangte. Bald darauf sah er, ganz wie es ihm der Mann beschrieben hatte, den Palast des Stadtvogts. In der Straße, an die er stieß, musste, wenn er alles richtig verstanden hatte, Meister Verrocchios *bottega* liegen – unweit der fensterlosen Mauern des als *carceri delle Stinche* bekannten und allgemein gefürchteten Gefängnisses der Republik Florenz.

Nach kaum zwanzig Schritten blieb der Junge vor einem offenen Torbogen stehen, der den Blick auf eine niedrige gewölbte Decke freigab. Was er da sah, kam ihm eher wie ein Hühnerhof als wie die Werkstatt eines Künstlers vor. Zwischen Gerätschaften aller Art und einer in einem Nebenraum stehenden Anzahl verschiedenster Marmor- und Terrakottaskulpturen tummelte sich eine ganze Schar Federvieh, das sich dort ausgesprochen wohl zu fühlen schien. Ihm widerstrebte dieser Anblick. Auf dem Lande war man überzeugt, dass auf Hühnern wie Hähnen ein Fluch laste, hatte doch ein solcher Vogel den Anstoß gegeben, dass Petrus den Herrn Jesus dreimal verleugnete. Doch diesem Aberglauben zum Trotz war dem Jungen bewusst, dass sich die Bedeutung einer Künstlerwerkstatt auch an der Zahl der Hühner ablesen ließ, die es dort gab, denn bei der Temperamalerei diente der Dotter frisch gelegter Eier als Bindemittel für die Farben. Nach der Anzahl der Hühner zu urteilen, die er vor sich sah, könnte er es nirgends besser treffen als dort. Vorsichtig wagte er sich weiter vor, dorthin, wo sich, dem Gehämmer und dem Zischen der Blasebälge nach zu urteilen, der Arbeitsbereich befand. Während er unter der gewölbten Decke der Einfahrt hindurchschritt, sah er zu seiner großen Befriedigung links von sich außer einer großen Truhe, die der Aufbewahrung von Getreide diente, mehrere Bündel Brennholz, einen großen Krug mit Öl und drei Weinfässer.

»Meister!«, rief er mehrere Male ängstlich, ohne eine Antwort zu bekommen. Er überlegte, dass womöglich der Arbeitslärm seine Stimme übertönte, doch aus Sorge, für einen Dieb gehalten zu werden, wagte er nicht weiterzugehen. Daher blieb er stehen und bewunderte eine Totenmaske aus Alabaster. So sehr hatte er sich in ihren Anblick versenkt, dass er stumm vor Schreck zusammenfuhr, als sich mit einem Mal vor ihm ein mannshohes Standbild zu bewegen begann.

Die Augen des Jungen traten hervor, als hätte er ein Gespenst vor sich. Dieser Eindruck verstärkte sich noch, als das mit Gips bedeckte Wesen, dessen Augen lebendig funkelten, bis auf zwei Handbreit an ihn herantrat und dicht vor seinem Gesicht ein wahres Löwengebrüll ausstieß. Die Angst des Jungen hätte nicht größer sein können, wenn es der leibhaftige Teufel gewesen wäre. Er bekreuzigte sich dreimal und wich so rasch zurück, dass er nicht nur die Hühner aufscheuchte, sondern zuletzt neben einem Terrakotta-Cupido auf sein Hinterteil fiel, worauf rings um ihn her spöttisches Gelächter ertönte.

Noch während er gedemütigt am Boden saß, wischte sich der Auferstandene mit einem nassen Tuch über das Gesicht, woraufhin seine Züge erkennbar wurden.

»Das ist nur Marmorstaub, Junge«, sagte er und hielt ihm eine kräftige Hand hin, um ihn aus seiner Lage zu befreien. Der Mann war hochgewachsen und breitschultrig und wirkte trotz seiner Arbeitskleidung würdevoll.

»Meister Verrocchio!«, stieß der Junge erleichtert aufatmend hervor, worauf er sich tief verbeugte. »Meiner Treu, Euer Aussehen hat mich irregeleitet.«

»Ich fürchte, du irrst nach wie vor, Junge. Der Meister ist nicht in der Stadt.«

»Wer seid Ihr dann?«, fragte er, ohne seine Bestürzung zu verbergen.

Dem Mann gefiel die Natürlichkeit des Bauernjungen, der wie ein kleiner Engel aussah, seiner Sprechweise nach aber aus den Bergen der näheren Umgebung stammen musste. Er überlegte, ob er ihm nicht als Modell für den David dienen konnte, der für den Stadtpalast der Medici in Auftrag gegeben worden war.

»Sagen wir, dass ich heute dein Schutzengel bin. Dreh dich um«, gebot er.

Der Junge gehorchte wortlos und drehte sich schwerfällig auf dem Absatz um.

»Nun, er mag nicht die Eleganz eines Botticelli-Engels haben«, sagte der Mann mit leisem Spott zu der fröhlichen Runde, die sich um den Jungen versammelt hatte, »aber wenn man ihm dies und jenes beibringt, mag er es wohl können.«

»Was können, Herr?«, fragte der Junge verständnislos.

»Mach ein fröhliches Gesicht. Du wirst dich in den König David verwandeln. Dafür wirst du zumindest ein paar Monate lang jeden Tag warm zu essen haben. Wie ist dein Name? Du wirst ja wohl einen haben.«

»Luca, Herr«, gab der Junge zur Antwort, setzte den rechten Fuß vor und hob, während er sich anmutig verbeugte, den Saum seines langen groben Hemdes, das ihm bis über die Stiefel fiel, leicht an, was die anderen erneut mit Lachen quittierten.

»Pierpaolo Masoni«, stellte sich der Mann seinerseits mit volltönender Stimme feierlich vor: »Tafelbild- und Freskenmaler, Kräutersammler und Hersteller von Theatermasken«, fügte er hinzu, wobei er, den Jungen nachahmend, mit dem Hut in der Hand eine so tiefe Verbeugung vollführte, als stünde ein Feldherr vor seinem Fürsten.

Daraufhin fuhr sich Luca mit der typischen verwirrten Handbewegung von Menschen an die Stirn, denen plötzlich einfällt, dass sie etwas äußerst Wichtiges vergessen haben. Sogleich begann er eifrig in seinem Bündel herumzukramen, bis er die Papierrolle mit dem roten Band gefunden hatte, die ihm als Beglaubigung dienen sollte. Er hielt sie dem Mann hin, der sich so unvermittelt als sein Wohltäter erwiesen hatte, neigte den Kopf und sagte feierlich: »Luca di Credi, Herr, zu Euren Diensten.«

3

Professor Giulio Rossi hatte ich fast drei Jahre zuvor in der Universität von Santiago de Compostela, an der mein Vater einen Lehrstuhl für Rechtsgeschichte innehatte, bei einem Kongress über die Sacra Rota Romana kennengelernt, das Berufungsgericht der Kurie zur Entscheidung kirchlicher Rechtsstreitigkeiten. Ein bei diesem Kongress von Professor Rossi unter dem Titel *Chiesa e potere nella Toscana del Quattrocento* gehaltener Vortrag über das Verhältnis von Kirche und weltlicher Macht im fünfzehnten Jahrhundert hatte in der Fakultät für kanonisches Recht großes Missfallen hervorgerufen. Mein Vater hatte ihn zum Abendessen in unser Haus eingeladen, vielleicht, weil ihm dessen unverhohlene antiklerikale Haltung gefallen hatte, und daraus war eine Art freundschaftliche Beziehung entstanden. Rossi selbst hatte angeregt, ich könne mein Studium der Kunstgeschichte in Florenz beenden, und sich als Doktorvater angeboten. Es war keineswegs alltäglich, dass man in einer solchen Situation zum Essen eingeladen wurde, doch vermutlich ging diese Vorzugsbehandlung darauf zurück, dass er inzwischen vom Tod meines Vaters erfahren hatte.

»Ana! Ich habe angenehme Neuigkeiten für Sie«, rief er mir statt einer Begrüßung aus der Vorhalle entgegen, als er mich durch die Tür treten sah, und schwenkte einen weißen Umschlag.

Er verstand es, dafür zu sorgen, dass ich gute Laune hatte. Professor Rossi gehörte zu den Männern, die auch in vorgerückten Jahren noch jung wirken. Ich vermutete, dass er mehr oder weniger so alt war wie mein Vater. Wie er dastand, machte er einen leicht ungelenken Eindruck, wie das bei sehr hochgewachsenen Männern oft der Fall ist, die nie so recht zu wissen scheinen, wohin mit ihren Beinen. Doch auf mich wirkte diese Ungeschicklichkeit seiner Bewegungen zusammen mit einer gewissen Befangenheit angenehm. Er sah nicht im Geringsten italienisch aus, eher wie ein Angelsachse oder ein Nordeuropäer, vor allem wegen seiner hellen Augenfarbe und der an den Schläfen stark ergrauten dunkelblonden Haare, die er links scheitelte. Offenbar war ihm sein Aussehen wichtig, denn er ließ sich das Haar unübersehbar mit dem Messer schneiden. Er ähnelte ein wenig dem Schauspieler Peter O'Toole, der im Film *Der Löwe im Winter* König Heinrich II. von England spielt.

»Was ist das?«, fragte ich, bemüht, meine Neugier nicht zu deutlich zu zeigen.

»Man hat uns endlich geantwortet, Ana«, sagte er, während er mit triumphierendem Lächeln auf mich zutrat, um mich zu begrüßen. Ich knöpfte meinen Dufflecoat bis oben hin zu und vergrub die Hände tief in den Taschen.

Seine Begeisterung war durchaus berechtigt. Schon seit über zwei Monaten hatten wir alles Mögliche versucht, um eins der wenigen noch existierenden Gemälde Pierpaolo Masonis sehen zu dürfen, nämlich die *Madonna im Schnee*, das sich zurzeit in der Restauratorenwerkstatt der Uffizien befand. Offensichtlich dachten die zuständigen Stellen weder daran, es zu restaurieren, noch es in der Galerie der Öffentlichkeit zu zeigen. Es war eine der in der italienischen Museumsszene so häufigen Situationen, bei denen tief verwurzelte Rivalitäten und gegenseitiges Misstrauen dafür sorgen, dass nichts vorangeht.

Die schon lange schwelenden Querelen waren in jüngster

Zeit neu aufgeflammt. Kaum hatte die Leitung der Uffizien angekündigt, sie werde das Bild demnächst reinigen und restaurieren lassen, hatte sich unter Anführung von Monsignore Domenico Gautier, der an der Spitze der Vatikanischen Archive stand, ein ganzer Chor von Proteststimmen erhoben, unterstützt von sämtlichen katholischen Bibliotheken und Kathedralarchiven in ganz Europa. Professor Rossis Worten zufolge bildeten sie eine mächtigere Interessenvertretung als die Lobby der Rüstungskonzerne. Das von Monsignore Gautier vorgebrachte Hauptargument lautete, das Bild sei zu empfindlich, so dass bei einer Restaurierung insbesondere die Feinheiten der Farbgebung und die Nuancen der Schatten leiden würden. Er beschuldigte deren Befürworter, mehr aus kommerziellem Interesse als nach künstlerischen Kriterien zu handeln. Die Reinigung eines Tafelbildes aus früheren Zeiten, erklärte er, sei ebenso fragwürdig wie eine Hautstraffung bei einem achtzigjährigen Menschen.

Jedenfalls hatte diese zwischen Befürwortern und Gegnern des Vorhabens ausgetragene Fehde dafür gesorgt, dass das Bild seit mehreren Jahren von einem Tuch verhüllt wie ein todgeweihter Kranker in den Werkstätten der Uffizien verborgen blieb, wo es sich auch jetzt noch befand.

Auf unserem Weg zum Restaurant teilte mir Professor Rossi in aller Kürze mit, der Leiter der Uffizien habe sich überraschend bereit erklärt, uns eine Sondergenehmigung für den Besuch der Restauratorenwerkstatt auszustellen. Es war die beste Nachricht, die ich seit langem bekommen hatte. Wie immer, wenn das Schicksal mir genau das in den Schoß fallen lässt, was ich mir gewünscht habe, erfasste mich ein Hochgefühl.

Der Geruch nach heißen Maroni erfüllte die kalte Winterluft in der zu dieser Stunde nahezu verlassen daliegenden Via

Ghibellina. Außer einigen Angestellten, die verspätet von der Arbeit zurückkehrten, sah man nur noch eine Gruppe *Hare-Krishna*-Jünger, die ihre kahlrasierten Schädel der kalten Februarluft aussetzten und die Glöckchen ihrer einsamen Herde schwangen. Professor Rossi, der die Kavalierstugenden der alten Schule pflegte, die so manche Feministin auf die Palme bringen, machte sich erbötig, meinen Rucksack zu tragen. Auch wenn ich nicht zu diesen Frauen gehöre, nahm ich sein liebenswürdiges Angebot nicht an. Studenten, die an der Ecke des Bargello gegen Silvio Berlusconi gerichtete Flugblätter verteilten, hatten den Jackenkragen bis zum Kinn hochgeschlagen, um sich vor dem vom Arno herüberwehenden eiskalten Wind zu schützen, und bemühten sich durch heftiges Aufstampfen mit den Füßen, die Kälte zu vertreiben.

Die Gebäude auf der anderen Straßenseite boten mit ihren geschwärzten Mauern und zerbröckelnden Portalen einen trübseligen Anblick. »Achten Sie auf das Haus da drüben«, sagte Professor Rossi und wies auf eine Autowerkstatt mit gewölbtem Dach. »Höchstwahrscheinlich war dort die Werkstatt Verrocchios, als Masoni als Mitarbeiter bei ihm eintrat.«

Ich sah in die angegebene Richtung und versuchte in der Ziegelmauer den alten Torbogen zu entdecken, den *Il Lupetto* in seinen Heften beschrieben hatte. Auch wenn es mir nicht gelang, eine Beziehung zwischen der einstigen *bottega* und der Autowerkstatt herzustellen, in der Männer in orangefarbenen Overalls unter Leuchtstoffröhren arbeiteten, hatte ich nicht den geringsten Zweifel daran, dass Pierpaolo Masoni Hunderte von Malen gemeinsam mit anderen Künstlern durch diese Straße gegangen war. Es waren Männer, die unter dem Schutz der Medici oder auch dem von deren Feinden standen, die offen oder heimlich gegen diese arbeiteten, Mörder und deren Anstifter, Leute die einen Stein warfen und dann die Hand versteckten, mit der sie es getan hatten. Seit ich begonnen hatte, die Eintragungen in Masonis Heften zu entziffern, brachte ich es nicht mehr fertig, die widerlichen Einzelheiten jenes Gemetzels aus meinem Kopf zu verdrängen.

»Ich frage mich …«, sagte ich und zögerte, weil ich nicht recht wusste, wie ich formulieren sollte, was mich beschäftigte.

»Ja?«

»Könnte es Ihrer Ansicht nach eine rituelle Bedeutung haben, bestimmte Teile des menschlichen Körpers zu verzehren?«, brachte ich schließlich heraus.

»Vermutlich sprechen Sie von satanischen Riten«, gab er zur Antwort und sog die Luft scharf ein. Meine Frage schien ihn nicht sonderlich zu überraschen.

»Das fällt einem als Erstes ein, auch wenn das Zerfetzen menschlicher Leiber zur christlichen Überlieferung passt, die stets das Märtyrertum gepriesen hat. Immerhin war das Flagellantentum in fast allen religiösen Bruderschaften des 15. Jahrhunderts gang und gäbe. Eine große Zahl von deren Mitgliedern kam öffentlich zusammen, um sich bei diesen Ritualen bis aufs Blut zu geißeln. Auch hat es immer Einzelne gegeben, die nur allzu gern bereit waren, im Gedenken an das Leiden Christi und der Blutzeugen andere Menschen zu martern …« Er blieb einen Augenblick stehen und sah mich an. »Es wundert mich überhaupt nicht, dass Sie bei der Beschäftigung mit der Pazzi-Verschwörung auf eine solche Episode gestoßen sind. Wann immer religiöses Gedankengut wie in diesem Fall dafür gesorgt hat, die Vorstellung von der Kasteiung des Fleisches mit der Grausamkeit der Politik zu verschmelzen, ist es mit Sicherheit zu barbarischen Akten gekommen.«

»Aber vom Standpunkt der Religion aus gesehen waren die

Märtyrer doch wohl eher Helden als gefolterte Verbrecher oder durch einen Racheakt ermordete Familienangehörige«, wandte ich ein.

»Gewiss«, gab er zurück. »Das sollten Sie bei Ihrer Arbeit auch durchaus berücksichtigen. Es darf aber nicht übersehen werden, dass in jener Epoche religiöse Vorstellungen die gesamte Kultur durchdrungen haben.«

Wenn fromme Menschen bereit waren, sich selbst und den Angehörigen ihrer Bruderschaften körperliche Schmerzen zuzufügen, überlegte ich, um wie viel eher mochten sie bereit sein, so etwas Menschen anzutun, die sie als ihre Feinde ansahen? Eins allerdings war mir bei den von Masoni beschriebenen Gräueln ganz und gar unverständlich: Die Verschwörer waren über die Gliedmaßen ihrer eigenen Leute hergefallen! Wenn sie schon menschliche Leiber mit ihren Zähnen zerfetzten, wieso dann nicht die von Angehörigen der Gegenseite? Es erschien mir irrsinnig.

Womöglich hatte das eine symbolische Bedeutung, die weit über den bloßen Augenschein hinausging. Es mochte sozusagen als Beweis für eine bis ins höchste Extrem gesteigerte innere Beteiligung gelten. Wie ließ sich beispielsweise verstehen, dass sich ein Mann, unmittelbar bevor ihm der Strang die Luft abwürgte, noch seinem Gefährten zuwandte, der neben ihm am Galgen hing, und ihm, sei es aus Verzweiflung oder aus welchem Antrieb auch immer, mit den Zähnen die linke Brustwarze vollständig herausriss? Es lag auf der Hand, dass es mir bei solchen Fragestellungen alles andere als leichtfallen würde, zu Ergebnissen zu kommen.

Das von Professor Rossi vorgesehene Restaurant befand sich im Erdgeschoss eines der Stadtpaläste aus dem 15. Jahrhundert.

Der behaglich eingerichtete Raum mit Spiegeln an den Wänden und Kopien von Renaissancegemälden wirkte anheimelnd. Gleich nach unserem Eintreten bedauerte ich, mich nicht passender gekleidet zu haben. Mit meinen Bluejeans und dem melierten Pullover aus dicker Wolle stach ich in geradezu auffälliger Weise von der florentinischen Eleganz Rossis ab, der unter seinem dunklen Wintermantel zu einem erstklassig geschnittenen Tweedsakko eine weite beigefarbene Hose und italienische Schuhe trug, die trotz ihres sportlichen Aussehens äußerst exklusiv wirkten. In meinem Aufzug kam ich mir vor wie ein Polarforscher am Hof von Versailles. Da ich fürchtete, dass sich der Professor in meiner Gesellschaft unbehaglich fühlen könnte, machte ich mich in der Damentoilette zurecht, so gut es ging, und löste mir die Haare, die ich zu einem Pferdeschwanz zusammengefasst trug. Dann schritt ich mit aller Erhabenheit, die mir meine Mutter über die Jahre hinweg beizubringen versucht hatte, unter den Kronleuchtern in den Saal, als hätte ich mein Leben lang nichts anderes getan, und setzte mich Professor Rossi gegenüber, der mit dem Rücken zu einem der großen Fenster Platz genommen hatte, aus denen der Blick auf die *piazza* fiel.

Etwa zwanzig Gäste saßen schweigend an fünf weit voneinander entfernten Tischen, auf denen kleine Lampen brannten, obwohl die Vorhänge an allen Fenstern zurückgezogen waren. Nachdem ein Kellner unsere Bestellung aufgenommen hatte, setzte Professor Rossi seine goldgerahmte Lesebrille auf und sah mich durchdringend mit einem neutralen Blick an, den man als ›akademisch‹ hätte bezeichnen können. Zweifellos entsprach das nicht seinem Wesen – er hatte es sich vermutlich in den vielen Jahren seiner Lehrtätigkeit angewöhnt. Obwohl in diesem Blick weder Neugier noch ein Vorwurf lag, fühlte ich mich einige Sekunden lang unbehaglich. Es kam mir vor, als stellte er mich auf die Probe oder vermutete, ich enthielte ihm etwas vor, und erwartete jetzt, dass ich ihm das aus eigenem Antrieb gestand.

Als niemand in der Nähe war, der mithören konnte, teilte ich ihm mit, welchen Richtungswechsel meine Arbeit erfahren hatte, seit es mir gelungen war, den Inhalt von Pierpaolo Masonis Heften zur Kenntnis zu nehmen.

»Ich verstehe nicht, warum man nur mit so großer Mühe an eine derart wichtige Quelle herankommt«, sagte ich, während ich mich fragte, wie oft er wohl von seinem Lehrstuhl aus beim Leiter des nationalen künstlerischen und kulturellen Erbes hatte vorstellig werden müssen, bis ich die Hefte einsehen durfte.

»Immerhin ist das eine äußerst wertvolle Sammlung«, erklärte er, ganz Ordinarius. »Vergessen Sie nicht, dass so altes Papier äußerst empfindlich ist und nicht nur durch Berührung, sondern auch durch das Licht Schaden nimmt. Ganz davon abgesehen war es auch für das Staatsarchiv mit großen Schwierigkeiten verbunden, an die *quadernini* heranzukommen. Es konnte die vom Archivar des englischen Königs Georg III. im Londoner Kensington-Palast entdeckten zwölf Hefte erst 1905 erwerben, und auch das nur, nachdem über eine Auseinandersetzung mit dem Vatikan entschieden worden war, der ebenfalls Rechte daran geltend gemacht hatte.«

»Haben Sie gerade ›zwölf Hefte‹ gesagt?«, fragte ich erstaunt.

»Ja. Wieso wundert Sie das?«

»Weil man mir lediglich neun Hefte zur Verfügung gestellt und so getan hat, als sei das der gesamte Bestand.«

Die Augen des Professors verengten sich ein wenig, als suchte er in seinem Gedächtnis oder zählte etwas nach. Ich kannte das schon, da er sich gewöhnlich so verhielt, wenn er über etwas nachdachte.

»Unmöglich«, sagte er nach einer Weile in einem Ton, der für keinen Zweifel Raum ließ. »Sie sollten der Sache auf den Grund gehen. Es kann sich nur um einen Irrtum bei der Erfassung im Katalog handeln.«

Vor meinen Augen ging ein feiner Nieselregen vor dem Fenster nieder. Vielleicht war das der Grund, warum um uns herum eine Art Blase entstand, es mochte aber auch an den hohen Kristallgläsern und der hellen wachsfarbenen Tischdecke liegen, unter Umständen auch an der stummen Liebenswürdigkeit des Kellners, der von Zeit zu Zeit auftauchte, um etwas zu servieren oder abzutragen oder uns Wein nachzugießen, woraufhin er ebenso lautlos verschwand, wie er gekommen war. Doch am Regen allein kann es wohl nicht gelegen haben, es war wohl eher der Wein, ein exzellenter 93er Monte Vertini, der bewirkte, dass Professor Rossi seine Worte mit immer größerer Leidenschaft vortrug, wobei seine Stimme zugleich an Wärme gewann.

»Auch Poliziano gehörte zu den Schützlingen der Medici«, sagte er nach einem kleinen Schluck aus seinem Glas. »Er war ein glänzender Kopf und zugleich ein schrecklicher Mensch. Sein Gedicht *Le stanze per la Giostra*, also ›Stanzen für das Lanzenstechen‹ (nämlich das des Giuliano de' Medici), mit dem er der geradezu unglaublich schönen Simonetta Vespucci huldigte, hat Botticelli zu einem Porträt dieser jungen Frau inspiriert, die bereits mit dreiundzwanzig Jahren an Tuberkulose gestorben ist. Man kann ihr Bildnis heute überall in Florenz sehen.« In seine Augen war ein nachdenklicher oder verträumter Ausdruck getreten, so als dächten sie selbstständig, ganz ohne sein Zutun.

Professor Rossi besaß genau die Art von Intelligenz, die imstande ist, Menschen wie mich zu beeindrucken. Er sprach von den Medici, als käme er gerade von einer Unterhaltung mit ihnen, und über die Farbe von Simonetta Vespuccis Augen, als hätte er sie aus allernächster Nähe gesehen.

»Einer so sehr auf die Einhaltung religiöser Vorschriften bedachten Welt«, sagte ich, »muss jenes Blutbad im Dom einen ungeheuer tiefen Eindruck gemacht haben. In Pierpaolo Masonis Bericht heißt es, die Verwirrung der Zeugen des Vorfalls sei so groß gewesen, dass einige von ihnen die Angst äußerten, die Kuppel werde über ihnen zusammenstürzen.«

»Glauben Sie nur das nicht«, sagte Professor Rossi und wischte sich mit der Serviette den Mund. »Zu jener Zeit waren Verbrechen auf geweihtem Boden ganz und gar nichts Außergewöhnliches. Bedenken Sie, dass man außer im Gotteshaus so gut wie nie nah genug an einen als Opfer Ausersehenen herankommen konnte. Außerdem hatte man dort gewöhnlich die ganze Familie beisammen. So hat man beispielsweise im Jahre 1435 in der Stadt Fabriano im Apennin die gesamte Dynastie der Chiavelli während des Hochamts umgebracht und in Mailand Herzog Giovanni Maria Visconti vor dem Kirchenportal ermordet.«

Professor Rossi gegenüber kam ich mir gelegentlich wie ein Schulmädchen vor, das sich ständig bemühen muss, nicht zu zeigen, wie beeindruckt es ist. Mir schien, dass das Gemetzel im Dom von Florenz – auch wenn der Glaube, wie Rossi gerade gesagt hatte, in der Tat nie ein Hindernis für Gräueltaten gewesen war – an Unmenschlichkeit und Blutrünstigkeit die von ihm angeführten Beispiele bei weitem übertraf. Fast hätte ich ihn gefragt, wieso es zu solchen barbarischen Exzessen ausgerechnet in einer Zeit kommen konnte, da die Wissenschaften erneut an Boden gewannen, Vernunft und Glaube an den Menschen wieder in den Vordergrund strebten, doch dann fiel mir noch rechtzeitig ein, dass ich allmorgendlich beim Frühstück recht ungerührt Zeitungsberichte über die Schrecken des Kriegs im Irak las, und ich kam zu dem Ergebnis, dass in einer Zeit weltweiten Mordens niemand das Recht habe, sich zum Richter über eine Gewalttat aufzuwerfen, die mehr als fünfhundert Jahre zurücklag. Daher entschied ich mich, ihm lieber eine andere Frage zu stellen.

»War Ihnen bekannt, dass *Il Lupetto* eine Schwäche für Rätsel hatte?«

»Durchaus«, sagte er. »Fast alle Künstler jener Epoche waren davon geradezu begeistert, unter anderem auch Leonardo.«

Es schien mir ein günstiger Augenblick zu sein, ihn um seine Meinung über den Satz zu bitten, den ich in einem von Masonis *quadernini* gelesen hatte, unmittelbar nachdem der Saaldiener Torriani so unvermittelt gekommen war, um mir die Ankunft des Professors mitzuteilen: »Es werden Gestalten von menschlichem Aussehen erscheinen, so riesig wie Giganten. Doch je näher man ihnen kommt, desto mehr schrumpft ihre gewaltige Größe.«

»Ich weiß nicht, was damit gemeint ist«, gab er zur Antwort. »Vielleicht bezieht er sich damit auf eine Berühmtheit, möglicherweise einen Malerkollegen, der es genoss, bewundert zu werden, *gente gonfiata*«, erklärte er, »also einen jener aufgeblasenen Menschen, dessen Schwächen ihn bei genauem Hinsehen auf das Maß gewöhnlicher Sterblicher schrumpfen lassen. Vergessen Sie nicht, dass es auch damals die gleichen Rivalitäten und Eifersüchteleien gab, denen wir heute in den höheren Kreisen begegnen.« Ein verschwörerisches Lächeln trat auf seine Züge, das ihn einen Augenblick lang sehr viel jünger aussehen ließ. Dann fügte er herablassend und leicht spöttisch hinzu: »Auch die Künstler der Renaissance haben für ihresgleichen stets den scharf geschliffenen Dolch griffbereit gehalten.«

Dann brachte ein Kellner unser Dessert: zwei Portionen warmen Apfelkuchen mit Calvados. Der bloße Anblick ließ mir das Wasser im Munde zusammenlaufen.

Der Professor führte den Löffel mit einem, wie mir schien, zu großen Stück zum Mund und schloss genießerisch die Augen, wobei ein verzückter Ausdruck auf sein Gesicht trat.

»Vorzüglich!«, rief er nach einigen Augenblicken mit noch nicht ganz leerem Mund aus. »Einfach vorzüglich!« Er räusperte sich und wandte sich dann wieder unserem Gesprächsgegenstand zu.

»Sofern Sie mehr über die Pazzi-Verschwörung gegen die Medici wissen wollen«, sagte er, »sollten Sie nicht nur von Gino Capponi die *Storia della Repubblica di Firenze* lesen, ein Standardwerk aus dem 19. Jahrhundert, sondern auch das soeben erschienene Buch von Lauro Martines zu diesem Thema mit dem Titel *Die Verschwörung*. Als Allererstes müssten Sie sich dann auf die Hintermänner des Komplotts konzentrieren, zumindest auf die in der offiziellen Historiographie genannten. Das wäre zum einen Papst Sixtus IV. und zum anderen König Ferdinand I. von Aragonien und Neapel. Von irgendeinem Punkt aus muss man schließlich anfangen.«

Rasch überlegte ich, was ich über die beiden wusste. Papst Sixtus war ein ziemlich übler Intrigant gewesen, der durch Bestechung in sein hohes Amt gelangt war und sich ohne die geringsten Bedenken über jeden hinweggesetzt hatte, der ihm bei seinen ehrgeizigen Vorhaben im Wege stand. Zu jener Zeit hatte sich die schon seit langem bestehende Rivalität zwischen Florenz, Wiege der Renaissance, und Rom, von wo aus später der Barock seinen Siegeszug antreten sollte, zu einer Todfeindschaft zugespitzt. Um in den Besitz der zwischen der Adria und den Bergen des Apennin gelegenen Landschaft der Romagna zu gelangen, hatte sich Sixtus des Königs Ferdinand von Neapel bedient, dessen Unterstützung für ihn von unschätzbarem Wert war.

Ich holte ein Blatt kariertes Papier aus dem Rucksack und schrieb wie eine eifrige Schülerin die beiden Titel auf, die mir Professor Rossi empfohlen hatte. Dann faltete ich es zusammen und steckte es in die Gesäßtasche.

»Auf diese Weise werde ich es nicht vergessen«, sagte ich und lächelte ihm zu. Er erwiderte mein Lächeln, allerdings war ich nicht sicher, ob herablassend oder höflich. Mit einer Handbewegung bedeutete er dem Kellner, dass er zahlen wolle, und schien dann in sich zu versinken, als ob ihn etwas beschäftigte, worüber er nicht reden konnte. Diese Art von unversehens einsetzenden Stimmungsumschwüngen, bei denen zu beiden Seiten seines Mundes zwei scharfe senkrechte Falten entstanden, kannte ich schon. Man hätte glauben können, ihm sei mitten im Gespräch etwas Bedrückendes eingefallen oder er fühle sich entsetzlich erschöpft und wünsche alles zum Teufel. Er hielt den Blick abwesend auf das andere Ende des Raumes gerichtet. Fast hätte ich ihn gefragt, ob etwas sei, doch eine unbestimmte Scheu hielt mich davon ab. Er tauchte aus seiner Versunkenheit wieder auf, als einer der Kellner den Teller mit der Rechnung auf den Tisch stellte. Sicherlich machte sie ein Vielfaches dessen aus, was ich gewöhnlich in der *Trattoria da Salvatore* für die hausgemachten Cannelloni mit Spinatfüllung bezahlte.

Da wir nicht denselben Heimweg hatten, verabschiedeten wir uns im Vestibül des Restaurants voneinander. Professor Rossi fuhr nach Fiesole, wo er wohnte, während ich noch rasch zur Buchhandlung Feltrinelli wollte. Ich dankte ihm für die Einladung, und wir verabredeten uns für den nächsten Vormittag um zehn Uhr vor den Uffizien, wo wir uns die *Madonna im Schnee* ansehen wollten.

Als ich näher auf ihn zutrat, um ihm die Hand zu schütteln, nahm ich einen schwachen Geruch wahr, der aus seinem Jackett kam und den ich nicht recht zuordnen konnte. Es war weder ein Herren-Eau-de-Cologne noch ein Rasierwasser, sondern etwas mit einem Beiklang von Rauch, wie ein Gemisch aus Leder und Zedernholz. Unwillkürlich trat mir das Bild behaglich eingerichteter Räume ehrwürdiger englischer Universitäten mit wuchtigen gusseisernen Öfen und langen Reihen hölzerner Regale voller alter Bücher vor das innere Auge. An einem solchen Ort konnte man sich geborgen fühlen, während man beim Lesen eine Tasse heißen Tee genoss und durch bleigefasste Scheiben in den strömenden Regen hinaussah.

Es gibt Orte, an denen es stets sacht und sozusagen zivilisiert regnet, doch was vom Himmel herniederkam, als ich eine halbe Stunde später die Buchhandlung Feltrinelli mit meinen Neuerwerbungen in einer Plastiktüte verließ, war ein regelrechter Wolkenbruch. Da ich keinen Schirm bei mir hatte, drängte ich mich auf dem Heimweg dicht an die Wände der Häuser, damit mich die Dachvorsprünge ein wenig beschützten, und kürzte den Weg ab, indem ich möglichst viele Seitengässchen benutzte. Schon bald liefen größere Rinnsale über das Pflaster, und die Schritte platschten so laut, dass ich einen Augenblick lang annahm, nicht meine Füße verursachten das Geräusch, sondern die eines hinter mir Gehenden. Als Nächstes kam mir der Gedanke, die so leicht klingenden Schritte seien nicht die eines Menschen, sondern eines Tieres. Möglicherweise ein Blindenhund? Doch sogleich verwarf ich diesen Gedanken wieder, denn wenn es sich so verhielte, hätte ich auch die metallene Spitze eines vorsichtig an Mauern und Randsteinen entlangtastenden Blindenstocks hören müssen. Davon abgesehen konnte ein Blinder nie im Leben so schnell gehen – schon gar nicht in einem so engen Gässchen. Eine unbestimmte Angst veranlasste mich dazu, nicht hinter mich zu sehen, doch blieb ich zweimal stehen. Beide Male verklangen die Schritte nicht sofort, sondern erst einige Sekunden später. Zugleich hörte ich keuchende Atemzüge.

Man kommt auf die abwegigsten Gedanken, wenn man wie ich damals, die Kapuze über dem Kopf, durch eine Stadt wie Florenz eilt, in der die Geheimnisse der Vergangenheit allenthalben zutage treten, was ihr trotz aller Schönheit – oder vielleicht gerade deshalb – eine leicht verkommene, bisweilen auch bedrückende Atmosphäre verleiht.

Auf dem letzten Stück meines Weges durch die normalerweise ziemlich belebte, jetzt aber menschenleere Via Panzani, vor deren Geschäften die eisernen Läden heruntergelassen waren, beschleunigte ich den Schritt. Erbarmungslos prasselte der Regen herab.

4

Sich nachdenklich am Kopf kratzend betrachtete der Junge die großformatige Leinwand, vor der er stand.

»Was ist, Luca? Gefällt dir meine *Madonna* womöglich nicht?«, fragte Masoni mit gespielt vorwurfsvoller Stimme. Das Blitzen seiner Augen verlieh seinem Gesicht unter den genau in der Mitte gescheitelten Haaren einen Ausdruck zorniger Belustigung.

»Doch, Meister«, beeilte sich der Junge zu sagen. »Ich finde nur, sie sieht aus wie …« Er verstummte und schien nach einem treffenden Ausdruck zu suchen. »Ich weiß nicht … mir kommt das nicht wie eine Anbetung vor«, sagte er schließlich.

»Was willst du damit sagen?«, erkundigte sich der Maler, mit einem Mal beunruhigt.

»Eure *Madonna* hat so verhangene Augen wie irgendeins der verrufenen Weiber aus der Via dei Librai.«

»Findest du?«, fragte Masoni lächelnd, ohne das in Abrede zu stellen.

»Dann stimmt also, was *messer* Leonardo gesagt hat?«, hakte der Junge nach. Er konnte seine Neugier kaum bezähmen.

»Und was hat dir dieser Schlaumeier gesagt, wenn ich fragen darf?«

»Dass Eure *Madonna* ein Geheimnis bewahrt, das genügen würde, mehr als hundert Kardinäle auf den Scheiterhaufen zu bringen«, gab der Junge zur Antwort, während er die Spitze eines Pinsels mit einem feuchten Lappen reinigte und ihn dann behutsam in eine hölzerne Schachtel legte.

»Leonardo muss immer gleich übertreiben«, knurrte Masoni, während er letzte Hand an die Krone eines Baumes legte, in deren Schatten sich mehrere Menschen vor der Jungfrau mit dem Kind drängten.

Der Junge begann sich mit der Grundpalette des Malers vertraut zu machen, wobei ihn am stärksten die schimmernden Pigmente fesselten. Besonders angetan hatten es ihm der leuchtend blaue geheimnisvolle Lapislazuli und der Zinnober, der ein tiefdunkles Rot erzeugte.

Der auf Holzböcken ruhende Arbeitstisch neben der Staffelei enthielt eine Fülle von Mörsern und Glaskolben in metallenen Haltern. Dort wurden die Lehrlinge in der Kunst unterrichtet, selbst Farben herzustellen. Schon nach wenigen Wochen, in denen Luca in der *bottega* als Modell und als Laufbursche gedient hatte, bewegte er sich in der Welt der Proportionen wie auch jener der Kräuter, als hätte er von klein auf in der Zunft der Spezereihändler gelebt. Er wusste genau, welche Menge an Samen, Rinden und Mineralien er in den Mörser geben musste, um sie zu zerstampfen und in Farbpigmente zu verwandeln. Letzten Endes schien ihm das nicht sehr viel anders zu sein als die Tätigkeit, die er von Kindheit an ausgeübt hatte und die darin bestand, in der Ölmühle seines Dorfes Oliven auszupressen. Die Aufgabe aber, nach der er sich sehnte, war es, selbst einmal mit den aus Ocker, Siena und Zinnober hergestellten Farben, die er mit so großer Sorgfalt herstellte, auf einer Holztafel zu malen.

»Wann lasst Ihr mich an die Pinsel?«, fragte er.

»Nicht so ungeduldig, Junge«, gab Masoni mit seiner kraftvollen Stimme zurück. Er stand in einem über und über mit Farbflecken bedeckten grauen Kittel vor der Staffelei. Noch mit seinen dreiunddreißig Jahren zeichnete ihn das gleiche stolze Wesen und die gleiche Klugheit aus wie vor Jahren, als er in die Stadt gekommen war und im Dunstkreis der Medici Aufnahme gefunden hatte. In gewissem Sinne schien ihm der Junge ein wenig wie er selbst zu jener Zeit zu sein, wenn auch möglicherweise freimütiger und noch ohne jeden Anflug von doppelbödiger Spottlust. Das mochte den Ausschlag dafür gegeben haben, dass er selbst es übernommen hatte, ihn nicht nur in den Fertigkeiten seines Berufs mit unsicherer Zukunft zu unterweisen, sondern auch in der noch mehr Fährnissen ausgesetzten Kunst des Lebens. »Geduld«, sagte er, »ist ebenso wie die Rache etwas, was man kalt genießt.« Dabei wies er mit dem Zeigefinger auf eine kleine Holztafel und einen Grabstichel, eine unübersehbare Ermahnung, weiterhin mit diesem Werkzeug zu üben. Es war das beliebteste Verfahren, Anfänger abzuschrecken.

»Aber Meister, so lerne ich doch nie was«, begehrte der Junge auf.

»Immer mit der Ruhe«, fiel ihm Masoni mit herablassendem Lächeln ins Wort. »Man lernt durch Zusehen. Nimm beispielsweise das Blattwerk hier.« Bei diesen Worten wies er auf den oberen Teil des Gemäldes. »Was siehst du da?«

Aufmerksam betrachtete Luca das Laub, das so naturgetreu wirkte, dass man es für echt hätte halten können. Es musste unendlich schwierig sein, mit dem Pinsel die genauen Farbschattierungen und die feinsten Einzelheiten des Blattgeäders nachzubilden. Er ließ den Blick an der Rinde des Stammes bis hinab zur Szene um Maria mit dem Kind laufen.

»Ich sehe, dass die gewundenen Wurzeln des Baumes fast den Kopf des Jesuskindes berühren«, sagte er.

»Schon, aber welchen Eindruck macht dir das Bild?«

»Ihr meint, mir?«, stammelte der Junge verwirrt.

»Ja, dir«, bekräftigte der Meister, während ein spöttisches Lächeln sein in diesem Augenblick diabolisch wirkendes Gesicht umspielte.

»Ich weiß nicht, Meister…«

Masoni schüttelte resigniert den Kopf.

»Ich sehe schon, dir etwas beizubringen wird länger dauern, als ich gedacht habe.«

Erneut wandte sich Luca dem Gemälde zu und betrachtete so aufmerksam wie Wahrsagerinnen die Handlinien eines Menschen, aus denen sie seine Zukunft lesen wollen, erst das verhangene Antlitz der Jungfrau Maria, dann den Mann zu ihrer Linken, der sich die Hand mit einer Geste des Staunens zur Stirn führte, sodann die nachdenkliche Gestalt ein Stück weiter links im Bild sowie eine, die im Vordergrund kniete, um dem Jesuskind etwas darzubringen… Prüfend musterte er die Gesichter, ohne zu einem Ergebnis zu kommen, und hob dann den Blick erneut zur Krone des Baumes, welche die ganze Gruppe gastlich beschattete.

»Keine zwei Blätter sehen genau gleich aus.«

»Bravo, mein Junge!«, beglückwünschte ihn Masoni, während er sich die Hände mit einem Terpentinlappen abwischte. »Du fängst an, Dinge zu erkennen. Ohne es zu wissen, bist du meinem Geheimnis schon ein Stückchen näher gekommen. Man darf nicht, wie manche das tun, alle Bäume mit demselben Grün malen, nicht einmal dann, wenn sie gleich weit entfernt stehen. Wenn du ein wenig Malachit mit Teer vermengst, erhältst du dichtes, dunkles Laubwerk. Soll es etwas heller sein, musst du das Grün mit Gelb mischen und dann eine Prise Kurkuma hineingeben, man nennt es auch Gelbwurzel. Für die Lichtflecke nimmst du reines Gelb. So, siehst du?« Bei diesen Worten griff er zu einem langen Pinsel mit feinen Schweinsborsten und tupfte leicht auf das nahezu fertige Gemälde.

»Aber was für ein Baum ist das?«, wollte der Junge wissen. »Es ist kein Ahorn, kein Feigenbaum und auch kein Ölbaum … Einen Baum mit diesen Grüntönen gibt es gar nicht.«

»Ein Maler muss nicht nur imstande sein, Dinge abzubilden, die in der Natur existieren, sondern auch solche, die sich uns nicht zeigen. Alles auf der Welt schließt ein Geheimnis in sich. Die Bäume verbergen ihr Alter in den Jahresringen, das Wasser enthält in seiner Strömung eine uns unsichtbare Kraft, die Sonne besitzt sogar in der Schwärze der Nacht das Geheimnis ihres Leuchtens, die Vögel verschleiern das Rätsel ihres Fluges mit der Bewegung ihrer Schwingen … Sofern wir erreichen wollen, dass die Malerei die Natur widerspiegelt, glaubst du nicht, dass auch sie dann im gleichen Umfang diese Fähigkeit enthalten sollte, deren tiefste Geheimnisse zu verbergen?«

»Ja, Meister«, gab der Junge in leicht enttäuschtem Tonfall zurück. »Aber Ihr habt mir nicht geantwortet. Ich habe Euch nicht nach dem unerreichbaren Geheimnis der Kunst gefragt, sondern nach dem, das sich in Eurem Gemälde verbirgt. Alle in der *bottega* sprechen davon, wie sie auch von Eurem Hass gegen den Dominikanermönch aus dem Kloster San Marco sprechen, für das Euer Bild bestimmt ist, wie es scheint.«

»Mein lieber Luca, ich sehe, dass du dein Ohr bereitwillig dem Geschwätz öffnest. Du solltest aber etwas mehr Achtung vor den Lehren deines Meisters haben. Seit du hier in der Werkstatt bist, habe ich dir zu zeigen versucht, auf welche Weise die Welt durch allerlei Zeichen zu dir spricht. Wenn du ein wenig auf meine Worte geachtet hättest, würdest du dich an das erinnern, was ich dir Hunderte von Malen gesagt habe, nämlich dass die Malerei ein Abbild der Welt ist. Wir orientieren uns innerhalb eines Gemäldes mit Hilfe derselben Logik, die es uns gestattet, im großen Buch des Lebens zu lesen. Allerdings darfst du dabei nicht an der Oberfläche des Bildes bleiben, sondern musst in die Szene eintauchen, dich inmitten ihrer Bestandteile bewegen, die toten Winkel entdecken, die dem Blick gewöhnlich verborgen bleiben, musst schnuppern, wie du es bei Lupo gesehen hast.« Bei diesen Worten wies er auf den Hund, der seinen Kopf hinter einem Pilaster hervorstreckte. »Ausschließlich auf diese Weise gelangst du zum Verständnis der wahren Bedeutung eines Bildes. Dabei fällt es oft am schwersten, gerade das zu sehen, was wir unmittelbar vor Augen haben, wie in dem Rätsel, das deinem Freund Leonardo so sehr gefällt.«

»Was für eines ist das, Meister?«

»Es ist ganz einfach. Mal sehen, ob du es herausbekommst ... Es geht um etwas, was du immer weniger siehst, je größer es wird.«

Der Junge kratzte sich erneut verblüfft den Kopf.

»Ich verstehe Euch nicht, Meister.«

»Nun, wollen wir hoffen, dass die Vorsehung deinen Kopf im Laufe der Zeit mit etwas mehr Verstand anfüllt.« Masoni lächelte. »Aber jetzt haben wir genug geredet. Wir sind hier nicht im Kloster, wo man den ganzen Tag mit theologischen Disputen vergeuden kann. Schnapp dir also den Korb und mach dich auf den Weg nach San Giusto alle Mura. Wir haben kein *azzurro* und auch kein Zinnober mehr, beides brauche ich, um den Bogen über dem Eingang zu beenden. Bring eine Unze von beidem und pass auf, dass die verwünschten Ingesuati-Mönche nicht zu knapp wiegen – wer denen nicht genau auf die Finger sieht, den ziehen sie bis aufs Hemd aus.«

Der Junge steckte die fünf Lire, die ihm der Meister gegeben hatte, in die Tasche an seinem Gürtel und trat auf die geschäftige Straße hinaus. Dort stiegen ihm, da es Mittagszeit war, allerlei appetitliche Gerüche aus den Innenhöfen der umliegenden Häuser in die Nase, wo die Küchen lagen. Sie vermischten sich mit den Düften aus den offenen Fenstern von Schlafgemächern, vor denen Tücher und Teppiche über die Balkonbrüstungen hingen.

Aus dem Inneren der *palazzi* hörte man auf der Straße bisweilen von fernher die Klänge einer Laute, auf der sich edle Damen den Schmerz verschmähter Liebe von der Seele spielten, wobei sie nicht immer die richtigen Töne trafen. Im verwinkelten Gassengewirr der volkreichen Viertel hingegen wurden Liebesklagen mit lautstarken Flüchen und Prügeln belohnt, was nicht nur die Liebeskranken in die Flucht schlug, sondern auch die Katzen, ein Schauspiel, das die gesamte Nachbarschaft genoss.

In der Via della Mattonaia grüßte der Junge den ihm wohlbekannten Michele di Cione, der inmitten von Ziegelstaub mit geschwärztem Gesicht vor seinem Brennofen saß. Das geschäftige Treiben in den Handwerkervierteln wie dem von Sant' Ambrogio, wo das Unkraut in der Straßenmitte spross und wo es wie in einem Bienenkorb zuging, erinnerte ihn an seine auf dem Lande verbrachte Kindheit. Es war eine Welt, die er verstand, denn in ihr war er zuhause. Ein Kohlenträger, der sich einen Sack auf die Schulter wuchtete, war einer Ameise vergleichbar, die ein Weizenkorn transportierte. Wenn er sah, wie der Wind die Falten in der Kutte eines Mönches bewegte, rief ihm das einen Raben ins Gedächtnis, der mit einer Nuss im Schnabel auf die Spitze eines Kirchturms fliegt.

Mit diesem von den Gerüchen um ihn herum noch verstärkten Gefühl der Nähe und Vertrautheit tauchte er ins Gewirr des Marktes ein, auf dem die Verkäufer lauthals ihre Ware anpriesen. Für jemanden, der wissen wollte, was in der Stadt vor sich ging, gab es keinen besseren Ort als den alten Markt, wo, von Fliegen umsummt, Kapaune und Wildbret an Haken von den Dachvorsprüngen hingen und auf Matten am Boden Oliven und allerlei Gemüse aus der umliegenden Toskana ausgebreitet lagen. Gleich einem steuerlosen Schiff trieb Luca zwischen den ungeordnet aufgebauten Marktständen umher, stieß mit Menschen zusammen, prallte gegen Mehl- und Kohlensäcke und verhedderte sich in hohen Stapeln großer Körbe. Dort gab es so vieles zu sehen, das neu für ihn war: Schlangenfänger boten einen Trank an, der die ewige Fortdauer der Liebe versprach, in Hauseingängen lagen Bettler und stellten ihre offenen Wunden zur Schau … Angetrieben von einer Neugier, die seine Lebensfreude steigerte, ihn sich zugleich aber wie ein Feldkaninchen fern von seinem vertrauten Bau fühlen ließ, streifte Luca lange umher. Aus seiner Verzauberung riss ihn eine ebenso muntere wie rundliche Bäckersfrau mit einer granatroten Haube auf dem Kopf, die ihm lachend ein Sesambrötchen aufdrängte und dabei mit der Spitze eines Kochmessers seinen Kittel vorn anhob. Mit blutroten Ohren lächelte er furchtsam, doch sie verschwand lachend, und er floh den Ort seiner Demütigung. Dabei lief er, ohne es zu merken, mitten durch die Abfälle der Metzger: Köpfe und Eingeweide von Schlachttieren, um die sich die Straßenköter in der prallen Sonne balgten. Als er, den Korb voller Gemüse und anderer Lebensmittel für das Mittagessen, zurückkehrte – auch die je zwei Unzen Zinnober und *azzurro*, die zu holen ihm der Meister aufgetragen hatte, befanden sich säuberlich in Reststücke von sauberem Leinen gewickelt darin –, fiel ihm eine Gruppe von Menschen auf, die sich im Kreis um etwas zusammendrängten.

Anfangs nahm er an, es gehe um einen Zank zwischen Weibern, doch die metallische und Macht ausstrahlende Stimme, die alle anderen übertönte, war nicht die einer Frau. Ganz davon abgesehen waren die Worte, die der Mann verwendete, nicht die des einfachen Volkes. Trotz seines recht kurzen Aufenthalts in der Stadt wusste Luca, dass die Straßen und Gassen rund um den Markt stets voller Menschen waren, denen jede Gelegenheit recht war, etwas zu begaffen oder Gerüchte aller Art weiterzuverbreiten, ganz gleich, ob es dabei um Fragen der Politik, Skandale am Fürstenhof oder um Alkovengeheimnisse ging. Mehr als einmal hatte ihn der Meister gemahnt, er solle solche Menschenaufläufe meiden, um nicht in Schwierigkeiten zu geraten, doch seine Neugier war übermächtig, und so trat er vorsichtig näher.

Seiner Kleidung nach schien der Mann, der da sprach, den höheren Ständen anzugehören. Seine Weste wie sein langer Umhang waren aus Samt, und als ihn Luca schließlich von vorn sah, erkannte er Jacopo de Pazzi, den bedeutendsten Bankier der Stadt, unverkennbar mit seiner unmittelbar über der Stirn liegenden schneeweißen Strähne im schwarzen Haar, die seine Würde noch zu unterstreichen schien. Außer ihm befanden sich zwei Dominikanermönche in der Gruppe, ein unmäßig dicker Ratsherr, der zu seiner Amtstracht eine scharlachrote Schärpe trug, drei auf florentinische Art gekleidete Herren von Stand mit Beinlingen und kurzem Wams, deren Hemden aus changierender Seide im hellen Mittagslicht gleißten. Außerdem war da noch ein junger Herr, der nach seinem mit einem Wappen geschmückten Degengehänge und dem Zweispitz mit Quasten, wie ihn herzogliche Räte trugen, zu urteilen, von außerhalb zu sein schien. Der leidenschaftliche Wortwechsel wurde in so scharfem Ton geführt, dass Luca vermutete, der Streit drehe sich um politische Fragen. Man brauchte nicht lange in Florenz gelebt zu haben, um zu wissen, wie sehr manche der Patrizierfamilien gegen die eiserne Faust aufbegehrten, mit der die Medici die Stadtrepublik regierten. Dieser Widerstand war jetzt stärker denn je, weil den Bewohnern in jüngster Zeit neue Steuerlasten auferlegt worden waren.

Doch Luca bekam nicht mit, was die Männer sagten, denn kaum hatten sie ihn bemerkt, als sie ihre Stimmen deutlich senkten. Wohl aber wurde er Zeuge einer Szene, zu der es unversehens und ohne jede Vorankündigung kam, wenn man von einem kurzen Augenblick atemloser Stille absah, die sich ihm quälend auf die Seele legte.

Vom hinteren Ende der Straße näherte sich eine in leuchtendes Blau gekleidete außergewöhnlich hochgewachsene junge Dame, die Handschuhe aus Gazellenleder trug. Der dicke Zopf, zu dem ihr feuerrotes Haar geflochten war, reichte ihr bis zur Taille. So, wie sie mit hoch erhobenem Haupt einherschritt, den Blick starr vor sich gerichtet – nur ihre Augenlider bewegten sich heftig, ohne dass Luca einen Grund dafür zu erkennen vermochte –, schien sie beinahe über den Boden zu schweben. Drei Zofen in vollständig gleichen Kleidern aus Streifenbatist, von denen eine einen Sonnenschirm über ihre Herrin hielt, bemühten sich, Schritt mit ihr zu halten und dafür zu sorgen, dass nichts und niemand ihr und ihrer Ehrbarkeit zu nahe kam.

Moschusduft begleitete den Weg der Dame, und als sie sich der Gruppe der hitzig miteinander redenden Männer näherte, neigten sie alle miteinander ehrerbietig den Kopf. Die Stille griff weiter um sich und folgte ihr bis hin zu den Arkaden, die sie durchquerte, wobei man nur noch das Geräusch ihrer Absätze auf den Steinplatten hörte, bis sie wie ein Erzengel in einem Haustor verschwand. In diesem Augenblick hörte der

Junge, wie jemand den Namen der Gattin Lorenzo de' Medicis nannte. In dem Ton, mit dem Jacopo de Pazzi, verschwörerisch die Hand vor den Mund haltend, die sechs Silben Clarice Orsini aussprach, lag eher Feindseligkeit als Herzlichkeit. Er hatte den Namen wohl nur um des herzoglichen Rates willen genannt, der – wenn man einmal von Luca absah – gewiss als Einziger in ganz Florenz die Erste Dame der Stadt nicht kannte.

Luca war wie betäubt und bemühte sich, den Augenblick, in dem er dieses Wesen aus einer anderen Welt gesehen hatte, in seinem Gedächtnis festzuhalten. Dann setzte er durch die gewundenen Gassen, die sicherlich schon so manche kriegerische Auseinandersetzung und räuberischen Überfall gesehen hatten, den Rückweg zur *bottega* fort. Dabei achtete er besonders aufmerksam darauf, den Hundehaufen auszuweichen, die an allen Straßenecken lagen.

5

Auch wenn das Haus in der Via della Scala, in dem meine Wohnung lag, nicht gerade das Trinity College von Oxford war und es dort daher weder große Fenster mit bleigefassten Scheiben gab, durch die man in den Regen hinaussehen konnte, noch Zedernholzregale, auf denen in langen Reihen alte Bücher standen, hatte ich mich gleich nach meiner Ankunft in Florenz bemüht, diese fünfundvierzig Quadratmeter wohnlich zu gestalten. Die elektrischen Haushaltsgeräte in der Kochnische waren so klein, dass man hätte glauben können, sie seien für eine Puppenstube gedacht, aber der durch eine Holztheke abgetrennte Teil des Raumes war hell und ließ sich gut nutzen. An einer Seitenwand umgaben Postkarten mit Ansichten meiner Lieblingsstädte eine mit Heftzwecken befestigte Europakarte: ein Blick auf Lissabon vom Castel Saõ Jorge, der Hafen von Kopenhagen mit der kleinen Meerjungfrau; ein *cable car* auf dem Weg durch San Francisco; die Mole von Havanna; das verschneite Prag bei Nacht, von der Ecke des Goldmachergässchens herab gesehen… Gegenüber dem Bett, das tagsüber als Sitzgelegenheit diente, weshalb zwei große Sofakissen darauf lagen, stand auf einer Kommode ein kleiner Fernseher mit einem Videorekorder und einer Kompakt-Musikanlage. Doch mein Allerheiligstes war der Platz am Fenster, von dem aus der Blick auf die Dächer und Türme von Florenz fiel. Frühmorgens färbte sich diese Stadtlandschaft intensiv rot und wurde abends vom Rauch der zahlreichen Schornsteine bräunlich. Dort stand mein Schreibtisch mit einer Gelenkleuchte, das Regal daneben enthielt außer den kunsthistorischen Büchern einzelne Erinnerungsstücke, die ich auf allen Reisen mit mir führe, weil sie mir über schlimme Augenblicke hinweghelfen. Bestimmte Dinge gleichsam als Kultgegenstände aufzubewahren ist eine wortlose Art, sich selbst treu zu bleiben.

In der Zeit, die auf den Tod meines Vaters folgte, hatte ich gelernt, dass die Widerstandskraft eines Menschen weniger von abstrakten Vorstellungen oder großartigen Gedanken abhängt als von kleinen, greifbaren Gegenständen. Das konnte etwas so Einfaches sein wie ein Füller mit meinen eingravierten Initialen, ein Glaswürfel mit je einer Fotografie auf vier Seiten, eine vorn ein wenig eingebeulte kleine Spielzeuglokomotive oder ein Comic aus der Reihe *Corto Maltese*… Na ja, genau genommen war es nicht irgendein Comic, sondern die häufig gelesene, aber gut erhaltene Erstausgabe von *Una ballata del mare salato*, die 1967 zum Preis von 275 Lire in Venedig erschienen und für mich ein unschätzbares Kleinod war. Auf das Titelblatt mit dem gelben Strahlenkranz im Hintergrund hatte der Autor Hugo Pratt mit schwarzem Filzstift die Widmung geschrieben: »*Für Ana, damit sie weiß, dass immer irgendwo auf der Welt eine Insel, ein Abenteuer oder ein Schatz auf sie wartet.*« Mein Vater hatte mir das Heft zum vierzehnten Geburtstag geschenkt. Um es zu bekommen, hatte er, wie ich später erfahren habe, durch Vermittlung eines Kollegen an der Universität von Bologna den berühmten Semiotiker Unberto Eco bemühen müssen. Damals hatte ich die Liebe zu alten Ausgaben noch nicht entdeckt, die ich als Erwachsene kultiviert habe, und so maß ich diesem großformatigen dünnen Heft anfangs nicht mehr Bedeutung bei als irgendeinem anderen aus der Reihe meines Lieblingshelden. Später aber wurde es für mich eine Art Leuchtturm, der mir geholfen hat, so manchen Schiffbruch zu überstehen. Es hatte mich an alle Orte begleitet, an denen ich je gewohnt habe, und in alle Häuser, bis hin zu dieser Wohnung in Florenz.

Als Erstes hängte ich nach meiner Rückkehr den Dufflecoat im Bad nahe der Heizung auf einen Bügel, damit er trocknete. Wenn man sich in Sicherheit befindet, lacht man häufig über die Angst, die man angesichts einer Gefahr empfunden hat, so wie kleine Kinder am hellen Tag ihre nächtlichen Alpträume vergessen. Trotzdem trat ich, nachdem ich mir die Haare mit einem Handtuch getrocknet und mich umgezogen hatte, ans Fenster und spähte vorsichtig nach unten. Auf der grau im Regen daliegenden Straße waren weder Hunde noch irgendwelche Passanten zu sehen. Beruhigt setzte ich die Kaffeemaschine in Gang und stellte mich auf einen arbeitsreichen Nachmittag und Abend am Schreibtisch ein. Die Bücher, die mir Professor Rossi empfohlen hatte, waren trotz der schützenden Plastiktüte ein wenig nass geworden. Ich fuhr mit einem Tuch darüber und stellte sie auf das unterste Regalbrett, um sie jederzeit erreichen zu können. Anschließend schaltete ich die Tischlampe ein und versuchte, zwischen dem Laptop, den Ordnern, den Stapeln von Notizzetteln und den auf der Tischplatte verstreuten Schreibgeräten Platz für meine Tasse zu schaffen. Während ich den Kaffee genoss, sah ich flüchtig auf die Kork-Pinnwand mit den Merkzetteln. Neben einem karierten Blatt mit der Liste der an diesem Tag zu erledigenden Einkäufe, für die ich noch keine Zeit gehabt hatte, hing ein rechteckiger rosa Abholzettel der Wäscherei. Mir fiel ein, dass Masoni in seinen *quadernini* alltägliche Dinge zu notieren pflegte, beispielsweise, dass er für eine Lira vier Pfund Kerzenwachs und für vier Lire eine Unze Malachit gekauft hatte – ein Material, das Landschaftsmaler häufig benötigten. Solche Alltagsdinge vermischten sich in seinen Heften mit Anmerkungen zu wissenschaftlichen Themen wie Perspektive oder Anatomie. Die Lehre, die sich aus seinen Schriften ziehen ließ, bestand darin, dass alles einen Teil des großen Ganzen bildet, das das Leben bedeutet: die Dichte eines Blutstropfens oder die Riefen am Gaumen eines Hundes.

Wenn aber im Geist eines so herausragenden Malers sowohl die bedeutenden wie die unbedeutenden Dinge Platz hatten, konnte auch auf meiner Pinnwand eine Einkaufsliste mit Zahnpasta oder Kondensmilch friedlich neben einer Fotokopie mit einer Zeitachse des 15. Jahrhunderts existieren, auf der das Jahr 1478 mit Filzstift rot eingekreist war. Trotzdem würde ich zweifellos versuchen müssen, die Ereignisse ein wenig zu ordnen.

Ich zeichnete eine Zielscheibe und mehrere Pfeile auf ein Blatt Papier. In die Mitte setzte ich den Namen Lorenzo de' Medici. Er war damals ein stolzer junger Herr, zu jung, als dass er die Beschaffenheit seiner Wesensart hätte erkennen können, ein Humanist, der den Rausch philosophischer Abendgesellschaften liebte, zugleich ein brillanter Politiker von rücksichtsloser Härte sowie ein von Zweifeln erfüllter Dichter.

Was ich am meisten ersehne, begehre ich am wenigsten,
um mehr zu leben, mein letztes Verlangen.
Um dem Tod zu entfliehen, erhoffe ich den Tod,
suche den Frieden, wo keine Gelassenheit ihre Heimstatt
hat.
Um mir die Last der Ketten zu erleichtern, die ich mir
selbst angelegt habe, suche ich Eis im Feuer
und Qual im Behagen,
Leben im Tod,
Krieg im Frieden.

Das Hauptmerkmal seiner Verse war die Antithese. Lorenzo, der las, was ihm in die Finger fiel, und schon mit zwölf Jahren angefangen hatte, Gedichte zu schreiben, dachte keinen Augenblick lang daran, seine politischen Ziele aufzugeben. Wahrscheinlich wäre ihm das nicht einmal dann möglich gewesen, wenn er es gewollt hätte, und vielleicht gründete sich seine Selbstsicherheit darauf, dass er diese beiden Wesenszüge, den Dichter und den Tatmenschen, in unterschiedlichen Abteilungen seiner Seele streng voneinander getrennt hielt. Es war, als weihte jemand eine Kerze Gott und eine andere dem Teufel.

In der Literatur wird ein Kontrast durch Humor und Ironie hervorgehoben, während uns im wirklichen Leben nichts und niemand auf das Unvorhergesehene aufmerksam macht. Unglücklicherweise war in Florenz zu jener Zeit das Unvorhersehbare auf dem Gebiet der Politik geradezu an der Tagesordnung. Musste man aber nicht in einer Welt, in der nichts zählt als der Mut, Ängste oder Besorgnisse von sich weisen? Vielleicht vertrat der Erstgeborene des Hauses Medici den Standpunkt, dass sich dem Feind von vornherein ergibt, wer sich der Angst beugt, und fasste womöglich deshalb den Entschluss, alle in diese Richtung zielenden Hinweise oder Vorstellungen aus seinen Gedanken zu verbannen und den tiefen Argwohn zu vergessen, der ihn sicherlich mehr als einmal mit dem Schmerz eines unheilvollen Vorgefühls heimgesucht hatte.

Immer wieder fragte ich mich, wer sich alles am Vormittag jenes bewussten Sonntags fünf Wochen nach Ostern in der Stadt befunden haben mochte. Mir war bekannt, dass Botticelli wie auch Machiavelli dort gewesen waren, Letzterer noch ein Junge von kaum neun Jahren, der ganz in der Nähe der Piazza della Signoria mit Pfeil und Bogen spielte und wohl erst wenig von Tücke oder Verschlagenheit wusste. Viele weitere berühmte

Männer wurden unmittelbar Zeugen des Vorfalls, unter ihnen der Humanist Angelo Poliziano, die Maler Leonardo da Vinci und Pierpaolo Masoni sowie der Geograph und Mathematiker Paolo Toscanelli. Doch wer außer ihnen hatte sich an jenem Vormittag noch in der Stadt aufgehalten? Wie viele aus der Heerschar namenloser Florentiner, die zu Beginn des Hochamts in der Via Martelli zusammengeströmt waren, hatten gewusst, was bevorstand? Wie viele waren insgeheim bewaffnet? Von wem war letztlich der Befehl zur Entmachtung des von den Medici beherrschten Rates ausgegangen, der wichtigsten Einrichtung der Stadtrepublik Florenz?

Während jedermann in Florenz mit dem Finger auf die greifbaren Täter wies, fragte sich Pierpaolo Masoni, wer die treibende Kraft hinter der Verschwörung gewesen sein mochte. Auf einer Seite seines Hefts stand etwas über einen geheimnisvollen im Dom Anwesenden »ohne Gesicht, Stimme, ja, sogar ohne Nacken und Rücken«. Anfangs hatte ich angenommen, damit meine er eine immaterielle Erscheinung in der Art eines dämonischen Schattens, doch veranlasste mich etwas, was ich später las, diese Vorstellung zu verwerfen und an ein wirklich existierendes Lebewesen zu denken, an einen bestimmten Menschen, denn dort stand: »... der Anstifter, der so vielen und so unterschiedlichen Menschen die Seele vergiftet und die Sache über so lange Zeit ins Werk gesetzt und im Verborgenen mit allerlei Listen, Ränken und Anmaßung von Rechten betrieben hat, einer, der auch imstande war, dies Gift einem Liebenden oder einem Freund einzuflößen ...«

Sofern Masonis Mutmaßungen zutrafen, musste dieser Mordanstifter einer höheren Gesellschaftsschicht angehören. Wie ich die Dinge sah, musste die Verschwörung außerdem ihren Ursprung innerhalb der Mauern der Stadt genommen haben, denn wenn sich aus der Geschichte eine Lehre ziehen ließ, dann die, dass man für Scheiterhaufen stets das Holz der nächstgelegenen Wälder verwendet hat, auch wenn später Nachschub von weither gebracht wurde, um das Feuer in Gang zu halten. Meiner Vermutung nach war es mehr als wahrscheinlich, dass Papst Sixtus IV. und König Ferdinand die Feindseligkeiten gegen die Familie Medici im Inneren der Stadt geschürt hatten.

Bisweilen kam es mir vor, als fehlte mir nicht mehr viel zur Lösung des Rätsels, das mir so viel Kopfzerbrechen bereitete. Doch wenn ich mir selbst gegenüber ehrlich war, musste ich mir eingestehen, dass ich in Wirklichkeit immer mehr Fragen und immer weniger Antworten hatte. Die Dunkelheit war schon vor einer ganzen Weile hereingebrochen, und durch mein Fenster konnte ich sehen, dass in der Stadt nach und nach die Lichter angingen.

Als kleines Mädchen war ich eines Abends in einem Kinderlexikon auf die Beschreibung von Heinrich Schliemanns Grabungen in Troja gestoßen. Sie beeindruckte mich so tief, dass ich viele Jahre hindurch keinen anderen Wunsch kannte, als Archäologin zu werden. Dort wurde berichtet, Schliemanns Vater habe dem Jungen, als er sieben Jahre alt war, das heißt, etwa so alt wie ich damals, eine Übersetzung von Homers *Ilias* geschenkt, woraufhin sich dieser nicht mehr von der Überzeugung abbringen ließ, dass er die Überreste Trojas finden werde. Bis diese Vision Wirklichkeit wurde, vergingen vierzig Jahre, aber Schliemann erreichte das Ziel, das er sich selbst gesteckt hatte. Sein ganzes Leben hindurch hat er nichts anderes getan, als sich auf den Augenblick vorzubereiten, da er bei seiner Grabung im Palast von Mykene die Goldmaske des Agamemnon entdeckte. Doch was ich in Florenz finden musste, war nicht die Goldmaske eines Königs, sondern das Phantombild eines

Mörders, der es fertiggebracht hatte, fünfhundertsiebenundzwanzig Jahre hindurch unerkannt zu bleiben.

Als Jünger der Schliemann-Schule hatte mein Vater eine ausgesprochen preußische Arbeitshaltung und eine romantische Vorstellung vom Sinn und Zweck der Arbeit. Hunderte von Malen war ich Zeugin gewesen, wie er sich bis in die frühen Morgenstunden in sein Arbeitszimmer zurückgezogen hatte, wo er sich, eine Zigarette zwischen den Lippen, zäh und diszipliniert mit leuchtenden Augen über einen Schreibtisch voller Papiere beugte. Bisweilen hatte er mir mit Bezug auf mein Studium mangelnden Eifer vorgehalten. Einer Zwanzigjährigen fällt es nun einmal nicht leicht, alle Kräfte anzuspannen, um sie in eine einzige Richtung zu lenken. Erst sehr viel später lernt man zu erkennen, welche Dinge es wert sind, ihnen all seine Anstrengungen zu widmen. Dieses Alter hatte ich offenbar inzwischen erreicht, jedenfalls hielt ich mich seit über drei Monaten in Florenz auf, um mich dort zwischen alten Dokumenten und Aktenbündeln zu vergraben.

Mit einem Mal zuckte ein Blitz von einem Ende meines Zimmers zum anderen, etwa so, wie das Licht von Autoscheinwerfern über die Wände läuft. Schwere Regentropfen schlugen auf die Fensterscheibe. Dann wurde es dunkel. Ich blieb ruhig am Fenster sitzen und ließ meine Gedanken wandern: ein Buch, eine Ahnentafel, der Name eines Malers, ein ausschließlich von Kerzenschein erhelltes Zimmer und von Zeit zu Zeit erneut Blitze, auf die eine Weile später der Donner folgte, wie das Rumpeln eines zweirädrigen Karrens auf schlechten Wegen im Gebirge. Stumm zählte ich die Sekunden, die zwischen beiden verstrichen. In der Ferne lagen der Fluss, die Hügel und Florenz im Dunkeln, eine Stadt ohne Strom.

6

Das von zwei Fackeln in eisernen Haltern flankierte Tor stand offen wie auch die beiden Fenstertüren, aus denen fortwährend Lachen und der Klang von Tambourins und Schellentrommeln drang. Die unterschiedlichsten Menschen suchten die in einer gottverlassenen Gasse gelegene Herberge *La Campana* auf, um dort die Nacht zu verbringen, und zwar in erster Linie solche, die sich gern in weiblicher Gesellschaft von den Mühen des Tages erholten. Mit seinen im Halbdämmer liegenden Gaststuben und Privatgemächern war es der einzige Ort in der ganzen Stadt, an dem keine Klassenunterschiede galten. Unter den hölzernen Kassettendecken konnte man Handwerksmeistern auf der Durchreise oder leichtlebigen Malern ebenso begegnen wie Literaten, Bankiers, Verwaltern und in höfische Tracht gekleideten Kammerherren, die sich aus den herrschaftlichen Salons dorthin geflüchtet hatten, um süßes Blätterteiggebäck, Nougat und Dörrfeigen zu essen und nach Herzenslust zu trinken.

Es war nicht das erste Mal, dass man Luca dorthin schickte, damit er seinen Meister abholte. Wann immer er mit heftig schlagendem Herzen und einem undeutlichen Gefühl von Gefahr jenen Sündenpfuhl aufsuchte, in dem zu jeder Zeit Frohsinn und Trubel herrschten, schien es ihm, als trete er in eine Welt geheimnisvoller Möglichkeiten ein, die ihn ängstigte und zugleich lockte. Zwischen den unüberhörbar spöttischen Zurufen, mit denen ihn die Frauen von der Empore herab in zudringlicher Weise bedachten, und dem Vollzug des Aktes, den er sich in seiner Phantasie schon so oft ausgemalt hatte, lag eine Kluft, deren Tiefe lediglich seine jugendliche Vorstellungskraft zu ermessen vermochte. In den nicht einmal zwei Monaten, die er sich in Florenz aufhielt, hatte er den *ragazzo* mit dürren Beinen und schmalen Schultern, der auf der Flucht vor dem Hunger in die *bottega* gekommen war, weit hinter sich gelassen. Die Stadtluft hatte ihn mit bis dahin ungekannten Sehnsüchten bekannt gemacht, und vor einigen Tagen hatte er sogar begonnen, mit einem Rasiermesser am jugendlichen Flaum seiner Wangen herumzuschaben.

Mit so unsicherem Schritt, als balancierte er auf einem Seil, setzte er seinen Weg durch das Gässchen fort, voller Furcht, bei der geringsten Unaufmerksamkeit der Versuchung zu erliegen. Vor den Gesichtern so mancher der Betrunkenen, auf die er hier und da stieß, wie auch vieler der Paare, die in finstere Winkel gedrückt schamlose Dinge miteinander trieben, sah er reichverzierte Masken, die im Licht der Fackeln flüchtig aufblitzten. Diese Masken gestatteten es ihnen, während der verrückten drei Tage unerkannt zu bleiben, an denen die Stadt im Chaos des Karnevals versank. Bemüht, nicht zu straucheln, bahnte sich Luca, so rasch er konnte, einen Weg durch Luftschlangen, die Wolken von Reis in der Luft und die Musik, die aus allen Richtungen zu ihm herüberschallte. Ein sonderbares Schuldgefühl, das auch der Schwäche seines Meisters galt, erfasste ihn. Zwar hatte er während der bei ihm verbrachten Zeit gelernt, die unbekannten Seiten von Masonis Wesen hinzunehmen, doch war es ihm zuwider, dass er sich in jener Räuberspelunke, wie Luca die Herberge bei sich nannte, seinen Zerstreuungen hingab.

Wie so viele bedeutende Männer suchten die Dämonen der Trübsal auch den genialen Maler Pierpaolo Masoni heim. Der

Grund dafür, dass er sich auf diese Weise treiben ließ, war ein Geheimnis, das so gut wie niemandem bekannt war. In der *bottega* wurde nicht über seine Vergangenheit gesprochen, doch lief in der Stadt das Gerücht um, er sei wegen eines abscheulichen Verbrechens zu lebenslanger Gefangenschaft in den Verliesen der *stinche* verurteilt gewesen, wo er an fünf Pfund schwere Fußfesseln geschmiedet habe schmachten müssen, bis ihn Lorenzo de' Medici durch sein persönliches Eingreifen dort herausgeholt hatte. Andere behaupteten, bei *Il Lupetto* handele es sich in Wahrheit um einen flüchtigen Deserteur, und manche bezichtigten ihn hinter vorgehaltener Hand sogar der Mitgliedschaft in einer ketzerischen Gemeinschaft von Freidenkern, der außer dem Geographen Toscanelli und dem Philosophen Marsilio Ficino auch Dichter wie Poliziano und Cristoforo Landino sowie zahlreiche vor den Gräueltaten Sultan Mohammeds II. aus Konstantinopel geflohene Gelehrte angehörten. Diese, hieß es, hätten Hunderte von Manuskriptbündeln mitgebracht, die sämtliche naturwissenschaftlichen Kenntnisse und philosophischen Lehren der griechischen Antike enthielten, angefangen bei Thales von Milet bis hin zu Aristoteles, und jeder Einzelne von ihnen hänge dem anrüchigen Glauben an die neue Kunst der Geometrie an. Vielen tiefgläubigen Christen erschien es unerträglich, dass Lorenzo de' Medici, der bedeutendste Mäzen der Republik Florenz, diesen Neuankömmlingen seine Unterstützung gewährt hatte, und so kam es häufig zu anonymen Anschuldigungen, in denen man ihnen Götzendienst, Sodomie und andere gotteslästerliche Verbrechen zur Last legte.

Überall in der Stadt fanden sich die gefürchteten *bocche della verità*, eine Art steinerner Briefkästen mit einer mundförmigen Öffnung aus Kupfer, in die man Blätter mit solchen Beschuldigungen legen konnte. Sie wurden täglich von Beauftragten der Klöster geleert und der Inhalt der Signoria vorgelegt. Luca war das Gerücht zu Ohren gekommen, man habe Masoni vor einigen Jahren in Haft genommen und gefoltert und ihm überdies mit einem päpstlichen Interdikt gedroht. Von dieser Folter trage er noch eine Narbe am Leibe, die von einem glühenden Eisen herrühre. Auch wenn er den Meister nie danach zu fragen gewagt hatte, ließen ihn Fetzen von Unterhaltungen, die er hier und da aufschnappte, vermuten, dass das, was er da gehört hatte, der Wahrheit recht nahe kam.

»Natürlich gibt es auch eine Ekstase der Schmerzen«, hatte er den Meister einmal vor einem Gemälde seines *Il Perugino* genannten Schülers Pietro Vannucci ausrufen hören, auf dem dieser das Jüngste Gericht dargestellt hatte. »Ganz wie die Wonne entfacht auch der Schmerz in unserem Inneren ein Feuer, nur im umgekehrten Sinne. Er ist die Verneinung von allem. Diese andere Art von Ekstase erkennt man in den Augen von Gequälten, ganz gleich, ob es Heilige oder Ketzer sind. Unter der Folter gesteht man nicht nur, was der Inquisitor wissen will, sondern auch alles, wovon man sich vorstellen kann, dass er es womöglich gern erfahren würde. Es gibt keine entsetzlichere Fessel«, hatte Masoni geendet. »Ich weiß, wovon ich rede …«

Wie auch immer sich das verhalten mochte, auf jeden Fall suchte den Meister an manchen neblig-trüben Vormittagen eine Luca unverständliche Niedergeschlagenheit heim, die ihm jegliche Lebensfreude nahm. Bei solchen Gelegenheiten verfiel der sonst stets zu Scherzen Aufgelegte in ein eremitenhaftes Schweigen. Dann war es, als hätte ihn eine aus den Eingeweiden kommende Kälte erfasst, und es dauerte Tage, mitunter sogar Wochen, bis er wieder Worte fand. In diesem Zustand gab es nur ein Mittel, das ihm zu helfen vermochte: Er musste auf drei Tage die Herberge *La Campana* aufsuchen, wo ihn ein mitfühlendes weibliches Wesen mit Hilfe eines aus Lorbeerblättern und morgenländischen Kräutern bestehenden Räucherwerks von den Qualen der Erinnerung befreien konnte.

Die unterschiedlichsten Frauen praktizierten dort für vier Lire Nothilfe in Form von Liebesdiensten: breithüftige Sizilianerinnen, die jedem das Hinterteil zeigten, der ihnen folgte, füllige Deutsche, Burgunderinnen mit großzügigem Ausschnitt und sogar Slawinnen, so zierlich, dass von ihnen kaum etwas zu sehen war, wenn sie sich auszogen, aber ohne weiteres imstande, jeden Trunkenbold restlos zu entkräften, der so töricht war zu glauben, er könne seine Begierde im ersten Anlauf stillen. Das Knarren der Lagerstätten und die Lustschreie der Frauen befeuerten die Männer so sehr, dass es keinem von ihnen, ob nüchtern oder betrunken, in den Sinn gekommen wäre, den Ort zu verlassen, ohne von seinem Zauber zu kosten.

Da die Gelasse durch hölzerne Jalousien voneinander abgetrennt waren, konnte man aus dem nebenan liegenden beobachten, was darin geschah, ohne selbst gesehen zu werden. Das war ganz nach dem Geschmack der Fürsten Europas, und es hieß, Voyeure hätten starr vor Entsetzen ihre eigene Gattin in der Frau erkannt, die sie da bei ihrem Treiben beobachteten, und breitschultrige, muskelbepackte Söldner hätten jenen Ort als Tänzerinnen verkleidet aufgesucht, um sich mit Bauarbeitern auszutoben. Das und viele weitere Einzelheiten über anstößiges Treiben, die man sich erzählte, ließen dem jungen Luca bei der bloßen Vorstellung, sich auf der Suche nach seinem Meister in den Gang mit diesen Gelassen zu wagen, den Angstschweiß auf die Stirn treten. Schon seit drei Tagen hatte sich der Maler nicht in der *bottega* gezeigt, und das ausgerechnet zu einer Zeit, in der zahlreiche dringende Aufträge zu erledigen waren. Gegen Verrocchios Auftrag gab es kein Aufbegehren: »Hol ihn her, und wenn du ihn an einem Kälberstrick hinter dir herziehen musst.«

Pierpaolo Mansoni genoss in jener Herberge eine bevorzugte Stellung, weil er die dort tätigen namen- und glücklosen Frauen behandelte, als wären sie gefangene Prinzessinnen. Daher stritten sie sich um das Vorrecht, welche von ihnen ihm wieder zur Freude am Leben verhelfen durfte, ohne Fragen zu stellen oder eine Gegenleistung zu verlangen. Doch ließ er ihnen eine solche durchaus zukommen, denn sie durften ihm mit aufgelöstem Haar in würdiger Haltung Modell für seine Madonnenbilder sitzen.

Nach dem Liebesakt ruhte Masoni in sich versunken gern mehrere Stunden unbekleidet, lediglich mit einem Leintuch bedeckt, und widmete die auf die Liebe folgende Erschöpfung dem Nachdenken. Niemand wagte ihn in dieser geradezu heiligen Entrücktheit zu stören, in der er bis zum Morgengrauen verharrte.

Wenn das Feuer der Lust in der Morgenstille allmählich in sich zusammensank, konnte man nicht umhin, Unterhaltungen von Gästen mitzuhören, die das Bedürfnis empfanden, sich auch ihrer seelischen Bedrängnisse zu entledigen. So kam es, dass Herren von Adel wie auch Angehörige der örtlichen Verwaltungsbehörden den Liebesdienerinnen bei ihrem kurzen Aufenthalt dort so manche vertraulichen Dinge und bisweilen sogar das eine oder andere Staatsgeheimnis mitteilten, ohne sich darum zu kümmern, ob jemand im Nebengelass mithörte. Auf diese Weise erfuhr Pierpaolo Masoni, dass Papst Sixtus die Stadt Imola für vierzigtausend Dukaten erworben hatte, die ihm das Bankhaus Pazzi geliehen hatte. Man hatte gesehen, wie ein Hauptmann der päpstlichen Garde und der Erzbischof von

Pisa, Francesco Salviati, den Stadtpalast der Pazzi in der Via dei Balestrieri betraten. Es bedeutete auf keinen Fall etwas Gutes, dass ein Offizier der päpstlichen Garde den wichtigsten Bankier des Heiligen Stuhls an dessen Wohnsitz aufsuchte. Dennoch dachte Masoni erst einige Wochen später wieder an diesen Vorfall, während ihm beim feierlichen Hochamt im Halbdunkel des Doms die Finger eines Fremden über den Nacken glitten. Als er sich umwandte und das Gesicht des Mannes sah, in dessen Hand die zweischneidige Klinge eines Dolches blitzte, erfüllte ihn tiefe Angst. Es war weniger die zu sterben, als die, dass etwas seinen Augen unwiederbringlich schaden könnte. Doch da war es bereits zu spät.

Auf der Suche nach seinem Meister ging Luca durch den von einem Leuchter schwach erhellten schmalen Gang, der zu den Gelassen führte. Ihn zu finden war nicht schwer: gequält lächelnd lag er auf einem Strohsack. Als er Lucas gewahr wurde, der an diesem Ort unzüchtigen Treibens vor Entsetzen kaum zu atmen wagte, fragte er ihn scherzend, ob er auf dem Weg zu einer Beerdigung sei. Daraufhin holte der Junge erleichtert Luft, weil ihm dieser Anflug von Spott zeigte, dass der Meister wieder zu sich selbst gefunden hatte.

Masoni kleidete sich rasch an und rollte einige mit Zeichenkohle hingeworfene Skizzen zusammen und schob sie in eine zinnerne Röhre. Im Hintergrund des kleinen Raumes konnte Luca trotz des schwachen Lichts das Gesicht eines jungen Mädchens erkennen. Er sah aufmerksam zu ihr hin und prägte sich ihre Züge ein – er war sicher, sie sich jederzeit wieder so vor Augen rufen zu können, wie er sie jetzt sah. Ihre Augen waren verhangen, und da sie von Kopf bis Fuß tiefschwarz gekleidet war, wirkte sie wie eine Grabfigur. Doch eine rote Nelke hinter ihrem Ohr bildete einen farbigen Fleck, und um ihre Lippen schimmerte es rötlich-bläulich, als hätte sie Brombeeren oder Maulbeeren gegessen.

Als Luca und sein Meister sich auf den Weg zurück zur *bottega* machten, wobei sie kaum ein Wort miteinander wechselten, rumpelten im Dämmer des frühen Morgens die ersten Holzfuhrwerke über die Brücken, die der vom Arno aufsteigende Nebel einhüllte. Das langsam heller werdende Licht ließ die grauen Fassaden der Stadtpaläste und die hoch aufragenden Schornsteine silbrig schimmern. Ein Geruch nach Harz und feuchtem Ölbaumholz hing in den Straßen, und in der Ferne zeichneten sich dunkelblau die Hügel von Fiesole ab.

7

Die Restauratorenwerkstatt der Uffizien liegt unmittelbar gegenüber dem Museum im Obergeschoss eines unscheinbaren Bürogebäudes. Während ich die Treppe emporstieg, wobei ich immer zwei Stufen auf einmal nahm, spürte ich ein leichtes Kribbeln im Unterleib. Vor unruhiger Erwartung, endlich Masonis Gemälde *Madonna im Schnee* sehen zu dürfen, hatte ich die ganze Nacht in einer Art Dämmerzustand verbracht, ohne wirklich schlafen zu können. Vom Treppenabsatz ging es nach rechts in die eigentliche Werkstatt der Restauratoren und nach links zu den Räumen der Verwaltung, wo mich Professor Rossi wohl bereits erwartete. Am Eingang zum Vorraum musste ich durch den Metalldetektor gehen. Ich übergab einer liebenswürdigen Sekretärin mittleren Alters, auf deren Tisch neben dem Computerbildschirm eine Vase mit einer weißen Kamelie stand, meinen Personalausweis und eine in Plastik eingeschweißte Berechtigungskarte.

»Ana Sotomayor?«, fragte sie, wobei sie mein Gesicht mit dem Foto verglich.

Ich nickte leicht beunruhigt. Und wenn es jetzt im letzten Augenblick doch noch Schwierigkeiten gab, nachdem ich so lange auf diese Gelegenheit gewartet hatte?

»Ich bin hier mit jemandem verabredet«, erklärte ich ein wenig unbeholfen. »Wir haben die Genehmigung der Museumsverwaltung, die Werkstatträume aufzusuchen …«

»Ja, ja, ich weiß«, sagte sie. Sie stand auf, nahm ihre Brille ab und legte sie auf den Tisch. »Professor Rossi erwartet Sie nebenan. Gehen Sie bitte schon einmal hinüber, ich werde Sie beide dann in die Werkstatt begleiten.«

Als ich in den kleinen Nebenraum trat, erhob sich Professor Rossi so rasch von dem Ledersofa, auf dem er gesessen hatte, dass er mit den Knien an die Tischkante stieß, wobei ein Stapel von Zeitschriften und Ausstellungskatalogen zu Boden fiel. Ich bückte mich, um ihm beim Einsammeln zu helfen. Seine kaum zwei Handbreit von mir entfernten Augen wirkten jetzt nicht grau wie sonst, sondern blass, fast durchsichtig. Als alles wieder ordentlich auf dem Tisch lag, lächelte er mir entschuldigend zu, hob die Brauen und deutete mit nach oben gewendeten Handflächen an, dass er nichts dazu könne. Diese gleichsam um Verzeihung bittende Geste, die man mitunter bei Schauspielern sieht, ließ ihn wie einen großen Jungen wirken, mit dem man am liebsten durch dick und dünn gehen würde. Ich hätte nicht sagen können, was es war, aber es kam mir so vor, als könnte ich durch das Fenster, das mir sein Lächeln öffnete, den Mann so sehen, wie er als Kind gewesen war, ein nicht besonders kräftiger Junge mit knochigen schmalen Schultern, der in kurzen Hosen nahe dem toskanischen Dorf, in dem er aufgewachsen war, mit dem Fahrrad über einen von Ölbäumen gesäumten Weg fuhr. Ich glaubte sogar Dinge aus seiner Vergangenheit erraten zu können, von denen ich nicht das Geringste wusste, beispielsweise seinen Musikgeschmack oder die Art seiner Lektüre. Er war weniger förmlich gekleidet als am Vortag; über einem offenen Hemd trug er einen sportlichen Pullover und einen leichten Mantel. Er blieb stehen, als wagte er nicht, sich wieder zu setzen, und berichtete mir das Neueste über die Auseinandersetzung im Zusammenhang mit der Restaurierung des Bildes. Er tat das ganz ruhig, wieder vollständig Herr seiner selbst, die Hände tief in den Hosentaschen und leicht auf den Fußspitzen wippend. Nach einer Weile trat die Sekretärin in Begleitung zweier Wachmänner ein und forderte uns auf, ihr in die Restauratorenwerkstatt zu folgen.

Dieser von Kameras überwachte Saal erwies sich als weißgekachelter rechteckiger Raum, in dem es wie in einem Chemielabor roch. Vor die Fensterscheiben hatte man gelbliches Papier geklebt, damit das einfallende Tageslicht den Bildern nicht schadete. Auf vier großen Arbeitsplatten in der Mitte des Raumes, die auf Böcken ruhten, lagen mehrere Gemälde und warteten darauf, dass sich die Restauratoren mit ihnen beschäftigten. Ohne die Kameras an der Decke hätte der Raum mit seinen Metallschränken und den Wandhaken, an denen Leinwandstücke, Pinsel und Bürsten in verschiedener Größe hingen, wie eine beliebige Werkstatt gewirkt. Im Hintergrund sah man auf einer Art gefliestem Podest einen Staubwedel und mehrere große Plastiktüten, wie man sie in Supermärkten bekommt.

Ein untersetzter Mann mit zerzausten weißen Haaren, der einen weißen Kittel trug, trat lächelnd auf uns zu.

Mit dem Ausruf »Giulio!« begrüßte er Professor Rossi und schlug ihm dabei kräftig auf die Schulter.

Dieser legte ihm seinerseits die Hand mit einer Geste auf die Schulter, die mich unwillkürlich an den im Mittelalter üblichen Ritterschlag erinnerte. Sicherlich trug der deutliche Größenunterschied zwischen den beiden zu diesem sonderbaren Eindruck bei. Professor Rossi schien sich in der Situation durchaus wohlzufühlen. Da ich einen Schritt zurückgeblieben war, drehte er sich zu mir um, fasste mich am Ellbogen, als wäre es das Natürlichste auf der Welt, und zog mich zu dem Mann im weißen Kittel hin. Es war das erste Mal, dass er mich auf diese Weise berührte.

»Ana, ich stelle Ihnen den berühmten Restaurator Francesco

Ferrer vor. Er stammt aus Pistoia, ist der beste Gemäldechirurg von ganz Italien und mein guter Freund. Die Reibereien mit dem Leiter der Vatikanischen Archive wegen Pierpaolo Masonis *Madonna im Schnee* gehen vor allem auf ihn zurück.« Während Ferrer mir freundlich zulächelte, musterten mich seine kleinen Augen, die wild und ungezähmt blitzten, aufmerksam von Kopf bis Fuß mit dem durchdringenden Blick dessen, der es von Berufs wegen gewohnt ist, unablässig zu vergleichen, um sofort zu sehen, wo etwas nicht so ist, wie es sein soll, das Gesehene zu bewerten und sich ein Urteil zu bilden. Letzteres tat er in diesem Fall zum Glück nicht, jedenfalls nicht mit Worten. »Das ist Ana Sotomayor«, fuhr Rossi fort, ohne meinen Ellbogen loszulassen. »Die Doktorandin, von der ich gesprochen habe. Sie arbeitet über Pierpaolo Masoni.«

»Wahrlich ein ungewöhnlich interessanter Maler«, sagte Ferrer und nahm meine Hand mit festem Griff, den ich zaghaft erwiderte. Seine Finger waren groß und rau wie die eines Töpfers. Trotz seiner über sechzig Jahre wirkte er kräftig. Mit seiner gedrungenen Gestalt und dem quadratischen Schädel sah er eher aus wie ein Handwerker, und er schien das auch zu kultivieren – möglicherweise als Gegengewicht zu seinen unbestrittenen Leistungen als Wissenschaftler.

»Vermutlich ist es für Sie nicht einfach, bei der Arbeit mit so alten Gemälden ohne weiteres zu entscheiden, ob sie einen sozusagen chirurgischen Eingriff vertragen«, sagte ich, die von Professor Rossi verwendete medizinische Metapher aufnehmend.

»Glauben Sie das nicht, *signorina*«, sagte er. »Wie bei allen anderen Fachgebieten gibt es die Möglichkeit, auf mehreren Stufen einzugreifen. Dank der technischen Mittel, die uns heutzutage zur Verfügung stehen, können wir jedes beliebige Bild ohne größeres Risiko behandeln. Es geht dabei letzten Endes eher um eine philosophische Frage«, fuhr er fort, während wir zum hinteren Teil des Raumes gingen. »Auf der einen Seite stehen die Vertreter der von Monsignore Gautier angeführten okkultistischen Schule, auf der anderen Seite wir, die wir uns dafür einsetzen, dass ein Bild ›lesbar‹ bleibt. Wenn es sich um ein Pergament mit einem Dante-Text handelt, bei dem Stockflecken einige Wörter unlesbar machen – meinen Sie nicht auch, dass man die Stelle säubern müsste, um den Text vollständig verstehen zu können …?« Er machte eine Pause, um auf meine Zustimmung zu warten, und fuhr dann fort: »Bei einem Gemälde verhält es sich nicht anders.« Dann neigte er seinen Quadratschädel ein wenig nach links und sah mich mit einer Mischung aus Aufmerksamkeit und Neugier schweigend an, als erinnerte ich ihn an jemanden.

»Genau genommen ist das alles gar nicht neu«, warf Professor Rossi ein. »Die katholische Kirche war schon immer eine Verfechterin des Unverständlichen und Unzugänglichen, einerlei, ob es dabei um Dokumente oder die bildende Kunst ging – ja, diese Haltung spiegelt sich sogar in der Liturgie wider.« In unüberhörbar spöttischem Ton fuhr er fort: »Du kennst ja das von alters her geläufige Motto der Kurienmitglieder unter den Freimaurern: ›So wenig wie möglich glauben, ohne zum Ketzer zu werden, um möglichst wenig gehorchen zu müssen, ohne zum Aufrührer zu werden.‹ Immerhin war die Geheimhaltung oft genug der beste Verbündete der Mächtigen.« Obwohl Professor Rossi eher neutral als provozierend sprach, kam es mir einen Augenblick lang so vor, als hörte ich einem der antiklerikalen Ausbrüche meines Vaters zu. »Sie wissen ja«, fügte er an mich gewandt hinzu, »dass das einer der Hauptpunkte bei Luthers Reformation war.«

Der lehrhafte Ton, mit dem er das vortrug, passte mir nicht im Geringsten. Schließlich ist jedem Mittelstufenschüler bekannt, dass Luther von der Kirche das Recht eines jeden Christen einforderte, selbst die Bibel zu lesen, und dass sich diese jeglicher unmittelbaren Teilhabe ihrer Schäfchen an den Geheimnissen des Glaubens widersetzte, weil ihr klar war, dass sie damit unwiderruflich an Einfluss verlieren würde. Durch seine Art, mich über etwas derart auf der Hand Liegendes zu belehren, fühlte ich mich zutiefst herabgesetzt.

»Selbstverständlich«, gab ich zurück. Dann machte ich mich mit einem Rest von verletztem Stolz zum *advocatus diaboli*. »Aber gewiss ist es doch ein Unterschied, ob man dazu beiträgt, ein Bild *lesbar* zu machen«, womit ich ganz bewusst dasselbe Wort verwendete wie Ferrer, »oder ob man etwas ans Licht bringt, was der Maler, zumindest im Fall der *Madonna im Schnee*, wahrscheinlich unklar lassen wollte.« Meiner Ansicht nach war es weit schwieriger, ein Bild zu ›lesen‹ als ein Buch. Beispielsweise ist es allein schon unmöglich, ein Gemälde vom selben Standpunkt aus zu betrachten wie sein Maler, der sich grundsätzlich *darin* befindet. Zum anderen kann man es auch von außen nicht vollständig sehen, nimmt es doch den Betrachter in dem Maße in sich auf, in dem dieser sich ihm nähert. Das ist jedem bewusst, der sich eine Weile allein einem Kunstwerk gegenüber befunden hat. Ganz davon abgesehen verhindern manche Maler mit geradezu teuflischen Mitteln, dass man ihre Bilder *liest*; sie verwenden aus Symbolen bestehende geheime Codes, die ausschließlich einer Minderheit Eingeweihter zugänglich und verständlich sind. Der bekannteste Fall dürfte der Leonardos sein, doch wusste Professor Ferrer wohl ebenso wie ich, dass sich der Maler der *Mona Lisa* im Atelier Verrocchios aufgehalten hatte und dort in die Kunst eingeweiht worden war, wie man die Dinge im Ungefähren belässt – zweifellos durch *Il Lupetto* selbst.

Ferrer lachte verschwörerisch, als wüsste er genau, was ich dachte.

»Nur gut, dass wir sie auf unserer Seite haben«, sagte er augenzwinkernd zu Professor Rossi. »Sollte es den Leuten im Vatikan gelingen, sie für sich zu rekrutieren, sind wir verloren.«

»Ich hab dir ja gleich gesagt, was für ein kluges Mädchen sie ist«, gab dieser zurück.

»Selbstverständlich kann niemand ein Bild mit den Augen des Malers betrachten, *signorina,* aber Monsignore Gautier geht so weit zu behaupten, dass man es mit gar keinen Augen betrachten könne – *capito*? Im Augenblick scheint er sich damit durchsetzen zu können, denn man hat das Restaurierungsvorhaben auf Eis gelegt. Solange der strittige Punkt nicht geklärt ist, darf das Bild auch nicht ausgestellt werden, und so bleibt es weiterhin hier an Ort und Stelle unter Verschluss, so dass niemand an die Schmutzschicht und die Geheimnisse herankommt, die sich dahinter verbergen mögen.« Bei diesen Worten hatte er auf eine Stahltür links von dem gefliesten Podest gewiesen. »Wenn Professor Rossi nicht seine Beziehungen hätte spielen lassen, könnten auch Sie es nicht mit Ihren hübschen Augen betrachten, junges Fräulein.«

Kaum fünf Minuten später sahen wir das Gemälde *Madonna im Schnee* vor uns. Auf ein Handzeichen Ferrers hin führten die Wachmänner eine codierte Karte in ein Lesegerät ein, woraufhin die Stahltür aufschwang. Dann nahmen sie das Gemälde heraus und trugen es Ferrers Anweisungen folgend zu einer kräftigen Staffelei, die offenbar zu diesem Zweck vor dem Fenster stand.

Am schlechten Zustand des Bildes konnte nicht der geringste Zweifel bestehen. Hier und da sah man dunkelbraune Schmutzflecken, außerdem überzog ein Netz von feinem Craquelé seine gesamte Fläche, die etwa so rissig war wie eine von einem Stein getroffene Windschutzscheibe.

»Das Craquelé entsteht unter dem Einfluss von Sauerstoff und findet sich auf allen Gemälden aus jener Zeit«, erläuterte Ferrer, »aber die rötlichbraune Schicht, die Sie an einigen Stellen sehen, hat meiner Ansicht nach nichts mit *Il Lupetto* zu tun und wurde wohl irgendwann nach dem Jahr 1478 aufgebracht, in dem das Gemälde entstanden ist.«

»Willst du damit sagen, dass es sich nicht um Patina handelt, sondern um eine Übermalung?«, fragte Professor Rossi und rückte sich die Brille zurecht.

»Nun, zumindest steht es so im Untersuchungsbericht. Da nach der UV-Untersuchung Zweifel an der Zuschreibung laut wurden, hat man, wie in solchen Fällen üblich, eine gründliche Analyse vorgenommen. Bei der mikroskopischen Untersuchung einiger Farbproben hat sich herausgestellt, dass das Braun der Übermalung in die darunterliegende monochrome Schicht eingesickert ist. Also muss diese beim Auftrag der frischen Farbe bereits rissig gewesen sein, sonst hätte sie nicht dort eindringen können. Höchstwahrscheinlich ist die Übermalung erst nach Masonis Tod erfolgt, denn solche Risse entstehen erst nach geraumer Zeit. Es dauert mindestens dreißig oder vierzig Jahre. Was wir nicht wissen, ist, ob die Übermalung aus ästhetischen Gründen erfolgte, weil irgendein bedenkenloser Restaurator mit mangelndem Urteilsvermögen das Bild auf diese Weise verschönern zu können glaubte, oder ob man es ganz im Gegenteil …« Ferrer ließ eine Pause eintreten und machte ein geheimnisvolles Gesicht. Er gefiel sich offensichtlich darin, sein Wissen ins rechte Licht zu rücken. Seine weißen Brauen zogen sich befriedigt zusammen, als er unsere Ungeduld gewahrte. Er behandelte uns mit einer intellektuellen Koketterie ähnlich der, die Sherlock Holmes seinem treuen Gehilfen Dr. Watson gegenüber an den Tag zu legen pflegte. Ich hatte den Eindruck, dass es sich hier um ein Spiel handelte, das Ferrer und Signor Rossi miteinander zu spielen gewohnt waren.

»Oder ob man es ganz im Gegenteil was?«, hakte Professor Rossi schließlich nach.

»Oder ob man es ganz im Gegenteil ganz bewusst und aus weltanschaulichen, um nicht zu sagen ideologischen Gründen entstellt hat«, trumpfte Ferrer auf und betonte jedes einzelne Wort mit großem Nachdruck.

Während sich die beiden über diese technischen Einzelheiten unterhielten, ließ ich das Bild auf mich wirken.

Es war für seine Zeit ungewöhnlich groß: etwa eineinhalb Meter breit und einen Meter siebzig hoch. Maria und der Jesusknabe nahmen die Mitte ein, ohne aber den Raum zu beherrschen; eher schienen sie darin eingeschlossen zu sein. Beide wirkten äußerst verletzlich, als fühlten sie sich durch die große Zahl der Personen um sie herum bedroht. Neben Engeln waren das Propheten, die nicht etwa in Anbetung versunken waren, sondern eher überrascht und erstaunt den Blick auf sie richteten. Die Maria sah aus, als wäre sie höchstens zwölf oder dreizehn Jahre alt, und hatte so gut wie nichts von der idealisierten Art an sich, wie Botticelli und andere Maler der Renaissance Madonnen dargestellt haben, die mit verträumtem Blick ins Weite schauen. Abgesehen davon, dass sie nicht nur unübersehbar wie ein Kind aussah, konnte man sie mit ihrer hohen Stirn und dem verhangenen Blick ihrer mandelförmigen Augen nicht einmal als schön bezeichnen. Das dunkelblonde Haar fiel ihr in weichen Wellen auf die linke Schulter, und in ihrem Gesichtsausdruck lag etwas zutiefst Beunruhigendes. Man hätte sagen können, dass von dem Bild etwas Kaltes ausging. Bei meinem Bemühen, jeden einzelnen der Gesichtszüge zu erfassen, um zu verstehen, worauf diese Wirkung beruhte, fiel mir schließlich das Lächeln auf. Auf den Zügen der *Madonna im Schnee* lag die Andeutung eines, nun ja, düsteren Lächelns, was auch damit zu tun hatte, dass keine Zähne zu sehen waren. Es ließ den unteren Teil ihres Gesichts, der Vergleich sei erlaubt, aussehen wie die Schnauze eines Hundewelpen oder eines Wolfsjungen. Ich überlegte, ob sich die einst wohl elfenbeinfarbene Lasur der Zähne im Laufe der Zeit verloren haben könnte, so dass dort nur noch der schwarze Malgrund zu sehen war, verwarf den Gedanken aber, als ich erkannte, dass es sich bei dem Jesusknaben ebenso verhielt, als handelte es sich um ein ererbtes Merkmal. Abgesehen von dieser Besonderheit wirkte er wie ein beliebiger Säugling, den ein Zimmermann aus Galiläa gezeugt und eine ungewöhnlich junge, aber auf keinen Fall jungfräuliche Jüdin geboren hatte. So wie er da auf dem Schoß seiner Mutter saß und mit einem Glöckchen spielte, das weit kleiner war als seine Hand und dessen Klang ihn zu beruhigen schien, sah er aus, als wäre er etwas über zwei Jahre alt. Vielleicht ahnte er seinen grausamen Tod voraus und wusste, dass ihn weder die Mutter noch die anderen Menschen um ihn herum davor würden bewahren können.

Die übrigen Figuren bildeten keine zusammengehörige Gruppe, sondern eine undeutliche und offensichtlich unvollendete Ansammlung von Gestalten, die durch den Lichteffekt einiger klug verteilter weißer Pinselstriche aus dem Dunkel auftauchten. Sie wirkten nicht unbedingt begeistert, ließen es aber ebenso wenig an Respekt fehlen; wer sehr genau hinsah, konnte auf dem einen oder anderen Gesicht eine ganz eigentümliche Art von Biedersinn oder auch Besorgnis erahnen.

Ich wollte das Bild Zentimeter für Zentimeter erkunden, da mir klar war, dass es mir außerordentlich wertvolle Auskünfte über den Maler liefern konnte, und zwar nicht nur mit Bezug auf dessen Arbeitsweise, sondern auch im Hinblick auf seine innere Haltung und seine besondere Art, die Welt zu sehen. Allerdings hätte ich nicht gedacht, dass ich dabei auf etwas äußerst Beunruhigendes stoßen würde.

»Achten Sie auf diese Gestalt.« Ferrer legte seinen Zeigefinger zwar nicht gerade auf die Leinwand, doch kam mir angesichts seiner entschlossenen und wenig ehrfürchtigen Art, sich dem Bild zu nähern, der Gedanke, dass er es ohne weiteres tun könnte, wenn ihm der Sinn danach stand. Er wies auf einen hochgewachsenen und in einen langen Umhang gekleideten, elegant wirkenden jungen Mann hin, der ausgesprochen männlich aussah. Obwohl sein Gesicht wie mit dem Messer geschnitzt wirkte, lag in seinem Blick eine gewisse Verletzlichkeit. »Ich kann die Hand nicht dafür ins Feuer legen«, fuhr Ferrer fort, »bin aber so gut wie sicher, dass wir es hier mit einem Selbstbildnis Pierpaolo Masonis zu tun haben. Die italienischen Künstler des 15. Jahrhunderts pflegten sich auf ihren Gemälden mit zu verewigen, und zwar für gewöhnlich so, dass sie aus dem Bild hinausblickten, als bildeten sie den Vermittler zwischen der von ihnen geschaffenen fiktiven Szene und der wirklichen Welt, in der sich der Betrachter befindet. Genau das ist auch hier der Fall – *capito*?« Er schien ohne dieses Füllwort nicht auszukommen.

»So wie Hitchcock in seinen Filmen«, sagte ich spontan.

»Ganz genau so«, bestätigte Professor Rossi lächelnd. »Allerdings glaube ich nicht, dass bei den Renaissance-Malern

Eitelkeit das Motiv war wie bei jenem Meister der Spannung, und es gibt auch keinen Grund anzunehmen, dass sie seinen englischen Humor besaßen. Es dürfte ihnen eher um den erzählerischen Aspekt der von ihnen dargestellten Szene gegangen sein.«

Ferrer befeuchtete einen Wattebausch und wischte damit über den unteren Rand des Bildes. Sogleich tauchte aus der Dunkelheit zu Füßen des Mannes mit dem Umhang der nur knapp angedeutete und im Profil dargestellte Kopf eines Wolfshundes auf, der mir bis dahin nicht aufgefallen war. Zwar lag er ruhig da, hatte aber die Ohren gespitzt und hielt den Blick aufmerksam auf die hermetische Welt aus Zeichen gerichtet, die sich jenseits der Befehle seines Herrn öffnete. Ich erinnerte mich, in einem von Masonis *quadernini* eine nahezu identische Rötelzeichnung eines Hundekopfes gesehen zu haben. Mit einem Mal kam mir der Gedanke, dass die Verbindung von Mann und Hund den eigentlichen Mittelpunkt des Gemäldes bildete.

Ich trat näher heran, um genauer sehen zu können. Der Mann mochte Mitte dreißig sein. Seinen Umhang, der dem Faltenwurf nach zu urteilen aus edlem Material bestand, zierte ein bestickter Saum, während der Kragen seines Hemdes abgewetzt war und Schweißflecken erkennen ließ. Wie die Hände und seine Gesichtszüge lieferte das einen Hinweis darauf, dass er gewohnt war, körperlich zu arbeiten. An seinem Gürtel hielten bronzene oder kupferne Nieten eine Art Beutel oder Börse, doch bei genauem Hinsehen erkannte man, dass es sich dabei nicht um die übliche Gürteltasche handelte, wie Handwerker sie zu jener Zeit zu tragen pflegten, sondern eher um einen ledernen Beutel, der ein Buch oder ein kleines Heft von der Größe eines Kartenspiels enthalten mochte. Sobald mir das klar geworden war, bestand für mich nicht mehr der geringste

Zweifel daran, dass ich mich dem einzigen Porträt gegenübersah, das von dem als *Il Lupetto* bekannten Maler noch existierte.

Seiner Haltung nach verkörperte er den entschlossenen Typus des Mannes, der sich bestens auf seinem Fachgebiet auskennt, doch ließ mich etwas im Blick seiner Augen vermuten, dass er so manches lieber nicht gewusst hätte. Er sah nicht nur gut aus, vielmehr ging von ihm eine große Anziehungskraft aus. Ich stellte mir den Klang seiner vermutlich tiefen Stimme ähnlich der von Tom Waits vor, und mit einem Mal kam mir die Strophe eines seiner Lieder in Erinnerung, das mir besonders gefiel: ›Sag doch, wie entscheidet Gott? / Welche Gebete erhört er nicht? / Wer lenkt die Geschicke? / Und aus wessen Hand fallen die Würfel …?‹ Zum letzten Mal hatte ich es am Ende des vorigen Sommers kurz vor meiner Ankunft in Florenz in Rois Ford Fiesta gehört. Roi war einer der Lieblingsschüler meines Vaters gewesen und zweifellos der Mann, den er am liebsten als seinen Schwiegersohn gesehen hätte. Er war mit offenem Fenster gefahren, den Ellbogen auf die Fahrertür gelegt, die Sonne hatte Flecken auf die Windschutzscheibe gemalt, und die Musik war wie ein Kometenschweif aus Klängen emporgestiegen. Es war ein zauberhafter Tag gewesen, mit einem Picknick im Schatten von Pinien und anschließender Siesta. Auf dem Rückweg hatten wir an einer Tankstelle nahe dem Strand Halt gemacht. Dort lag ganz in der Nähe eine aufgegebene kleine Werft, um die herum mehrere zerfallende Boote zu erkennen waren. Ich erinnere mich, wie ich mich umsah, während die Sonne langsam am Horizont versank, und ich den Eindruck gewann, dass niemand einen besseren Ort für einen Abschied hätte finden können. Die Musik klang wie ein Liebeslied, doch uns beiden war bewusst, dass es mit der Liebe vorbei war.

»Bei jeder Restaurierung geht es um eine Interpretation«, hörte ich Ferrer sagen, »und dafür gibt es keine allgemeingültigen Regeln. Es ist ohne weiteres möglich, dass man bei diesem Bild Methoden nicht anwenden kann, die bei einem Gemälde von Botticelli gut und richtig sind. Man muss das Kunstwerk unaufhörlich befragen und dann im jeweiligen Einzelfall entscheiden, wie man vorgehen soll.«

»Wenn man es recht bedenkt«, sagte Professor Rossi, während er sich mit einer Geste über die Schläfe strich, die man bisweilen bei Schachspielern beobachten kann, die über den nächsten Zug nachdenken, »lässt sich dieses auf die Kunst bezogene Kriterium auch auf alle anderen Lebensbereiche anwenden, und zwar sowohl auf der privaten wie auf der gesellschaftlichen Ebene. Alles, was man tut, hängt jederzeit mit der dahinterstehenden Absicht zusammen oder damit, wie man es verstanden haben will.« Nach kurzem Schweigen trat er einige Schritte zurück, um das Bild aus größerer Entfernung zu betrachten. Er stand reglos da und sah es aufmerksam an, wobei er ein Auge leicht geschlossen hielt, wie ein Jäger, der seine Beute anvisiert. Dabei schien sein Blick nicht nur konzentriert und spähend, sondern zugleich betrübt zu sein. »Zu der Zeit, als das Bild hier gemalt wurde, bestand zwischen dem privaten und dem öffentlichen Leben kaum ein Unterschied, zumindest, was die großen Familien angeht. Bekanntlich ist die Stadt Florenz nicht nur die Heimat politischer Theorien, auch das Machtstreben Einzelner hat hier extreme Ausmaße angenommen.« Die Art, wie er mich bei diesen Worten über den Rand seiner Brillengläser hinweg ansah, unterstrich die professorale Haltung noch, mit der er sprach. »Eifersucht, Missgunst, Rache und Mord waren ausgesprochen florentinische Sünden.

Vergessen Sie nicht, Ana, dass der Maler dieses Gemälde den

Medici im Jahre 1478 übergeben hat, also genau im Jahr der Pazzi-Verschwörung. Ohne näher auf Einzelheiten einzugehen, möchte ich doch sagen, dass damals viele Menschen einander voll Arglist und Tücke behandelten. Was die einen sagten, haben die anderen in sein genaues Gegenteil verkehrt und eigene Aussagen rundheraus bestritten. So mancher von denen im Dom Santa Maria del Fiore dürfte gesagt haben: ›Ich kenne dich nicht, du hast mich nicht gesehen, ich war nie hier …‹ So ist es nun einmal bei Verschwörungen, Anschlägen und Komplotten.« Er hielt inne und sah seinen Kollegen Ferrer an, als wäre ihm plötzlich etwas aufgegangen. »Aber noch heute findet sich die gleiche Art von auf Hass zurückgehendem Verhalten, und das nicht nur im politischen Leben. Bei Licht besehen geht es auch in der Welt der Universität nicht sehr viel anders zu. Dort gibt es ebenfalls nach wie vor die gleichen verletzten Eitelkeiten und die daraus erwachsenden Intrigen, nicht wahr, Francesco? Du und ich wissen nur zu gut, zu welchen Auswüchsen es dabei kommen kann.«

Obwohl ich an dieser Stelle den Eindruck hatte, dass mir da etwas entging, wagte ich angesichts von Professor Rossis verschwörerischem Ton nicht, Fragen zu stellen. Ich nahm an, dass es um Dinge ging, die nur sie beide betrafen und in die mich einzumischen ich kein Recht hatte.

»Gewiss«, gab Ferrer unlustig zurück, als wäre ihm diese Wendung ins Persönliche, die das Gespräch genommen hatte, nicht recht. »Sonderbar daran ist nur, dass wir nicht einmal dann etwas tun können, um es abzuwenden, wenn wir darüber Bescheid wissen. Allerdings ist es ohnehin nicht einfach, alles, was wir wissen, in die richtige Ordnung zu bringen«, gab er dem Gespräch elegant eine andere Wendung. »Sieh dir das Bild genau an. Es enthält eine unendliche Fülle von Einzelheiten, die uns entweder entgehen oder die wir einfach nicht sehen und auch nicht sehen können, weil sie gewissermaßen auf einem blinden Fleck liegen. Achte einmal auf den da.« Bei diesen Worten wies er auf einen Mann ganz rechts im Bild. Er trug ein schwarzes Wams, seidene Beinlinge und einen um den Hals herum mit Fuchspelz verbrämten Umhang aus rotem Samt. »Der erste Blick zeigt uns seinen schwermütigen Gesichtsausdruck und die Adlernase, doch bei genauerem Hinsehen erkennen wir, dass er dem Jesusknaben etwas darbietet. Es ist eine Pflanze, die man für Klee oder Jasmin halten könnte, doch ein Botaniker würde mit fachmännischem Blick erkennen, dass es sich um keine der beiden handelt, sondern um *eruca sativa*. Dieses unter dem Namen Rauke besser bekannte Gewächs gilt wegen seiner kreuzförmigen Blüte wie auch wegen seines bitteren Geschmacks als Symbol für die Passion Christi. All das wäre deutlich erkennbar, wenn wir den Mut hätten, offen hinzusehen, aber wir haben Angst vor dem Unverbrämten. Jetzt sieh dir einmal die andere nachdenkliche Gestalt an.« Bei diesen Worten wies er auf den linken Rand des Gemäldes. »Man könnte sie für einen Adligen oder einen Propheten halten. Beachte die gewagte perspektivische Verkürzung, vor allem an der rechten Schulter. Was siehst du da? Den Stumpf eines amputierten Arms? Möglich, aber wir wissen es nicht.«

Ferrer hielt inne. Auf seine Züge trat der Anflug eines Lächelns. Es bereitete ihm unverkennbar Freude, unsere Neugier zu wecken. Wahrscheinlich war auch er ein Rätselfreund und ein ebenso guter Schachspieler wie Professor Rossi. Kein Wunder, dass die beiden so gut befreundet waren. Sie waren einander ihrem geistigen Habitus nach sehr ähnlich und schienen eine für Männer wie sie eher ungewöhnliche detektivische Ader zu haben. Sie kamen mir vor wie zwei kleine Jungen, die sich beim Verlassen eines Vorstadtkinos daranmachen, Geheimnisse aufzudecken und Rätsel zu lösen. Nach einigen Sekunden betont gewichtigen Schweigens nahm Ferrer den Gesprächsfaden wieder auf: »Auch das Alltagsleben ist voller unsichtbarer Episoden. Wer weiß schon, was sich vor unseren Augen hinter Dingen verbirgt, die wir für sicher halten? Jede der auf diesem Gemälde dargestellten Personen, von denen man glauben könnte, dass sie Wache stehen, schließt ein Geheimnis in sich. Das Beunruhigende an diesem Gemälde ist eben, dass es so lange dauert, bis die Gestalten wirklich sichtbar werden.« Mit diesen Worten wandte er sich mir zu. »Zu lernen, wie man ein Bild richtig befragt, ist weder eine leichte noch eine harmlose Aufgabe, *signorina*.«

»Ich denke, dass man dieses Gemälde in der Hoffnung betrachten muss, sein Geheimnis zu entdecken«, warf Professor Rossi ein. »Dabei geht es aber nicht etwa um ein Geheimnis mit Bezug auf die Kunst, sondern um eines, das mit dem Leben zu tun hat.« Er sagte das mit scheuem Lächeln. Diesmal wich er mir nicht aus, sondern sah mir ganz im Gegenteil bewusst und mehrere Sekunden lang fest in die Augen. Dieser Blick schien mir nachdenklich, liebenswürdig und zugleich geheimnisvoll, so als wollte er etwas in seinem Inneren bewahren.

8

Im Raum hing nach wie vor ein Rest Helligkeit, von der man nicht genau wusste, woher sie kam. Lichtflecken lagen auf den Gegenständen darin, dem Werkzeug, den an einer Wand lehnenden weißen Leinwänden, die schon auf Keilrahmen gespannt waren, sowie auf der Waschschüssel und dem Strohsack. Luca trat ans Fenster und blieb dort nachdenklich stehen. Die Worte seines Meisters, deren Sinn er nicht im Geringsten verstanden hatte, gingen ihm nicht aus dem Kopf. Nach jeder Einladung zu einer der Abendgesellschaften im Palast der Medici an der Via Larga kehrte Masoni mit neuem Schwung und leuchtenden Augen in die *bottega* zurück. Dies gewöhnlich nur kurze Zeit währende Hochgefühl nutzte Luca, um seine Wissbegier mit Bezug auf so ungreifbare Dinge wie die Perspektive eines Gemäldes oder die Kometen zu befriedigen. Häufig allerdings warfen die Antworten, die er bekam, neue Fragen auf, statt seine Unwissenheit zu vertreiben, weckten weitere Ungewissheiten, die seinen Wissensdrang noch verstärkten. So sehr war er darauf bedacht, seine Kenntnisse zu vermehren, dass er von seinem Meister die Erlaubnis erwirkt hatte, jederzeit in den Büchern nachzusehen, die dieser in einem Bücherschrank verwahrte. Dort fanden sich die in grünes Leder gebundenen *Epistolae* des Horaz, die *Trionfi* Petrarcas, der *Arbor vitae crucifixae*, der Dante als Inspirationsquelle gedient hatte, eine Bibel in der Sprache des einfachen Volkes sowie weitere gebundene Handschriften, denen der häufige Gebrauch deutlich anzusehen war.

Draußen vor den mit Blei gefassten Fenstern schien in der

trübseligen Stille des Februarabends, an dem die Fastenzeit begann, etwas wie eine Vorahnung zu liegen. Der violette Himmel war noch nicht vollständig dunkel, doch brannten hier und da an den Straßenecken Fackeln. Luca entzündete die Kerzen in einem Leuchter; ihr Lichtkreis fiel auf ein in schwarzes Leder gebundenes und mit drei kupfernen Schließen versehenes Buch im doppelten Quartformat, das auf dem Tisch lag. Er legte es auf das Lesepult und blätterte darin bis zu dem granatroten Satinlesebändchen, das die Stelle anzeigte, an der sein Meister aufgehört hatte zu lesen. Kupferstiche zu einem äußerst verwickelten Muster miteinander verschlungener Glockenblumen und Raukenblätter schmückten die Ränder des Blattes. Doch nicht das erregte Lucas Aufmerksamkeit, sondern eine Zeichnung oben auf dem Blatt.

Es handelte sich um eine erstklassige Miniatur, die, so hatte es ihm der Meister gesagt, aus der Schule von Toledo stammte. Auf einem Thron mitten unter einem Regenbogen saß Gottvater vor einem smaragdfarbenen Hintergrund. Sein Gesicht wirkte weder majestätisch noch ehrwürdig, wie sonst üblicherweise bei Darstellungen des Schöpfers in Miniaturen dieser Art, sondern eher irdisch. Die Tiara auf seinem Haupt war mit einer Schlange verziert, die sich um einen Stab wand, und in den Stoff des weiten Obergewandes, das ihm bis zu den Knien fiel, waren Gold- und Silberfäden eingewirkt. Er stützte die Linke, die ein zweischneidiges Schwert hielt, auf ein Knie, während die Rechte einen langen, kreuzförmigen Zweig emporhob. Auf einer Ebene zu seinen Füßen waren Heere aufmarschiert. Inmitten der Krieger befand sich eine Schar der verschiedensten Teufel in all ihrer boshaften Schönheit, die den Schöpfergott anzubeten schienen. Manche trugen Hörner, andere hatten geschuppte Leiber und rissen den Rachen auf. Außerdem gab es

Incubi, Gorgonenhäupter, feuerspeiende Schlangen, Harpyen, Adler mit gesträubtem Gefieder, Hydren, hundsköpfige Wesen mit widerlichen Schnauzen, Basilisken, Skorpione und Nattern.

Von der Miniatur ging so viel Licht aus, dass der Leuchter nahezu überflüssig war. Schweiß lief dem zitternden Jungen wie ein eiskalter Strom über den Rücken. Das lag nicht nur an der Angst, die ihn mit einem Mal erfasst hatte, sondern auch am winterlich kalten Luftzug, der so heftig durch die Ritzen um die Fensterflügel drang, dass man glauben konnte, die Bilder aus jener anderen Welt würden im Zucken der Kerzenflammen lebendig, denn sie begannen sich zu bewegen. Luca wusste die Gestalten nicht zu deuten, die vor seinen Augen mit so grellen Farben glänzten, dass sie mit Feuer oder Blut gezeichnet schienen, er hatte keine Vorstellung davon, welcher Sinn sich hinter ihnen verbergen mochte. Zugleich gemahnte ihn diese religiöse Bilderwelt an die Predigten eines mit großer Sprachgewalt begabten Dominikaners aus dem Kloster San Marco, der zu sagen pflegte: »Der Glaube der Florentiner ist wie Wachs – ein wenig Wärme genügt, und er schmilzt dahin.«

Der Meister hatte ihm mitunter von den fortwährenden Stichelreden zwischen den Dominikanern, auf deren Orden die Entstehung des Heiligen Offiziums, also der Inquisition, zurückging, und den Franziskanern berichtet, die sich der Armut verschrieben hatten und deren Nächte voll heiliger Schönheit angeblich Urgrund aller Ketzereien waren. Doch sah man weniger die religiöse Schwärmerei der *fraticelli*, wie die Nachfolger des heiligen Franz von Assisi in der ganzen Toskana genannt wurden, als gefährlich an, wohl aber ihre offenen Angriffe gegen Kardinäle und Päpste, deren Streben nach irdischen Gütern und weltlicher Macht ihr Missfallen erregte. Jene Mönche träumten von der Heraufkunft einer neuen Zeit, in welcher der

Geist des – von falschen Aposteln verratenen – Christus dank jener Brüder, die jedem Besitz entsagt und sich der Armut geweiht hatten, wieder auf die Erde zurückkehren würde. Von Rom aus hielt man ihnen vor, sie strebten danach, die Autorität der Kirche gegenüber den weltlichen Machthabern zu untergraben, und ließ sie daher durch die Inquisition verfolgen. Auch das hatte in den Wunsch des Heiligen Stuhls mit hineingespielt, es künftig nur noch mit einer einzigen Bank zu tun zu haben, die durch ihre Macht den Primat des Vatikans gegenüber den weltlichen Fürsten auf alle Zeiten sichern sollte.

Der Junge geriet ins Grübeln und versenkte sich im schwachen Licht der Kerzen in die mit Fraktur geschriebenen gleichmäßig dahinfließenden Zeilen. In der Nachtluft weitete sich die Welt. Dabei verschlang die Dunkelheit der Jahrhunderte den Raum, nicht aber die Zeit, die der Mensch in eine ununterbrochene Abfolge von Jahren und Jahreszeiten zu unterteilen gelernt hatte und die nach Ansicht der Philosophen der Weg in die von Gott gesetzte Ewigkeit war. Die Miniatur, die Luca vor sich sah, zeigte alles in genauestens dargestellten Einzelheiten: den Halbmond, die Feldzüge des Papstes gegen den Kaiser, die Ketzerverfolgungen, das Geheimnis der Sonnen- und Mondfinsternisse, den Traum der Brüder vom Freien Geist, felltragende Schlangen, blutdürstige Wiesel, Hyänen und andere dem Höllenschlund entsprungene Ungeheuer … Was aber steckte dahinter, welche symbolhafte Botschaft verbarg sich in jener Abbildung, die ihn so sehr beschäftigte? Er wusste es nicht. In seinem Kopf drehte sich alles wie eine wilde Spirale, ordnete sich zu einer gotischen Fensterrosette, deren farbige Gläser sich zum Bild einer Hexe von außergewöhnlicher Schönheit fügten, deren Mund allerdings vom Räucherwerk aus morgenländischen Kräutern schwarz war.

Beim Anblick dieses Gesichts hatte er plötzlich den Eindruck, dass die Darstellung, die er vor Augen hatte, keineswegs von Vorfällen aus der Vergangenheit und auch nicht von heiligen Texten berichtete, sondern etwas zeigte, was noch bevorstand.

Von draußen hallte ganz in der Nähe der Hufschlag eines Pferdes. Er schien aus der Richtung des Bargello-Palasts zu kommen. Gleich darauf trat wieder Stille ein. Luca spürte, dass ihn die Müdigkeit zu übermannen begann, und stützte den Kopf auf die Arme, die er auf die Tischkante gelegt hatte. Auf keinen Fall wollte er einschlafen, und so gab er sich Mühe, die Augen offen zu halten. Als ihn der Schlaf schließlich doch übermannte, zeigten sich ihm beunruhigende Schattengestalten, dreiköpfige Hydren und Schlangen mit ineinandergeschlungenen Schwänzen. Dann wieder eilte er, entsetzlich frierend, durch mit Feuerzungen angefüllte Gassenlabyrinthe und hatte das dringende Bedürfnis, sein Wasser abzuschlagen.

Drei laute Schläge drangen in seinen unruhigen Schlaf und wiederholten sich. Dann hörte er unten das Haustor knarren, Schritte näherten sich durch den Gang bis zu dem Gelass, dessen Tür sich von außen durch einfaches Drehen des Knaufs öffnen ließ. Luca wollte sich vom Sitz erheben und sie von innen verriegeln, war aber zu keiner Bewegung fähig. Es war, als weigerte sich sein Körper, ihm zu gehorchen. Als er sah, dass sich der Türknauf bewegte, schloss er rasch die Augen, weil er fürchtete, ein Schatten aus der anderen Welt werde erscheinen. Mit leisem Quietschen öffnete sich die Tür, und der übergroße Schatten einer Gestalt fiel bis ans Fußende des Bettes. Luca keuchte atemlos. Der Mann, der da eintrat, war so ungeheuer groß, dass er den Kopf einziehen musste, um nicht oben an den Türrahmen zu stoßen. Nachdem er den Raum betreten hatte, legte er den Umhang ab, von dem ein Zipfel sein Gesicht verborgen hatte, und nahm die Mütze aus Hermelinfell vom Kopf, in dessen Haaren das Schneewasser in winzigen Tropfen stand. Da erst erkannte er seinen Meister. Masonis Gesicht war bleich, und in seinen Augen lag eine Unruhe, die Luca nicht an ihm kannte.

Der Junge sagte nichts, spürte aber, wie sein Herz fast stehenblieb, als er sah, dass der Maler zu dem Schrank ging, in dem er außer einigen Trophäen auch seine Waffen aufbewahrte: neben zwei gekreuzten Floretten auch eine mit Samt bezogene Platte, die vier unterschiedlich lange Dolche samt ihren Scheiden trug. Masoni steckte den größten davon in ein Gehenk an seinem Gürtel und leerte mehrere Tontöpfe mit medizinischen Kräutern in eine Filztasche, die er sich umhängte. Dann wandte er sich Luca zu, der ihm stumm zusah, als wäre die Erscheinung Bestandteil eines Traumes. Er forderte ihn auf, unverzüglich seinen Umhang anzulegen und mitzukommen.

»Wohin gehen wir?«, wagte der Junge mit zitternder Stimme zu fragen, als sie von der Via Ghibellina auf einen schmalen Pfad einbogen, über den erkennbar eine Ziegenherde gezogen war, denn er roch deutlich nach diesen Tieren und ihren Ausscheidungen.

»In die Hölle«, gab der Meister zurück.

9

Die Seitenwand eines an der Straßenecke geparkten alten roten Lieferwagens war wie ein Schutzdach aufgeklappt, so dass er aussah wie ein Verkaufsstand oder eine Losbude auf einem Jahrmarkt. Zwei Jungen in Anoraks und Turnschuhen lehnten an der schmalen Theke. Vom Fenster meiner Wohnung aus konnte ich sehen, wie sich die Straßen im Viertel mit Leben füllten. So war das jeden Tag gegen vier Uhr nachmittags. Im milden Licht der Sonne fühlte ich mich von einer angenehmen Trägheit erfüllt. Eine Katze war auf das Geländer der Terrasse vor der Wohnung unter mir geklettert, vor dem Portal einer Kirche in der Nähe pickten und scharrten Tauben. In der Via Pentolini öffneten einer nach dem anderen die Töpferläden, die nach wie vor die altüberlieferten zweihenkligen Tontöpfe verkauften, auf die der aus dem Mittelalter stammende Name jener Straße zurückging. Mein Blick aus dem offenen Fenster erfasste das ganze Panorama: er fiel auf Kirchtürme, Kuppeln, alte Klöster wie beispielsweise das der Heiligen Verdiana gewidmete. Sie ist auch unter dem Namen Viridiana oder Berdiana bekannt und soll vierunddreißig Jahre lang mit zwei Schlangen als einzigen Gefährten in einer Zelle eingeschlossen gelebt haben.

Im Jahre 1478 hatte man in dieser Stadt alles Erdenkliche kaufen können, von luxuriösen Figurinen, die man sich ins Ehegemach stellte, bis hin zu einem Milan oder Falken, der auf einen Pfiff zu seinem Besitzer zurückkehrte, wie auch jene scheußlichen Lederriemen, die man Sklavinnen an den kleinen

Finger band, damit sie im Gedränge des Marktes nicht entfliehen konnten. Jetzt verkauften Kleindealer hinter der Kirche Santa Maria Novella bei Sonnenuntergang ebenfalls allerlei Paradiese.

Während Tom Waits auf meiner Mini-Stereoanlage mit brüchiger Stimme die ersten Takte von *Somewhere* von sich gab, versuchte ich dahinterzukommen, was das eigentliche Geheimnis von Florenz ausmacht. Anfangs hatte ich die Tage meines Aufenthalts in der Stadt gezählt, wie ein Schüler die Tage bis zum Ende der Schulzeit im Kalender abstreicht. Ich fühlte mich noch mit dem verbunden, was von meinem letzten Studienjahr geblieben war, dem Geruch der Bäckerläden in Santiago de Compostela, wenn ich frühmorgens aus Rois Wohnung nach Hause zurückkehrte, dem Kaffee mit Sahnehäubchen in der Bar *Derby* sowie dem Frühling in der öffentlichen Parkanlage von Santa Susana. Schon bald würden dort die Azaleen blühen, doch das ließ mich inzwischen kalt. Ich brauchte jetzt nichts weiter als den abgestandenen Geruch im Lesesaal des Staatsarchivs, den Anblick der großen rechteckigen Bossen, die den Fassaden der Stadtpaläste ihr Gesicht geben, den bunten Marmor der Kirchen, das Geheimnis um ein Gemälde, die Worte eines Malers … Die Stadt, die mir am Herzen lag, war nicht nur um zweitausend Kilometer nach Osten gerückt, sondern zugleich auch fünfhundert Jahre in die Vergangenheit. Ich fragte mich, wer ich wohl gewesen wäre, wenn ich im Jahre 1478 in Florenz gelebt hätte. Wen hätte ich geliebt? Welche Rolle konnte eine Frau in jener Männerwelt spielen? Natürlich dachte ich an die von Leonardo porträtierte junge, kluge, schöne und unglücklich verheiratete Simonetta Vespucci. Eine großartige Dichterin, wie auch Ginebra de' Benci, die den unsterblichen Vers geschrieben hat: *Chieggo merzede e sono alpestro tigre* – Ich bitte um Nachsicht; ich bin eine ungezähmte Tigerin.

Ein auf Hochglanz polierter Alfa Romeo hielt vor dem Zebrastreifen an, und ein mittelmeerisch aussehender schnurrbärtiger Mann mit nach hinten gegelten Haaren, der einen Kurzmantel trug, stieg aus und ging auf den Lieferwagen zu. Er war nicht besonders groß, gebärdete sich aber wie ein Dirigent, der jeden Augenblick mit seinem Stab auf das Pult klopfen würde. Als die Ampel einige Sekunden später auf Grün sprang, fuhr der Alfa wieder an. Dann sah ich Professor Rossi aus den Arkaden auftauchen, die Hände in den Hosentaschen. Er trug genau wie am Vortag einen sportlichen Pullover und einen leichten Mantel, dessen Kragen er hochgestellt hatte. Wie immer machte er auf mich einen leicht verlegenen Eindruck. Er war ein Mann, der sein Leben nach Lust und Laune führte und wie zufällig im letzten Augenblick zu einer Verabredung eintraf. Ich schloss das Fenster und schaltete die Kaffeemaschine ein. Als Professor Rossi an meiner Tür klingelte, begann bereits das Wasser zu brodeln.

Seine Begrüßung wirkte auf mich sonderbar kühl. Vielleicht fühlte er sich durch die Enge meiner Wohnung, die er noch nie betreten hatte, bedrängt. Mit hängenden Schultern blieb er an der Tür stehen, eine Mappe in der Hand, wie ein Bote, der gekommen ist, um einen Brief zu überbringen, und gleich wieder gehen muss. Doch trotz dieser übertriebenen Förmlichkeit glaubte ich an ihm die besondere Art von Unsicherheit zu erkennen, die manche Männer an den Tag legen, wenn sie sich ihren Wünschen und Begierden schutzlos ausgeliefert fühlen. Ich hängte seinen Mantel an den Garderobenständer und lud ihn ein, auf dem Bett, das tagsüber als Sofa diente, Platz zu nehmen. Doch er blieb stehen und ließ seinen Blick über die

Bücher im Regal gleiten, während ich zwei Tassen und einen kleinen Teller mit Gebäck, das mir die Mutter regelmäßig aus Santiago schickte, auf ein Tablett stellte.

Ich sah, wie er mit dem Zeigefinger über die Rücken meiner Bücher fuhr: Jakob Burckhardts *Die Kultur der Renaissance in Italien* in einer Ausgabe aus den sechziger Jahren, die ich von meinem Vater übernommen hatte, *Leben der ausgezeichnetsten Maler, Bildhauer und Baumeister von Cimabue bis zum Jahre 1567* von Vasari und den Band über das Europa des 15. Jahrhunderts aus Georges Dubys Werk *Geschichte des privaten Lebens*. Inzwischen schien er sich wohler zu fühlen, als hätte irgendetwas seine Stimmung günstig beeinflusst. Ich wusste nicht, was es war – die Musik, der Kaffeegeruch … Er verweilte jetzt bei meinen jüngsten Erwerbungen, die er mir selbst empfohlen hatte, und lächelte, als er sah, dass Lauro Martines' *Die Verschwörung* bereits mit einer großen Anzahl von Randnotizen versehen war. Das Regal enthielt auch Romane, Werke von Stendhal, Faulkner, Joseph Conrad, ein Buch mit Reiseberichten von Josep Pla … Am auffälligsten aber schien ihm Hugo Pratts Comic von Corto Maltese zu sein.

»Es ist eine Erstausgabe«, sagte ich, als er sich daranmachte, die Widmung zu lesen.

»Ein großartiger Mann«, sagte er nach eine Weile, ohne den Blick von dem Buch zu nehmen.

»Wer? Corto?« fragte ich.

»Nein …« Er lächelte und strich sich das Kinn. »Ich meine den Autor, Hugo Pratt.« Er sah mich erwartungsvoll an.

»Ich wusste gar nicht, dass Sie ihn kennen.«

»Ein gemeinsamer Freund hat uns im Restaurant eines Hotels in Venedig, das er regelmäßig aufsuchte, miteinander bekannt gemacht. Wie hieß es noch?« Er fuhr sich mit der Zunge über die Lippen, als wäre es ihm entsetzlich peinlich, den Namen vergessen zu haben … »Ach ja, jetzt fällt es mir wieder ein – *Graspo de Ua*«, sagte er schließlich. »Ich bin kein Comic-Leser, erinnere mich aber, dass wir viel miteinander gelacht haben. Es ist keineswegs selbstverständlich, sich jemandem nahe zu fühlen, den man gerade erst kennengelernt hat. Wir sind einander später noch oft begegnet, und er hat mir jedes Mal besser gefallen.« Bei diesen Worten trat ein nachdenkliches Lächeln auf sein Gesicht, wie bei einem Menschen, der sich undeutlich, aber voller Freude an etwas erinnert.

Er stellte das Heft wieder an seinen Platz, ließ seine Hand eine Weile dort ruhen und nahm dann den links davon stehenden Glaswürfel mit den Fotos zur Hand. Nachdem er ihn neugierig von allen Seiten betrachtet hatte, stellte er ihn vorsichtig auf das Tischchen neben das Kaffeetablett und setzte sich.

Eins der Fotos zeigte mich mit meinem von der Sonne gebräunten Vater im Jahre 1985 auf einem hölzernen Anlegesteg. Er hatte noch volles dunkles Haar, ohne den geringsten Anflug von Grau, und reckte in Siegerpose eine Hand empor. Ich trug eine Medaille um den Hals, die ich beim Kinder-Segelwettbewerb gewonnen hatte. Ich war damals sieben Jahre alt, hatte Mausezähnchen und die Nase voller Sommersprossen. Sonderbarerweise kann ich mich nicht an den Augenblick erinnern, in dem die Aufnahme gemacht wurde, doch jedes Mal, wenn ich sie ansehe, empfinde ich ganz deutlich wieder das Gefühl, das ich in meinem nassen Badeanzug hatte, über dem ich ein Paar Shorts trug.

»Das war eine der Sternstunden meiner Kindheit«, sagte ich, und das entsprach der Wahrheit. Bis auf den heutigen Tag habe ich nichts so intensiv empfunden wie jene Situation, bei der es darum gegangen war, das Segel im kleinstmöglichen

Winkel zum Wind zu halten und dabei möglichst viel Fahrt zu machen.

»Mir wird schon übel, wenn ich in Venedig eine Gondel besteige«, gestand Professor Rossi in scherzhaftem Ton. »Ich will mir erst gar nicht vorstellen, wie es bei einer Regatta zugeht.«

»Das ist ganz einfach. Man muss nur dafür sorgen, dass man beim Zickzackfahren immer dicht am Wind bleibt«, sagte ich und wedelte dabei mit der Hand. »Manchmal kommt es einem dabei vor, dass man sich vom Ziel entfernt, aber schon mit dem nächsten Wendemanöver rückt es wieder ins Blickfeld.« Auch ich verstand mich darauf, jemandem eine Lektion zu erteilen, wenn ich es für richtig hielt, und so fügte ich mit selbstgefälligem Lächeln hinzu: »Ziemlich genau wie im richtigen Leben.«

Er wandte sich mir mit gehobenen Brauen zu, als hätte ihn meine Äußerung überrascht oder als erwartete er eine weitergehende Erklärung.

»Nun«, setzte ich an, während ich den Kaffee eingoss, »es gibt durchaus Situationen, in denen wir zwar gewinnen, dabei aber in Wahrheit verlieren, während wir bei anderen Gelegenheiten, wenn es so aussieht, als seien wir auf Grund gelaufen, mit einem Mal wieder flott werden, ohne dass wir die Ursache dafür kennen. Ist es nicht so?«

»Ja«, gab er zurück. Er schien ein wenig verblüfft. »Schon möglich.«

»Das Schlimme ist«, fuhr ich fort, »dass es an Land schwerer fällt zu erkennen, wann man das Steuer herumwerfen muss, als auf dem Wasser.

Mitunter treiben wir jahrelang unentschieden dahin, dann wieder treffen wir binnen Sekunden eine grundlegende Entscheidung.« Niemand möge mich fragen, warum ich das sagte. Ich ahne es nicht, und ich kann mir vor allem nicht erklären, warum ich so von oben herab sprach, mit solchem Nachdruck und so anmaßend. Mitunter übertreibe ich und sage Dinge, ohne zu wissen, warum. So als spräche aus mir ein anderer Mensch, eine Stimme, die sich nicht beherrschen lässt.

»Vielleicht hätte es auch mir gutgetan, irgendeinen Freiluftsport zu betreiben. Allem Anschein nach lernt man dabei interessante Dinge«, merkte er spöttisch an, während er die Tasse an die Lippen hob. Danach sagte er eine Weile nichts. Das Schweigen dauerte drei, vier, fünf, sechs Sekunden … Er schien es gut aushalten zu können.

»Wir Galizier haben eine besondere Beziehung zum Meer und zum Gebirge«, sagte ich und versuchte, die Bedeutung meiner vorigen Worte herunterzuspielen. »Na ja, genau genommen gilt das für alle Nordspanier. Da mein Vater ein begeisterter Naturfreund war, haben wir viele Ausflüge unternommen, als ich noch ganz klein war. Das hat mir großen Spaß gemacht«, sagte ich und lehnte mich lächelnd zurück. »Ich wurde irgendwann in der Nacht in meinem mit Tom-und-Jerry-Figuren bedruckten Schlafanzug auf den Rücksitz im Auto gepackt, und wenn ich wach wurde, war es heller Tag, und um uns herum waren lauter Wildpferde …«

Professor Rossi sah mich mit einem angedeuteten Lächeln nachdenklich an. Ich weiß nicht, wie lange ich laut in meinen Erinnerungen an diese Unternehmungen mit Picknicks in Pinienwäldern und in einem Bach gekühlten Erfrischungen schwelgte, dann die Rückfahrt, bei der ich, das Gesicht gegen die kalte Türscheibe gedrückt, von ferne den Leuchtturm am Kap Finisterre sah und anfing, die Sterne zu zählen, bis mich die Dunkelheit allmählich einhüllte … Meine anfängliche Unsicherheit war wie weggeblasen. Ich sprach langsam und ruhig, und merkte nicht, dass sich in meiner Kehle ein

Knoten bildete, einer der Seemannsknoten, die man mir in der Segelschule von Lapamán beigebracht hatte. Ein Glücksgefühl wie bei jenen Ausflügen hatte ich seither nie wieder empfunden. Doch es war lange, viel zu lange her, dass ich mit jemandem darüber gesprochen hatte. Erneut sah ich auf das Foto und die goldene Siegermedaille an ihrem blauweißen Band mit dem galizischen Wappen. Segeln in der Kinderklasse. Erster Preis. Das Schlimmste war das Gefühl, dass es sich um eine auf alle Zeiten untergegangene Welt handelte. Ich nahm einen Schluck Kaffee und sah verstohlen zum Fenster hin. Es wurde allmählich dunkel.

Nun begann Professor Rossi zu erzählen, von seinen Eltern, ihrem Haus auf dem Lande, in dessen großer Küche ein gemauerter Herd gestanden hatte, einem Weg, den Ölbäume säumten. Von Zeit zu Zeit wanderte sein Blick zu der mit Heftzwecken an der Wand befestigten Landkarte, dann sah er wieder mich an. Er erwähnte eine Großtante aus Triest, die ihm Geschichten über die Donaumonarchie erzählt und ihm großartige Salons geschildert hatte, zwischen deren mit erlesenen Intarsien verzierten Möbeln sich in bordeauxroten Samt gekleidete Menschen bewegten. Auch sprach er darüber, wie ihn als Kind das von Edmondo de Amicis verfasste *Cuore* begeistert hatte, neben *Pinocchio* das meistgelesene Kinderbuch Italiens.

Das Kinn auf eine Hand gestützt, saß er mit übereinandergeschlagenen Beinen da. Ich schaltete die kleine Tischlampe ein, und das bernsteinfarbene Licht, in das sie den Raum tauchte, betonte das kantige Profil seines hageren Gesichts, die Adlernase und die scharfe senkrechte Doppelfalte zu beiden Seiten des Mundes.

»Meine Kindheit hat ein wenig anders ausgesehen als Ihre«, sagte er. »Das einzige uns damals, kurz nach dem Zweiten

Weltkrieg zugängliche Abenteuer bestand darin zu überleben.

Sie dürfen nicht vergessen, dass ich 1948 zur Welt gekommen bin. Menschen meines Alters scheint alles außer den Ruinen von Mykene recht nahe an der Gegenwart zu liegen«, scherzte er. »In den vielen Jahren, die seither vergangen sind, hatte ich allerdings Zeit für viele Dinge«, fügte er etwas ernsthafter hinzu. »Na ja, genau genommen für vieles und zugleich für nichts …«

»Mein Vater ist im selben Jahr wie Sie geboren, im Dezember …«

»Ich hatte immer den Eindruck, dass er und Sie einander sehr nahe standen«, sagte er nach längerem Schweigen. »Sicher fehlt er Ihnen sehr, nicht wahr?« Jetzt sah er mich auf eine seltsame Weise an, die ich nicht recht zu deuten wusste. Nicht nur, was er sagte, erstaunte mich, sondern auch die Art, wie er das tat. Es kam mir vor, als hätte er entschlossen eine Grenze überschritten.

Mitunter verlieren Menschen, wenn sie sich der Vergangenheit zuwenden, auf kurze Zeit das Gefühl für die Privatsphäre. Mit einem Mal hatte ich den Eindruck, mehr gesagt zu haben als gut war.

»Nun, ich nehme an, dass es bei uns so war wie in anderen Familien auch …«, sagte ich, um die Vertraulichkeit, die sich ausgebreitet hatte, ein wenig einzudämmen. Bei diesen Worten fragte ich mich insgeheim, ob er Kinder hatte. Ich nahm es allerdings nicht an, denn er war mir immer wie ein typischer Junggeselle vorgekommen. Trotzdem fragte ich ihn ebenso neugierig wie indiskret danach.

Seine bejahende Antwort war knapp. Die Augen in seinem unbewegten Gesicht hatten sich umdüstert wie der Himmel, wenn sich eine Wolke vor die Sonne schiebt. Ich empfand Unbehagen. Eigentlich war es weniger Unbehagen als das Bewusstsein meiner Taktlosigkeit. Aber ich fühlte mich auch verletzt, weil er beständig mein Foto betrachtete, das unverhülltes Lebensglück ausstrahlte, mein Lächeln, das die Zähne nicht sehen ließ, die Funken von Licht in meinen vor Überraschung weit aufgerissenen Augen, die Enden meiner nassen Zöpfe, die wie Pinselspitzen auf meinem Badeanzug lagen, die dürren Arme, die Beine, die staksig waren wie bei einem Vogel … Ich wollte ihm den Würfel mit den Bildern aus der Hand nehmen und an seinen Platz zurückstellen, doch überraschend flink hinderte er mich daran, nahm ihn rasch in die andere Hand und drehte ihn um und um wie einen Rubik-Würfel.

Jetzt sah er sich ein Foto meines Kunstgeschichtskurses an.

»Wer von denen sind Sie?«, wollte er wissen.

»Die hier.« Ich zeigte auf einen winzigen blonden Kopf in der zweiten Reihe. Damals hatte ich die Haare sehr kurz getragen, fast wie die Insassen einer Besserungsanstalt. In Bluejeans und schwarzem Pullover hatte ich mich wie eine Vertreterin der *nouvelle vague* gebärdet, wobei die Zigarette nicht fehlen durfte. Mein Gesichtsausdruck zeigte, dass ich von meiner Unsterblichkeit zutiefst überzeugt war, wie das die Art junger Menschen in allen Generationen ist.

»Und der da?« Jetzt wies er auf ein anderes Foto, das Roi mit mürrischem und fragendem Gesicht über dem Palästinensertuch zeigte, das er zu tragen pflegte.

»Das ist Roi«, gab ich zur Antwort. »Ein Freund.«

»Aha …«, sagte er und hob die Brauen, als überlegte er, was das bedeuten könne. Dann stand er ohne ein weiteres Wort auf und stellte den Würfel zurück neben die Bücher. Als er wieder Platz nahm, war erneut die Schranke professoraler Distanz zwischen uns spürbar. Er goss sich Kaffee nach, rührte um, nahm einen großen Schluck und stellte die Tasse geradezu hastig zurück, als hätte er sich die Finger verbrannt oder als müsste er dringend etwas erledigen, was keinen Aufschub duldete.

»Ich bin im Zusammenhang mit dem Gemälde *Madonna im Schnee* auf etwas gestoßen, was Sie unter Umständen interessiert«, sagte er auf eine Weise, die mir seinen Wunsch, das Thema zu wechseln, unüberhörbar deutlich machte.

Während er seine Mappe öffnete, schob ich das Tablett an die äußerste Kante des Tisches und räumte den Zeitschriftenstapel auf den Teppich, um Platz zu schaffen. Er nahm einige Fotokopien heraus, auf denen einzelne Absätze mit gelbem Textmarker hervorgehoben waren.

»Wie es aussieht, war Masonis Gemälde eine Auftragsarbeit und für einen Altar des Dominikanerklosters von San Marco bestimmt«, begann er. Seine Art zu sprechen war wieder neutral, selbstsicher und sachlich, fast wie bei einem Nachrichtensprecher. »In diesem Kloster standen den Medici einige äußerst behaglich eingerichtete Zellen zur Verfügung, in die sie sich zu ihren philosophischen Debatten zurückzogen, sie brachten darin aber gelegentlich auch von ihnen geförderte Künstler unter. Den mir verfügbaren Quellen konnte ich entnehmen, dass sich Pierpaolo Masoni mit Sicherheit mehrfach längere Zeit dort aufgehalten hat, wie übrigens auch Leonardo und der Dichter Poliziano. Irgendwann nach Ostern 1478, das heißt in unmittelbarer zeitlicher Nähe zur Verschwörung vom April desselben Jahres, hat Lorenzo de' Medici das Gemälde dem Herzog von Urbino, also Federico da Montefeltro, übergeben. Man muss annehmen, dass er ihn damit gleichsam für einen Dienst entlohnen wollte, den ihm dieser geleistet hatte. Es besteht kein Zweifel, dass Lorenzo das Bild überaus hoch geschätzt hat, denn er hatte dem Herzog ursprünglich statt seiner ein Gemälde Botticellis mit dem Titel *Die Verleumdung des Apelles* angeboten und ihn sogar mit einem bronzenen *David* von Verrocchio in Versuchung führen wollen – doch Montefeltro bestand auf der *Madonna im Schnee.*«

»Was könnte der Grund dafür gewesen sein, dass er unbedingt gerade dieses Bild haben wollte?«

»Nun, wie Sie wissen, war auch er ein großer Kunstliebhaber und einer der bedeutendsten Mäzene jener Zeit. Ich an Ihrer Stelle würde jedenfalls alles an Informationen über den Mann zusammentragen, was ich bekommen könnte. Immerhin ist es möglich, dass Sie dabei auf eine Fährte stoßen. Haben Sie von hier aus Zugriff auf die Datenbank des Staatsarchivs?«, fragte er mit einem flüchtigen Blick auf meinen Laptop.

»Ich glaube schon«, gab ich zurück und stand auf, um ihn einzuschalten, doch Professor Rossi hielt mich zurück, indem er mir eine Hand auf den Unterarm legte.

»Warten Sie – das Beste kommt erst.« In seiner Stimme schwang jetzt ein Anflug von innerer Bewegung, wenn nicht sogar Leidenschaftlichkeit. Seine Augen hatten in diesem Augenblick die Farbe eines Glaskrugs voll Bier, durch den ein Sonnenstrahl hindurchgeht, mit einem marmorierten Geäder in Bernstein-, Malachit- und Lapislazuli-Tönen. Sie alle schien seine Iris in veränderbaren Mengen zu enthalten, je nach Stimmung oder Lichteinfall. Gelegentlich blitzten seine Augen sogar in einem Schimmer von Altgold auf, ähnlich, wie man ihn auf manchen italienischen Altarbildern findet. »Die Geschichte des Gemäldes ist voller romantischer Verwicklungen«, fuhr er fort. »Wo es sich von dem Zeitpunkt an befunden hat, da es an Federico da Montefeltro übergeben wurde, bis es zu Beginn des 19. Jahrhunderts unvermittelt in Frankreich auftauchte, weiß niemand. Man darf annehmen, dass es, wie so manches andere Kunstwerk, als Beutestück der napoleonischen Feldzüge dorthin gelangt ist. Wie auch immer sich das verhält – im Jahre 1821 ist es in Spanien erneut aufgetaucht, und zwar im Madrider Palast einer verwitweten Gräfin namens Teresa de Zúñiga y Castro.«

»Dieser Name kommt mir bekannt vor …«

»Kein Wunder«, gab er zurück. »Schließlich stammte die Dame aus Galizien, war eine geborene Gräfin von Lemos und Markgräfin von Sarria. In dem bewussten Palast, der in der Calle del Turco stand, führte sie einen Salon, in dem erörtert wurde, was Glauben und Verstand unterscheidet. Diese Dame muss eine ausgesprochen interessante, wenn auch ein wenig mystisch veranlagte Persönlichkeit gewesen sein. Allem Anschein nach stand sie im Briefwechsel mit berühmten Philosophen, und böse Zungen munkelten, dass sie einer der Freimaurerlogen angehörte, die zu jener Zeit allenthalben ins Kraut schossen.«

»Etwa *L'Ami de la Fraternité*?«, fragte ich. Ich musste an etwas denken, was ich kurz zuvor über den Einfluss der Französischen Revolution in Spanien gelesen hatte.

»Nein«, sagte er mit wohlwollendem Lächeln. »Eine weit ältere, die beinahe auf die Zeit der Urchristen zurückgeht. Nun, in Wahrheit waren all jene Geheimgesellschaften ein Produkt des Synkretismus und die Keimzelle der ersten religiösen Glaubensrichtungen, die ihrerseits ihre Begriffe aus dem Platonismus und der Kabbala bezogen. Alchemisten, Philantropen, Reformatoren, *fraticelli* … Es ist nicht einfach, eine Glaubenslehre sauber von einer anderen zu unterscheiden. Mit Gedanken und Ideen verhält es sich ähnlich wie mit einem Fluss, der, nachdem er Tausende von Kilometern durchlaufen hat, in der Nähe des Meeres angekommen, nicht mehr weiß, wo seine eigentliche Quelle liegt. Der bedeutendste Kenner des Freimaurertums, auf jeden Fall aber der objektivste und gelehrteste, ist ein spanischer Jesuit namens Ferrer Benimelli. Ich glaube, er lebt in Salamanca. Unter Umständen wäre es gar nicht schlecht, wenn Sie ihn aufsuchten, falls Sie die Absicht haben sollten, in den Osterferien nach Hause zu fahren«, regte er an. »Je nach Land und Epoche hat man diese Gesellschaften mit unterschiedlichen Namen belegt: Brüder Asiens, Illuminaten von Avignon oder einfach *Illuminati*, *Philadelphoi*, Ritter des Schwarzen Adlers, *Arrabbiati*, Rosenkreuzer, Brüder vom Freien Geist …« Er hielt kurz inne und schien zu zögern, fuhr aber dann fort: »Zwar hat jede der Logen ihre eigenen Symbole verwendet, sei es, dass sie Glöckchen läuteten oder Kreidekreise zogen, in denen sie Kerzen anzündeten oder Räucherwerk verbrannten – doch letzten Endes strebten sie eine wie die andere nach dem von ihnen allen vertretenen Ideal von Gleichheit und Eintracht.« Dann fügte er mit kaum wahrnehmbarer Betonung hinzu: »Einer dieser Riten allerdings schlug später eine andere Richtung ein und wurde zu dem, was man ganz allgemein die *Schwarze Magie* nennt.«

»Soll das heißen, dass sich das Gemälde *Madonna im Schnee* im Besitz einer Sekte befunden hat?«, erkundigte ich mich wie eine eifrige Schülerin.

»Nun, ich weiß nicht, ob man hier von einer Sekte sprechen kann«, antwortete er. »Der Wunsch, die Welt zu verändern, geht immer von geheimen kleinen Gruppen aus …«

»Glauben Sie, Pierpaolo Mansoni könnte einer davon angehört haben?«, ließ ich nicht locker.

»Ich weiß nicht …« Er strich sich unwillkürlich mit den Fingerspitzen über die Schläfe. »Vermutlich wird es Ihre Aufgabe sein, das festzustellen«, sagte er mit einem zugleich aufmunternden und auffordernden Blick. Dann fügte er mit einem Anflug von Herablassung hinzu: »Allerdings sollten Sie bedenken, dass das 15. Jahrhundert eine Zeit war, in der altüberkommene Glaubensvorstellungen zerbrachen. Als Konstantinopel, die Hauptstadt des oströmischen Reiches, 1453 den Türken in die Hände fiel, floh eine Unzahl Gelehrter nach Italien, dicke Manuskriptbündel im Gepäck, die das gesamte Wissen der griechischen und morgenländischen Denker enthielten. Die *botteghe* waren nicht nur Werkstätten der Künstler – wir würden heute Atelier sagen –, sondern zugleich auch Zentren der wissenschaftlichen Diskussion und Pflanzschulen von Ideen. Eine große Zahl von Künstlern betrachtete die Macht der Kirche voll Argwohn und sprach sich für eine Rückkehr zu den Vorstellungen der urchristlichen Gemeinschaften aus. Auf dem Gemälde hat, wie Sie sich erinnern werden, weder die Jungfrau Maria noch das Jesuskind einen Heiligenschein, und auch sonst weist außer einem kleinen Glöckchen am Handgelenk nichts auf dessen göttliche Eigenschaft hin.« Er hob die Brauen, als wollte er mir den Weg zur Lösung eines Rätsels aufzeigen. Selbstverständlich erinnerte ich mich an das Glöckchen. Es war trotz seiner Winzigkeit so deutlich zu erkennen, dass ich in der Restauratorenwerkstatt der Uffizien bei seinem Anblick einen Augenblick lang den Eindruck gehabt hatte, ich könne es leise läuten hören. Professor Rossi äußerte sich nicht weiter zu diesem Thema, sondern räusperte sich und sprach dann von etwas anderem, als hätte er mit einem Mal den Eindruck gewonnen, sich zu weit vom eigentlichen Gegenstand unserer Unterhaltung entfernt zu haben. Erneut wandte er sich dem wechselhaften Schicksal von Masonis Bild zu. »Ich möchte noch hinzufügen«, sagte er, »dass das Gemälde im Jahre 1830 in

England wiederaufgetaucht ist. Man darf als beinahe sicher annehmen, dass es im Zusammenhang der Verfolgung der liberalen Träger des Unabhängigkeitskampfes durch den spanischen König Ferdinand VII. dort hingelangt ist, vermutlich im Gepäck eines der Gräfin nahestehenden Menschen, der das Land verlassen hat. Auf welche Weise auch immer das geschehen ist, es hat seinen Weg ins Schloss von Sir Francis James Dalton, Baron von Bosworth und Herzog von Berwick, gefunden. Dem Archiv jener Familie zufolge wurde es im selben Jahr einem Restaurator übergeben.«

»Und dann?«, fragte ich, unfähig, meine Neugier zu zügeln.

»Als Nächstes gelangte es in die Sammlung von Sir Francis. Bedauerlicherweise gibt es keine schriftlichen Belege darüber.«

»Woher will man dann wissen, dass es sich so verhält?«

»Weil es irgendwann im 20. Jahrhundert Bestandteil der Mitgift einer gewissen Katherine Dalton, dreizehnte Herzogin von Berwick, war, eine dem Vernehmen nach sehr schöne junge Frau von zarter Gesundheit, die einen steinreichen italienischen Autofabrikanten geheiratet hat. Nach Kriegsende haben die beiden das Bild, vermutlich, um die in Schieflage geratenen Finanzen der Familie zu sanieren, einem englischen Kunsthändler namens Albert Grossman in Kommission übergeben«, fuhr Professor Rossi fort und steckte sich ein Stück Mandelgebäck in den Mund. Einige Krümel, die ihm dabei auf den Pullover fielen, wischte er mit der Handkante fort.

»Und wie ist es in die Uffizien gelangt?«

»Na ja, das Ehepaar hat mehrere Kaufangebote nicht wahrgenommen. Erst nach dem Tod der Herzogin, der zeitlich mit einem der schlimmsten Einbrüche auf dem internationalen Kunstmarkt zusammenfiel, hat sich ihr Mann entschlossen, die zwei Millionen Dollar zu akzeptieren, die ihm die Uffizien durch Grossman dafür geboten hatten.«

»Für ein Gemälde wie Masonis *Madonna im Schnee* scheint mir das nicht übertrieben viel zu sein.«

»Möglich«, gab Professor Rossi zurück. »Aber wenn man bedenkt, dass der Gatte der Gräfin, übrigens ein Verwandter der Industriellenfamilie Agnelli, aus Florenz stammt, ist es wohl nicht weiter verwunderlich, dass er dem Museum seiner Heimatstadt den Vorzug gab, und sei es nur, weil er damit die Möglichkeit hatte, das Bild jederzeit anzusehen, wenn ihm der Sinn danach stand.« Nach diesen Worten atmete Rossi tief aus, als wollte er andeuten, dass die Geschichte zu Ende war. »Das ist alles, was ich bisher herausbekommen habe. Was sagen Sie dazu?« Bei dieser Frage hob er die Schultern mit einer Bewegung, die zugleich scheu und anrührend wirkte, wie ein kleiner Junge, der dem Lehrer gerade sein Lernpensum vorgetragen hat und jetzt ungeduldig auf ein Lob wartet.

»Ich weiß nicht recht …«, sagte ich, bemüht, unbeeindruckt zu erscheinen. »Das Ganze kommt mir ziemlich romanhaft vor.«

Er sah zum Fenster hin. Inzwischen hatte die Dunkelheit der Nacht auch meine Wohnung erobert. *Gib mir ein Geheimnis, und ich mache dir eine Welt daraus*, dachte ich, *gib mir einen Bleistift, und ich zeichne dir eine Wohnung in der Altstadt von Florenz, an deren Wänden mit Heftzwecken angebrachte Postkarten hängen.* Es ist nicht schwer, sich in eine Stimme zu verlieben, in nichts als diese Stimme. Ich wollte nichts mehr hören. Professor Rossi schob den Pulloverärmel hoch, um auf die Uhr zu sehen. Vermutlich war es inzwischen gegen sieben. Zeit zu gehen.

Ich begleitete ihn bis zum Treppenabsatz und trat dann ans Fenster, um ihm nachzusehen, wie er mit seiner sonderbaren

Art zu gehen über die Straße verschwand. Wie in allen Städten mit elektrischer Straßenbeleuchtung war dem Licht des Abends ein leichter Grau- und Orangeton beigemischt. Gerade als ich vom Fenster zurücktreten wollte, fiel mir auf der gegenüberliegenden Straßenseite die Gestalt eines Mannes auf. Er war nur wenig größer als ein Kind, doch der Schein der Straßenlaterne verlängerte seinen Schatten ins Riesenhafte. Wegen der Entfernung und der Dunkelheit konnte ich ihn nicht besonders gut sehen. Wenn von Zeit zu Zeit das bläuliche Licht der immer wieder aufzuckenden Leuchtreklame des Hotels *Aprile* über sein Gesicht huschte, zeigte sich, dass sein hochgeschlagener Mantelkragen den Kopf wie ein steifer altmodischer Kragen zu halten schien. Es kam mir vor, als handelte es sich um einen Fuchspelz. Das war mir in dem Augenblick aufgefallen, als er den Kopf hob und den Blick nach oben richtete. Er sah – jedenfalls kam es mir so vor – genau zum Fenster meiner kleinen Wohnung hinauf.

10

Der Nebel, der in den zum Arno hinabführenden Straßen besonders dicht war, zerflatterte zu Fetzen. Dabei blieben manche Gebäude unsichtbar, während andere im Fackelschein unvermittelt wie aus dem Nichts auftauchten: ein Kirchturm, der Umriss einer Brücke, das Kranzgesims eines Palastes … Wäre jemand dem Maler und dessen Schüler auf der Straße begegnet, er hätte sie ohne weiteres für zwei graue Phantasmen halten können, die hinter dem Licht ihrer Fackel aus dem Dunst auftauchten.

So schmal war der zwischen den sich lange hinziehenden Umzäunungen kleiner Felder und Hühnerhöfe emporsteigende Pfad, dass Masonis Mantelsaum die Mauern streifte. In der vom Nebel eingehüllten Stille klang das dabei entstehende Geräusch wie die Klagelaute eines Sterbenden. Auch wenn Lucas Glieder starr vor Kälte waren, drängten sich in seinem glühenden Kopf wilde Vorstellungen, in denen es um allerlei ränkevolle Anschläge ging. Als sie auf eine mit unregelmäßigen Steinen gepflasterte Fläche traten, zitterten ihm die Knie so sehr, dass er zu Boden gestürzt wäre, hätte ihn nicht der Meister mit festem Griff am Ellbogen gehalten. Luca war voll ungläubiger Erwartung, wie in einem Traum, und dabei zog sich sein Körper immer wieder angstvoll zusammen. Als sie schließlich an einen offenen Platz gelangten, rief ihn die Kälte der Luft, die ihm tief in die Lunge drang, in die Wirklichkeit zurück. Sie standen vor einer Seitenpforte, die in die Küche des Dominikanerklosters von San Marco führte.

Empfangen wurden sie von einem kräftigen Mönch, dessen gewaltige Schultern sonderbar nach vorn hingen und dessen Gesicht von der braunen Kapuze halb verdeckt wurde. Hinter der offenstehenden Feuertür des großen Herdes zuckten Flammen in verschiedenen Rottönen. Der Mönch flüsterte Masoni einige Worte zu und führte die Besucher gleich darauf ins daneben gelegene Refektorium. Das Feuer im Kamin des riesigen Raumes war bereits erloschen. In den kalten Rauch, der in der Luft hing, mischten sich Gerüche, die wohl vom Eintopf der Mönche stammten. Die Ordensregel verlangte, dass sie ihr Abendessen einnahmen, bevor es vollständig dunkel wurde, und so hatten sie sich offenbar schon vor einer Weile in ihre Zellen im Obergeschoss zurückgezogen. Über dem Kloster lag eine geradezu steinerne Stille.

Mit großen Schritten ging ihnen der Mönch in seiner dunklen Kutte voraus. Über eine Wendeltreppe brachte er sie in den Südteil des Gebäudekomplexes. Dort lagen die den Medici für ihre Aufenthalte im Kloster vorbehaltenen Räume. Während sie schweigend die Marmorstufen erstiegen, hallten ihre Schritte wie in einer Krypta. Danach ging es durch einen langen Gang und schließlich über eine weitere äußerst schmale Steintreppe. Unvermittelt blieb ihr Führer vor einer Tür stehen, hinter welcher Luca schwere Atemzüge wie die eines wilden Tieres zu hören glaubte, und klopfte leise mit einem Fingerknöchel an. Schritte näherten sich. Schutzsuchend sah der Junge zu seinem Meister hinüber, in dessen Gesicht sich kein Muskel rührte. Der Türriegel hob sich mit metallischem Knirschen. Luca erschrak. Jetzt hatte er wirklich Angst. Zwar fürchtete er nicht zu sterben, wohl aber etwas zu sehen, was ihm den Verstand vollständig rauben würde.

Die von einer einzelnen dicken Kerze erhellte Zelle war so

niedrig und eng, dass man sie für das Gelass eines der dienenden Brüder im Kloster hätte halten können. Unter den Laken einer dicht an der Wand stehenden Lagerstatt wölbte und wand sich eine gestaltlose Fleischmasse, deren genaue Umrisse nicht zu erkennen waren. Auch die abgehackten qualvollen Atemstöße ließen keinen Schluss darauf zu, ob es sich um einen Menschen oder ein Tier handelte.

Als Masoni das Laken über diesem formlosen Haufen zurückschlug, musste sich Luca an der Wand festhalten, um nicht umzusinken. Seiner bemächtigte sich die gleiche Empfindung wie zuvor, als er die Miniaturen jenes Buches betrachtet hatte, und alles verschwamm ihm vor den Augen. Es war, als hätte ihm die geisterhafte Erscheinung die klare Sicht geraubt. Er sah zwei Hände, knotig wie die Wurzeln eines Ölbaums, die mit einem Strick an die Stäbe des Kopfendes gebunden waren, und als sein Blick weiterwanderte, erkannte er einen gewölbten Unterleib, über dessen Mitte ein so sicherer Schnitt von oben nach unten verlief, dass es sich nur um das Werk eines Schweineschlächters handeln konnte. Das Hemd des auf dem Bett Liegenden klebte in blutigen Fetzen an der Haut, deren Bewegung das Pochen der dagegen andrängenden Eingeweide erahnen ließ. Es schien unglaublich, dass in einem auf diese Weise geschundenen Leib noch Leben sein konnte. Ob hinter dieser Schlächterei geradezu die Absicht stehen mochte, das Opfer nicht zu töten, sondern bis an die letzte Schwelle des Schmerzes zu treiben? Der Gedanke an diese Möglichkeit ließ Lucas Zähne klappern, während er zusah, wie ein Gemisch aus Speichel und Blut den Mund des Sterbenden verstopfte, dessen vorquellende, beinahe durchsichtige graue Augen sich auf ihn zu richten schienen. Dieser Blick erfüllte ihn mit einem Entsetzen, das kein noch so lauter Schrei in ihm hätte hervorrufen können.

Zwar sah sich Luca keineswegs zum ersten Mal heftigem Leid gegenüber, doch war er noch nie Zeuge des Ergebnisses so extremer Unmenschlichkeit geworden. In seinem Kopf nahm eine Reihe von Bildern Gestalt an, die er seit seiner Ankunft in Florenz bei Flagellanten-Prozessionen gesehen hatte. Über diese Büßer, die im Leben der Stadt eine wichtige Rolle spielten, waren allerlei Gerüchte im Umlauf. Während manche in ihnen Heilige sahen, bezichtigten andere sie der Ketzerei – dabei waren es immer dieselben. In Zweierreihen durch die Straßen ziehend schwangen sie eine Lederpeitsche, in deren Schnüre scharfkantige Metallstückchen eingeflochten waren, und schlugen sich damit fortwährend auf den Rücken, bis er voll blutender Wunden war. Dabei vollführten sie im Zustand sich steigernder Erregung obszöne Zuckungen, die sie mit Gemurmel oder Stöhnen begleiteten. Bisweilen steigerte sich ihre Klagelitanei zu Schreien der Raserei, wenn jene, die sie von sich gaben, vor Schmerz in Ekstase gerieten. Gewöhnlich schritten diesen Geißlern Priester der Bruderschaft mit Fahnen und Kerzen voran. Auch wenn deren Flammen zuckten, sobald an den Straßenecken der Wind in sie fuhr, vermochte weder er noch andere Wetterunbilden den Zug aufzuhalten. Der Winter mochte so hart sein, wie er wollte, die Büßer zogen halbnackt unter einem erbarmungslosen Himmel dahin und warfen sich, wenn sie in die Nähe einer Kirche kamen, zu Boden, um auf Knien weiterzurutschen, wobei sich der Schnee mit ihrem Schweiß und Blut vermischte.

Anfangs hatte der Junge diesem Ritual bußfertiger Sünder hingerissen und mit frommem Schauer zugesehen, bis ihm sein Meister erklärte, dass diese Opferzeremonien gewöhnlich im Untergeschoss bestimmter Häuser fortgesetzt wurden, die man in wahre Folterkeller verwandelt hatte.

Da kein gewöhnlicher Mensch je aus eigenem Verdienst das ewige Leben würde erlangen können, ordneten manche Prediger als Mittel dazu das äußerste Leiden an. Stets fanden sich Gläubige, die ihre Ergebenheit damit zu beweisen glaubten, dass sie sich bereit erklärten, sich bei einem blutigen Ritual bis hin zum Tod zu peinigen.

»Die Unumgänglichkeit der Buße schließt in nahezu allen Fällen die des Todes in sich«, hatte Luca einmal aus dem Mund des Meisters gehört. Er erinnerte sich genau an diesen Satz, vielleicht gerade deshalb, weil er dessen Sinn nicht richtig verstanden hatte. Unter Umständen war er für den Geist eines Heranwachsenden zu philosophisch gewesen.

In diese Gedanken versunken, sah er wieder zum blutbefleckten Lager hin. Dabei fiel ihm auf, dass sich in dem Raum noch weitere Menschen befanden, nämlich ein hochgewachsener junger, bartloser Mönch und eine ältere Frau, die leise miteinander sprachen. Masoni gebot ihr, einen Topf Wasser heiß zu machen, und gab ihr den Beutel mit Kräutern, der ihm um den Hals hing. Aus dessen Inhalt, nämlich Brennnesseln, Belladonna und Eibischwurzel, sollte sie einen Absud machen. Der Maler las häufig botanische Abhandlungen und war mit der Wirkung bestimmter Pflanzen vertraut, die er selbst öfter zu sich nahm als ihm guttat. In diesem Fall ging es darum, einen Trank herzustellen, der den Gequälten in einen tiefen Schlaf versetzen und ihn von seinem Leiden befreien sollte.

»Es ist das Einzige, was wir für ihn tun können«, sagte Masoni.

Der junge Mönch begann mit gefalteten Händen ein entsetzliches Gebet. Der Junge hatte es schon früher gehört, wenn zum Tode Verurteilte aufs Schafott geführt wurden, doch nie zuvor auf den Sinn der Worte geachtet:

Allmächtiger und ewiger Gott,
fülle mich an mit der Glut deiner Passion
und hilf, dass auch ich der herrlichen Verzückung teilhaftig werde,
wie sie die Blutzeugen und die Heiligen empfunden haben.
Meine Seele, die sich bis an die Grenzen der Welt ausbreitet,
fleht dich um deinen göttlichen Beistand an, und sie bittet dich,
dass du sie aufnimmst in die Reihen der deinen.
Nimm, o Herr, von deinem unwürdigen Knecht
die bittere Galle, das Blut und das Leiden entgegen,
das du selbst unter den Menschen erduldet hast,
als sie dich mit Nägeln an das heilige Kreuz schlugen.

Ein Großteil dieser Florentiner Flagellanten gehörte der religiösen Bruderschaft der Heiligen Maria vom Kreuz des Tempels an. Da sich ihre Mitglieder von Kopf bis Fuß schwarz kleideten, wurden sie im Volk *neri* genannt. Mit schwarzen Kapuzen auf dem Kopf geleiteten sie zum Tode Verurteilte auf ihrem Weg zur Richtstatt, wobei sie mit kurzen Schritten zu beiden Seiten neben ihnen gingen. Sie hielten sie an Ketten und bemühten sich, das Entsetzen, das die Todgeweihten empfanden, mit Berichten über den Opfergang Christi zur Kreuzigungsstätte Golgatha geistig zu überhöhen. Doch obwohl die Mehrheit der *neri* einfache Männer und Frauen aus dem Volk waren, wurde ihre Bruderschaft von einigen der großen Familien der Stadt wie den Pazzi und den Salviati beherrscht.

Erst vor wenigen Wochen hatte man einen wegen Mordes an einem Greis verurteilten Altkleiderhändler namens Ubertino da Vercelli vollständig nackt auf einem Karren durch die Gassen der Stadt geführt und dabei mit rotglühenden Zangen gepeinigt, bevor er auf dem Platz vor der Kirche Santa Croce am dort eigens aufgerichteten Galgen gehenkt worden war. Noch jetzt erinnerte sich Luca, der dem Zug auf seinem Weg durch den Stadtteil Borgo de Greci zugesehen hatte, deutlich an das ausschließlich den zum Tode Verurteilten vorbehaltene unheilvolle Glockengeläut ebenso wie an das pfeifende Geräusch der durch die Luft sausenden Peitschenschnüre und daran, wie die von den Mitgliedern der Schwarzen Bruderschaft ausgestoßenen Laute, die aus einer anderen Welt zu stammen schienen, in die Stille der vor Schmerz und Betäubung stummen Menge eingedrungen waren. Doch erst viel später sollte er diese außergewöhnlich heftigen Bilder wirklich verstehen, nämlich als er an jenem Sonntag fünf Wochen nach dem Osterfest sah, dass Menschen wie von Sinnen mit ihren Zähnen Stücke aus den Leibern von ihresgleichen rissen, während sich eine Nacht des Gemetzels über die von Rauch erfüllte Stadt senkte.

In Lucas Vorstellung vermischte sich das Blut der Missetäter mit dem der Märtyrer in einem unentwirrbaren Gemenge aus religiösen Vorstellungen und weltlichen Strafen. Ihm drängten sich Bilder der Religionskriege auf, in deren Verlauf mit unvorstellbarer Grausamkeit ganze Landschaften entvölkert worden waren. Davon hatte er schon als kleiner Junge zur Zeit der Olivenernte aus dem Mund der Bauern von Monsummano gehört.

Als er den Blick erneut auf das Lager richtete, sah er, dass dem Todgeweihten ein dünner Faden Blut oder Speichel über das Kinn lief. Sein Unterkiefer hing herab, wie bei jemandem, der einem plötzlichen Herzversagen erlegen ist. Die Frau schloss die Lider des Mannes und bekreuzigte sich. Mehr bekam Luca nicht mit, denn ein inneres Erschauern erfasste ihn, und ihm wurde schwarz vor den Augen. Es war das erste Mal, dass er den Tod eines Menschen aus so unmittelbarer Nähe miterlebte.

Als er die Augen erneut öffnete, befand er sich nicht mehr in jener Zelle, sondern in der Klosterküche, wo man ihn auf eine Bank gelegt hatte. Jemand musste ihm kaltes Wasser über das Gesicht gegossen haben. Als er aufzustehen versuchte, hinderte ihn sein Meister daran, der ihm gegenüberstand, und legte ihm ein zusammengerolltes Stück Stoff statt eines Kissens unter den Kopf.

»Ganz ruhig, mein Junge«, sagte er, während er ihm eine Tasse gewärmten Wein an die Lippen führte.

»Was war los?«, fragte der Junge benommen, als er merkte, dass ihm eiskalter Schweiß auf der Stirn stand.

»Es ist gut, Luca. Frag nicht so viel und trink das. Ich denke, du hast für heute genug gesehen.«

Der kräftige Wein ließ wieder Farbe in Lucas Wangen steigen. Während seine Kräfte allmählich zurückkehrten, drängten sich die Fragen in seinem Kopf.

»Ich habe Euch schon einige Male von Opferriten so reden hören, als ob Ihr sie gut kennt …«

»Der Schmerz ist das Einzige, was Tiere noch stärker erregt als Sinnenfreuden. Jeder, der einmal unter Verfolgung gelitten hat, kann das bestätigen. Ganz wie die Wonnen des Fleisches können auch Schmerzen Wollust in uns hervorrufen. Wenn du dir den Gesichtsausdruck mancher Gemarterter auf Gemälden genau ansiehst, wirst du merken, dass er sehr ähnlich dem ist, den manche Tiere bei der Paarung und im Sterben zeigen. Das ist den Kardinälen auch durchaus bewusst. Noch nie hat man es so sehr wie in unserer Zeit darauf angelegt, den Glauben der schlichten Gemüter mit Hilfe der Qualen des Martyriums anzustacheln. Papst Sixtus höchstpersönlich rät seinen Bischöfen, der Frömmigkeit mit Angst und Schrecken nachzuhelfen. Zweifellos ist das ein wirksames Mittel, das womöglich sogar dem einen oder anderen dazu dient, sein Gewissen zum Schweigen zu bringen. Doch lass dich durch die falsche Frömmigkeit nicht täuschen. In der Herberge *La Campana* habe ich schon eine ganze Reihe Purpurträger in Spitzenwäsche gesehen, wie Damen sie tragen, und war Zeuge, wie sie sich gleich käuflichen Dirnen mit dem erstbesten hergelaufenen jungen Burschen auf dem Pfühl gewälzt haben.«

»Und woher kennt Ihr jenen Mann?«

Ein nachdenklicher Ausdruck trat auf Masonis Züge, dann schloss er die Kiefer und presste die Zähne fest aufeinander.

»Die Geschichte liegt weit zurück. Ich möchte aber nicht darüber reden müssen, Luca.« Seine Stimme klang, als bäte er um Nachsicht. »Es ist eine traurige Angelegenheit, die dich nur verwirren würde.«

Der Junge, dem das leichte Zittern in der Stimme des Meisters nicht entgangen war, ließ die Sache auf sich beruhen, sprach dafür aber von den inneren Bildern, die ihn quälten und seine Phantasie beflügelten. Darin ging es um von Kerzen aufsteigenden Rauch in Kellerräumen mit blutbespritzten Wänden, wie auch um Menschen, die sich bei lebendigem Leibe verzückt die Haut zerfetzten, als wären sie Märtyrer.

»Du denkst zu viel, mein Junge«, sagte der Maler nach einer Weile. Sie hatten inzwischen das Kloster verlassen. »Zieh auf keinen Fall falsche Schlüsse aus all dem. Der Körper, den du da leiden gesehen hast, war weder der eines Märtyrers noch der eines Büßers«, sagte Masoni mit finsterer Überzeugung. »Wahrscheinlich hat man den Mann einfach gefoltert. Er ist wohl einem brutalen Racheakt zum Opfer gefallen.«

11

Die beginnende Tageshelligkeit weckte mich. Mit Mühe richtete ich mich auf meinem Stuhl auf. Der Hals schmerzte mich so sehr, dass ich kaum den Kopf drehen konnte. Ich schob die Ellbogen nach hinten über die Stuhllehne und drehte mich so weit es ging nach links und rechts um, um die Nackenmuskeln zu lockern. Der Bildschirm vor mir flimmerte schwach vor sich hin. Es war nicht das erste Mal, dass ich bis spät in die Nacht gearbeitet hatte, aber noch nie war ich am Rechner eingeschlafen. Da es bereits tagte, hatte es keinen Sinn, ins Bett zu gehen, und so beschloss ich, zu duschen und mir Kaffee zu machen. Die Radionachrichten begannen mit den letzten Neuigkeiten über die im Irak entführte italienische Journalistin Giuliana Sgrena. Der Fall hatte in den letzten Tagen die Schlagzeilen aller Zeitungen beherrscht.

Ein Blick in den Badezimmerspiegel zeigte mir, dass ich entsetzlich aussah. Da mein Kopf die ganze Nacht auf dem Pulloverärmel gelegen hatte, war es nicht weiter erstaunlich, dass sich dessen Muster auf meiner rechten Wange abzeichnete. Meine Augen waren nicht nur verquollen, sondern gerötet wie immer, wenn ich mehrere Stunden hintereinander am Rechner arbeite. Auch Augentropfen änderten nichts daran, und nach der Dusche fühlte ich mich keinesfalls besser. Ich war fürchterlich müde, hatte einen schrecklich schweren Kopf und fühlte mich gereizt. Nach einem Glas Orangensaft und einer Tasse Kaffee mit zwei Scheiben Toast und Butter besserte sich meine Stimmung ein wenig, doch irgendetwas sagte mir, dass der Tag nicht wie andere ablaufen würde. Jeder von uns kennt solche Tage, an denen man in Gedanken versunken dem wirbelnd ablaufenden Wasser im Waschbecken zusieht, während einem Dinge wieder einfallen, an die man sich besser nicht erinnert hätte.

Jetzt löste im Radio eine Tonbandstimme die des Sprechers ab. Man spielte die Aufnahme ab, in der die entführte Journalistin die Länder des Westens aufforderte, die Besetzung des Iraks zu beenden. Allem Anschein nach handelte es sich um eine vom arabischen Fernsehsender Al-Jazira verbreitete Botschaft, doch was mir einen Schauer über den Rücken laufen ließ, waren die Worte, mit denen Giuliana Sgrena ihren Mann anflehte: ›Pierre, hilf mir. Du warst bei allen Kämpfen an meiner Seite. Hilf mir, dafür zu sorgen, dass der Westen seine Truppen abzieht, sorg dafür, dass alle meine Fotos verbreitet werden, auf denen man die durch Streubomben verletzten Kinder sieht, die Frauen …‹ Die Korrespondentin von *Il Manifesto* beendete ihren Appell mit den Worten ›Die Menschen im Irak sind gegen die Besetzung ihres Landes. Sie möchten keine Ausländer auf dessen Boden haben.‹

Übergangslos ging es weiter mit Werbung für das neue Guerlain-Parfüm. Ich sah mich in meiner von irgendeiner Immobilienverwaltung in unpersönlichem Stil eingerichteten Wohnung um, wollte mich vergewissern, dass ich mich in der zivilisierten Welt befand, zu der ich meiner Überzeugung nach gehörte. Auf dem Boden lag ein Haufen von Blättern, die aus dem Druckerschacht gefallen waren. Ich wappnete mich mit Geduld, um sie zu ordnen.

Auf meinem Schreibtisch lag nach wie vor der Notizzettel, auf den Professor Rossi mit blauem Kugelschreiber in seiner nach rechts geneigten Schönschrift die Internet-Adresse des Archivs geschrieben hatte: http//www.archiviodistato.firenze.it.

Auch wenn ich mir keine Notizen gemacht hatte, konnte ich mich genauestens an alles erinnern, was ich am Vorabend nach seinem Weggang getan hatte. Ich hatte ihm durch das Fenster nachgesehen, wie er unter den gelblich-grau schimmernden Leuchtreklamen in Richtung der Piazza Santa Maria Novella davonging. Auch den kleinwüchsigen Mann hatte ich nicht vergessen, der unter der Markise des Hotels *Aprile*, dicht an die Mauer gedrückt, mit hochgeschlagenem Mantelkragen geraucht hatte. Er hatte einen sonderbaren Eindruck auf mich gemacht. *Sicher wartet er auf jemanden, der sich verspätet hat*, hatte ich mit einem Anflug von Furchtsamkeit, den ich mir selbst nicht erklären konnte, gedacht, während ich den Vorhang vorzog, um mich von der Außenwelt abzuschirmen. Dann hatte ich mich an den Rechner gesetzt, um in der Datenbank des Staatsarchivs Angaben über den Herzog von Urbino zu suchen, so, wie es mir Professor Rossi empfohlen hatte.

Es hatte mich ziemlich viel Mühe gekostet, mich zum Verzeichnis der auf Mikrofilm verfügbaren Dokumente durchzuklicken. Als ich es nach mehreren Versuchen endlich geschafft hatte, öffnete ich zwei Fenster – eins mit den Suchwörtern in alphabetischer und das andere in chronologischer Reihenfolge. Während ich den Mauszeiger über die katalogisierten Bestände gleiten ließ, ging mir Professor Rossis Stimme nicht aus dem Kopf, ich erinnerte mich genau an den Ton, in dem er gesprochen hatte, an die Pausen, die er gemacht hatte, an sein angedeutetes Lächeln, wenn er einen Augenblick lang schwieg, bevor er den Gesprächsfaden wieder aufnahm. Der kaum wahrnehmbare toskanische Zungenschlag, mit dem er Spanisch sprach, verlieh seiner Stimme einen warmen Klang. Hinzu kam der leicht zögernde Sprechrhythmus, der sich oft bei Menschen findet, die sich nicht in ihrer Muttersprache ausdrücken. Irgendwo in uns gibt es eine Stelle, von der alle Laute ausgehen, die wir erzeugen, ob Lachen, Seufzen, die Worte, mit denen wir unsere Besorgnis ausdrücken, Wünsche äußern, jemandem etwas unter dem Siegel der Verschwiegenheit mitteilen – alles, was uns aus der Anonymität herausführt. Ganz besonders gefiel mir die Klangfarbe seiner wohltönenden Stimme, vor allem dann, wenn er sie senkte und man mit einem Mal den Eindruck hatte, in der Welt seiner Gedanken öffne sich eine unerforschte Höhle.

Ich wollte unbedingt einen Hinweis finden, der mir erklären konnte, aus welchem Grund dem Herzog von Urbino so sehr an dem Gemälde *Madonna im Schnee* gelegen war, dass Lorenzo de' Medici sich genötigt gesehen hatte, es ihm abzutreten. Nachdem ich längere Zeit im Internet wie auch im digitalen Katalog des Staatsarchivs zahlreiche Spuren verfolgt hatte, stieß ich unter *C. U.* für Codex Urbinus auf ein Verzeichnis, von dem ich vermutete, dass es mich auf die richtige Fährte führen könnte. Es schien sich dabei um eine auf die Jahre 1460 bis 1482 datierte Sammlung von Briefen, Kaufverträgen, Testamenten und Dokumenten im Zusammenhang mit sonstigen alltäglichen Begebenheiten zu handeln. Nach einem Doppelklick darauf füllte kaum zehn Sekunden später ein Porträt des Herzogs von Urbino, Federico da Montefeltro, den Bildschirm.

Dieses Gemälde Piero della Francescas, das den Renaissance-*condottiere* im Profil zeigt, ist Montefeltros bekanntestes Porträt. Ich hatte es Hunderte von Malen auf Reproduktionen gesehen, und es war noch gar nicht lange her, dass ich in Saal acht im zweiten Stock der Uffizien vor dem Original gestanden hatte. Auf dem Bild trägt er ein karmesinrotes Obergewand und eine flache Kopfbedeckung von gleicher Farbe. Am liebsten hätte ich ihn von vorn betrachtet, um seine Züge genauer erkunden zu können, und auch die andere Seite seines Gesichts hätte ich sehen wollen, die das Porträt dem Betrachter vorenthält. Man würde beispielsweise gern den Abstand der Augen sehen, der so viel über das Wesen eines Menschen aussagt, aber auch den Mund mit den Lippen, die so schmal sind, dass man sie kaum sieht, die Form des Backenknochens, in der sich der Wille eines Menschen widerspiegelt. Nur in einem Punkt war die Profildarstellung einer Abbildung von vorn überlegen: der Umriss seiner äußerst auffälligen Nase ließ sich deutlich erkennen.

Auf diesem Gesicht, das etwas von einem Adler an sich hatte, schien eine gewisse Erwartung zu liegen, wie man sie in einem leeren Theatersaal empfindet, nachdem die Lichter gelöscht sind. Der Mann wirkte intelligent, äußerst willensstark und ein wenig enttäuscht. Am eindruckvollsten waren aber nicht die Gesichtszüge, sondern sein Ausdruck. Ich kann es nicht genau beschreiben, aber es war etwas, was man auf einem Foto nie zu sehen bekäme. Stets spielt bei einem Foto eine gewisse Überraschung mit. Man erkennt darauf nicht wie bei gemalten Porträts die Erwartung, gesehen zu werden. Professor Ferrer hatte Recht – Gemälde spiegeln außer einem ausgeprägteren Bewusstsein der Zeit und der Rolle, die der Abgebildete in der Geschichte zu spielen gedenkt, auch die Art und Weise wider, wie er sein Handeln wahrgenommen wissen möchte. Genau diese Erwartung, gesehen zu werden, wird am Porträt des Herzogs von Urbino deutlich. Man könnte glauben, es warte auf eine Zukunft, die in mir oder jedem beliebigen anderen Menschen verkörpert sein könnte, der innehält, um das Gemälde zu betrachten. Bei genauem Hinsehen konnte man glauben, man stehe kurz davor, etwas Grundlegendes über das Leben oder die Erfahrungen des Porträtierten zu erfahren.

Wo nur hatte ich das Gesicht schon einmal gesehen? Diese Frage ließ mich nicht los. Natürlich bezog sie sich nicht auf das Gemälde Piero della Francescas, sondern auf den Menschen aus Fleisch und Blut, der dazu Modell gesessen hatte und der unter den aufeinanderfolgenden Schichten von Ölfarbe matt und mühsam atmete, als wäre er des Posierens müde und wartete darauf, dass die Lichter der Bühne, auf der er sich befand, erloschen. Doch bevor ich Zeit fand, mir darüber klar zu werden, hatte Text auf dem Bildschirm das Porträt verdrängt. Den Anfang machte eine biographische Skizze. Ich weiß noch, dass ich sogleich den Druckbefehl eingab. Während der Drucker anfing, ratternd Unmengen von Papier auszuspucken, versuchte ich den Text gleichzeitig mitzulesen.

Dieser erste flüchtige Überblick hatte mir gezeigt, dass der Herzog von Urbino im Ruf der Frömmigkeit und Tugendhaftigkeit gestanden hatte. Es hieß, er habe sich am Wirken zahlreicher religiöser Bruderschaften seiner Heimatstadt beteiligt und sei zu bestimmten Zeiten auch in Florenz mit einer bekannten Bruderschaft von Büßenden durch die Straßen gezogen. Wie es aussah, waren ihm fleischliche Genüsse fremd gewesen. So hieß es, er habe sich aus den Werken des Titus Livius vorlesen lassen, während er in einem Raum seines Palasts ein schlichtes Mahl verzehrte, und während der vorösterlichen Fastenzeit habe man ihm aus dem Leben der Heiligen vorlesen müssen. Seinen Zeitgenossen galt er als Wohltäter. Er förderte zahlreiche Maler. Die hierarchische Ordnung an seinem Hof, dem über fünfhundert Menschen angehörten, soll ebenso streng gewesen sein wie die an den Höfen der bedeutendsten Herrscher Europas. Er besaß überdies eine der vollständigsten Bibliotheken seiner Epoche, so dass ihn Künstler und Gelehrte ›das Licht Italiens‹ nannten. In regelmäßigen Abständen habe er, hieß es weiter, das Klarissenkloster aufgesucht und sich dort durch das Sprechgitter mit dessen Oberin über religiöse Fragen ausgetauscht. Wo er vorüberkam, seien die Menschen in der Stadt auf die Knie gefallen, wobei sie ausriefen: »Gott erhalte Euch, Herr.«

Diese Biographie wirkte zu schön, um wahr zu sein, fast so konstruiert wie eine Erzählung, bei der man nicht nur auf die Gestaltung der einzelnen Abschnitte achten muss, sondern auch auf einen gelungenen Schluss. Auf ein solches glückliches Ende schien alles von dem Augenblick an zuzulaufen, da der Papst in einer feierlichen Zeremonie, bei der ihm Federico da Montefeltro Hände und Füße küsste und ihm ewige Treue schwor, Urbino zum Herzogtum erhob. Das Einzige, was mir bei seinem als untadelig geschilderten Lebenswandel störend auffiel, war das in den Straßen der Stadt umlaufende – zweifellos von der Dienerschaft seines Palastes ausgestreute – Gerücht, er habe einen auf seinem Gebiet gefassten Wilddieb gezwungen, den Hasen, den er in einer Tasche bei sich trug, vollständig zu verschlingen, buchstäblich mit Haut und Haar. Die rohe Unbarmherzigkeit dieser Szene schien mir so übertrieben, dass es sich dabei meiner Ansicht nach nur um die böswillige Verleumdung durch einen ihm feindlich gesonnenen Menschen handeln konnte.

Da sich der Text überwiegend mit dem Mäzenatentum des Herzogs beschäftigte, hatte ich darin nicht besonders viel über die Beziehungen zwischen ihm und Lorenzo de' Medici gefunden. Dann aber war mir einer der Anhänge ins Auge gefallen, der auf einen unter ›Anonymus di Pietro‹ katalogisierten Text mit dem lateinischen Titel *Dialogi de viribus et feminis aetate nostra florentibus* (Dialoge über Florentiner Männer und Frauen unserer Zeit) verwies. Ich gab den Titel ein, wobei ich keine allzu großen Hoffnungen hatte, dass der Text in digitalisierter Form zur Verfügung stand, doch kam er zu meiner großen Überraschung sogleich auf den Bildschirm. Es handelte sich um ein Manuskript von 28 Folioseiten, in welchem ein florentinischer Höfling namens Giusto di Pietro von ihm selbst gesammelte saftige Anekdoten zum Besten gab. Da er mir vielversprechend zu sein schien, speicherte ich ihn in dem Verzeichnis, das ich für meine Dissertation unter dem Titel *April-Verschwörung* angelegt hatte. Mein besonderes Augenmerk hatte der Bericht über einen Vorfall auf sich gelenkt, zu dem es beim *calendimaggio* gekommen war, denn darin spielten just die beiden Personen eine Rolle, mit denen ich mich beschäftigte.

Die Italiener liebten Festlichkeiten aller Art, mit denen ihr Kalender das ganze Jahr über gespickt war. Beim *calendimaggio*, einem im Mai in manchen Städten Italiens gefeierten Volksfest, gab es auch in Florenz zahlreiche Wettbewerbe, Umzüge, bei denen geschmückte Wagen durch die Stadt fuhren, Pferderennen, Ballspiele auf der Piazza Santa Croce und eine Löwenjagd auf der Piazza della Signoria. Der Schrift jenes ›Anonymus‹ zufolge hatte Clarice Orsini, Lorenzos junge Gemahlin – sie war ihm bereits mit fünfzehn Jahren angetraut worden –, die Aufgabe, den Siegespreis beim *palio* zu überreichen, einem Wettreiten zwischen den Vertretern der einzelnen Stadtviertel. Während des Rennens fühlte sie sich mit einem Mal unwohl und sank bewusstlos auf der Ehrentribüne nieder, wobei ihr langes rotes Haar, das ihr bis auf die Hüften herabfiel, zum Teil das Gesicht verdeckte, das »weiß wie der Alabaster von Grabmälern« gewesen sein soll. Dieser Zwischenfall rief unter den Turnierteilnehmern große Unruhe hervor. Die junge Frau kam bald wieder zu sich, und obwohl klar war, dass dieses Unwohlsein seine Ursache in der weiblichen Physis hatte, forderte Federico da Montefeltro, der als Gast mit auf der Tribüne saß, in einem Handschreiben seinen Leibmedikus, der als einer der besten Ärzte ganz Italiens galt, auf, sich eilends von Urbino nach Florenz zu begeben, um die junge Frau, für den Fall, dass sich hinter ihrem Anfall ein größeres Übel verbarg, gründlich zu untersuchen. Gewiss dachte der Herzog dabei auch an den frühen Tod der schönen Simonetta Vespucci, der noch in aller Erinnerung war.

Mich allerdings interessierte an dem Vorfall weniger der Gesundheitszustand von Lorenzos Gattin als die ungewöhnliche Zuvorkommenheit des Herzogs, der erkennbar in so enger Beziehung zu den Medici stand, dass er nicht nur ihre Tribüne teilen durfte, sondern vermutlich auch jederzeit und ohne besondere Einladung Zutritt zu deren Palast in der Via Larga hatte. Auch in der mir von Professor Rossi empfohlenen Biographie fand sich mehr als ein Beleg für das vermittelnde Eingreifen Federico da Montefeltros bei politischen Krisen. Vor allem bei Querelen mit dem Heiligen Stuhl, zu dem die Republik Florenz ein äußerst gespanntes Verhältnis unterhielt, hatte er sich dieser Aufgabe mit Erfolg entledigt.

Zweifellos hatte Lorenzo allen Grund, ihm dankbar zu sein. Darin könnte eine Erklärung dafür liegen, dass er ihm großzügig Masonis Gemälde mit der Jungfrau Maria und dem Jesusknaben überlassen hatte. Ohnehin waren Kunstwerke im Verkehr bedeutender Mäzene untereinander häufig die Währung, in der sie ihre Dankbarkeit ausdrückten. Auf keinen Fall schien es in der Beziehung zwischen Lorenzo dem Prächtigen und Federico da Montefeltro auch nur den geringsten Hinweis auf ein Zerwürfnis oder gar eine Feindschaft zu geben, wie sie zwischen den Medici und anderen adligen Florentiner Familien wie beispielsweise den Pazzi und den Salviati bestand.

Ich nahm zwei Reißzwecken mit gelben Köpfen aus einer Plastikschachtel und heftete das Blatt mit Piero della Francescas Porträt des Herzogs von Urbino in eine Zimmerecke, um es jederzeit vor Augen zu haben. Ich überlegte, ob ich nicht Professor Rossi im kunsthistorischen Institut anrufen sollte, um ihm zu berichten, was ich über den Zwischenfall beim *palio* gelesen hatte – ein willkommener Vorwand, erneut seine Stimme zu hören. Doch ein Krampf in der Leiste hielt mich auf meinem Stuhl fest. Inzwischen hatte das Gefühl des Unbehagens und der Unruhe, das ich schon beim Aufwachen verspürt hatte, meinen ganzen Körper erfasst und konzentrierte sich jetzt im Beckenbereich. Ich erkannte in dem Schmerz den Hinweis darauf, dass ein winziger glühender Planet jeden Augenblick explodieren konnte.

Als ich mit zwölf Jahren zum ersten Mal einen kaum sichtbaren Blutfleck in meiner Schlafanzughose gesehen hatte, war mir sogleich klar geworden, dass etwas zu Ende war. In jeder Kindheit gibt es einen ganz bestimmten Augenblick, in dem sie endet. Doch treten dann nicht nur neue Ängste auf, welche die hohen Mauern um den Schulhof überwinden, es zeigen sich bald auch andere Freuden als jene der Spiele, mit denen man sich bis dahin vergnügt hatte: unter den Arkaden der Rua Nova im Gummiseil zu hüpfen, wenn die milde Mittagssonne die Steinplatten beschien, mit Handschuhen und braunrosa gestreiftem Pullover verwegen das Gefälle neben dem Priesterseminar hinabzurasen oder Volleyball gegen die Mannschaft von Monte Pío zu spielen… Eines Tages hört man auf, vor dem Eingang des Capitol-Kinos bunte Bildchen zu tauschen und unter einem stahlblauen Himmel auf dem Jahrmarkt vor dem Karussell Schlange zu stehen. Dann beginnt eine andere Zeit, in der man sich die Nase am Küchenfenster plattdrückt, während man mit unendlicher Trauer im Herzen zusieht, wie es draußen regnet. Es machte mir nicht das Geringste aus, in meinem Zimmer in einem Heft mit karierten Blättern stundenlang Tagebuch zu führen, Musik zu hören oder einfach auf dem Bett zu liegen und mich, den Blick zur Zimmerdecke gerichtet, auf alle Zeiten an einen anderen Ort zu wünschen, in eine beliebige Stadt, die so weit weg war wie das Traumland der Filme, die ich sah, und der Lieder, die ich hörte. Mir gefiel weder die Welt um mich herum, noch gefiel ich mir selbst, wie ich war: klapperdürr, stumm und unbeholfen, mit schmalen Hüften und nachlässigem Gang. Ich war in meinen Grübeleien gefangen, gequält von der Ungeduld, erwachsen zu werden. Die Ponyfransen, die mir bis über die Augen fielen, verdunkelten meinen Blick, wenn ich an die Umfassungsmauer des Hofes gelehnt dasaß, die Hände in die Taschen meines Anoraks vergraben, und zusah, wie die Wolken des letzten Herbstes meiner Kindheit unter einem von Grau ins Dunkelviolett spielenden Himmel dahinzogen, während der Schall der Glocken der Kathedrale zu mir herüberdrang. Mit dem Auftreten des kleinen roten Flecks auf dem weißen Stoff hatte der Abschied begonnen. Es war nichts Aufsehenerregendes daran, und es hatte mich auch nicht überrascht, denn nahezu alle Klassenkameradinnen bekamen bereits ihre Regel. Dennoch hatte ich eine sonderbare Verwundbarkeit empfunden, die mir noch heute allmonatlich die Seele zerschneidet.

Ob es Clarice Orsini ebenso ergangen war, als sie vor aller Augen auf der Ehrentribüne in Ohnmacht sank? Ihr langes rotes Haar lag gleich einem Fluss auf ihrem Gesicht, dessen Schönheit so groß war, dass ein namenloser Dichter über sie geschrieben hatte: ›*Pulchrior hac tota non cernitur urbe puella*‹, ›in der ganzen Stadt sieht man kein schöneres Mädchen‹. Sie war hochgewachsen, hatte einen hellen Teint und war, wie es heißt, ziemlich zurückhaltend. Obwohl jemand sie an den Schultern schüttelte und ihre Wangen beklopfte, dauerte es eine ganze Weile, bis sie sich wieder röteten. Ihre halb geschlossenen Augen, die blicklos wie die einer Toten starrten, ließen keinen Hinweis darauf zu, ob sie etwas wahrnahm. »Es ist nichts«, sagte sie stockend, um ihren Gatten zu beruhigen, als sie nach einigen, sich scheinbar unendlich lang dehnenden, Minuten wieder zu sich kam. Um sie herum sah sie viele besorgte Gesichter und schämte sich möglicherweise wegen ihrer Schwäche, versuchte, das Blut zu verbergen, das den Stoff ihres nach der römischen Mode sehr engen und glatt fallenden Rocks zu färben begann. Vermutlich hielt sie verschreckt den Kopf gesenkt und wünschte, sie könnte sich unsichtbar machen, oder hoffte zumindest, niemand habe etwas gemerkt. Sie ahnte nicht, dass jemand diesen Zwischenfall, den sie am liebsten der Vergessenheit anheimgegeben hätte, getreulich aufzeichnen würde.

Doch nichts von allem, was geschieht, verschwindet jemals vollständig. Immer gibt es jemanden, der uns zusieht, auch wenn wir es nicht merken – ein Fenster, durch das ein Neugieriger blickt, der das Bild in sich aufnimmt, um es nie wieder zu vergessen. Auch findet sich stets jemand am anderen Ende der Jahrhunderte, ein Forscher, ein Wissenschaftler, der hofft, wie James Stewart mit seinem Fernglas im Film *Das Fenster zum Hof*, den Abstand zu überwinden. Mit der Leidenschaftslosigkeit dessen, der den Ereignissen fernsteht, bemüht er sich zu erkennen, ob wir aus edlen oder niederen Beweggründen gehandelt haben, wenn nicht gar aus beiden zugleich, denn alles ist miteinander verknüpft, und nichts geschieht je aus vollständig reinem Herzen.

Ich sah, wie das Licht allmählich in den noch im Halbdunkel

liegenden Gassen träge heraufstieg. Noch war die Nacht nicht vollständig vorüber, aber ebensowenig hätte man sagen können, dass der Tag angebrochen sei. Der schwache Schein bildete eine undeutliche und verschwommene Grenze zwischen Hell und Dunkel. Auf den Straßen waren außer Nachtschwärmern, die ermattet von ihren Ausschweifungen heimkehrten, die Tausende jener unterwegs, die ihr Tagewerk begannen. Ich löste ein Briefchen Neobrufen 600 in einem Glas Wasser auf und legte mich halb seitlich hin, wobei ich die Beine leicht anzog. In meinem Kopf kreisten ungehindert Bilder, denen das Bewusstsein nichts entgegenzusetzen hatte, und so glitt ich in den Schlaf.

Ich weiß nicht, wie viel Zeit verging, erinnere mich aber, dass ich im Traum durch eine Stadt schritt, deren Boden mit Sand oder Asche bedeckt war, hindurch zwischen unermesslich großen nächtlichen Innenhöfen, die der Wind zauste, bis ich allmählich die Richtung verlor und Angst bekam. Plötzlich tauchte eine Gestalt vor mir auf, aber es war weder der Geist Masonis noch der eines anderen berühmten Renaissancemalers, wie man hätte vermuten können, sondern ein junges Mädchen. Einfach ein ziemlich großes schmächtiges Mädchen, das mich wütend ansah, als hätte sie genug von den Komplikationen, die ich ihr bereitete. Zwar wirkte sie ziemlich verärgert, schien aber zugleich auch durchaus abenteuerlustig und offensichtlich bereit, mir zu helfen. Und so nahm sie mich mit dem Ausdruck unendlicher Geduld bei der Hand und führte mich ohne die geringste Mühe durch das Labyrinth der Höfe, bis die Mittagssonne so grell ins Zimmer schien, dass ich mit einem Schlag wach wurde.

Der Lärm, mit dem ein Lieferwagen vor dem Restaurant in meiner Straße ausgeladen wurde, drang mir in die Ohren. Ich hatte den Eindruck, in eine tiefe Schicht eingetaucht gewesen zu sein, und fühlte die lastende Schwere, die man gewöhnlich nach intensiven Träumen empfindet. Doch während ich meine Glieder streckte und dem grellen Rechteck aus Licht auszuweichen versuchte, das jetzt genau auf mein Kopfkissen fiel, erinnerte ich mich mit einem Mal an das Gesicht des kleinen Mädchens.

Es hatte die Züge eines Wolfswelpen gehabt, und auch ihr Lächeln war das eines jungen Wolfs gewesen.

12

Unwillig schüttete Luca den Zinnober in den Mörser und vermischte ihn mit zu Pulver zerstoßenem gebrannten Ocker, ganz so, wie es ihm der Meister gesagt hatte. Dann machte er sich daran, das Gemisch mit solchem Nachdruck zu zerstampfen, dass man hätte glauben können, er schlage auf einen unsichtbaren Feind ein. Seit den jüngsten Vorfällen schien ihm das Atelier mit seiner klösterlichen Atmosphäre der einzige sichere Ort zu sein, doch im Kopf eines Jungen, dessen Ziel es war, Maler zu werden, kreisten die Farben wie in einem Kaleidoskop: der graue Himmel und die silberfarbenen Steine im Gegenlicht der winterlichen frühen Nachmittage, das Rot der Ziegel, mit denen die Dächer der vornehmen Häuser gedeckt waren, die flammenden Kuppeln, der gebrochene Schimmer des Flusses mit den kupferfarbenen Glanzlichtern, die darauf tanzten, wenn der Abend sank, wobei die untergehende Sonne dafür sorgte, dass sich das Ganze zu einem dichten, wirbelnden Dunst vermengte – alle Farbtöne dieser fesselnden, vergifteten Stadt, die er seit einigen Monaten nicht mehr wiedererkannte und deren Licht er jetzt mit Hilfe der Pigmente, die er im Mörser vor sich hatte, wiedererstehen zu lassen versuchte.

Seit Tagen war er abweisend und in sich versunken. Die lustigen Streiche Leonardos und anderer der älteren Künstler in der *bottega* vermochten ihn nicht mehr wie einst zu erheitern. Es war, als hätte sich sein Wesen verwandelt: Lediglich der Meister hatte begriffen, dass er nicht mehr der sorglose, muntere Junge war, der eines Tages in dem Hof voll gackernder Hühner aufgetaucht war. Nie wieder hatten die beiden darüber gesprochen, was sich in jener Zelle des Klosters von San Marco zugetragen hatte, doch war sich Masoni darüber im Klaren, dass Luca diese Bilder nicht vergessen hatte.

Die Ärmel seines mit Farbe bekleckten grauen Kittels aufgekrempelt, stand Masoni in einer Ecke nahe dem Fenster und sah aus dem Augenwinkel zu dem Jungen hin, während er die Spindel einer kleinen Handpresse drehte. Am unteren Ende der Spindel war ein mit einer guten Handvoll Leinsamen gefülltes dickes Wollkissen befestigt, etwa wie die Unterlage am Sattelgurt eines Maultiers. Mit dem Mörser in der Hand trat der Junge an die Presse, gab etwas von dem Öl hinein, das aus der Presse quoll, und vermengte das Ganze, bis eine feste rötliche Emulsion entstand. Wortlos reichte er sie seinem Meister.

Masoni tauchte die Spitze des Pinsels bedächtig in das Gemisch und versah das Gewand des Engels mit einigen letzten zinnoberroten Tupfern. Dann unterbrach er seine Arbeit, um sich mit dem Unterarm den Schweiß von der Stirn zu wischen. Dabei sah er mit trübseligem Lächeln zu dem Jungen hinüber.

»Wenn ich jetzt sterben müsste«, sagte er, »hättest du nichts von mir gelernt.«

Er sah erneut auf die perspektivisch verkürzte Gestalt. Die zweite Farbschicht hatte das Ganze optisch bereichert.

»Wie findest du es jetzt, Luca?«, fragte er, im Versuch, den Jungen aus seinem Stillschweigen herauszulocken.

Dieser trat einige Schritte zurück, um das Bild so aufmerksam und konzentriert wie noch nie zuvor zu studieren. Obwohl der Meister in den letzten Tagen mit großem Nachdruck daran gearbeitet hatte, war es noch lange nicht vollendet. Luca betrachtete das Gesicht der Maria, auf dem der Anflug eines düsteren Lächelns lag, den Arm, den sie nach dem Engel ausstreckte, um ihre Hand um seine zu schließen schien, etwa auf die Weise, wie eine Prostituierte das bei einem Freier in vorgerückten Jahren tun mochte, der unsicher auf den Beinen ist. Er sah auch zu dem Jesusknaben hin, der auf ihrem Schoß saß und mit einer Hand nach dem eng geschnürten Mieder der Mutter griff, während er in der anderen ein Glöckchen hielt. Im Hintergrund sah man eine Vielzahl von Köpfen, deren Gesichter kaum angedeutet waren, noch ohne erkennbaren Ausdruck, wie beispielsweise die Gestalt, die rechts im Bild kniete und der Jungfrau etwas darbot und dabei ganz flüchtig ihren Oberschenkel berührte, fast wie ein Liebhaber. Bei diesem nicht erkennbaren Gegenstand mochte es sich um den Zweig eines Ölbaums oder einer anderen Pflanze handeln. Obwohl die Umrisse einiger Gestalten noch ohne Farbe waren, hatte man bereits den Eindruck, eine verbotene Szene zu betrachten. Das hatte nicht nur damit zu tun, dass niemand auf dem Bild einen Heiligenschein trug, nicht einmal der Jesusknabe, sondern auch damit, dass dem Ganzen die bei der Darstellung solcher heiliger Szenen übliche hierarchische Gliederung und Ordnung fehlte. Die unsichtbare Unruhe, die über dem Bild lag, war so deutlich spürbar, dass es Luca mit Unbehagen und zugleich Neugier erfüllte: der ganz gewöhnliche Stoff, aus dem das Kleid der Madonna bestand, ein zu massiger Oberschenkel, bloße Füße mit rissigen Fersen … auf der Leinwand sah man Leiber, die zu viel Lebenserfahrung enthielten, als dass man sie hätte porträtieren können. Der Glanz auf der Stirn des Engels passte nicht zu dessen Körperlosigkeit, ging es dem Jungen durch den Kopf, sondern gehörte zu jemandem, der schwitzte, keuchte und sich nachts schlaflos im Bett wälzte.

»Wann müsst Ihr es abliefern?«, erkundigte er sich nach einer Weile, ohne auf die Frage des Meisters einzugehen.

Dieser lächelte in sich hinein.

»Es überzeugt dich immer noch nicht, hab ich Recht?«

»Ich weiß nicht, Meister …«, gab Luca zögernd zurück. »Ich sehe nicht so recht, auf welche Bibelstelle Ihr Euch mit dieser Anbetung bezieht.«

»Genau das ist der springende Punkt.« In Masonis Augen blitzte ein bis dahin ungesehenes Licht auf.

»Ich verstehe Euch nicht.«

»Es ist doch ganz klar. Du willst in dem Bild etwas Bekanntes sehen, eine Szene, die in den heiligen Büchern schon tausend Mal beschrieben worden ist. Das aber ist nicht die eigentliche Aufgabe der Kunst. Das Werk eines Malers braucht nicht fromm zu sein, sondern lediglich wahr.«

Luca wusste nicht, was er darauf sagen sollte. Einige Augenblicke lang war er außerstande, seinen Blick von der Leinwand zu lösen. Es kam ihm so vor, als strömte das Bild Gerüche aus: nach Kerzen, nach Gasthauszimmern, nach Zufallsbegegnungen.

»Achte auf die Gestalten.« Der Maler fasste den Jungen am Arm und zog ihn näher zu dem Bild hin. »Du brauchst keine Angst zu haben, die beißen nicht.«

Luca schluckte vor Beklemmung seinen Speichel herunter. Sein Gesicht sprach deutlicher, als es Worte vermocht hätten. Er war jetzt der Leinwand so nahe, dass er den Blick für das Ganze verlor und ihn ein unangenehmes Schwindelgefühl überkam. Auf diese Entfernung war nicht ein einziger Pinselstrich zu sehen, der ihm als Anleitung zum Verständnis der dargestellten Szene hätte dienen können, und dennoch schienen die Gestalten Leben zu gewinnen, je näher er ihnen kam, und mit einem Mal begriff er.

»Bei den Nägeln am Kreuz Christi! Die sind ja lebendig!«

In der Tat atmeten die Gestalten. Dem Jungen lief ein Schauer über den Rücken. Er hatte Angst um den Meister. Wild drängten sich die Fragen in seinem Kopf, bis er stammelnd fragte: »Aber wer sind die? Woher habt Ihr die?«

Mit einem Lächeln, das zugleich geheimnisvoll und voll Befriedigung war, erwiderte der Meister, wobei er Luca einen freundlichen Klaps auf den Nacken gab: »Alles zu seiner Zeit, mein Junge.« Dann fuhr er übergangslos fort: »Was meine Abmachung mit Lorenzo angeht, für die du dich so sehr zu interessieren scheinst – der Fälligkeitstermin ist Ostern. Ich glaube allerdings nicht, dass das für den Prächtigen ein günstiger Zeitpunkt sein wird, uns zu bezahlen. Deshalb würde ich mir an deiner Stelle keine allzu großen Hoffnungen machen. Ich habe gehört, dass die Bank der Medici gerade eine schwierige Zeit durchmacht.«

»Aber Ihr habt mir doch selbst gesagt, dass niemand in der ganzen Stadt vermögender ist als er«, hielt der Junge dagegen, der es gar nicht abwarten konnte, einen Teil des ihm von Masoni versprochenen Taschengeldes an den Verkaufsbuden in den Arkaden am Alten Markt auszugeben.

»Gewiss, Luca, aber das Glück hat nun einmal die Gewohnheit, sich nicht lange in ein und demselben Haus aufzuhalten. Allem Anschein nach hat Papst Sixtus eine erneute Buchprüfung in der Bank der Medici verlangt. Es ist die zweite in weniger als einem Jahr, und derlei gibt immer Gerüchten Nahrung.«

Diese Gerüchte entbehrten nicht ganz der Grundlage. Seit Sixtus IV. mit dem päpstlichen Interdikt und der Möglichkeit der Exkommunikation gedroht hatte, zogen sich die Nächte bei denen, die aus Angst davor keinen Schlaf fanden, in die Länge. Tratschende Weiber brachten auf den Straßen rund um den Markt immer mehr Gerüchte über neue Mitteilungen aus

Rom in Umlauf. Sie vermengten sich mit dem böswilligen Klatsch von Lakaien, die sich das Maul über ihre Herrschaft zerrissen, und von Handwerkern, die dem Wein so kräftig zugesprochen hatten, dass es keinen Unterschied mehr machte, ob sie die Qualität eines Schinkens über den grünen Klee lobten oder ihrem Herzen gegen die jüngsten Anordnungen des Magistrats Luft machten, die von den Amtsdienern der Signoria mit dem Schall silberner Trompeten öffentlich verkündet wurden.

Nachdem die Menschen auf diese Weise gleichsam in Alarmzustand versetzt worden waren, hatten sich die Schänken in den verwinkelten Gässchen der Altstadt in brodelnde Gerüchteküchen verwandelt, in denen man einander die jüngsten Neuigkeiten berichtete und darüber stritt. Immer gab es in diesen Gruppen jemanden, der angeblich etwas aus erster Hand wusste, eine geheimnisvolle Person, die im Dienst irgendeines Fürstenhauses stand, einen vor kurzem mit den frischen Nachrichten in die Stadt gekommenen Fremden. Aber auch solche gab es, die aus dem Augenblick heraus in ungewohnter Beredsamkeit gegen einen Papst vom Leder zogen, der es gewagt hatte, die Ehre des Prächtigen in den Schmutz zu ziehen. Man hatte den Eindruck, dass bei diesen lautstark und mit allerlei Drohgebärden geführten Auseinandersetzungen niemandem daran lag festzustellen, was auf Wahrheit beruhte und was erlogen war – natürlich mit Ausnahme der Männer des *Griechen*, wie man in ganz Florenz Xenophon Kalamantino nannte, einen hünenhaften ehemaligen Dominikanermönch mit undurchdringlichen Gesichtszügen. Ihn hatte Lorenzo de' Medici an die Spitze eines Spionagenetzes gestellt, dessen Macht und Einfluss ebenso weit reichte wie der Lauf des Arno und dessen Mitarbeiter von allen gefürchtet wurden.

Angefangen hatten die Schwierigkeiten, wie Masoni in einer Nacht der Ausschweifungen in der Herberge *La Campana* diesen und jenen Äußerungen entnahm, als sich die Bank der Medici geweigert hatte, der päpstlichen Gesandtschaft, die mit geradezu unglaublich großen weiß-gelben Fahnen in die Stadt gekommen war, die vierzigtausend Dukaten zu geben, die der Heilige Vater verlangt hatte, um die Stadt Imola kaufen zu können.

Leicht dürfte Lorenzo diese Entscheidung nicht gefallen sein, waren doch die Medici schon seit Jahrhunderten die Bankiers der Päpste, doch vertrat der Prächtige die Ansicht, dass ein weiterer Gebietserwerb durch den Heiligen Stuhl den Interessen der Stadt Florenz ganz und gar zuwiderlief. Daher wies er das Ersuchen des Papstes nicht nur ab, sondern bemühte sich auch zu erreichen, dass sich alle ihm bekannten möglichen Geldgeber ebenso verhielten. Allerdings war zu jener Zeit die Vorstellung von der Republik, die der junge Lorenzo bei seinen philosophischen Abendgesellschaften zu verherrlichen pflegte, nichts als eine Illusion, die sich in keiner Weise mit der Wirklichkeit deckte. Auf diese Republik stürzten sich jetzt im Fluge die fünf mit Wohlgerüchen besprengten Raben, welche die päpstliche Gesandtschaft, jeden in einem eigenen goldenen Käfig, als Geschenk mit sich führte. Immer, wenn sie mit den Flügeln schlugen, entströmte ihnen ein Geruch nach Grab- und Trauerkränzen, der die ganze Stadt erfüllte.

Tatsächlich zeigte sich wider alles Erwarten, dass die Bank der Pazzi nichts Eiligeres zu tun hatte, als dem Papst den gewünschten Betrag zur Verfügung zu stellen. Damit widersetzte sie sich nicht nur Lorenzos Anordnung, sondern verstieß auch gegen den in Florenz von jeher geltenden unumstößlichen Grundsatz von Treu und Glauben. In jener Nacht streifte Lorenzo der

Prächtige, da er keinen Schlaf finden konnte, in Begleitung seines Freundes Poliziano bis zum frühen Morgen durch die verwinkelten Gassen der Stadt. An ihren spitzwinkligen Einmündungen kam es den beiden Männern vor, als erhöben sich die Häuser über ihnen gleich dem Bug gewaltiger Schiffe, die der schrecklichste ihrer Feinde gegen sie ausgesandt hatte.

Am folgenden Morgen stellte sich ein in päpstlichen Samt gewandeter Abgesandter des Heiligen Stuhls, dessen Birett eine Art Medaillon aufgenäht trug, auf einen der beiden Sockel, die den Eingang zum Palast der Stadtregierung flankierten, und verlas eine Erklärung des Inhalts, dass der Papst den Medici das Privileg entzog, als seine Hauptbankiers tätig zu sein, und er die mit ihnen konkurrierende Florentiner Familie der Pazzi an ihre Stelle setzte. Damit büßte Lorenzo nicht nur das Vorrecht ein, Hüter der *Camera Apostolica* zu sein, er verlor zugleich auch das den Medici seit über hundert Jahren gewährte Ausbeutungsmonopol für die im päpstlichen Besitz befindlichen Alaunvorkommen.

»Als ob all das nicht genügt hätte«, fuhr Masoni fort, »hat sich die Situation dadurch weiter verschlimmert, dass der Papst ausgerechnet Francesco Salviati zum Erzbischof von Pisa ernannte, denn wie alle Welt weiß, ist das ein Parteigänger der Familie Pazzi.« Schon vor einer ganzen Weile hatten Meister und Lehrjunge die *bottega* verlassen und waren in die Hitze des Viertels von Santa Croce eingetaucht, wo sie mittags in einer der zahlreichen Tavernen in Gesellschaft von Maurern und Freskomalern zu essen pflegten.

»Aber was hat Lorenzo denn zu fürchten? Abgesehen davon, dass er sich auf die Unterstützung des Magistrats verlassen kann, bewundert ihn doch jeder hier in Florenz.«

»Da sei dir mal nicht so sicher, Luca. Dass er hier in der Stadt Anhänger hat, ist eine Sache, die Situation in Rom aber eine gänzlich andere. Es ist Lorenzo durchaus klar, dass sein Charisma von seiner Ehre unablösbar ist. Würde an ihr auch nur der geringste Zweifel laut, nähme nicht nur seine Glaubwürdigkeit in Geschäftsdingen großen Schaden, sondern vor allem sein Ruf hier in der Republik. Ich müsste mich schon sehr täuschen, wenn seine Feinde nicht genau auf dieses Ziel hinarbeiteten.«

Der Geruch nach gebratenen Täubchen und dem kräftigen Wein der Toskana erfüllte die Luft in belebender Weise.

»Keine Sorge«, sagte Masoni, von der Vorfreude auf das bevorstehende Mahl und einen Krug Rotwein beschwingt, »die Sache kommt wieder ins Lot.« Während er diese Ankündigung mit einem festen Schlag auf die Schulter des Jungen bekräftigte, traten sie in die Taverne, in der sich zahlreiche Handwerker drängten. »Lorenzo hat in Mailand und Urbino zuverlässige Verbündete, die sich beim Papst für ihn verwenden können. Federico da Montefeltro hat in solchen Angelegenheiten schon mehr als einmal den Vermittler gespielt.«

Im Inneren des Lokals roch es fast wie in einem Winzerkeller. Von den Deckenbalken hingen Knoblauchbüschel, und an einer der Seitenwände standen mehrere offene Säcke mit getrockneten Bohnen sowie zwei Holzfässer von eindrucksvoller Größe, aus deren Spund Wein tropfte. Meister und Lehrling durchquerten den Raum auf dem Weg zur Küche, die sich hinter der Gaststube in einem gewölbten Raum befand. Durch die dichten Dampfschwaden, die aus den großen Kochtöpfen aufstiegen, drang der rötliche Glanz vom Feuer eines gemauerten Backofens, dessen Hitze den Raum erfüllte. In der Gaststube sprachen die zahlreichen Handwerker, die mit bloßem

Oberkörper am Tisch saßen, unter munteren Reden und Gelächter ihrer Suppe zu, wobei ihnen wegen der im Raum herrschenden Hitze und wohl auch vom Wein, den sie tranken, der Schweiß auf der Haut perlte. Sich in den breiten Hüften wiegend, zwängte sich eine Köchin in einem rötlichbraunen Rock zwischen den Tischreihen hindurch.

Sehnsüchtig sah der Junge zum Nebentisch hin, an dem zwei Kaufleute mit von der Sonne gegerbtem Gesicht ihren Handel bei Täubchen in Parmesankruste besiegelten, doch sein Meister begnügte sich damit, den üblichen Gemüseeintopf mit Möhren und Rübchen zu bestellen.

»Wenn du erst einmal Vater bist, kannst du auch Täubchen essen«, gab ihm Masoni mit einem spöttischen Lächeln zu verstehen, das sich über sein ganzes Gesicht ausbreitete.

Wie es aussah, gab es für die Händler am Nachbartisch allen Grund zum Feiern, hatten sie doch, soweit Masoni ihrer Unterhaltung entnehmen konnte, soeben ein Geschäft im Wert von zweitausendfünfhundert Gulden abgeschlossen, bei dem es um Seide aus einer der Familie Pazzi gehörenden Weberei in Barcelona ging. Im Verlauf der Mahlzeit erfuhren Masoni und Luca, die darauf bedacht waren, sich möglichst kein Wort davon entgehen zu lassen, was nebenan gesprochen wurde, mit Bestürzung, dass König Ferdinand von Neapel und Aragonien vor kurzem Jacopo de Pazzi eins seiner besten Jagdreviere um Neapel herum zum Geschenk gemacht hatte.

Auch wenn der Junge so gut wie nichts von diplomatischen Angelegenheiten verstand, besaß er doch genug gesunden Menschenverstand, um zu begreifen, dass diese Schenkung für den Förderer seines Meisters nichts Gutes zu bedeuten hatte. Ein fremder Herrscher bedachte Menschen, die Lorenzo in den Rücken gefallen waren, mit großzügigen Geschenken – was konnte für den Prächtigen erniedrigender sein? Eine solche Handlungsweise ließ sich angesichts der Gegebenheiten nicht anders als eine verhüllte Kriegserklärung deuten. Wortlos und tief betrübt sah Luca den Meister an. Sein Gesichtsausdruck dürfte dem des Mädchens aus der Fabel in dem Augenblick geglichen haben, als ihr der Milchkrug aus den Händen fällt und mit ihm alle Träume von dem zum Greifen nah scheinenden Reichtum in Scherben gehen.

Als sie die Taverne verließen, hatte sich der Wind gedreht. Sie kamen an einem elend aussehenden Karrengaul vorüber, der vor ein schwer mit Brennholz beladenes Fuhrwerk gespannt war. In der Via dei Balestrieri schlugen Diener vor dem Lieferanteneingang des Stadtpalasts der Familie Pazzi Tragehaken in dort aufgestapelte Getreidesäcke, um sie ins Innere zu schaffen. Zwei Männer, die sie abgeladen hatten, machten sich jetzt daran, mit ihrem zweirädrigen Karren davonzufahren. In diesem Augenblick kamen mit großen Schritten zwei Mönche aus der Tür des Palastes. Wohl um ihre Gesichter zu verbergen, hatten sie die Kapuzen hochgeschlagen, doch ließ ein verräterischer Windstoß beim Größeren der beiden einen winzigen Augenblick lang das leuchtende Rot eines Kardinalshuts aufblitzen.

»Es kann nichts Gutes bedeuten, wenn sich Kardinäle als Franziskanermönche verkleiden, um das Haus eines Ehrenmannes zu betreten«, sagte Masoni.

»Woran denkt Ihr, Meister?«

»An nichts, Luca«, gab der Maler zurück, den Blick auf die dunklen Wolken gerichtet, die sich von Westen her näherten. »Ich denke, wir bekommen ein Gewitter«, fügte er hinzu und schlug die Kapuze des Jungen hoch.

13

Meine Mutter beschäftigte sich gerade im Esszimmer mit einem Kreuzworträtsel, als das Telefon klingelte. Es war Mai und durch das halb geöffnete Fenster drang aus dem Innenhof der Geruch frisch gegossener Pflanzen. Ich lag mit einem Buch über Scotts Expedition zum Südpol auf dem Sofa. Daran erinnere ich mich deshalb, weil meine Mutter den Hörer genau in dem Augenblick abnahm, als ich tief in der Beschreibung des Beardmore-Gletschers versunken war, in dem der Wissenschaftler Edward Adrian Wilson über drei Millionen Jahre alte Fossilien entdeckt hat. Der Kugelschreiber fiel ihr aus der Hand, und sie bückte sich mechanisch, um ihn aufzuheben, ohne den Telefonhörer loszulassen. In meiner Vorstellung hat sich ihr ganzes Leben in diesem einzigen Augenblick wie ein Teleskop ineinandergeschoben: wie sie sich in ihrer beigefarbenen Kostümjacke mit einem hellen Tuch um den Hals immer wieder zu Boden bückt.

Dann fuhr sie sich mit der Hand an die Kehle, als ob sie keine Luft bekäme, und ließ sich kraftlos auf den Sessel zurücksinken. Auf welche Weise kann man einem Menschen sagen, dass sein Ehepartner gestorben ist? Für solche Mitteilungen gibt es keine passenden Worte. Verkehrspolizisten sind, wie ich vermute, trotzdem an diese Aufgabe gewöhnt, und manchmal brauchen sie gar nicht erst den Mund aufzutun. Meine Mutter sagt immer, dass sie es am Klang der Stimme erraten habe.

Mehrere Monate lang verbanden sich in meiner Vorstellung die Bilder vom Unfall meines Vaters mit den letzten Tagen Scotts und seiner Männer, die bei der Rückkehr vom Südpol in der Dunkelheit der Polarnacht in ihrem Zelt verhungert sind, gar nicht besonders weit von ihrem Proviantlager entfernt. Ich stellte mir ihre letzten Stunden in der dort herrschenden drangvollen Enge vor.

All das ging mir durch den Kopf, während ich mit dem Rad über die Uferstraße Zecca Vecchia am Arno entlangfuhr. Es war nicht mehr weit bis zur Kreuzung mit dem Viale della Giovine Italia. Weil es ein herrlicher und klarer Morgen war, hatte ich beschlossen, statt wie sonst mit dem Bus mit dem Rad zum Staatsarchiv zu fahren. Ich freute mich über die kühle Luft, die mir über das Gesicht strich. An den Uferkiosken hing neben dem *Corriere della Sera* die kommunistische Wochenzeitung *Il Manifesto*. Während auf der Titelseite beider das unübersehbar abgezehrte Gesicht der nach wie vor in Geiselhaft befindlichen Journalistin Giuliana Sgrena zu sehen war, lieferte daneben das Titelblatt der Lifestyle-Zeitschrift *Cosmopolitan* einen Ausblick auf die Frühlings- und Sommermode. In Höhe der Via Tripoli hatte sich ein Möbelwagen an einer Baustelle so verkeilt, dass hinter ihm der ganze Verkehr ins Stocken geriet, was ungeduldige Autofahrer mit einem Hupkonzert und wilden Flüchen aus dem offenen Fenster ihres Wagens quittierten. Ich stieg ab und schob mein Rad den Rest des Wegs unter den noch unbelaubten Platanen über den Gehsteig.

Im Archiv beäugte mich die junge Portiersfrau aus ihrem Glaskasten mit misstrauischer und mürrischer Miene. Ich hatte sie noch nie zuvor gesehen. Vielleicht war sie neu eingestellt worden und hielt es für ihre Pflicht, alle Besucher mit besonderem Diensteifer zu kontrollieren. Wahrscheinlich erregte mein Aufzug ihren Argwohn. Um mich vor der vom Arno aufsteigenden feuchtkalten Luft zu schützen, hatte ich mir ein Tuch wie einen Schal um den Hals gelegt, das ich in Santiago beim Himmelfahrts-Jahrmarkt an einem Dritte-Welt-Stand gekauft hatte. Es war indigofarben, wie bei den Tuareg. Vielleicht erschienen ihr auch meine übermäßig abgewetzten Jeans und die Turnschuhe unpassend, die ich immer anzog, wenn ich mit dem Rad fuhr. Auf jeden Fall erschien ihr mein Aussehen für jenen Tempel des Wissens ganz offenkundig nicht hinreichend seriös, weshalb sie zögerte, mir Zutritt zu gewähren. Unter ihren missbilligenden Blicken fühlte ich mich so beklommen, dass ich einen Augenblick lang fürchtete, das Lesegerät werde meine Magnetkarte zurückweisen und die Alarmanlage in Gang setzen. Doch glücklicherweise geschah nichts dergleichen. Das stählerne Drehkreuz gab mir wie immer den Weg frei, und ich ging zum Aufzug, erleichtert, aus dem Blickfeld der Frau verschwunden zu sein.

Als sich die Tür im dritten Stock öffnete, lächelte mir der Saaldiener Torriani von seinem Tisch aus das übliche Willkommen zu, wobei einer seiner oberen Backenzähne golden aufblitzte.

»Ich hatte Sie schon vermisst, *signorina* Sotomayor«, sagte er mit seinem unverkennbaren kalabresischen Akzent – dabei war ich lediglich drei Tage nicht im Archiv gewesen.

»Ich habe mir etwas Ruhe gegönnt, bin aber jetzt wieder da«, sagte ich mit einem entschuldigenden Lächeln, während ich den Bestellschein mit der Katalognummer für Pierpaolo Masonis *quadernini* ausfüllte.

»Sie interessieren sich übrigens nicht als Einzige für diese Dokumente«, erklärte Herr Torriani, während ich ihn ins darunterliegende Stockwerk begleitete, wo sich die ältesten Archivunterlagen wohlverwahrt in Stahlschränken befanden, die sich hin- und herschieben ließen, indem man an einem Handrad drehte. »Vor zwei Tagen war ein Professor aus Rom hier, der ebenfalls diese Tagebücher einsehen wollte.« Er sagte das in verschwörerischem Ton wie jemand, dem bewusst ist, dass seine Worte dem anderen von Nutzen sein können, auch wenn er nicht genau weiß, auf welche Weise.

Im dritten Innenfach des Metallschranks befanden sich die Tagebücher. Sie waren als Hinweis darauf, dass sie auf Mikrofilm zur Verfügung standen, mit dem Buchstaben M gekennzeichnet, außerdem in Klammern mit den Initialen des Verfassers, also P.M., sowie der Registrierungsnummer I bis IX. Dabei hatte mir Professor Rossi versichert, er wisse aus sicherer Quelle, dass es zwölf Hefte gäbe.

Il Lupetto hatte einige dieser Tage- und Skizzenbücher in Kapitel unterteilt, wie man es bei Abhandlungen über spezielle Gegenstände tut. Sie trugen Überschriften wie ›Licht und Schatten‹, ›der Vogelflug‹, ›der Zufall‹, ›die Natur des Menschen‹ und so weiter. Vielleicht, überlegte ich, beschäftigte sich die Archivverwaltung mit den drei fehlenden Heften, oder sie befanden sich wegen ihres schlechten Zustands in der Restauratorenwerkstatt. Ebenso war denkbar, dass jemand sie zu Studienzwecken kurzfristig entnommen hatte. Auf jeden Fall, sagte ich mir, müssten sie auf Mikrofilm verfügbar sein.

Als ich im Zentralrechner nachsah, stellte ich jedoch fest, dass sich dort nicht der geringste Hinweis auf die Existenz weiterer drei Bände finden ließ. In jedem Fall beschloss ich, meine Arbeit an der Stelle wiederaufzunehmen, wo ich sie unterbrochen hatte. Ich setzte mich also an einen der freien Tische im hinteren Teil des Raumes, öffnete den hölzernen Knebelverschluss und schlug das Heft dort auf, wo Masoni mit Rötel den Kopf eines Wolfshundes skizziert hatte.

Nach zwei Stunden der Beschäftigung mit seiner winzigen Handschrift hatte ich den Eindruck, dem Verständnis des rätselhaften Malers in mancher Hinsicht ein ganzes Stück näher gekommen zu sein. Seine Gedanken nahmen auf den von ihm beschriebenen Seiten schattenhafte Gestalt an. Ich hatte das Gefühl, dass der Mann, der diesen Schatten warf, immer interessanter wurde, je näher ich ihm kam.

Gegen zwölf Uhr beschloss ich, eine kurze Pause einzulegen und im kleinen Vorraum einen Becher Kaffee zu trinken. Ich steckte einen Euro in den Automaten und setzte mich auf das beige bezogene Sofa, vor dem ein niedriges Acryl-Tischchen stand. Da meine Augen schmerzten, legte ich den Kopf gegen die Sofalehne und begann meine Lider mit leichten Berührungen kreisförmig zu massieren.

»Stundenlang in alten Manuskripten zu lesen strengt an«, wurde ich in einwandfreiem Spanisch angesprochen. Ich setzte mich ruckartig auf. Der Mann war mittelgroß und schien um die Mitte vierzig zu sein. In seinem Sakko mit Hahnentrittmuster über dem grauen Rollkragenpullover sah er aus wie ein Seminarist, der sich stadtfein gemacht hat. »Gestatten Sie, dass ich mich vorstelle«, sagte er und hielt mir die Hand hin. »Mein Name ist Bosco Castiglione.«

»Ana Sotomayor«, gab ich zur Antwort und erhob mich, um ihm die Hand zu schütteln.

»Ich bin über Sie im Bilde«, sagte er lächelnd, wobei er mich nach wie vor prüfend betrachtete, als hätte er mich bereits als eine Art Bücherwurm eingestuft, wie sie üblicherweise in Archiven zu finden sind. »Ich glaube, dass wir beide uns für dieselben Manuskripte interessieren.«

Ich schwieg eine Weile und versuchte die Bedeutung seiner

Worte abzuschätzen, wobei ich ihn meinerseits musterte. Sein rötliches Gesicht war fast bartlos, und hinter den dicken Gläsern seiner Kunststoffbrille lagen kleine Augen mit einem asiatischen Anflug. Sie waren so schmal zusammengezogen wie der Schlitz einer Sparbüchse – wie bei einem Chinesen in einem Comicheft. Besonders belustigend wirkte das, wenn er zwinkerte, was er ziemlich häufig tat. Ich hätte ihn am liebsten gefragt, woher er so viel über mich wusste, schwieg aber und begnügte mich damit, ein Lächeln anzudeuten.

»Ich bin Professor für Paläographie und Archivkunde und arbeite im Vatikan«, fuhr er fort. Während ich ihm zuhörte, ging mir durch den Kopf, dass er nach dieser Erklärung möglicherweise das Recht zu haben glaubte, mich nach meiner Arbeit, meinem Leben oder was auch immer er wissen wollte auszufragen. Diese Art, sich in die Angelegenheiten wildfremder Menschen einzumischen, ist in Italien nichts Ungewöhnliches. Ganz anders als in meiner Heimat üblich, wird man immer wieder von irgendjemandem gefragt, welchen Beruf man ausübt, ob man ledig oder verheiratet ist, Jungfrau oder Märtyrer, ohne dass man auch nur von ferne irgendeine Beziehung zu diesem Menschen hätte, die derlei rechtfertigen könnte. So hat jedes Land seine eigenen Bräuche. »Ich habe mich auf mittelalterliche Handschriften spezialisiert«, nahm er den Faden wieder auf, »und meine Arbeiten auf diesem Gebiet sind mehrfach mit internationalen Preisen ausgezeichnet worden.« Er sagte das mit einer Art treuherziger Selbstgefälligkeit. »Ich habe mehrere Jahre meines Lebens darauf verwendet, verlorengegangene oder unvollständige Texte großer Kirchenlehrer wiederherzustellen, vom heiligen Augustinus, Tertullian, Bischof Polykarp von Smyrna oder dem letzten großen Kirchenvater, Isidor von Sevilla … Sie müssen sich vorstellen, dass im Vatikan täglich ganze Kartonladungen Dokumente eintreffen, entweder als Geschenk von Klöstern oder als Ergebnis archäologischer Ausgrabungen. All das lagern wir in unterirdischen Räumen, bis wir es katalogisieren und einordnen können. Denken Sie doch nur«, jetzt hob er die Brauen so weit, dass sie sich dachförmig krümmten wie ein Zirkumflex, »Schriftzeugnisse aus über zweitausend Jahren! Dort warten noch ganze Regalkilometer voller Pergamentbündel und anderer Dokumente auf ihre Bearbeitung … Eine wahre Titanenarbeit.«

Ich deutete eine Geste der Bewunderung an. Der Mann schien mir harmlos zu sein. Er wirkte nicht unfreundlich, wenn auch ein wenig aufgeblasen, doch war seine Eitelkeit nicht störend, sondern weckte eher ein gewisses Mitgefühl in mir.

»Und was könnte es hier in Florenz geben, das Sie nicht in Ihren Verliesen tief unter dem Vatikan haben?«, fragte ich mit einem Lächeln, von dem ich hoffte, das es meine Erkundigung nicht allzu misstrauisch wirken ließ. Allerdings legte der Blick, den er mir hierauf zuwarf, die Vermutung nahe, dass ihm mein Argwohn keineswegs entgangen war.

»Das dürften Sie besser wissen als ich. Sofern man mich nicht falsch informiert hat, sind Sie bereits seit einigen Monaten hier«, gab er zurück. In seiner Stimme fiel mir eine unterdrückte Erregung auf, die den Gedanken nahelegte, dass er mich aushorchen wollte. Allmählich beschlich mich Unbehagen bei der Vorstellung, dass er alles Mögliche über mich zu wissen schien. Er trat etwas näher an mich heran, wohl weil er mit dieser Verringerung der räumlichen Distanz mein Vertrauen zu gewinnen hoffte.

Während er stehend mit einem Plastiklöffelchen in seinem Plastikbecher rührte, begann er über die drei fehlenden *quadernini* Masonis zu sprechen, und zwar so leise, dass ich mich leicht vorbeugen musste, um ihn zu verstehen. Unübersehbar schenkte er mir keinen Glauben, als ich ihm sagte, dass ich sie noch nie gesehen hatte. »Wenn Sie wollen, könnten wir uns gegenseitig helfen. Es wäre zu unser beider Vorteil«, sagte er langsam, nachdem er einen großen Schluck Kaffee genommen hatte. »Vergessen Sie nicht, dass ich die Erfahrung besitze, die Ihnen noch fehlt. Ganz davon abgesehen verfüge ich über die Kontakte, die nötig sind, um an Informationen mit Bezug auf die Kirche zu kommen – von anderen Kenntnissen ganz zu schweigen.«

Jetzt trat Verärgerung an die Stelle des Unbehagens, das mich erfasst hatte. Wie kam der Mann mit dem Filipino-Gesicht auf den Gedanken, es könne mir an der für meine Forschungsarbeit nötigen Erfahrung fehlen? Lag es an meiner Jugend? Oder an meinem Aussehen? Mein Auftreten? Seine Sprechweise wirkte nicht im Geringsten bedrohlich, man hätte sie ganz im Gegenteil als zuckersüß und übermäßig salbungsvoll bezeichnen können. Trotzdem fühlte ich mich in Alarmstimmung versetzt.

»Was für Kenntnisse sind das?«, fragte ich trocken.

Lächelnd strich er sein Sakko glatt.

»Immerhin ist vorstellbar, dass Ihr hochgeschätzter Maler eine zwielichtige Gestalt war«, gab er zur Antwort.

Ich machte ein nachdenkliches Gesicht, als ließe ich mir seine Worte durch den Kopf gehen.

»Entschuldigung, aber ich verstehe nicht, worauf Sie hinauswollen. Mir ist nicht recht klar, was Sie mit dieser Andeutung meinen.«

»Den Teufel am Schwanz zu ziehen ist immer gefährlich«, erwiderte er. »Ein Feuer kann uns wärmen oder verbrennen, und bei manchen Feuern ist es besser, sie gar nicht erst zu entzünden.« Während er diese geradezu gleichnishaften Worte von sich gab, leuchteten seine Augen wie bei einem Pfarrer, der sich an seiner eigenen Predigt berauscht.

»Ich glaube, Sie haben mich nicht richtig verstanden«, erwiderte ich und versuchte, die Zügel unserer Unterhaltung wieder in die Hand zu bekommen. »Ich hatte mich auf Ihren Hinweis bezogen, dass wir einander von Nutzen sein könnten. Ich weiß wirklich nicht, auf welcher Basis es zu dieser Art von Zusammenarbeit und Austausch kommen sollte.« Danach schwieg ich eine Weile, weil ich ihm den Eindruck vermitteln wollte, dass ich über seinen Vorschlag nachdachte. »Auf jeden Fall sehe ich nicht, auf welche Weise Sie mir bei meiner Arbeit nützlich sein könnten. Ich habe hier alles, was ich brauche.«

»Für diese Art von Hochmut sind Sie zu jung.« Jetzt hatten seine Augen nicht mehr den Ausdruck eines freundlichen Chinesen aus einem Comic. Mit hartem Blick sah er mich vorwurfsvoll an. »Uns ist bekannt, dass Sie über die Verschwörung gegen die Medici promovieren wollen«, sagte er, wobei er zum ersten Mal die Pluralform verwendete, die aus seinem Munde alles andere als majestätisch klang. Allerdings ahnte ich nicht von ferne, welche anderen Menschen dieses ›uns‹ mit einschließen sollte. »Bedenken Sie, dass es im Vatikanischen Archiv noch unerschlossene Dokumente gibt, die Ihnen äußerst hilfreich sein könnten.«

»Was für Dokumente wären das?«, fragte ich unverhohlen interessiert.

»Beispielsweise Geständnisse, Unterlagen über die Geschichte des Papsttums, die diplomatischen Aktivitäten des Heiligen Stuhls, Geheimverträge … Überlegen Sie es sich.«

»Und welche Gegenleistung erhoffen Sie sich von mir?«, fragte ich in einem Ton, als wäre ich mit dem vorgeschlagenen Handel einverstanden.

»Sie haben bereits eine ganze Menge Nachforschungen betrieben«, fuhr er mit einem scheinheiligen Lächeln fort. »Sie besitzen Informationen, nicht wahr? Wertvolle Hinweise, Einzelheiten, die wir vielleicht miteinander vergleichen könnten. Monsignore Gautier ist aufrichtig an Masonis Tagebüchern interessiert, die Sie so gründlich kennen.«

»Monsignore Gautier?« Noch während ich diesen Namen aussprach, versuchte ich mich zu erinnern, wo ich ihn schon einmal gehört hatte.

»Ja, der Dekan der Vatikanischen Archive und zugleich der Vorsitzende der italienischen Bischofskonferenz.« In diesem Augenblick fiel es mir ein: Francesco Ferrer hatte ihn bei meinem Besuch in der Restauratorenwerkstatt im Zusammenhang mit dem Gezerre um das Masoni-Gemälde genannt.

»Aha ...«, sagte ich gedehnt. »Und was könnte für die römische Kurie an den Notizheften eines Malers von so großem Interesse sein?«

»Die Zeiten sind schlecht«, sagte er, in seinen ursprünglichen lehrerhaften Ton verfallend. Dabei fuhr er liebkosend über das kleine goldene Kruzifix auf seiner Brust. »Alle möglichen Leute haben es darauf angelegt, das humanitäre Wirken unserer Kirche herabzusetzen, Schmähreden über ihre Vergangenheit zu verbreiten und allerlei schmutzige Wäsche zu waschen. Dabei macht man sich zunutze, dass die Gesundheit des Heiligen Vaters stark angegriffen ist. Diese gezielte Kampagne gegen die Kirche bereitet ihm große Sorgen, vor allem angesichts dessen, dass es Hinweise auf ein baldiges Ende seines Pontifikats gibt, was die Kirche zweifellos schwächen würde. Sie machen sich überhaupt keinen Begriff davon, was da auf dem Spiel steht. Es gibt Leute, die zu allem bereit sind, wenn es darum geht, ihren eigenen Kandidaten auf den Stuhl Petri zu bringen.«

»Das kann ich mir denken«, gab ich im Brustton der Überzeugung zur Antwort, denn ich hatte mir die römische Kurie noch nie als Versammlung barmherziger Brüder vorgestellt. »Doch was könnte die Wahl eines neuen Papstes mit einem Maler zu tun haben, der vor über fünfhundert Jahren gelebt hat, oder mit Ereignissen, die ebenso lange zurückliegen?«

»Ihnen als Historikerin dürfte bekannt sein, dass es in diesem Zusammenhang Verbindungslinien zwischen der Vergangenheit und der Gegenwart gibt. Kirchenfeindliche Strömungen, äußerst mächtige Interessengruppen und Sekten bemühen sich nach Kräften, unsere heilige Kirche zu schwächen …« Er sagte das in einem geheimnistuerischen Ton, der ihm vermutlich am ehesten geeignet schien, eine junge Studentin zu beeindrucken.

»Schon … Wenn ich Sie recht verstanden habe, wollen Sie sagen, dass der Vatikan einige Notizhefte aus dem Jahre 1478 braucht, um sein segensreiches Wirken fortzuführen«, sagte ich ohne den geringsten Versuch, meinen Sarkasmus zu unterdrücken. Inzwischen empfand ich einen undefinierbaren Groll gegen den Mann. Ich kann es nun einmal nicht leiden, wenn man mich unterschätzt, und offen gestanden hatte er mich mit dieser Erklärung in meiner Eigenliebe zutiefst verletzt. Auch wenn ich eine unerfahrene Stipendiatin war, gab ihm das noch lange nicht das Recht anzunehmen, dass ich auf sein Schauermärchen anbeißen würde wie ein Mäuschen den Käse in der Falle.

»Sie haben mich missverstanden«, erinnerte er. »Ihr Argwohn mir gegenüber ist völlig unbegründet. Wir haben keinen anderen Wunsch, als die Hefte an einem sicheren Ort aufzubewahren, damit sie niemandem in die Hände fallen, der Missbrauch damit treiben könnte. Der Vatikan hat sie dem Staatsarchiv auf offiziellem Weg abzukaufen versucht …«

»Ach ja, so wie das Gemälde der *Madonna im Schnee*«, fiel ich ihm ins Wort. Mir war in deutlicher Erinnerung, was Francesco Ferrer über die Störmanöver gesagt hatte, mit denen der Vatikan der Restaurierung Einhalt gebieten wollte.

»Ich sehe, dass Sie bestens unterrichtet sind. Wenn es zu diesem Arrangement gekommen wäre, brauchten Sie und ich jetzt nicht miteinander zu reden. Die Dinge liegen aber nun einmal, wie sie liegen, doch wenn Sie zur Zusammenarbeit mit uns bereit wären, könnten wir möglicherweise rechtzeitig Schlimmeres verhindern.«

»Ich wiederhole, dass ich die Hefte, von denen Sie sprechen, nie gesehen habe«, sagte ich mit einer gewissen Ungeduld in der Stimme. »Das einzige Material, das ich einsehen konnte, ist das im Katalog Verzeichnete, und das steht jedem zur Verfügung, der den Wunsch hat, sich damit zu beschäftigen.« Bei diesen Worten hob ich den Arm, um auf die Uhr zu sehen. »So gern ich die Unterhaltung mit Ihnen fortsetzen würde – zu meinem Bedauern muss ich jetzt weiterarbeiten.«

»Wirklich schade, dass meine freundliche Bitte nicht vermocht hat, Sie zur Zusammenarbeit mit uns zu bewegen«, sagte er und zwinkerte dabei mehrfach rasch mit den Lidern. Während er weitersprach und offenkundig nach den richtigen Worten suchte, verhärtete sich sein Gesichtsausdruck zusehends. »Ich hoffe in Ihrem wohlverstandenen Interesse aufrichtig, dass Sie es sich noch einmal überlegen«, sagte er schließlich mit einem gezwungenen Lächeln. Er hatte die Hand erhoben und wies mit einem unbeweglichen Finger auf mich. »Sie hören noch von mir …« Bei diesen Worten sah er mich so starr an, als wollte er sich mein Gesicht auf alle Zeiten einprägen.

Lass die Luft ab, Junge, dachte ich. Möglicherweise bildete ich mir nur ein, dass seine Abschiedsworte als Drohung gemeint waren, aber sicher war es besser, auf der Hut zu sein. Bevor ich meinen Arbeitsplatz wieder aufsuchte, sah ich noch, dass er, nachdem er mir den Rücken zugekehrt hatte, ein Mobiltelefon aus der Innentasche seines Sakkos nahm und damit ans Fenster trat, durch das man die Bäume sah, die ihre unbelaubten Äste der Piazza Cesare Beccaria entgegenstreckten. Ich war gerade auf dem Weg zu einer der an der Seitenwand liegenden Kabinen mit den Mikrofilm-Lesegeräten, als er in den Lesesaal zurückkehrte. Unauffällig sah ich zu ihm hin. Er setzte sich an einen der Tische, schlug die Beine übereinander und wippte nervös mit dem rechten Fuß. Dabei sah ich, dass dieser in einem orthopädischen Schuh mit einem mehrere Zentimeter hohen Absatz und Metallnieten an der Ferse steckte. Genau solche Schuhe hatte einer der Jungen in meiner Schule getragen. Er hieß Miguel Àngel Quesada und war äußerst zurückhaltend, wohl weil er von klein auf an Kinderlähmung litt und deshalb nicht mit den anderen Fußball spielen konnte. Er hatte in der großen Pause immer gelesen. Auf einmal empfand ich Mitgefühl mit dem neugierigen Bosco Castiglione und begann zu bedauern, dass ich ihn so schroff behandelt hatte.

Dann aber schob ich diese Gedanken beiseite und schaltete die Tischlampe ein, um mich den säuerlich riechenden Papierbündeln vor mir zuzuwenden. Was ich in Händen hatte, war bereits verwirrend genug, da brauchte ich meine Zeit nicht noch mit solchen Ablenkungen zu vergeuden. Trotzdem geisterten außer meinem Klassenkameraden noch die Worte des Mannes mit dem Hahnentritt-Sakko in meinem Kopf herum, und so fiel es mir schwer, mich zu konzentrieren. Es dauerte eine ganze Weile, bis ich endlich den Sinn einiger Sätze in jenen Tagebüchern aus einer Zeit verstand, in der die alten Glaubensgrundsätze in sich zusammenbrachen. Sie kamen aus einer Welt, in der sich Abgründe auftaten, aber auch bis dahin unbekannte Möglichkeiten erkennbar wurden, die allerdings auch Gefahren mit sich brachten. Bosco Castigliones geheimnisvolle Andeutungen hatten durchaus einen realen Hintergrund. Es kam mir so vor, als befände ich mich mit einem Mal in einem Wettlauf gegen die Zeit.

Wenn zwei Segelboote bei einer Regatta nach der letzten Wendemarke das Ziel ansteuern, erreichen sie es so gut wie nie auf einer geraden Linie. Dafür sorgt unter anderem der Störwind von den Segeln des Rivalen. Dieser Wind aus zweiter Hand, ein sozusagen schon gebrauchter Wind, wirft den zurück, der ihm ausgesetzt ist. Natürlich hat man die Möglichkeit, diesem Schicksal ein Schnippchen zu schlagen – man kann kreuzen, wenn der andere nicht damit rechnet, und an seinem Heck vorbeisegeln. Um damit Erfolg zu haben, muss man das Manöver aber millimetergenau berechnen. Wenn es fehlschlägt, ist das Rennen verloren.

Trotz aller Mühe konnte ich mich nicht richtig auf die Arbeit konzentrieren. Mit meinen Gedanken, in denen sich Zweifel und Sehnsucht vermengten, war ich weit von den Blättern entfernt, die vor mir auf dem Tisch lagen. Schon seit mehreren Tagen hatte ich nicht mehr mit Professor Rossi gesprochen, und ich empfand das dringende Bedürfnis, seine Stimme wieder zu hören. Es war schön, einen Menschen zu haben, dem man seine Zweifel anvertrauen konnte. Von einem Augenblick auf den anderen raffte ich alles zusammen, steckte Stifte und Notizblock in den Rucksack und gab der Saalaufsicht die Tagebücher zurück.

Vor dem Archivgebäude lenkte vom Wind aufgewirbeltes Laub meine Aufmerksamkeit auf andere Dinge und rief in mir das Sehnen wach, das wir empfinden, wenn sich der Winter seinem Ende nähert. Während ich das Schloss am Fahrrad öffnete, sah ich zum Arno hin. Über dem Fluss hatte sich eine längliche Wolkenformation gebildet, die rasch südwärts zog. Ich nahm an, dass ein Wetterumschlag bevorstand; vielleicht würde es am Abend regnen. Die Hände am Lenker, stand ich auf dem Gehweg und überlegte, ob ich durch die Via Ghibellina oder zur Uferstraße fahren und damit auf demselben Weg zurückkehren sollte, den ich gekommen war. Es hätte keinen großen Unterschied gemacht, doch bisweilen bewirken winzige Kleinigkeiten, dass sich der Lauf unseres Schicksals ändert. Immer entscheidet ein kurzer Augenblick darüber, ob man vor einem Unfall bewahrt bleibt oder doch in ihn verwickelt wird. Es herrschte nicht viel Verkehr, und man sah durch die beiden Platanenreihen eine sich lang hinziehende Kette von Ampeln, die eine nach der anderen von Gelb auf Rot sprangen. Nach kurzem Überlegen entschied ich mich für die Via Ghibellina. Während ich gegen den Wind in die Pedale trat, dachte ich unaufhörlich an das unsichtbare Gewebe, in das uns der Zufall verwickelt. Der Moment, in dem man an der Haustür merkt, dass man etwas vergessen hat, weshalb man umkehrt, um es zu holen, die Sekunde, in der Lorenzo de' Medici es sich anders überlegte und seine Pläne änderte, ohne zu ahnen, dass dieser im letzten Augenblick gefasste Entschluss darüber entschied, ob er seinen Tod heraufbeschwor oder verschont bleiben würde.

Mit einer Art leisem Zwitschern rollten die Reifen auf der Fahrbahn dahin. Ich konnte mich des Eindrucks nicht erwehren, dass man mir folgte; etwas Ungreifbares bereitete mir Unbehagen, doch beruhigte ich mich mit dem Gedanken, dass es wohl auf ein nicht genau definierbares Geräusch zurückging, das von der Fahrradkette kam oder davon, dass die Jeans am Schutzblech scheuerte. Es war nicht das erste Mal, dass mich eine solche Ängstlichkeit befiel. Ich war schon so manches Mal zur Begleitmusik des unaufhörlichen Grillengesangs von den Ritzeln der Gangschaltung durch die engen Gassen der Stadt gefahren, über verschwiegene Plätze und zwischen den steinernen Zeugen der Vergangenheit hindurch. Sosehr ich an allen Straßeneinmündungen den Kopf nach links und rechts wendete, niemand war zu sehen. Dennoch hatte ich unausgesetzt das Gefühl, beobachtet zu werden.

Verwunderlich war es eigentlich nicht. Wer ganze Tage damit zubringt, auf der Suche nach verborgenen Spuren Papierberge in Archiven zu durchstöbern, wer mit größter Aufmerksamkeit eigentümliche Gemälde aus vergangenen Zeiten ins Auge fasst, im Versuch, in ihnen die Zeichen des blind waltenden Zufalls zu erkennen, gelangt zwangsläufig dahin, dass er allem voll Misstrauen und Argwohn gegenübertritt. Aber der blinde Zufall bereitet uns nicht nur Unbehagen, sagte ich mir im Versuch, den Argwohn zu verscheuchen, er beschert uns bisweilen auch ein Glück, das unserem Dasein seine Rechtfertigung verleiht, so kurzlebig und zerbrechlich dieses Glück auch sein mag. Ich dachte daran, wie ich einst unversehens Roi in einem Pub kennengelernt hatte, in dem die einzige Aufforderung des blinden Zufalls von Tom Waits' Stimme auszugehen schien und nicht von dem Menschen, der mich in dem Pub erwartete, ohne dass ich davon etwas geahnt oder irgendein Herzklopfen mir etwas davon angekündigt hätte. Jetzt beschleunigte ich, beinahe am Randstein klebend, die Fahrt. Meine Muskeln waren angespannt und der Kopf voll widersprüchlicher Gedanken. Mit einem Mal kam es mir vor, als sähe ich aus dem Augenwinkel einen sich nähernden Schatten, und hörte sogleich links von mir den Motor eines Autos, das rasch näher kam und die ganze Straßenseite für sich beanspruchte, auf der ich fuhr. Ebenso instinktiv wie verzweifelt riss ich den Lenker nach rechts, ohne an den hohen Bordstein zu denken. Dann war nur noch Dunkel um mich. Ich hörte das Kreischen von Autoreifen, und als ich am Boden lag, kam es mir so vor, als sähe ich einen schwarzen Heckspoiler wie einen undeutlichen Fleck um die Ecke verschwinden.

Der Lenker hatte sich mir auf der linken Seite in den Unterleib gedrückt, und ich spürte, wie mir etwas Lauwarmes aus der Nase lief. In meiner Vorstellung befand ich mich dennoch nach wie vor in dem Pub, wo ich mit dem Rücken zur hölzernen Bar auf einem hohen Hocker saß, und gab mich denselben Gedanken hin wie unmittelbar vor dem Aufprall. Gleichzeitig streckte Roi, der denselben irischen Pullover trug wie am Tag unseres Kennenlernens, äußerst langsam die Hand in Richtung meines Mundwinkels aus, während ich um mich herum wie durch eine Röhre Schritte und Stimmen hörte. Diese Empfindung vermengte sich mit der von Händen auf meinem Leib. Menschen drängten sich um mich herum, fragten mich, wie es mir gehe, und halfen mir auf die Beine. Nach einer Weile brachten sie es schließlich fertig, dass ich aus der Stille und der stehengebliebenen Zeit heraustrat.

Die alten Griechen waren der Ansicht, dass jemand, der eine Gefahr überlebte, damit seinem Schicksal entkommen war. Aber wenn es jemandem gelingt, dem eigenen Schicksal zu entkommen – in wessen Leben tritt er dann ein?

14

Mit großer Mühe bahnte sich der Reiter seinen Weg durch das Unwetter, bis er nach drei langen Tagen im Sattel keuchend und schweißbedeckt die Tore der Stadt erreichte. Schlamm hatte die Satteldecke seines Pferdes ebenso getränkt wie den Saum seines Filzumhangs. Er trug ein mit Lammfell gefüttertes weiß-gelb gestreiftes Wams und eine einst schwarze Fellmütze, die sich in den eisigen Wintern des Apennins bewährt hatte und jetzt so ausgebleicht war, dass sie zum Grau seines Bartes passte, der ihm bis auf die Brust fiel. Feste Stulpenhandschuhe schützten seine Hände. Seinem Erscheinungsbild nach hätte man ihn eher für einen Räuberhauptmann gehalten als für ein Mitglied der Apostolischen Garde.

Die von einer stolzen kupfernen Kugel gekrönte Kuppel des Doms mit ihrem weißen Rippenwerk strahlte so viel Macht und Reichtum aus, dass der päpstliche Abgesandte einen Augenblick lang an der Möglichkeit zweifelte, seinen Auftrag auszuführen. Er ließ den Blick auf dem hohen Glockenturm aus weißem und grünem Marmor ruhen, dessen Eleganz jeden beeindrucken musste, der zum ersten Mal nach Florenz kam. Zwar hatte der Regen der vergangenen Nacht das Leben in der Stadt nicht zum Stillstand gebracht, doch waren viele Straßen voller Morast, vor dem die Pferde scheuten und in dem sie nur unsicher vorankamen, wenn man sie hineintrieb. Das eine oder andere Lasttier blieb sogar mit den Hufen im tiefen Schlamm stecken. Vor den Arkaden am Marktplatz prügelte einer der Knechte so unbeherrscht auf das Maultier vor seinem

Karren ein, dass es mit einem Mal anfing zu galoppieren und mit der Deichselstange einen Stapel Kohlensäcke umriss. Dem Tumult, der daraufhin unter den Markthändlern entstand, die sich gegenseitig mit Beschimpfungen und Flüchen eindeckten und kurz davor standen, handgreiflich zu werden, wich der Fremde geschickt aus. In eine Auseinandersetzung verwickelt zu werden war das Letzte, was er gewünscht hätte.

Ruhiger ging es in den Gassen der Goldschmiede und Papierhändler im Cantò de Cartolai zu, in dem auch Notare und Registerbeamte ihre Kanzleien hatten sowie einige Bankiers ihre Geschäfte betrieben.

Da es zur Aufgabe des Mannes gehörte, den Ort möglichst genau kennenzulernen, an dem er seinen Auftrag erfüllen sollte, musterte er von einer Anhöhe herab die ganze historische Stadt, die sich seinen Blicken wie vom Regen frisch gewaschen darbot. Es war eine Silhouette aus gezackten Spitzen und aufragenden Kirchtürmen, Taubenschlägen, roten Ziegeldächern und den Zinnen der Stadtmauer. Das alles aber überragte der eindrucksvolle Glockenturm des Regierungspalastes, der mit seinen Schießscharten geradezu bedrohlich zum Himmel zu weisen schien … Eine leichte Wendung des Blicks zur Seite genügte, um die Hügel von Fiesole zu sehen. Dort erwartete ihn der Kardinal von San Giorgio mit dreißig berittenen Armbrustschützen und fünfzig auffallend gekleideten Kriegern zu Fuß. Niemand schien an jenem Abend in Florenz etwas Verdächtiges bemerkt zu haben, falls es aber doch welche gab, hatten sie es zweifellos für sich behalten.

Im Westen, jenseits der Porta al Prato, tauchten einige dunkle Wolken auf. Man konnte die Feuchtigkeit, die sie enthielten, bereits in der Luft spüren. Da der Fremde befürchtete, der Regenguss könne jeden Augenblick losbrechen, beeilte er sich, einen ersten Erkundungsgang vom Dom zum Kloster Santa Croce zu unternehmen. Dabei kam er auch am prachtvollen Stadtpalast der Familie de Pazzi vorüber, an dessen Lieferanteneingang kräftige Burschen ihre Tragehaken in dort aufgestapelte schwere Getreidesäcke schlugen, um sie fortzutragen. Als er um die Ecke in die Via dei Balestrieri einbog, stieß er auf einen hochgewachsenen Mann mit edlen Gesichtszügen, den er wegen seiner eher nachlässigen Kleidung als Künstler einschätzte. An seiner Seite ging ein Junge, der eine wollene Kapuze über den Kopf geschlagen hatte. Die beiden schienen eher Vater und Sohn als Meister und Lehrjunge zu sein. Er wandte sich ihnen zu, um sich nach einem Ort zu erkundigen, wo er die Nacht verbringen konnte.

Der Junge sah ihn misstrauisch an, doch der Ältere erwies sich als zuvorkommend.

»Ihr habt die Wahl zwischen der Herberge *La Campana* und dem Gasthaus *La Corona* am neuen Markt, gleich hinter dem Dom«, beschied er ihn und wies in die Richtung. »In beiden wird man Euch gut behandeln. Wir in Florenz treten Fremden gastfreundlich gegenüber.«

Das war nicht einfach so dahingesagt. Obwohl die Bewohner der Stadt gern Bosheiten aller Art in ihre Rede einflochten, war sie weithin für die ausgesuchte Aufmerksamkeit bekannt, die man Fremden dort entgegenbrachte. Jeder Besucher gewann den Eindruck, dass es sich bei Florenz um ein blühendes Gemeinwesen handelte, das durchaus Grund hatte, stolz auf sich zu sein. Da er ein guter Beobachter war, fiel dem Krieger sogleich das gute Dutzend erst in jüngster Zeit aus bestem Bruchstein errichteter privater Stadtpaläste ins Auge. Keiner von ihnen aber war so eindrucksvoll wie der, den sich Lorenzo de' Medici an der Via Larga hatte errichten lassen. Das war der

Mann, bei dem er um eine Audienz nachsuchen sollte. Erneut kamen ihm Zweifel an der Möglichkeit, seinen Auftrag auszuführen. Da die Hauptstadt der Toskana vom Geist der Freiheit erfüllt war, dürfte sie seiner Ansicht nach nur schwer von außen zu beeinflussen sein.

Nur wenige Wochen später sollte er Gelegenheit bekommen, zutiefst zu bedauern, dass er nicht auf seine innere Stimme gehört hatte. Da aber hatte sich die große Stadt bereits in ein Schlachtfeld voller Leichen verwandelt.

In der Tat ließ der Palast der Medici schon vom Äußeren her nicht den geringsten Zweifel daran zu, wer die Macht in jener Stadt hatte, die dem Namen nach eine Republik war. Die Fassade des dreigeschossigen Gebäudes, das wie eine uneinnehmbare Festung wirkte, war mit ihrem Rustika-Mauerwerk von eindrucksvollem Gleichmaß. Von der Eingangshalle ging es in einen hellen, quadratischen Innenhof mit blühenden Orangenbäumen, in dem leise Wasser plätscherte, ohne dass man sah, woher es kam. Schwarze und weiße Marmorplatten bildeten auf dem Boden ein Schachbrettmuster. Hier und da sah man Standbilder, von denen sonderbarerweise so etwas wie ein eigenes Licht auszugehen schien, und in Bogengängen um den Innenhof herum standen Käfige mit seltenen Vögeln. Der Sockel einer Monumentalskulptur in der Mitte des Hofs, die Judith vor Holofernes zeigte, trug die Inschrift *Regna cadunt luxu, erigunt virtutibus urbes* – das Wohlleben reißt Reiche in den Abgrund, Städte steigen durch ihre Tugenden auf. So sehr war der Krieger in den Anblick all dessen versunken, was er rechts und links von sich sah, dass er erst spät die Anwesenheit des Prächtigen gewahrte, der am Fuß der großen Treppe, die von den Gemächern des ersten Stockwerks hinabführte, hinter ihn getreten war und ihn stumm beobachtete. Als sich der Söldner des Papstes umwandte, sah er sich ihm mit einem Mal gegenüber. Um die Taille seines Hemdes mit gebauschten Ärmeln lag ein breiter Gürtel mit einer Schließe aus massiver Bronze. Sogleich entblößte der Fremde sein Haupt, setzte den linken Fuß vor, beugte das rechte Knie bis zum Boden und stellte sich dem Mann, den er töten sollte, mit den Worten vor: »Giovanni Battista Montesecco, Hauptmann der Apostolischen Garde im Auftrag Seiner Exzellenz des Kardinals Raffaele Sansoni Riario, Neffe Seiner Heiligkeit.«

Damit sagte dieser in der Waffenkunst bestens erfahrene Heerführer, der Prototyp von Hauptleuten, wie man sie in großer Anzahl tief in den Bergen anwarb, nur die halbe Wahrheit. Er gehörte zu denen, die darauf brannten, sich auszuzeichnen und Fortüne zu machen. Auch wenn er sich in Rom an der Verteidigung der ›Engelsburg‹ genannten päpstlichen Festung beteiligt hatte, waren ihm nie die geringsten Bedenken gekommen, wenn es darum ging, auch anderen Herren zu dienen. Er kämpfte grundsätzlich für den, der ihn am besten bezahlte. So hatte ihn auch ein besonders heikler Auftrag nach Florenz geführt: Er sollte dort als Verbindungsmann verschiedener hochstehender Persönlichkeiten auftreten, die unter allen Umständen im Verborgenen bleiben wollten. Das galt ganz besonders für einen von ihnen, dem er sein Leben verdankte. Vor seinem Aufbruch nach Florenz hatte er in den Gemächern des Vatikans einen feierlichen Eid ablegen müssen, dass er auf keinen Fall die Namen seiner Auftraggeber preisgeben werde. Sollte er sich nicht daran halten, hatte man ihm bedeutet, werde man ihn exkommunizieren. Anschließend hatte man ihn mit dem Plan für die Verschwörung bekannt gemacht. Dem in tausend Kämpfen gestählten Krieger war von vornherein klar gewesen, dass es nicht einfach sein würde, das zweifache Verbrechen auszuführen, das man von ihm erwartete, doch hatte man seine Bedenken mit der nachdrücklichen Versicherung zerstreut, bedeutende Persönlichkeiten würden ihm in Florenz zu gegebener Zeit den Weg ebnen.

»Dann ist der Heilige Vater also damit einverstanden?«, hatte er sich erkundigt, von der Tragweite des Unternehmens ebenso überrascht wie von der Grausamkeit, mit der es ausgeführt werden sollte.

»Was er über Lorenzo denkt, ist Euch ja bekannt«, hatte ihm einer der Wortführer beredt dargelegt. »Dieser Halunke hat nie den geringsten Respekt vor Seiner Heiligkeit gezeigt. Da alle Versuche Roms, ihn zur Vernunft zu bringen, vergebens waren, ist jetzt der Augenblick gekommen, ihn unser Eisen schmecken zu lassen.«

»Bedeutet das, dass der Papst über alle Umstände im Bilde ist?«, hatte der Söldner nicht lockergelassen.

»Selbstverständlich. Wir werden auch dafür Sorge tragen, dass Ihr es aus seinem eigenen Munde erfahrt, damit Ihr nicht den geringsten Zweifel an seinen Absichten zu haben braucht.« Danach hatte der Mann, der als Wortführer der Verschwörer aufgetreten war, dem Hauptmann die flache Klinge seines Schwertes wie zum Ritterschlag auf die Schulter gelegt. Voll Besorgnis hatte Montesecco die Hand des anderen gemustert, an der ein so gewaltiger Ring mit einem sechseckigen Rubin prangte, dass vom Ringfinger kaum etwas zu sehen war. Er zweifelte nicht im Geringsten daran, dass in Wahrheit diese Hand die Fäden zog und nicht die des Papstes noch die eines der anderen Beteiligten.

Während Graf Montesecco jetzt voll Hinterlist vor seinem künftigen Opfer kniete, kam ihm jene Unterhaltung Wort für Wort ins Gedächtnis. Er konnte in Lorenzo nicht das Ungeheuer sehen, das man ihm geschildert hatte. Mit seinem gerade gezogenen Mittelscheitel machte der gefürchtete Gegner eher den Eindruck eines jungen Dichters als den eines mächtigen Staatsmannes. Lorenzo de' Medici forderte den Besucher auf, in einem Ledersessel Platz zu nehmen, und während er das mit dem Siegel des Kardinals Riario verschlossene Handschreiben öffnete, kredenzte ein Bedienter dem Gast ein Glas Roséwein aus der hauseigenen Kellerei in San Miniato al Monte.

Wohl gehörte es zu den Grundsätzen des Hauptmanns, nie im Hause eines Feindes zu trinken, doch nahm er diesmal das angebotene Glas an, denn er brauchte es dringend. Während Lorenzo das Schreiben aufmerksam las, presste der Söldner die Kiefer fest zusammen, weil er zu seiner Verblüffung den Eindruck hatte, diese Situation schon einmal durchlebt zu haben.

Tatsächlich hatten sich die Verschwörer bereits zum zweiten Mal gezwungen gesehen, ihre Pläne zu ändern. Anfangs hatten sie in Rom zuschlagen wollen, in der Annahme, der Mäzen werde die Karwoche wie in früheren Jahren in der Heiligen Stadt verbringen. Doch im letzten Augenblick hatte Lorenzo ihren Plan überraschend dadurch zunichtegemacht, dass er es sich anders überlegte. Also mussten sie sich eine neue Vorgehensweise ausdenken.

Im Bewusstsein, dass ihnen die Zeit davonlief, hatten sie für den zweiten Plan den 19. April festgesetzt. Er sah vor, den Anschlag in der Villa durchzuführen, welche die Medici in den Hügeln nördlich von Florenz in der Diözese Fiesole besaßen. Dort wollte Lorenzo um die Mittagszeit ein Bankett für den erst siebzehnjährigen Kardinal von San Giorgio geben, den Neffen von Papst Sixtus IV., weil er hoffte, über ihn einen Interessenausgleich mit dem Heiligen Stuhl erreichen zu können. Doch auch diesmal hatten die Verschwörer ohnmächtig mit ansehen müssen, wie ihr Vorhaben zuschanden wurde, denn Lorenzos jüngerer Bruder Giuliano konnte wegen starken Fiebers nicht an jenem Bankett teilnehmen. Zwar kam denen, die es nicht abwarten konnten, die Macht im Rat der Republik Florenz an sich zu reißen, die neuerliche Verzögerung endlos vor, doch war ihnen bewusst, dass die Anhänger der Familie Medici den Staatsstreich verhindern würden, wenn einer der beiden Brüder das Attentat überlebte. In einem solchen Fall würden sie die Reihen umso fester um ihn schließen. Der Doppelmord war der einzige gangbare Weg.

Im dritten Anlauf musste der Versuch unbedingt gelingen. Von dem Brief, den Lorenzo jetzt in Händen hielt, hing der Erfolg des Unternehmens ab. Darin drückte der Kardinal von San Giorgio, Raffaele Sansoni Riario, seinen Wunsch aus, im Palast an der Via Larga die Kunstsammlung der Familie Medici bewundern zu dürfen. Damit zielte man auf die Eitelkeit des Prächtigen, denn es war in Florenz allgemein bekannt, dass er auf nichts so stolz war wie auf seine Kunstsammlung. Da die Gastfreundschaft nahezu das einzige Instrument war, das der Diplomatie zu jener Zeit zur Verfügung stand, war die Vermutung keineswegs abwegig, dass Lorenzo diese Gelegenheit nur allzu gern nutzen würde, die Unstimmigkeiten mit dem Vatikan aus dem Weg zu räumen, war ihm doch die verwandtschaftliche Beziehung zwischen dem jungen Kardinal und dem Papst bewusst.

Das Oberhaupt der Familie Medici brauchte nur wenige Minuten, um für den letzten Sonntag im April eine schriftliche Einladung zu einem mittäglichen Bankett in seinem Palast zu formulieren. Daran teilnehmen sollten außer dem Kardinal auch die Gesandten von Neapel, Mailand, Ferrara und neben weiteren edlen Herren auch Verbündete des Hauses Medici wie der Herzog von Urbino, zu dessen Fähigkeiten als Vermittler Lorenzo volles Vertrauen hatte.

Obwohl der Köder den gewünschten Erfolg zu haben schien, war der Söldner von der hochherzigen Art verwirrt, wie der Prächtige ohne das geringste Zögern auf das Ersuchen des Kardinals eingegangen war, und er begann unwillkürlich der Seite seines Opfers zuzuneigen. Doch diese Anwandlung dauerte nicht lange. Schließlich war er gekommen, einen Auftrag zu erledigen. Immerhin hätte er seinen Ruf als Brigant nie erwerben können, wenn er auf politische Erwägungen oder persönliche Empfindungen Rücksicht genommen hätte.

Als Tag für das Bankett wurde der 26. April festgesetzt. Alle Beteiligten würden unmittelbar vor dem feierlichen Hochamt im Dom zusammentreffen und danach miteinander den Palast der Medici aufsuchen, wo das Attentat stattfinden sollte. Doch das Schicksal hielt noch eine letzte Überrschung bereit.

Nachdem Montesecco den Palast verlassen hatte, von Lorenzo mit Grüßen an seinen Herrn versehen, überfiel ihn Unbehagen. Er hätte sich bei einem Hinterhalt in den Bergen, inmitten des eiskalten Hauchs der über den Abgründen schwebenden Wolken, wohler gefühlt als in dieser Stadt mit ihren offenen Plätzen, von der man ihm immer wieder versichert hatte, es gebe auf der ganzen Welt nicht ihresgleichen. Er achtete nicht auf die zahlreichen Bettler an den Straßenecken, die mit lauten Rufen und ihre offenen Wunden zeigend auf sich aufmerksam machten, im vollen Bewusstsein dessen, dass in der Karwoche das religiöse Feuer die Gebefreudigkeit der Gläubigen zu verstärken pflegte. Sein Unbehagen hatte nicht nur mit dem Treiben der großen Stadt zu tun, aus deren über hundert Kirchen die Mitglieder der religiösen Bruderschaften nach dem Ende des Gottesdienstes in die zahllosen Schänken strömten, sondern ging auch auf etwas weniger Greifbares zurück, das er beständig in seinem Rücken spürte. Es war wie ein Wind, von dem er nicht wusste, woher er wehte, und der so laut durch die Gassen pfiff, dass die Stimmen der Menschen nur noch wie ein leises Murmeln klangen.

Von einer sonderbaren Unruhe erfüllt ritt er im leichten Trab in Richtung der Gassen hinter dem Neuen Markt, denn dorthin hatte ihn der Mann gewiesen, den er bei seiner Ankunft nach einer Herberge gefragt hatte. Er erinnerte sich an den Ausdruck der Angst auf den Zügen von dessen jungem Begleiter. Man hätte glauben können, dieser habe instinktiv begriffen, dass die Anwesenheit des Fremden für ihn nichts als sicheres Unglück bedeutete. Den gleichen Ausdruck von Argwohn sah er jetzt auf den Gesichtern der Frauen, welche die Läden vor den Fenstern schlossen, während er vorüberkam. In der Satteltasche führte er drei weitere versiegelte Briefe mit sich. Alle drei waren an dieselbe Person gerichtet und forderten diese auf, sich der Verschwörung anzuschließen.

Kaum eine Stunde später befand sich Jacopo de Pazzi in einem der Privaträume der Herberge *La Campana* gegenüber. Er erkannte ihn außer an der Vornehmheit seines Auftretens vor allem an der auffälligen weißen Haarsträhne, von der alle Welt wusste.

»Ich habe den Auftrag, Euch die Grüße unseres Herrn, des Papstes Sixtus, wie auch die des Grafen Girolamo Riario und seiner Exzellenz, des Erzbischofs Francesco Salviati zu überbringen«, sagte Montesecco. Bei diesen Worten überreichte er Pazzi die drei Briefe, die sofort nach Kenntnisnahme des Inhalts verbrannt werden sollten. Der Mann, dessen Gehirn der Plan zu dieser Verschwörung entstammte, hatte das deutlich gemacht, als er ihm feierlich das Schwert auf die Schulter gelegt hatte, während er ihm den Schwur abnahm: Keiner der Briefe durfte je gefunden werden, es durfte keine Beweise geben.

Mit auf dem Rücken verschränkten Händen verharrte Jacopo de Pazzi einige Minuten lang mit umwölkter Stirn in Gedanken. Dem alten Magistratsherrn war bewusst, dass dieses Vorhaben außerordentlichen Gewinn versprach und seiner Familie endlich den ihr gebührenden Platz in der Geschichte verschaffen konnte, zugleich aber war ihm bewusst, welch beträchtliche Hindernisse einem Gelingen der Verschwörung im Wege standen. Sollte sie scheitern, würde die Rache der Medici weit über alles hinausgehen, was sich eine noch so ausschweifende Phantasie vorzustellen vermochte. Gewiss, hinter dem geplanten Staatsstreich standen allerhöchste geistliche und weltliche Würdenträger, dennoch hielt es der Patriarch der Familie Pazzi für geraten, seine Entscheidung gründlich zu überdenken.

Weder er noch Graf Montesecco wussten, dass ihnen Xenophon Kalamantinos Gehilfen bis zum Gasthaus gefolgt waren. Als der Wirt den Riegel vorlegen wollte, vertraten ihm zwei Männer in schwarzen Umhängen mit blank gezogenem Degen den Weg.

»Mitkommen« war das Einzige, was der Wirt hörte. Es klang nicht unbedingt drohend, wohl aber gebieterisch und wurde mit solchem Nachdruck gesagt, dass der arme Mann die Möglichkeit, Widerstand zu leisten, gar nicht erst erwog.

Viel lieber hätte er es mit gewöhnlichen Dieben zu tun gehabt, solchen, wie sie ihm mit rußgeschwärztem Gesicht schon mehr als einmal mit dem Ruf ›Geld oder Leben‹ eine Degenspitze auf den Leib gesetzt hatten. Doch die Männer des Griechen waren nicht auf Geld aus, sie wollten etwas anderes. Er versuchte einen Rest von Willenskraft aufzubringen, um sich zu widersetzen, doch als man ihn unauffällig zu einem Getreideschuppen in der Nähe der Porta della Croce brachte, waren seine Beine so kraftlos, dass ihn die beiden Männer fest am Arm führen mussten, weil er sonst schlaff wie ein alter Lumpen zu Boden gesunken wäre.

In dem Schuppen musste er auf Geheiß des Anführers von Lorenzos Spähern auf einem hölzernen Hocker Platz nehmen. Angst überfiel ihn. Den Tod fürchtete er nicht, aber es gab Schlimmeres als den Tod. Er hatte dies und jenes gehört ... Die Bewohner der Stadt berichteten einander schaudernd, dass man den Folteropfern erst die Nägel mit Stumpf und Stiel ausriss und dann die Zunge abschnitt, bevor man sie auf irgendeinem Misthaufen vor der Stadt ablud, wo sich die Hunde um sie balgen mochten. Während dem Wirt diese Gedanken durch den Kopf gingen, weiteten sich seine Augen ängstlich. Schweißnass klebte ihm das Haar auf der Stirn, und sein Atem ging schwer. Den Dolch in der Hand trat Xenophon Kalamantino auf ihn zu, als wollte er ihm den Todesstoß versetzen, und forderte ihn auf zu sagen, was er über die Unterhaltung zwischen dem Söldnerführer und Ser Jacopo de Pazzi wusste.

Stammelnd brachte der Wirt heraus, er habe den beiden lediglich einen Krug Wein und zwei Becher gebracht. Kaum hatte er den Satz beendet, als ihm der Grieche den Dolch durch die Hand und zugleich durch das Holz des Hockers bohrte.

Das Entsetzen, das auf die Züge des Wirts trat, war beredter, als es jeder Schmerzensschrei hätte sein können, und bevor er die Finger spürte, die in seinem Mund nach der Zunge suchten, gestand er, dass es ihm gelungen sei, einen verstohlenen Blick durch den Türspalt zu werfen, wobei er gesehen habe, dass Jacopo de Pazzi drei Briefe las, die er anschließend über eine Kerzenflamme hielt und zu Asche verbrannte. Nach diesem Geständnis befreite Xenophon Kalamantino die Hand seines Opfers, indem er den Dolch mit raschem Griff aus dem Holz riss.

Als nach einer Weile jemand die Riegel des Tores zurückschob, trug ein hereinfahrender Windstoß die fernen Trommelschläge einer der Prozessionen mit sich, die in der Karwoche durch die Stadt zogen.

15

Mir war bekannt, dass Professor Rossi mittwochs Vorlesung hielt, und so hatte ich mich für den Nachmittag mit ihm im kunsthistorischen Institut verabredet. In dem Säulenvorbau zwischen dem Gittertor und der Eingangstür unterhielten sich Gruppen von Studenten. Auf den Bänken der Piazzetta von San Marco turtelten Pärchen, ohne sich vom Geläut der Glocken der Klosterkirche stören zu lassen. Ich ging durch den Innenhof zum hinteren Teil des Gebäudes und fuhr mit dem Zeigefinger über den Vorlesungsplan, bis ich fand, was ich suchte: Geschichte der modernen Kunst, Giulio Rossi, Hauptstudium, Mittwoch 15–17 Uhr, Hörsaal 3.

Um fünf Minuten nach fünf befand sich nur noch eine Studentin im Raum, ein entsetzlich auffällig zurechtgemachtes Geschöpf: Minirock im Schottenmuster, schwarze Strumpfhose und eine lange dunkle Mähne, die ihr über den Rücken herabfiel und deren Strähnen sie sich alle Augenblicke aus dem Gesicht strich. Sie stand in ein lebhaftes Gespräch mit Professor Rossi vertieft neben dem Podium. Vermutlich wollte sie von ihm nähere Auskünfte über dies oder jenes haben. Er hatte die Hände in die Taschen seines Jacketts gesteckt und begnügte sich damit, leicht abwesend und allem Anschein nach scheu zu lächeln, so, als hätte er nichts von den Absichten jener Diana bemerkt, die unübersehbar auf Beute aus war und ihn mit den Augen förmlich verschlang. Bei jedem Atemzug spürte ich, wie die Schmerzen im Bereich des Zwerchfells und an meinen Rippen geradezu unerträglich wurden. Mit meiner verbundenen Hand und der mit zwei Stichen genähten linken Augenbraue kam ich mir vor wie das hässliche Entlein persönlich. Beim Anblick der Szene überfiel mich ein solches Gefühl der Unsicherheit, dass ich fast auf dem Absatz kehrtgemacht hätte. Ich stand auch schon im Begriff zu gehen, als Professor Rossi den Blick hob und mich an der Tür stehen sah.

»Ana! Was ist denn mit Ihnen passiert?«, fragte er, nachdem er Mata Hari in aller Eile hinauskomplimentiert hatte.

»Nichts weiter. Ein Sturz vom Fahrrad«, teilte ich ihm mit, während wir die Steintreppe vom Innenhof zum ersten Stock emporstiegen. Das kunsthistorische Institut lag in einem geräumigen Anbau mit großen Fenstern, aus denen der Blick auf einen Renaissance-Kreuzgang mit seinen Rundbögen fiel, in dessen Mitte ein kleiner Garten lag. Kaum hatten wir Professor Rossis Arbeitszimmer betreten, als ich den Geruch nach Leder und Holz wahrnahm, der mich an unsere erste Begegnung erinnerte. Das kam mir merkwürdig vor, denn der Raum enthielt keine alten Möbel, sondern die übliche unpersönliche Einrichtung solcher Institute: Schränke, hinter deren Glastüren Bücher und Aktenordner standen, Sammelmappen in verschiedenen Farben, die sich auf dem Tisch stapelten, sowie ein Computer. Die Umrandung des Bildschirms war vollständig mit kleinen gelben Merkzetteln gespickt. Die Rückwand des Raumes schmückte ein großes Wandgemälde mit einer Ansicht der Stadt Florenz aus dem 15. Jahrhundert mitsamt der Stadtmauer, vom jenseitigen Ufer des Arno aus gesehen. Als Professor Rossi den Projektor und den Kasten mit den Dias, die er in der Vorlesung gezeigt hatte, auf den Tisch stellte, erkannte ich neben dem Computer ganz in der Nähe einer Gelenklampe einen kleinen silbernen Bilderrahmen. Soweit ich sehen konnte, war das der einzige persönliche Gegenstand im ganzen Raum.

Das Foto zeigte ein in eine Latzhose aus Jeansstoff und rote Stiefelchen gekleidetes blondes und äußerst fröhlich wirkendes Mädchen von etwa vier Jahren auf einem Dreirad.

Rasch löste ich meinen Blick von dem Bild. Zwar hatte ich nicht den geringsten Anlass zu einem schlechten Gewissen, doch wollte ich nicht dabei ertappt werden, dass ich in die Intimsphäre eines anderen Menschen eindrang. Obwohl es für bestimmte Empfindungen keine erkennbare Ursache gibt, fühlt man sich mitunter trotz allem ein wenig unbehaglich, wie beispielsweise, wenn man im Fitnessstudio oder in einer Sporthalle die Tür zum Umkleideraum öffnet und dabei einen unbekleideten Menschen überrascht. Das führt zu einer einige Sekunden lang dauernden peinlichen Situation, in welcher der Unbekannte seine Blöße mit einem Handtuch bedeckt, während man selbst verlegen eine Entschuldigung hervorstammelt, bevor man eilig die Tür wieder schließt. Auch ich sah rasch beiseite, aber nicht rasch genug, als dass Professor Rossi nicht erkannt hätte, wohin ich meinen Blick gerichtet hatte. Bei aller scheinbaren Zerstreutheit entging ihm kaum etwas.

»Ich wollte Sie längst anrufen, hatte aber die ganze Woche entsetzlich viel um die Ohren«, sagte er und wies auf einen Stapel zu korrigierender Arbeiten am Rande des Schreibtischs. »Wenn ich allerdings das mit dem Unfall gewusst hätte … Warum haben Sie nichts gesagt?« Seine Worte klangen aufrichtig besorgt, sogar ein wenig vorwurfsvoll, doch spürte ich nichts von seiner früheren Wärme, von der Art, wie er mich in der Vorwoche bei seinem Besuch in meiner kleinen Wohnung mit seinen Blicken förmlich berührt hatte. »Das muss ja ein ziemlich übler Sturz gewesen sein.« Er hielt einen Augenblick inne, als wollte er die Schwere der Verletzungen abwägen. »Wie ist es denn dazu gekommen?«

»Ach … Es war wirklich nichts«, sagte ich. »Ich erzähle es Ihnen ein andres Mal. Ich würde gern vorher über einige Fragen mit Ihnen sprechen.«

»Wie Sie wollen«, stimmte er zu, nahm die Brille aus der Innentasche seines Jacketts und setzte sie auf. »Ich höre …«

»Es geht um das Gemälde von Masoni«, bgann ich. »Ich habe über das nachgedacht, was Sie neulich gesagt haben, die Sache mit den Geheimgesellschaften und so weiter und wüsste gern etwas mehr über deren Ursprung und auch, ob sie bis auf den heutigen Tag überdauert haben.«

Er warf mir einen überraschten Blick zu, als hätte er nicht mit dieser Frage gerechnet.

»Und was hat Sie mit einem Mal darauf gebracht? Wenn ich mich richtig erinnere, haben Sie sich damals nicht besonders dafür interessiert, jedenfalls war das mein Eindruck. ›Klingt ziemlich romanhaft‹, haben Sie gesagt und keine weiteren Fragen gestellt.« In der Art, wie er das sagte, lag weder ein Vorwurf noch eine Rüge, und doch schien er leicht gekränkt zu sein. Jedenfalls hatte er die Brauen gerunzelt, aber dann sah ich, dass in seinen Augen unübersehbar der Schalk blitzte.

»Dafür frage ich jetzt. Ich versichere Ihnen, dass ich das, was Sie mir über die verschlungenen Wege berichtet haben, auf denen das Bild schließlich wieder hier in Florenz gelandet ist, äußerst spannend finde. Ich brauche nur bisweilen etwas Zeit, um Informationen zu verarbeiten«, fügte ich entschuldigend hinzu.

»Schon gut«, sagte er lächelnd. »Wir wollen mal sehen.« Bei diesen Worten strich er sich nachdenklich mit der Fingerspitze über die Brauen, als bemühte er sich, einen verlorenen Faden wiederaufzunehmen. »Es gibt eine Reihe von Theorien über den Ursprung der Rosenkreuzer. In einem Punkt allerdings sind sich alle insofern so gut wie einig, als sie ihn im alten

Ägypten vermuten. Manche Autoren erklären, Echnaton sei das erste Oberhaupt jenes Geheimbundes gewesen, doch muss ich gleich dazu sagen, dass wir über diese Epoche nur wenig wissen.« Wenn er sich auf etwas konzentrierte, gewann sein Blick oft eine ungewöhnliche Intensität und ließ ihn bisweilen wie einen Seher erscheinen. Seine Stirn war gerunzelt, die Wangen ein wenig eingefallen, die Falten an den Mundwinkeln deutlich sichtbar. »Später«, fuhr er fort, »hat der geheinmisvolle Hermes Trismegistos Teile der Unterweisung zusammengetragen und schriftlich festgehalten. Auf ihn geht der Begriff ›hermetische Lehre‹ für etwas zurück, was wir als Okkultismus bezeichnen.« Er sprach gelassen und ohne die geringste Betonung, war aber erkennbar seiner Sache so sicher wie jemand, der einen ihm wohlvertrauten Fluss befährt. »Seither haben diese Leute das Denken der antiken Welt beeinflusst und ihren Einflussbereich nach und nach über den östlichen Mittelmeerraum ausgebreitet.« Ein schrilles Läuten ertönte, so dass ich zusammenfuhr. Er nahm sofort ab, bevor es ein weiteres Mal klingeln konnte. »Das hat nichts zu bedeuten, *signora* Manfredi. Legen Sie es mir einfach auf den Schreibtisch. Nein, ich weiß nicht, wann ich nach Hause komme«, hörte ich ihn sagen. Gleich darauf nahm er den Faden wieder auf, als hätte man ihn nicht unterbrochen. »Zu keinem Zeitpunkt sind sie ans Licht der Öffentlichkeit getreten«, erklärte er. »Stets hatten nur bestimmte Menschen Zugang zu dieser Lehre.«

»Und was für Leute waren das?«, erkundigte ich mich.

»Auf jeden Fall ganz besondere Menschen, deren geistige oder menschliche Größe das Interesse des Geheimbundes erregte. Man muss sie sich als eine Art Aristokratie des Geistes vorstellen: Denker, Naturforscher, Alchemisten …« Nach kurzem Schweigen sah er mich wieder so an wie eine Woche zuvor in meiner Wohnung, so dass ich mich ihm nahe fühlte, auch wenn mir nicht klar war, wie ich seinen Stimmungsumschwung deuten sollte. Meiner Vermutung nach lag darin ein Hinweis auf einen inneren Kampf, den er ausfocht. Er räusperte sich, bevor er fortfuhr: »Es wurden verschiedene geheime Schulen gegründet, denen manchen Quellen zufolge Persönlichkeiten wie Pythagoras, Sokrates, Plato oder Dante, ja sogar selbst Jesus, angehört haben sollen. Während der Renaissance erlebten solche Bünde in ganz Italien eine Blütezeit, ganz besonders hier in der Toskana und in Urbino. Trotzdem hätte niemand auch nur geahnt, wer den Rosenkreuzern angehörte, selbstverständlich mit Ausnahme jener, denen es gelang, mit ihnen Verbindung aufzunehmen.« Wieder hielt er inne, als wäre er seinen Worten mit den Gedanken weit voraus. »Heute zweifelt so gut wie niemand daran, dass Leonardo da Vinci Mitglied einer dieser Logen war, auch wenn es aufgrund der bei ihnen üblichen Geheimhaltung schwerfallen dürfte, Beweise dafür zu finden. Da Masoni als Maler weit weniger bekannt ist als er, gibt es, was diesen Punkt betrifft, keinerlei Untersuchung über ihn. In gewissem Sinne ist das für Sie auch besser so.« Auf sein Gesicht trat ein verschwörerisches Lächeln. »Das verschafft Ihnen den Vorteil, jungfräulichen Boden zu beackern.«

»Ich weiß nicht, was ich von diesem zweifelhaften Vorzug halten soll«, gab ich zur Antwort. »Schließlich hat die Sache doch nach wie vor den Haken, dass ich nicht recht weiß, wonach ich überhaupt suchen muss. Ich fürchte, dass ich es nicht erkennen würde, selbst wenn ich mit der Nase darauf stieße.«

»Nun ja, es gibt gewisse grundlegende Hinweise, die als erste Orientierung dienen können.«

»Nämlich?«

»Ganz allgemein das Interesse an wissenschaftlichen Kenntnissen wie auch an menschlichen Werten, das diese Leute einer wie der andere an den Tag gelegt haben. Als Nächstes dann ihre Abneigung gegen jegliche Art von Prunk und äußerliche Zeichen weltlicher Macht. Das gilt vor allem für Machtgehabe und Prunk der Kirche.« Professor Rossi stand auf und trat an das dem Fenster zum Kreuzgang zunächst stehende Regal. Er fuhr mit dem Zeigefinger über die Rücken der Bände, bis er an ein in grünes Leder gebundenes Buch kam. Dem Äußeren nach hätte man es für eine alte Bibel halten können. Auf dem Vorsatzblatt stand in Frakturbuchstaben *Confessio Fraternitatis*. »Dieses Bruderschaftsgelöbnis ist die Übersetzung eines deutschen Werks aus dem 17. Jahrhundert«, erläuterte er, »eines der wenigen, die es über diesen Orden gibt. Sie dürfen gern einen Blick hineinwerfen, wenn Ihnen der Sinn danach steht. Allerdings wird Ihnen die Ausdrucksweise ziemlich verworren vorkommen. Aber sehen Sie mal«, mit diesen Worten schlug er den Band in der Mitte auf und legte ihn vor mich auf den Tisch. Er stand hinter mir, eine Hand auf die Stuhllehne gelegt, und beugte sich über mich, so dass ich seinen Atem im Nacken spürte. Dann las er mir einen Absatz vor, der den Papst als ›Usurpator, Schlangengezücht und Antichrist‹ abstempelte. »Als Grundsatzerklärung ist das doch gar nicht schlecht«, sagte er dazu.

Ich erkannte einige der in Masonis Tagebüchern enthaltenen Gedankengänge wieder, wenn auch nur äußerst undeutlich, wie durch eine Art Nebel, der über den Seiten lag. Es gab nicht den geringsten genauen Hinweis, an den ich mich hätte halten können. Kein Wunder, schließlich fehlten mir die drei letzten Hefte. Einen Augenblick lang fühlte ich mich versucht, Professor Rossi über meine sonderbare Unterhaltung mit Bosco Castiglione zu berichten, unterließ es aber aus irgendeinem Grund. In erster Linie geschah das wohl, um ihm keine Sorgen zu machen, die womöglich übereilt waren. Wahrscheinlich hätte ich es nicht einmal meinem Vater erzählt, wenn ich die Möglichkeit dazu gehabt hätte. In den Archiven der Welt wimmelt es von Menschen, die sich gern im Mittelpunkt sehen, als hätte sie der Himmel für diese Rolle ausersehen.

»Was da steht, scheint mir nicht besonders hilfreich zu sein«, sagte ich. »In jener Epoche hätte sich jeder Beliebige diese Grundsätze zu eigen machen können. Es ist doch geradezu kennzeichnend für die Renaissance, dass alle vorherigen Erkenntnisse in Frage gestellt wurden und aus allerlei bis dahin unbekannten Winkeln der Welt sonderbare Neuigkeiten eintrafen. Alles war möglich.«

»Gewiss«, räumte er lächelnd ein, »doch sollten Sie eines bedenken: Gerade weil alles möglich war, gab es keinerlei Gewissheiten. Diese Unsicherheit war der Grund dafür, dass die Philosophen ihren Blick sozusagen in den Abgrund richteten – und genau dort werden Sie Ihre Geheimbünde finden.«

»Aber in welcher Epoche hätte es diesen Blick in den Abgrund nicht gegeben? Leben wir etwa gegenwärtig nicht gleichfalls in einem Schwebezustand? Womöglich gibt es heute noch Nachfolgeorganisationen jener Bünde, geheime Zusammenschlüsse, die auf deren Spuren wandeln, nur dass wir das nicht wissen oder keine Vorstellung davon haben, wie weit deren Einfluss reicht.«

»Wieso sollte uns das unbekannt sein?«, platzte er heraus. »Natürlich wissen wir das. Die Welt ist heute mehr denn je in Interessenvertretungen organisiert. So wie es die Mafia gibt, die CIA, das Opus Dei, die Loge P2 und die großen multinationalen Unternehmen gibt es auch Organisationen, die gegen sie kämpfen und ihnen auf der ganzen Welt Widerstand leisten.

Das aber hat nichts mit den modernen oder postmodernen Abarten von Aberglauben zu tun, wie sie zur Zeit so sehr in Mode sind. Diesem Irrtum sollten Sie auf keinen Fall erliegen. Der *Da-Vinci-Code*, *Die Protokolle der Weisen von Zion* sowie all die Prophezeiungen des *New Age* sind nichts als Lug und Trug. Die wahre Gefahr geht vom selben Ort aus wie eh und je: aus dem Herzen der Macht.«

Seine Worte ließen mich an Bosco Castigliones Anspielungen auf den Machtkampf denken, der seiner Aussage nach gerade im Vatikan tobte. Erst vor wenigen Tagen hatte ich in der Tageszeitung *Corriere della Sera* polemische Äußerungen eines hohen Vertreters der römischen Kurie gelesen. Ohne sich die geringste Zurückhaltung aufzuerlegen, hatte der Prälat vor dem Hintergrund der angegriffenen Gesundheit des Papstes erklärt, dieser solle in den Ruhestand treten, wenn er nicht länger imstande sei, die Kirche zu führen. Unübersehbar herrschte in den Kreisen der Kirchenoberen Unruhe. Gern hätte ich gewusst, welche Rolle Monsignore Gautier bei all dem spielte, vor allem aber, was zum Teufel die kritische und unsichere Situation am Heiligen Stuhl mit dem plötzlichen Interesse der Vatikanischen Archive an Pierpaolo Masoni und den verschwundenen Heften von dessen Tagebuch zu tun haben konnte.

Nach dreimaligem leisem Klopfen steckte ein rothaariger junger Mann scheu den Kopf zur Tür herein.

»Entschuldigung, Professor Rossi. Ich wollte Sie nur um den Kommentar zu den Texten von Marsilio Ficino bitten.«

»Ich bin mit den Korrekturen noch nicht ganz fertig, Bruno. Kommen Sie am Freitagnachmittag noch einmal, wenn es Ihnen nichts ausmacht. Dann können wir darüber reden.«

»In Ordnung«, sagte der junge Mann und schloss behutsam die Tür.

»Die Welt ist zu allen Zeiten von anderen Menschen als jenen regiert worden, von denen die Uneingeweihten das annahmen«, fuhr Professor Rossi fort. »Das gilt heute sogar mehr denn je. Spätestens seit dem Anschlag auf die Zwillingstürme des World Trade Center in New York leben wir in einer Kultur des gegenseitigen Misstrauens. In der internationalen Politik wimmelt es von Vorfällen, die nie ans Tageslicht kommen, und ein großer Teil dessen, was unser Leben in ganz entscheidender Weise betrifft und beeinflusst, wird der Öffentlichkeit nie bekannt. Hinweise darauf werden bestritten, alles wird entstellt, man saugt sich falsche Beweise aus den Fingern, behauptet die Existenz von Massenvernichtungswaffen dort, wo es nie welche gegeben hat…« Er hielt inne, als ginge ihm auf, dass er sich weit von der Epoche entfernt hatte, mit der wir uns beschäftigten. In Wahrheit aber hatte er weder die Medici noch das Netz aus Intrigen aus den Augen verloren, das die treibenden Kräfte der Politik im Florenz des 15. Jahrhunderts gewebt hatten. Er konnte sich Abschweifungen und Umwege durch die Jahrhunderte leisten, denn stets erreichte er den Punkt, den er sich als Ziel vorgenommen hatte. »Ebenso verhält es sich mit jeder Art von Verschwörung. Es gibt immer einen, der die Fäden zieht, und andere, die seine Partei ergreifen. Das aber ist Ihnen ja nicht neu«, fügte er hinzu, und wieder änderte er den Klang seiner Stimme; sie wirkte jetzt fest und entschlossen. »Sobald jemand den zündenden Funken in das Pulverfass geworfen hat, explodiert es in alle Richtungen. Pläne, Ideen, Treuebindungen, alles wird vernichtet. Die Sache ist so alt wie die Kreuzigung Jesu.«

Wieder klopfte es. »Ja?«, sagte er in fragendem Ton.

Eine ängstliche Stimme bat um Entschuldigung für die Störung. Es war eine sehr junge Studentin mit einem von Akne gezeichneten Gesicht. Sie sah aus wie eine Ausländerin, mochte aus England oder Holland stammen, und erkundigte sich nach dem Datum einer praktischen Übung, die allem Anschein nach für das Semester vorgesehen war.

»Kommenden Dienstag, Jane«, teilte er ihr mit einem freundlichen Lächeln mit. Dann wandte er sich wieder mir zu, neigte den Kopf und hob die Schultern, als wollte er sich bei mir entschuldigen. »Es ist wohl besser, wenn wir gehen. Hier lässt man uns ja doch keine Ruhe.«

Ich steckte das Buch über die Rosenkreuzer in meinen Rucksack, und wir gingen gemeinsam hinaus. Es begann allmählich zu dunkeln, aber noch hatte das Licht die goldene Farbe wie auf manchen Renaissance-Gemälden. In der Via Ricasoli herrschte um diese Stunde lebhaftes Treiben. Vor allem Gruppen von Studenten waren unterwegs, die sich lachend unterhielten. Man spürte in der Luft, dass der Frühling nicht mehr lange auf sich warten lassen würde. Auf manchen Balkonen waren bereits Grünpflanzen ins Freie gestellt worden, und hier und da hatte jemand schon ein Sonnensegel aufgespannt. Wir überquerten die Piazza San Giovanni und gingen anschließend zwischen dem Dom und dem Baptisterium hindurch. Vermutlich erzeugten unsere Schritte auf den Platten den gleichen Klang wie vor fünfhundert Jahren. Während ich mit Professor Rossi sprach, kam mir der Gedanke, dass es in jeder Stadt, die auf sich hält, zwei Schichten geben müsse, zwischen denen das Leben der Menschen dahinströmt, die sich durch die Stadt bewegen und einander darin begegnen: eine stark verdichtete Schicht, nämlich die der Vergangenheit, und eine gegenwärtige, die sozusagen frei in der Zeit schwebt. Vielleicht bestand sogar über eine Art schiefe Ebene eine Verbindung zwischen den beiden, was der Grund dafür sein mochte, dass ich bisweilen nicht recht wusste, an welcher Stelle ich mich gerade befand.

»Doch alles, was auf dem Gebiet der Politik geschieht«, fuhr Professor Rossi fort, »wirkt sich auch auf das private Leben der Menschen aus. Der Neid ist nun einmal die Triebfeder für mancherlei Machenschaften. Davon ist niemand frei. Sie sind noch sehr jung, aber vielleicht werden auch Sie sich dem in Ihrem eigenen Leben eines Tages stellen müssen, wie das in einem bestimmten Augenblick nahezu jedem geschieht: am Arbeitsplatz, in der Familie, wo auch immer… Niemand bleibt von dieser Art Feindseligkeit verschont, wir alle müssen erleben, wie Kollegen an unserem Stuhl sägen. Die Einsamkeit des Akademikers in der Universität ist keine leere Floskel. All das habe ich viele Male miterlebt, nicht nur hier am Institut, sondern auch auf der Straße, an jedem beliebigen Ort in der Nachbarschaft. Jeder von uns kann Opfer von Gerüchten und Kränkungen werden, und schlimmer noch – unter Umständen haben wir selbst dergleichen mehr als ein Mal ausgelöst.«

»Kränkungen?«, fragte ich halb vorwurfsvoll, halb ungläubig.

»Ach, Ana«, sagte er mit einem Lächeln, »ich spreche im übertragenen Sinn. Trotzdem sollten Sie nicht vergessen, dass ich, so wie Sie mich hier sehen, schon so manches durchgemacht habe. Selbstverständlich habe auch ich an Verschwörungen teilgenommen. Für meine Generation war die Nachkriegszeit äußerst bitter. Ich wollte die Dinge ändern und träumte von schönen Idealen. Glauben Sie etwa, nur Ihre Generation hat den Wunsch, die Welt zu verändern? In allen Revolutionen tritt das Beste und das Schlechteste am Menschen zutage, der Engel und der Teufel.«

Das Tageslicht war inzwischen so schwach geworden, dass es mir mit einem Mal vorkam, als nähme mein Tatendrang schlagartig ab. Es war, als hätte mich inmitten all dieser steinernen Paläste ein kalter Luftstrom unbekleidet getroffen. Während wir im gleichen Schritt nebeneinander hergingen, sah ich mit gesenktem Blick zu Boden und fragte mich insgeheim: *Gehe ich an der Seite eines Engels oder eines Teufels*?

Ich sah aus dem Augenwinkel zu Professor Rossi hinüber, der mich mit seinen silbergrauen Schläfen und seiner Haltung an Peter O'Toole erinnerte, und kam zu dem Ergebnis, dass er weder ein Engel noch ein Teufel war, sondern ein Herr, ein Renaissancefürst, der mich möglicherweise in einem früheren Leben geliebt hatte. Es hätte mich nicht im Geringsten gewundert, wenn er mir in einem Augenblick, in dem ich es am wenigsten erwartete, den Arm geboten hätte, wie das zweifellos Lorenzos des Prächtigen Gewohnheit war, und mir mit seiner dunklen Stimme die ersten Verse aus Dantes *Göttlicher Komödie* ins Ohr geflüstert hätte: ›*Nel mezzo del cammin di nostra vita, mi ritrovai in una selva oscura* ...‹ – ›In grader Mitten unserer Lebensbahn befand ich mich in einem finstren Wald‹. In dieser Hinsicht bin ich unverbesserlich. Irgendjemand müsste sich unser erbarmen, die wir so tief in unserer Vorstellungswelt leben.

Auf der Piazza della Repubblica sahen wir eine Gruppe von Schnellzeichnern, die ihre Staffeleien wie die Stühle in einem Orchester nebeneinander aufgestellt hatten und Passanten in einer einzigen Minute porträtierten. In manchen Häusern brannte hier und da schon Licht. Professor Rossi wies auf die gläserne Front eines Cafés am anderen Ende des Platzes.

Schon wenige Augenblicke später saßen wir in einem Raum, in dessen Wänden der Geruch von Cappuccino hing, und tranken einen rötlichen Tee, der nach Melisse und Minze schmeckte. Die Einrichtung orientierte sich am Stil des 19. Jahrhunderts, mit Spiegeln an den Wänden und einem bis zur halben Höhe reichenden, rundum laufenden Nussbaumpaneel. Da er um jene Stunde so gut wie leer war, hatten wir uns an einen Tisch am Fenster setzen können. Inzwischen hatte sich unser Gespräch der Frage zugewandt, welche Rolle der blinde Zufall im Leben eines Menschen spielen kann. Sie hatte mich in den letzten Tagen ganz besonders beschäftigt, und ich vermute, dass ich sie deshalb ansprach. Mir ging durch den Kopf, wie viele Möglichkeiten sich uns im Laufe unseres Lebens ärgerlicherweise entziehen. Türen, die wir hinter uns zuschlagen, die verlorengegangenen Bilder Pierpaolo Masonis, die Träume, von denen wir beim Erwachen nichts mehr wissen, der Schlüssel zu einem Haus in Florenz, den jemand aufbewahrt, obwohl seit über fünfhundert Jahren niemand mehr darin lebt, Pläne, die nicht verwirklicht werden, Briefe, die abzuschicken wir uns nicht entschließen können, die gemeinsame Reise in die Toskana, die Roi und ich nie unternehmen würden … Lorenzo de' Medici war es zwar gelungen, seinem Geschick zu entrinnen, doch hatte die winzige Einzelheit, die den vorgesehenen Ablauf der Ereignisse veränderte, nicht genügt, um auch seinem Bruder das Leben zu retten. Vielleicht sah sich der Prächtige deshalb während aller verbleibenden Jahre seines Lebens dazu verurteilt, an seinen Bruder zu denken, sobald er die alltägliche Bewegung vollführte, sich einen Umhang überzuwerfen. Sie glich wegen des dabei leicht auffliegenden Stoffs einem Flügelschlag, der in der Erinnerung immer wieder auftauchte. Aus einem ähnlichen Grund sehe ich immer wieder meine Mutter vor mir, wie sie sich, den Telefonhörer in der Hand, unermüdlich bückt und wieder aufrichtet, während sie einen Kugelschreiber vom Boden aufhebt, oder auch meinen Vater, der an der Tür darauf wartete, dass ich mir die Turnschuhe zuknotete.

»Ich glaube nicht an den blinden Zufall«, hörte ich Professor Rossi sagen, während ein Kellner einen kleinen Teller mit Gebäck auf den Tisch stellte. »Wohl aber gibt es zweifellos Schicksalsfügungen.« Er gab das in so apodiktischem Ton von sich, dass ich nicht zu widersprechen wagte.

In jenem Augenblick sah ich über seinen Kopf hinweg und erstarrte. Unter dem Rundbogen, der den Raum in zwei Hälften teilte, zeichnete sich eine kleine Silhouette ab, die mir undeutlich bekannt vorkam. Aus der Nähe erschien mir der Mann noch grotesker als in der Woche zuvor, als ich ihn vom Fenster meiner Wohnung aus unter der Leuchtreklame des Hotels *Aprile* zum ersten Mal gesehen hatte. Damals war es mir wegen der Entfernung nicht möglich gewesen, seine Züge zu unterscheiden, jetzt aber nahm ich ihn mit allen Sinnen wahr: Er wirkte wie ein Eintänzer, das von Gel starrende Haar lag ihm wie ein Helm um den Kopf. Er trug denselben langen Mantel, der seinen Oberkörper eng umspannte, und der Fuchspelzkragen, an dem noch Kopf und Füße des Tieres hingen, betonte sein zwergenhaftes Aussehen – der Filmschauspieler Danny de Vito, von Armani eingekleidet. Der Mann schien nicht einmal einen Meter fünfzig groß, hatte aber breite Schultern und die muskulösen Arme eines Hafenarbeiters. Aus dem Augenwinkel sah er zu unserem Tisch her, während er seinen Weg dem Ausgang entgegen fortsetzte, wie ein Opernsänger beim Abgang von der Bühne.

Zufall, dachte ich. Es muss Zufall sein. Letzten Endes ist Florenz nicht übermäßig groß, da ist es nicht weiter verwunderlich, wenn man früher oder später Gesichtern begegnet, die man schon einmal gesehen hat. Ich darf mich nicht verrückt machen. Irgendetwas an mir schien aber meine Unruhe widerzuspiegeln.

»Ist etwas nicht in Ordnung?«, erkundigte sich Professor Rossi.

»Nein, durchaus nicht.«

»Ich glaube, Sie steigern sich zu sehr in Ihre Doktorarbeit hinein«, fügte er in väterlichem Ton hinzu. »Vielleicht sollten wir lieber über etwas anderes sprechen, sonst setzen Sie sich nachher noch aufs Rad, den Kopf voller Mord und Totschlag, ohne auf Ihren Weg zu achten … Sie müssen mir versprechen, dass Sie in Zukunft besser aufpassen.« Er hatte recht. Nur eine äußerst feine Scheidelinie liegt zwischen Wirklichkeit und Einbildung, der Angst und den Hinweisen, die uns auf sie aufmerksam machen, vor allem aber unseren unbewussten Wünschen und ihrer Erfüllung.

»Versprochen«, sagte ich und sah ihm dabei in die Augen.

Dann geschah zu meiner Überraschung etwas Sonderbares. Es lässt sich nur schwer erklären, obwohl es so beiläufig geschah, dass es mir zunächst so vorkam, als geschähe es gar nicht wirklich, sondern nur in meiner Einbildung. Dabei war, was Profesor Rossi tat, gar nicht besonders außergewöhnlich. Unvermittelt näherte er seinen Zeigefinger wortlos meinem Gesicht und strich mir äußerst zart den Pony aus der Stirn. Das geschah so schnell und ohne erkennbare Bewegung, dass mir diese schlichte Geste als ziemlich anmaßend erschien.

Sieh mal an, dachte ich, *zu was für ungeahnten Handlungen die Schüchternen fähig sind*. Ich sah ihn an und wusste nicht recht, was ich sagen sollte. Er erwiderte – möglicherweise unbewusst – meinen Blick übermäßig durchdringend, sah dann beiseite und hielt die Augen starr auf seine Tasse gerichtet. Mit einem Mal entstand zwischen uns ein leicht unbehagliches Schweigen. Es schien seinen Ursprung nicht im Café zu haben, sondern von außen hereingekommen zu sein.

Nichts lässt sich schwerer lernen, als andere Menschen aus der Nähe anzusehen, dem Blick anderer standzuhalten.

16

Eine künstliche Taube von gewaltiger Größe glitt an dem zwischen Dom und Baptisterium gespannten Seil über die Köpfe all derer hinweg, die gekommen waren, sich den berühmten *scoppio del carro* anzusehen, die »Explosion des Wagens«. Nach einem wolkenverhangenen und kühlen Tagesbeginn hatte sich die Laune des Himmels gegen Mittag allmählich gebessert, und eine zaghaft hervorlugende Sonne schien dafür zu sorgen, dass der drohende Regen ausbleiben würde – zur großen Freude der Florentiner, die darauf bedacht waren, die österliche Herabkunft des Heiligen Geistes zu feiern. Manche Hauseingänge waren mit frischen Olivenzweigen geschmückt, und in den Arkaden sah man allenthalben Kränze aus trockenen Ähren: eine Bitte an den Himmel um eine reiche Ernte. In den Straßen, in denen überall Musik erklang, hingen Papiergirlanden, ringsum leuchtete Blumenschmuck, und geradezu königlich gekleidete Kinder sahen dem festlichen Treiben von den Balkonen der hochherrschaftlichen Paläste herab zu. Luca, für den es die erste Gelegenheit war, einem solchen Schauspiel beizuwohnen, hatte das Haus schon frühzeitig im besten Sonntagsstaat verlassen, denn er wollte sich am Weg, den der Festzug nehmen würde, einen Platz in der vordersten Reihe sichern. Allerdings ahnte er nicht von ferne, dass er ausgerechnet an diesem Tag etwas erleben sollte, was für sein weiteres Dasein entscheidend sein würde. Um den Weg zum Domplatz abzukürzen, eilte er durch das Gewirr der schmalen Altstadtgässchen. Da er aber so manches Mal stehen bleiben musste, um die Prozessionen der religiösen Bruderschaften und der Ordensgesellschaften vorbeiziehen zu lassen, die von der Liturgie zurückkehrten, war so gut wie kein Platz mehr für ihn, als er sein Ziel endlich erreichte.

Dem Schaugepränge voran zog der Gerichtsherr, ein scharlachrotes Birett auf dem Haupt. Ihm folgte ein Schildknappe, der einen goldgeränderten Sonnenschirm über ihn hielt. In violetten und roten Togen schritten die acht Ratsherren einher, Angehörige der wichtigsten Zünfte und Bruderschaften trugen ihre Standarten, ihnen folgten die Dom- und Stiftsherren von San Marco, Santa Croce und Santa Maria Novella in herrlichen Messgewändern aus feinstem Brokat. Dicht hinter ihnen rollten von Goldfüchsen oder Rappen gezogene Kutschen mit den Angehörigen der bedeutendsten Patrizierfamilien, prunkvoll die einen, ein wenig bescheidener die anderen. Aus ihrem Inneren ließen die ihre Herrin begleitenden Zofen nicht nur ihren betörenden Zauber spielen, sie sandten auch den Pferdeknechten in der geheimen Sprache der Federfächer abgefasste herausfordernde Botschaften zu. Keine der Kutschen aber war prächtiger als die des Lorenzo de' Medici mit ihren Bronzebeschlägen und dem vorgespannten Paar herrlicher Schimmel, eine Aufmerksamkeit des Herzogs Sforza von Mailand.

Schon seit einigen Monaten hatte es sich der Prächtige auf Anraten seines obersten Spähers, des Griechen, zur Gewohnheit gemacht, das Haus nur noch mit einer Bedeckung aus bewaffneten Reitern zu verlassen. Das weiße Seidenbanner der Familie Medici, das über ihren Häuptern flatterte, zeigte eine Sonne sowie einen Lorbeerkranz, der für den Vornamen Lorenzo stand. Dieses Symbol war Luca wohlbekannt, hatte doch Meister Verrocchio es in der *bottega* entworfen. Niemand in Florenz konnte sich rühmen, auch nur annähernd eine solche

Fülle von Aufträgen an Künstler vergeben und so zahlreiche Lobpreisungen aus Dichtermund auf sich versammelt zu haben wie der Förderer und Schutzherr der Künste Lorenzo de' Medici.

Im Laufe der Zeit hatte Luca erkannt, dass niemand in der Republik eine solche Machtfülle auf sich vereinigte wie dieser. Nur er konnte Vorteile gewähren oder verweigern, keinem schmeichelten die Florentiner mehr als dem Prächtigen, und keinen verehrten und fürchteten sie mehr als ihn. Voll Bewunderung sah Luca dem Schaugepränge zu, wobei er sich zugleich mit klopfendem Herzen immer weiter durch die Menge voranzudrängen versuchte, bis er auf zwei Schritt an den Wagen herangekommen war. Jetzt sah er neben Lorenzo dessen jüngeren Bruder Giuliano de' Medici, der in die Menge winkte, und dahinter, halb von einem Gazeschleier verhüllt, das Gesicht einer jungen Frau mit breiten Wangenknochen und golden schimmernden Wimpern. Seit er sie zum ersten Mal wie eine überirdische Erscheinung wahrgenommen hatte, in einem herrlichen blauen Kleid, über dessen Rücken ein dicker Zopf von der Farbe des Feuers herabhing, hatte sie in ihm ein nahezu religiöses Gefühl der Bewunderung hervorgerufen. Während Clarice Orsini, die wie eine Prinzessin dasaß, eine auf ihren Knien liegende Perserkatze mit bernsteinfarbenen Augen streichelte, hob sie einen Wimpernschlag lang den Blick und sah in die Menschenmenge, die ihrem Gatten zujubelte. Es kam Luca so vor, als ruhten ihre Augen auf ihm. Vor innerem Jubel erstarrte er, während sein Herz zugleich wild zu klopfen begann. Hätten ihn nicht die Stöße und Püffe der dicht um ihn herum drängenden Menschen mit sich gerissen und die Straße hinab weitergetrieben, er wäre gleich einem ehernen Denkmal an Ort und Stelle stehen geblieben.

Das als *popolo minuto* bezeichnete niedere Volk füllte alle Straßen und Gässchen rings um den Dom vollständig an – Handwerker, Kleinhändler, Knechte, Diener und Lehrbuben, barfüßige Jungen und festlich herausgeputzte kleine Mädchen. Die meisten Männer waren im Sonntagsstaat gekommen, und so manche junge Frau hatte sich einen Kranz aus frischen Jasminzweigen ins Haar gedrückt. Lediglich welterfahrene Männer wie Pierpaolo Masoni trugen ihre Werktagskleidung: ein weißes Hemd, dunkle Beinkleider und niedrige Stiefel aus weichem Korduan-Leder. Selbstverständlich fehlte auch das Tagebuch nicht, das er stets am Gürtel mit sich führte, um aufzuzeichnen, was immer ihm auffiel, auch sonn- und feiertags. Er hatte Luca erklärt, dass diese österlichen Festlichkeiten in gewisser Weise ein historisches Ereignis seien, da dabei sowohl die Familie der Medici als auch die der Pazzi auftrat, die mit ihnen verschwägert war, seit Lorenzos Schwester Bianca einen der jungen Pazzi geheiratet hatte. Die Angehörigen beider Familien grüßten einander mit gemessener Höflichkeit, als wäre mit dem Einzug des Frühlings, der den Geruch von Orangenblüten und Schießpulver mit sich brachte, aller Zank und Hader zwischen ihnen verflogen.

Es gab so manchen Bewohner der Stadt, der gern darauf hinwies, dass die Pazzi genau genommen alles, was sie waren, der Großzügigkeit des Prächtigen verdankten, und eine ganze Reihe von ihnen vertrat die Ansicht, dass ohne die Medici womöglich jene die Geschicke der Stadt lenken würden.

Mit einem Mal erfüllte dichter Rauch die Luft und eine Woge des Beifalls lief über den Platz: Die hölzerne Taube war an ihrem Seil herniedergeschwebt und hatte die Lunte an einem mit Feuerwerkskörpern beladenen Wagen entzündet, den ein Joch weißer Ochsen von der Porta al Prato herangeführt hatte. Während der Platz unter dem lärmenden Knallen der explodierenden Kracher und Schwärmer in seinen Grundfesten erbebte, wurde der Himmel in ein buntes Farbenspiel getaucht. Es war, als sei ein Schwefelgewitter losgebrochen.

Stunden um Stunden gingen die Festlichkeiten fort. Untermalt wurden Glockengeläut und das Geknatter der Feuerwerksraketen von einem *allegro*, das ein Orchester unter der Leitung des berühmten Musikers Romano Tourledò spielte. Viele Menschen, die außerhalb der Stadtmauern lebten, verließen ihre schlichten Behausungen und zogen mit Proviant und Getränken versehen in Begleitung ihrer Haustiere ans steinige linke Ufer des Arno. Dort holten sie ihre großen runden Anisbrote und die Krüge mit selbstgebranntem Sauerkirschenschnaps hervor, aßen, tranken und sangen, bis sie sich ermattet in den Schatten der Steineichen legten, um zu ruhen. Es waren dieselben, die sich am Ende der Messe lärmend in den Arkaden um den Markt herum verloren hatten, wo nach aromatischen Kräutern duftende und von riesigen Fliegenschwärmen belagerte Buden und Stände feilboten, was das Herz begehrte: Osterbrote, geflochtene Körbe und Taschen, Fächer aus Pfauenfedern oder Kranzkuchen mit kandierten Früchten. All diese Köstlichkeiten wurden mit lauten Rufen angepriesen. Der Junge aber fühlte sich zu einem Stand hingezogen, an dem es sehr leise zuging. Ein dicht von Notaren und Schreibern umstandener Papierhändler führte Fläschchen mit den unterschiedlichsten Tinten. Manche waren blutrot, andere enthielten Spuren von Tränen für die Briefe von Menschen, die unter Liebesqualen litten, auch gab es Phosphortinte, die man im Dunkeln lesen konnte, Goldtinte sowie unsichtbare Tinte, die erst erkennbar wurde, wenn man sie mit einer Flamme vorsichtig erwärmte. Wegen dieser geradezu magischen Eigenschaft fühlte sich Luca von ihr am meisten verlockt, doch bevor er Zeit hatte, sich selbst dafür zu bedauern, dass er keine einzige Lira besaß, erwarb ein vornehmer Herr in mittleren Jahren das Fläschchen mit der Zaubertinte. Von Neid erfüllt musterte Luca den Mann aufmerksam, während dieser dem Verkäufer mit Händen, denen man ansah, dass er nie im Leben körperliche Arbeit verrichtet hatte, sechs Lire auf den Tisch zählte. Am auffälligsten daran war ein riesiger Siegelring mit einem sechseckig geschliffenen blassroten Rubin. Anfangs konnte Luca das Gesicht des Käufers lediglich von der Seite sehen, doch als dieser den Kopf wandte, empfand Luca unwillkürlich Angst. Es kam ihm vor, als sähe er ein Untier aus der Hölle vor sich. Der Nasenrücken des Mannes war gespalten, und eine fürchterliche Narbe lief ihm vom Rand des linken Auges über das ganze Gesicht bis hinab zum Mundwinkel. Da ein Teil der Oberlippe fehlte, so dass das leuchtend rote Zahnfleisch bloßlag, sah es aus, als fletschte ein wildes Tier die Zähne. Der Eindruck, den diese Gesichtshälfte hervorrief, stand in krassen Gegensatz zum Ausdruck von Ernsthaftigkeit und Betrübnis auf der anderen.

Zwar war Luca bei diesem Anblick anfangs einige Schritte zurückgewichen, doch empfand er zugleich die gleiche Art morbider Neugier, mit der er heimlich, wann immer sich eine Gelegenheit dazu bot, einen Band mit Miniaturen durchblätterte, den sein Meister in einer normalerweise verschlossenen Vitrine aufbewahrte und in dem es von Ungeheuern und entstellten Wesen aller Art wimmelte. Daher folgte er dem Mann im Bann einer krankhaften Faszination durch die Menge, die ihn immer wieder hin und her schob. Während er den Schritt beschleunigte, um ihn nicht aus den Augen zu verlieren, bekam er zahlreiche Püffe und Rippenstöße ab. Vom flehentlichen Heischen eines Bettlers aufgehalten, der an einer Hausecke am Boden lag, glaubte Luca die Spur verloren zu haben, doch dann sah er den Mann zwei Straßen weiter, ganz in der Nähe des Medici-Palastes in der Via Larga. Dort stand er und unterhielt sich mit einem hochgewachsenen, hageren Mönch. So nahe gelangte der Junge an die beiden heran, dass er sie beinahe atmen hören konnte.

Von dem sonderbaren Fremden wie gebannt, beschloss der Junge, ihm zu folgen, als dieser mitsamt dem Mönch den Weg fortsetzte. In seiner Begierde, die beiden nicht aus den Augen zu verlieren, merkte Luca nicht, dass sie den Stadtkern hinter sich ließen und der Boden unter seinen Füßen immer schlammiger wurde. Der festliche Lärm entfernte sich, bis er kaum noch zu hören war. Mit einem Mal kam Luca der Gedanke, dass ihn niemand finden würde, falls er in einer dieser gottverlassenen Gassen Opfer eines heimtückischen Messerstichs würde. Diese Vorstellung riss ihn aus dem geradezu hypnotischen Zustand, der sich seiner am Stand des Papier- und Tintenhändlers bemächtigt hatte, als er in den Zügen des Fremden den Teufel persönlich erkannt zu haben glaubte, und brachte ihn in die Wirklichkeit zurück. Ihm war, als erwachte er aus einem bösen Traum, und sogleich begriff er die Sinnlosigkeit seines Verhaltens. Abgesehen davon, was sich in seiner Phantasie zutrug, hatte er nicht den geringsten Anlass, den beiden Männern zu folgen. Sollten sie seine Anwesenheit bemerken, könnte ihnen niemand einen Vorwurf machen, wenn sie gegen ihn vorgingen, denn schließlich führte er sich auf wie ein gewöhnlicher Straßenräuber. Gerade als er umkehren und voll Reue über sein unangebrachtes Verhalten den Heimweg antreten wollte, öffnete sich in dem abgelegenen Gässchen knarrend eine Tür. Eine Hand, die eher einer Klaue glich, packte ihn am Ärmel seines Hemdes und zerrte ihn in eine Art Schuppen. Er hatte in der Finsternis noch gar nicht richtig gemerkt, dass er eine vollständig unbekleidete und recht üppige Frau vor sich hatte, als sie ihn schon schwer atmend mit dem Rücken gegen einen Stapel Mehlsäcke drängte, ihm die Bänder der Beinkleider löste, sich von heißem Schweiß überströmt rittlings auf ihn setzte und ihn mit allen Zeichen der Erregung und äußerster Dringlichkeit ohne Umschweife seiner Unschuld beraubte.

Keuchend stürzten beide in die Tiefen eines Abgrunds, in dem es nach Backstube roch. Luca vermochte wegen der Dunkelheit das Gesicht der wilden Amazone nicht zu erkennen, und so stellte er sie sich in einem leuchtend blauen Kleid und mit feuerroten Haaren vor. Nach einer Weile legte sich die beglückte Bäckersfrau atemlos und befriedigt in all ihrer glänzenden Reife auf ihn, und als sie später in der Dunkelheit verschwand, hörte man aus der Ferne Trommelwirbel wie den Kanonendonner einer weitab tobenden Schlacht. Dass ihm die Hand jener Unbekannten das Leben gerettet hatte, sollte Luca nie erfahren.

So rasch war der Überfall erfolgt, dass er ihn eher für das Ergebnis eines ausgeklügelten Plans als für eine verrückte ostersonntägliche Anwandlung hielt. So schmeichelhaft ihm einerseits erschien, was ihm da widerfahren war, ernüchterte ihn zugleich die Erkenntnis, dass eine beliebige irdische Leidenschaft an die Stelle der platonischen Liebe treten konnte, die er für eine unerreichbar ferne Dame empfand.

Allmählich kam er in einem Körper, der ihm nicht mehr der eigene zu sein schien, wieder zum Bewusstsein seiner selbst. Er hob den Blick und sah am Himmel über dem Innenhof eine Rauchwolke, die sich mit dem dunkelvioletten Licht des sinkenden Abends vermischte. Doch erst am folgenden Vormittag erfuhr er, dass nur zwei Höfe von dort entfernt, wo er dem

Ansturm einer Unbekannten erlegen war und zum ersten Mal die Wonnen der Liebe gekostet hatte, Satanisten ihr Teufelswerk getrieben hatten. An einem Firstbalken seines Hauses hatte man mit dem Kopf nach unten hängend den nackten Leichnam des dreiundfünfzigjährigen Gastwirts entdeckt, dessen Leib, wohl mit einem Fleischermesser, von der rechten Leiste bis zur linken Achselhöhle vollständig aufgeschlitzt worden war.

Während so mancher in der Stadt darin die Handschrift der Männer von Lorenzo de' Medicis Oberspion Xenophon Kalamantino erkennen wollte, erklärten andere, der Wirt habe sich in Angelegenheiten eingemischt, aus denen er sich besser herausgehalten hätte. Luca aber begriff schaudernd, dass der Wirt die gleichen Foltermerkmale aufwies wie der Mann, den er in einer Zelle des Klosters San Marco gesehen hatte. Eiskalte Angst überlief ihn, als er daran dachte, wie nahe er zu der Zeit, da die entsetzliche Tat begangen wurde, jenem Ort gewesen war, und er sah sich erneut in einer finsteren Ecke, mit Mehl bestäubt und von seiner eigenen Leidenschaft erhitzt, nach Luft ringen.

Diese Begegnung mit der fleischlichen Liebe hatte ihn in ein Meer der Verwirrung gestürzt. Eine Mischung aus Verlorenheit und Schwermut erfasste ihn. In diesem Gemütszustand war er, das Hemd nur halb zugeschnürt, allein mit seinen Gedanken die Via Ghibellina entlanggegangen, während er hinter sich das Knattern des Feuerwerks und die misstönenden Klänge von den Instrumenten der Musikanten hörte, alles unter einem von Rauch erfüllten Himmel, von dem herab sich schon bald die Stille der Nacht über die Glockentürme und die gezackte Linie der Dächer senken würde.

17

An den folgenden Tagen musste ich mich daran gewöhnen, im Staatsarchiv mit einem Schatten an meiner Seite zu arbeiten. Manchmal trug dieser Schatten ein Sakko im Hahnentrittmuster, dann wieder einen grünen Lodenmantel mit Kellerfalten, doch die Schuhe mit den Metallnieten waren immer dieselben.

Florenz lag bleich und still da, in der Luft hing die Nässe des Regens, und so bemühte ich mich, den Weg von meiner Wohnung zum Archiv und zurück jeweils so rasch wie möglich hinter mich zu bringen. Ich flog auf meinem Rad förmlich durch die Straßen, und je mehr ich mit meiner Arbeit vorankam, desto mehr nahm meine Disziplin und Leistungsfähigkeit zu. Ich hörte auf, mir Sorgen wegen der drei fehlenden Hefte zu machen. Immerhin hatte ich die anderen neun zur Verfügung, was mir mehr als genug zu sein schien.

Wenn ich nach Hause kam, machte ich mich an meinem kleinen Schreibtisch an die Arbeit. Die ersten hundert Seiten meiner Dissertation waren bereits formuliert. Einmal habe ich das Mädchen mit dem Gesicht eines Wolfswelpen wiedergesehen, und zwar auf der Piazza della Signoria, vor der Loggia dei Lanzi. Genau von dieser Stelle aus hatte vor vielen Jahrhunderten der junge Dichter Dante Alighieri einer dort ins Spiel versunkenen Achtjährigen namens Beatrice zugesehen. Mein Mädchen spielte nicht, sondern stand einfach mit in die Seiten gestemmten Armen zornschnaubend da, als hätte sie mir etwas vorzuwerfen. Die Szene hatte mehr mit William Blake zu tun als mit Dantes *Göttlicher Komödie*. Es war so, als wäre ihm Beatrice im Paradies nicht erschienen, um friedfertige weiße Tauben zu verkaufen, sondern gackernde Hennen oder kreischende Felsensittiche. Das Ganze war sonderbar und wenig himmlisch, beinahe komisch, und sofern es überhaupt einen Sinn hatte, war ich außerstande, ihn zu erfassen. Anschließend benetzte sich die Kleine die Fingerspitzen am Neptun-Brunnen, bevor sie in einer Gruppe japanischer Touristen untertauchte. Genau genommen war das alles. Meine Alpdrücke und Angstträume, in denen Basalttreppen und Geheimgänge vorkamen, wurden dafür nach und nach weniger. Das hing, vermute ich, zum Teil damit zusammen, dass ich meine Aufmerksamkeit anderen – prosaischeren – Dingen zuwenden musste. Da das Rucellai-Stipendium weniger als tausend Euro betrug, erreichte ich das Monatsende jeweils mit Mühe und Not. Meine Mutter wollte ich nicht um noch mehr Geld bitten, weshalb ich mich an den letzten Februartagen damit begnügte, ausschließlich Salami- und Käsebrote zu essen. Auch das trug dazu bei, meinen Geist wacher zu machen.

Die Wasserleitungen im Hause dröhnten wie das Nebelhorn eines Ozeandampfers. An meiner Zimmerdecke hatte sich ein feuchter Fleck gebildet, der in etwa den Umriss des afrikanischen Kontinents hatte, und das Gestell zum Wäschetrocknen, das ich über dem Heizkörper angebracht hatte, verlieh dem Raum die sonderbare Anmutung eines Zigeunerlagers. Doch wenn ich morgens das Fenster öffnete, reichte der Himmel über Florenz bis in meine Kochnische, und während ich das Frühstücksgeschirr abwusch, konnte ich den Kreuzgang von Santa Maria Novella sehen, die Zypressen, die Schwalben, die in der Luft einen Bogen bildeten wie eine Handvoll Samenkörner, die man gegen den Wind ausstreut. Ein Stück weiter schweifte der Blick zum Kloster der Leopoldinen, dessen Umfassungsmauern Feigenbäume überragten, wie auch zum Glockenturm des Doms, der wie ein elfenbeinfarbener Knochen aussah und von seiner Höhe herab über das Geheimnis all dieser Schönheit wachte. Auf der ganzen Welt gab es keine Wohnung, die vergleichbaren Luxus zu bieten vermocht hätte.

Mir gefiel das Viertel rundum. Dort gab es weder Kioske mit Postkarten für Touristen, auf denen im Vordergrund das Gemächt von Michelangelos *David* prangte, noch Geschenkläden mit T-Shirts, die Leonardos Gesicht auf der Brust trugen. Wohl aber gab es dort Signora Cipriani, die mit gemessenen Schritten, den Einkaufskorb voller Tomaten und Grünzeug, vom Markt zurückkehrte, Simonetta, die aus dem Fenster des zweiten Stocks ihre Kinder nach oben rief, sowie das Klirren von Tellern und Besteck in der Trattoria *La Pergola*, wenn sich Salvatore daranmachte, die Tische für seine Gäste zu decken. Bisweilen stieg der Duft von Sauce bolognaise bis zu mir empor und machte mir gewaltigen Appetit.

Zu Anfang März fiel erst ein kleiner Sonnenscheinfleck auf den Boden meines Zimmers, doch nach und nach nahm der rötliche Glanz auf den Holzdielen zu, bis er schließlich an die Tür zum Gang stieß. Bei weit geöffneten Fensterflügeln sah ich Signor Vittorios Katze zu, die auf das gewellte Dach des Gewächshauses kletterte, während ich daran dachte, wie die Brüder Lorenzo und Giuliano de' Medici noch bis zum Tag des Anschlags gemeinsam mit denen zu Tisch gesessen hatten, die ihnen nach dem Leben trachteten. Untermalt vom Hintergrundgeräusch eines ständig eingeschalteten Radios hörte ich, wie Signor Vittorios zweijähriger Enkel Tommasino mit dem Löffel auf seinem Breiteller herumkratzte. In jener Wohnung wärmte mich die Sonne, dort empfing ich den

Frühling mit seinen Düften und Blüten, den herrlichen Frühling von Florenz.

War es wirklich möglich, dass ein intelligenter Mann, der trotz seiner Jugend Macht und Erfahrung besaß, mit Menschen an einer Tafel speiste, die ihn zu ermorden planten, ohne dass er das Geringste von ihrem Vorhaben merkte oder wenigstens ahnte? Diese Frage stellte ich mir immer wieder, während ich die Reihenfolge der Ereignisse aufs Genaueste durchging. Ja, es war möglich.

Lorenzo der Prächtige war kein schlichtes Gemüt und alles andere als vertrauensselig. Auch wenn er die idealistische und träumerische Veranlagung aller Dichter hatte, so war er doch zugleich ein Tatmensch, der ohne Bedenken zu handeln verstand, wenn die Umstände das verlangten.

Von klein auf hatte man ihn dazu erzogen, später einmal das politische Erbe der Familie anzutreten, und das bedeutete, Macht auszuüben. Bei allem, was er dazulernen musste, hatte ihm sein Großvater Cosimo jederzeit mit Rat und Tat zur Seite gestanden. Schon mit fünf Jahren war er als Botschafter nach Frankreich geschickt worden, wo er Jean d'Anjou, dem Herzog von Lothringen, seine Aufwartung machen sollte. Mit zehn Jahren hatte er, auf einem Schimmel reitend, an der Spitze des Florentiner Heeres den Fürsten Sforza von Mailand bei dessen Antrittsbesuch in Florenz willkommen geheißen. Das Banner aus bestickter Seide, das ihn dabei begleitete, zeigte einen in einem Netz gefangenen großen Falken, der heftig mit den Flügeln schlug. Viele hatten darin eine Prophezeiung sehen wollen, doch sie irrten sich, denn Lorenzo sollte, wie bereits erwähnt, dem ihm zugedachten Geschick entrinnen. Schon mit vierzehn Jahren hatte er die Schriften der lateinischen Klassiker gründlich gelesen, verfasste Gedichte und betätigte sich als Förderer der Künste. Er leitete die Bankgeschäfte der Familie ebenso wie deren politische Aktivitäten und war als ihr Vertreter mehrere Male von Papst Paul II. in einer Audienz empfangen worden. Er war so vielseitig und aufgeschlossen, dass er mühelos alles zu erlernen vermochte, was seine Aufmerksamkeit weckte: Tanzen, Bogenschießen, ein Instrument spielen ... Bei allem, was er tat, zeichnete ihn eine ausgesprochen würdige Haltung aus. Gerade sein Charisma aber nahm man zum Anlass für Befürchtungen, denn niemand wollte einen neuen Julius Cäsar an der Spitze der Republik. Mit siebzehn Jahren hatte er auf der *Piazza del Governo* zu den Waffen greifen müssen, um seinen Vater bei einem Aufstand führender Vertreter der Oberschicht zu schützen. Als dieser bald darauf starb, war Lorenzo trotz seiner jungen Jahre bereits eine gefestigte Persönlichkeit. Es versteht sich von selbst, dass er weder unbedacht noch leichtgläubig war, und der im öffentlichen Leben häufig anzutreffenden Gewalttätigkeit stand er alles andere als ahnungslos gegenüber.

Wie er es fertigbrachte, bis zum Sonntag der Verschwörung herzliche und sogar freundschaftliche Beziehungen zu den Familien Pazzi und dem Erzbischof von Pisa, Francesco Salviati, zu pflegen, ist ein bis auf den heutigen Tag ungelöstes Rätsel.

Es ist eine unbezweifelbare Tatsache, dass in den Wochen vor jenem Anschlag in Florenz ein dichtes Netz von Intrigen gesponnen wurde. Es erfasste alle Straßen und Plätze der Stadt und bezog jede einzelne Künstlerwerkstatt ebenso ein wie die Stadtpaläste. Erfolg haben konnte eine Verschwörung solchen Ausmaßes nur dann, wenn die daran Beteiligten über einen Mittelsmann verfügten, der aus dem Herzen der Stadt heraus handelte. Das aber musste jemand sein, der nicht nur über jeden Verdacht erhaben war, sondern auch mit so großem Geschick vorging, dass er weder Spuren seines Treibens noch Zeugen seines Tuns hinterließ.

Mit Bezug auf die eigene Familie tat Lorenzo stets, was von ihm erwartet wurde. Auch wenn unübersehbar war, dass er nicht im Traum daran dachte, in Politik oder Gesellschaft Rivalen hochkommen zu lassen, konnte er sich äußerst großmütig erweisen. Nach der Verlobung seiner Schwester Bianca mit Guglielmo de' Pazzi behandelte er dessen Angehörige wie einen gleichberechtigten Zweig der eigenen Familie. So hatte er ihren Mitgliedern Zugang zum wichtigsten politischen Organ der Stadt, nämlich dem der Magistratsherren, wie auch zu anderen bedeutenden Regierungsämtern ermöglicht. Darüber hinaus unterstützte er sie in ihren geschäftlichen Angelegenheiten. Als nur zwei Jahre vor der Verschwörung in der savoyischen Stadt Chambéry eine Maultierkarawane der Familie Pazzi festgehalten wurde, die wertvolle Waren von Lyon nach Florenz befördern sollte, sorgte Lorenzo dafür, dass der Herzog von Mailand rasch eingriff, woraufhin sie weiterziehen durfte.

Warum also gaben sich die Pazzi nicht mit dem zufrieden, was sie hatten? Was wollten sie noch? Möglicherweise war es ihnen nicht recht, Lorenzo so viel zu verdanken. Manche Menschen können es nicht vertragen, wenn man sie unterstützt oder ihnen aus der Patsche hilft. Sie kommen damit nicht zurecht, wohl weil sie sich dadurch gedemütigt oder in der Schuld des großzügigen Helfers fühlen.

Allerdings gibt es immer Hinweise auf solche Empfindungen, und so hätte Lorenzo das Bestreben und die Machenschaften derer, die ihn beerben wollten, erkennen müssen. Ein unübersehbarer Hinweis auf die Pläne der Familie Pazzi war beispielsweise darin zu erkennen, dass ihre Bank Papst Sixtus IV. für den Erwerb der Stadt Imola ein Darlehen von vierzigtausend Dukaten gewährte, obwohl Lorenzo sämtliche Geschäftspartner eindringlich beschworen hatte, es ihm zu verweigern. Der Heilige Stuhl gewann mit jedem zusätzlichen Gebietserwerb neue Einkommensquellen, und das bedeutete eine Stärkung des Vatikans, der mit Florenz um die Vormachtstellung in Italien rang. Wieso aber wagten es die Pazzi, Lorenzo in einer für die Außenpolitik der Republik so grundlegenden Angelegenheit herauszufordern? Vor allem aber – wieso hatte er in ihrer Handlungsweise nicht die gegen ihn gerichtete unverhüllte Kriegserklärung erkannt? Danach, aber auch nach anderen Punkten, die mir sonderbar vorkamen, fragte ich Professor Rossi bei unseren regelmäßigen Besprechungen.

»Menschen, die etwas nicht sehen wollen, sind Hinweisen gegenüber gewöhnlich blind«, sagte er mir einmal. »Das geht mehr oder weniger jedem von uns so. Da das Teil der Natur des Menschen ist, bildete Lorenzo in dieser Hinsicht keine Ausnahme. Wie oft achten wir nicht auf Warnsignale, die uns der gesunde Menschenverstand liefert, und tun sie als Einbildung ab! Niemand möchte von sich selbst den Eindruck haben, dass Angst oder Verfolgungswahn sein Leben bestimmt ...« Dann hob er den Blick seiner gelblich schimmernden Augen und sah mich so durchdringend an, als hätte er sich bereits ein abschließendes Urteil gebildet. »Sie werden ja wohl nicht der Verlockung erlegen sein, Partei zu ergreifen, oder?«, fragte er und drohte mir scherzhaft mit dem Zeigefinger. »Tun Sie das um Gottes willen nicht. Sie sind viel zu klug, um einem solchen Anfängerfehler zu erliegen. Sehen Sie auf keinen Fall als unumstößliche Wahrheit an, was in Pierpaolo Masonis Heften steht. Bedenken Sie, dass auch *Il Lupetto* ein Schützling der Medici war, genau wie Botticelli oder Poliziano. Liegt es da nicht auf der Hand, dass sie sich bemühten, die Gestalt ihres Mäzens überhöht und verklärt darzustellen? Dass sich bildende Künstler und Dichter, die darauf angewiesen sind, ihren Lebensunterhalt mit Pinsel oder Feder zu verdienen, verpflichtet fühlen, ihre Gönner mit Lob und Preis zu überhäufen, ist keineswegs eine Erscheinung der Neuzeit.« Ich hatte den Eindruck, dass in seinem Blick viel Ungesagtes mitschwang. Sobald er auf ein Thema zu sprechen kam, bei dem er sich gründlich auskannte, verschwand seine Befangenheit schlagartig. Ich nahm an, dass ihn seine Studentinnen mit den senkrechten Falten um den Mund, die wie mit dem Messer geschnitzt aussahen, unwiderstehlich fanden. »Lorenzo mag in mancher Hinsicht ein bedeutender Mann gewesen sein«, fuhr er fort, »aber ein Heiliger war er ganz gewiss nicht.«

»Das habe ich auch nicht gesagt«, versuchte ich mich zu verteidigen, fühlte mich aber durchschaut. Zwar hatte ich mich nicht auf die Seite Lorenzos geschlagen, wohl aber Partei gegen den Verrat ergriffen, die verachtenswürdige Handlungsweise, die ein Dolchstoß von der Hand des Freundes bedeutet. Ein solches Verhalten verblüffte und erschreckte mich zugleich. Dass Menschen um die Macht kämpfen, politischen Ehrgeiz entwickeln, ist verständlich und lässt sich durchaus rechtfertigen. Aber vor der Niedertracht eines solchen geradezu teuflischen Komplotts kann man nur Abscheu empfinden. Etwas daran jagte mir einen Schauer über den Rücken, als hörte ich hinter mir das Gezischel von Schlangen. Wie aber sollte ich Professor Rossi das erklären?

»Da die Historiker die Ereignisse stets in dem Licht betrachtet haben, das der Glanz der Medici verbreitete«, fuhr er fort, »waren sie automatisch gegen die Pazzi eingestellt. Ist das nicht auch Ihrer Ansicht nach ein hinreichender Grund für den Versuch, die Dinge ein wenig ins Gleichgewicht zu bringen? Erst recht in einer Zeit wie der unseren, in der man es sich angewöhnt hat, bis hinauf in die höchsten Kreise rationale Argumente mit Terrorakten oder politischen Morden abzuwürgen? Da wäre es doch nötiger denn je, der Vernunft zu ihrem Recht zu verhelfen.«

Auch wenn sich nicht das Geringste gegen seine Argumentationsweise einwenden ließ, sah ich keine Möglichkeit, meine Arbeit mit der Haltung des kalten Forschers fortzuführen, wie er sich das vorstellte. Wie kann jemand neutral bleiben, der mit Leidenschaft und Überzeugung an die Dinge herangeht? Wie kann man eine solche Geschichte berichten, ohne Partei zu ergreifen? Ich hatte mich mit aller geistigen und seelischen Kraft in die Dokumente vertieft, mit denen ich arbeitete. Natürlich war mir bewusst, dass sich diese Art von Hingabe an die Sache bei einer wissenschaftlichen Untersuchung nicht empfiehlt, bei der es darauf ankommt, klar und methodisch vorzugehen und gegenüber den Ereignissen kühle Distanz zu bewahren. Doch im tiefsten Inneren bezweifelte ich, dass mir die wissenschaftliche Objektivität bei dieser Arbeit nützlich sein würde.

Also widmete ich mich dem Thema mit so großer Hingabe, als hinge mein Leben davon ab. Ich will gar nicht bestreiten, dass ich mit dieser Arbeit möglicherweise unbewusst andere Träume zu verdrängen versuchte, die sich schwieriger verwirklichen ließen. In ihnen ging Professor Rossi an meiner Seite, breitschultrig und die Hände in den Taschen. Mir war durchaus bewusst, dass er nahezu doppelt so alt war wie ich und sich mir gegenüber wie ein Vater verhielt. Es fehlte eigentlich nur, dass er mir Vorhaltungen machte, weil ich mich nicht besser ernährte … Alles an ihm erweckte mein Interesse: seine Art, zeitweise in tiefes Stillschweigen zu verfallen, mitten in einem Gespräch abwesend zu erscheinen, als hätte ihn von einem Augenblick auf den anderen eine unendliche Müdigkeit überfallen oder als wären ihm düstere Gedanken gekommen, die Art, wie es ihm gelang, aus dieser Versunkenheit aufzutauchen und weiterzusprechen, als wäre nichts gewesen, wobei sich sein Gesichtsausdruck schlagartig änderte. Ich brannte darauf, dieses Geheimnis zu enthüllen. Schon immer hat mich die Neugier, der unwiderstehlichste aller Köder, in die Falle der Liebe gelockt.

In meine Wohnung zurückgekehrt, setzte ich mich, ein Glas Coca-Cola und ein belegtes Brot auf dem Tisch neben mir, vor den Bildschirm und arbeitete so hingebungsvoll, dass ich jedes Gefühl für die Zeit verlor. Schon mehr als einmal hatte ich voll Überraschung am Rechner den Schimmer des frühen Morgens gesehen, aus dem die Zypressen von Santa Maria Novella allmählich wie schwarze Punkte über den Dächern auftauchten, während die Glocken der Allerheiligenkirche zur Frühmette läuteten.

Wenn ich von Zeit zu Zeit den Blick vom Bildschirm hob und den Kopf wendete, hatte ich das mit Heftzwecken an der Wand befestigte Porträt Federico da Montefeltros auf Augenhöhe. Welche Rolle mochte der Herzog von Urbino in dieser verworrenen Angelegenheit gespielt haben? Immer mehr ungelöste Fragen tauchten im Zusammenhang mit meiner Arbeit auf, als wenn sich jeder neue Zugang zum Wissen, den ich mir eröffnete, immer weiter verzweigte, statt mich in eine bestimmte Richtung zu führen. Ich fragte mich, ob ich überhaupt gesicherte Kenntnisse besaß. Doch, bestätigte ich mir, um mir selbst Mut zu machen. Ich hatte die Namen der Hauptbeteiligten einer auf höchster Ebene angezettelten Verschwörung gegen die Familie der Medici: die Pazzi, die Salviati, Papst Sixtus IV. samt seinem Verbündeten, Ferdinand von Aragonien,

König von Neapel. Allerdings neigte ich immer mehr der Ansicht zu, das Interesse der beiden Letztgenannten an den Ereignissen innerhalb der Grenzen von Florenz könne unter Umständen als Erklärung für einen Kriegszug entsprechend den damaligen Gepflogenheiten gelten, habe aber nicht das Geringste mit dem Blutbad zu tun, zu dem es bei dem gegen die Familie Medici gerichteten Anschlag im Dom von Florenz gekommen war. Außerdem hatte ich die Tagebücher, in denen Pierpaolo Masoni die Ereignisse beschrieb und seine Eindrücke von vielen der geschilderten Personen wiedergab, beides allerdings auf eine verteufelt kryptische Weise. Ich hatte ein ganz sonderbares Gemälde, das Lorenzo de' Medici dem Herzog von Urbino geschenkt hatte, eben jenem Federico da Montefeltro, dessen rätselhaftes Porträt vor mir an der Wand hing. Blieb die Frage, aus welchen Gründen auch immer man der Öffentlichkeit jenes Bild vorzuenthalten versuchte.

Das einzige halb geschlossene Auge des Herzogs schien träge und schwermütig ins Leere zu blicken. Diese Schwermut aber hatte nichts mit Trauer zu tun, sondern ging auf eine völlige Beherrschung dessen zurück, was ihn schmerzen mochte. Tag für Tag entdeckte ich neue Einzelheiten an seinem Porträt, winzige, kaum wahrnehmbare Veränderungen, völlig unverständlich auf einem leblosen Gemälde. Manchmal kam er mir vor wie ein Wesen, das durch irgendeinen Akt der Zauberei lebendig geworden war. Das Gesicht über dem mächtigen Stiernacken wies einen Stich ins Gelbe auf, als hätte er ein Leberleiden gehabt. Doch das beherrschende Merkmal seines Profils war der eingekerbte Nasenrücken. Auf jeden Fall hatte das Gesicht etwas Plumpes, Schwerfälliges an sich. Obwohl der Porträtierte die Zähne fest zusammenzupressen schien, ließ sich deutlich erkennen, dass die Kiefermuskeln die Entstehung eines Doppelkinns nicht würden verhindern können. Das beginnende Erschlaffen der Haut war ebenfalls an der Linie zu erkennen, die seine ungewöhnlich schmalen Lippen bildeten. Dort schien mir der eigentliche Grund für das Rätsel um den Mann zu liegen. Ich hätte nicht sagen können, warum, war aber überzeugt, dass ihn alles Sexuelle völlig kaltließ. Solche Menschen verfügen gleichsam von Geburt an über eine Gabe, die sie anderen Sterblichen überlegen macht, weil sie ihnen Anwandlungen menschlicher Schwäche erspart. Daher kann sich niemand ohne einen ängstlichen Schauer die entsetzliche Fratze vorstellen, die ein Lächeln auf einem solch lippenlosen Gesicht erzeugt.

Eine Vorstellung aber war es vor allem, die ich nicht aus meinem Kopf vertreiben konnte: ein Hase, der mit Haut und Haar in der Kehle eines Landmannes steckte – wie niederträchtig und moralisch tief gesunken musste ein Mensch sein, der es fertigbrachte, einen Wilddieb zum Verschlingen eines lebendigen Hasen zu zwingen? Die Vorstellung bereitete mir so großes Unbehagen, dass ich schließlich die Heftzwecken aus der Wand zog und den Farbdruck mit dem Porträt des Herzogs von Urbino unter dem Band von Giorgio Vasaris Werk *Leben der ausgezeichnetsten Maler, Bildhauer und Baumeister von Cimabue bis zum Jahre 1567* versteckte. Schluss mit dem Unheil.

Eines Morgens hörte ich über Signor Vittorios Radio mit, dass die Entführer endlich Giuliana Sgrena freigelassen hatten. Dabei wäre sie beinah noch im »friendly fire« US-amerikanischer Soldaten umgekommen, denn diese hatten das Fahrzeug, in dem sie sich befand, an einem Kontrollposten in Bagdad unter Feuer genommen. In weniger als einer halben Minute hatten sie zwischen dreihundert und vierhundert Schüsse auf den Wagen abgegeben und dabei den Leibwächter der italienischen Journalistin tödlich getroffen. Sie erreichte Rom mit gebrochenem Schlüsselbein und erschüttert vom Tod ihres Schutzengels. Wer braucht Feinde, wenn er solche Freunde hat?

Während die Tage allmählich länger wurden, entdeckte ich auf den Dächern und in den Innenhöfen meines Viertels eine ganze Bandbreite neuer Farben, verschiedene Orange-, Ocker- und Sienatöne, aber auch Veroneser Grün … Von Zeit zu Zeit erweckte der goldene Schimmer auf den Terrakotta-Ziegeln eines Daches die Hoffnung auf eine Offenbarung. Es war wie früher in Santiago, wenn nach den monatelangen Regenfällen des Winters, der nicht enden zu wollen schien, endlich die Sonne herauskam und das Leben sich zu zeigen begann, das die Welt erneuerte. Wir setzten uns dann immer in Hemdsärmeln auf die Treppe der Plaza de la Quintana und ließen uns wie Eidechsen von der Sonne liebkosen, während wir lasen, Gitarre spielten oder Lieder von Léo Ferré und Leonard Cohen sangen, die der Generation vor uns angehörten und uns daher nur umso besser gefielen. Für mich war Santiago de Compostela ein Ort, mit dem ich mich schon früh fest verbunden hatte: geradezu eine ewige Stadt ähnlich wie Florenz oder Rom, von der für Menschen wie mich die Gefahr ausgeht, dass man ein Leben lang an sie gebunden bleibt. Gerade deshalb hatte ich mich entschlossen, das Stipendium zu beantragen und von dort fortzugehen. Wer nicht zur Salzsäule erstarren will, muss heilige Stätten rechtzeitig verlassen. Jetzt rettete mich in Florenz dieselbe Sonne wie zuvor in Santiago aus der Dunkelheit. Auf dem Balkon der Signora Cipriani tasteten sich die zarten rötlichen Knospen einer Bougainvillea über den bröckelnden Putz einer Mauer. Die ganze Stadt schien sich dem Licht öffnen zu wollen. Gerade als ich meine Zuversicht wiedergewonnen hatte, klingelte das Telefon. Es war ein Anruf, mit dem ich nicht im Entferntesten gerechnet hätte.

»Ich bin's, Ana, Francesco Ferrer. Ich rufe aus dem Krankenhaus an. Kommen Sie bitte sofort, falls das möglich ist.«

»Was ist denn passiert?«, fragte ich voll Unruhe.

»Es geht um Giulio. Sie brauchen sich aber keine Sorgen zu machen, er ist außer Gefahr. Die Polizei möchte Ihnen nur einige Fragen stellen.«

18

Schon seit einigen Stunden schritt der Maler mit auf dem Rücken verschränkten Händen in tiefes Grübeln versunken im Raum auf und ab. Der Ausdruck seines Gesichts, das im Licht einer an einem Deckenbalken hängenden Öllampe geisterbleich aussah, war so finster, dass Luca fürchtete, der Meister werde in eine seiner gewohnten Krisen verfallen. In dieser Vermutung fühlte er sich bestätigt, als Masoni schließlich wortlos seinen Umhang vom Haken riss und ohne Abschied hinausstürmte, wobei er die Tür heftig hinter sich zuschlug.

Mit dem Ruf »Wartet!« griff Luca rasch nach seinem Umhang, warf ihn sich halb über die linke Schulter und eilte dem Meister nach.

Schon seit einigen Tagen war eine große Zahl von Bewohnern der umliegenden Ortschaften nach Florenz geströmt. Das Landvolk drängte sich danach, beim Osterfest und den in der Woche darauf stattfindenden Feiern anwesend zu sein, die mit viel Wein, Feuerwerk und Glockengeläut begangen wurden. Mit einem Mal waren Reiter auf feurigen Pferden in der Stadt, Musikanten mit Klopfhölzern, Schellen und Glöckchen, und sie alle lebten einträchtig mit den im Verborgenen in ihren Höfen wirkenden Zünften. Weit mehr Augen als sonst spähten durch die Fensterluken im Dunkeln liegender Häuser, und auch wenn niemand mit Sicherheit den Grund dafür hätte nennen können, so war doch jedem aufgegangen, dass in der Stadt eine bedrückende Stimmung herrschte. Vor allem spürte man das in den schlecht gelüfteten Schänken, in denen sich der von der Kohlsuppe aufsteigende Dampf mit dem Gestank der Berghirten mischte, die in den Laubengängen um den Markt die Milch ihrer gefleckten Ziegen ausriefen. Überall sah man außer den üblichen Gebirglern und Pilgern andere Fremde. Sie waren aus Pisa und Perugia gekommen und schliefen, sofern sie keine Unterkunft in Gasthöfen und Wirtshäusern gefunden hatten, im Vorhof der Kirche Santa Maria Novella oder in der Franziskanerkirche Santa Croce. Manchen, die auch dort keinen Schlafplatz fanden, dienten sogar Schuppen und Dachräume als Übernachtungsgelegenheit.

Die Patrizierhäuser zeigten an diesen Tagen festlichen Prunk und Glanz. Tag und Nacht brannten Hunderte von Fackeln davor und wehten Fahnen von ihren Balkonen. Doch nichts von all dem konnte sich auch nur von ferne mit der Pracht des Palasts der Medici in der Via Larga vergleichen, wo alljährlich das Festbankett stattfand, mit dem Lorenzo der Prächtige seine engeren Freunde und seine Günstlinge zu bewirten pflegte. Dort war vor kaum zwei Tagen Pierpaolo Masoni mit anderen bekannten Künstlern wie Sandro Botticelli und dessen treuem Gehilfen Cesare Galizia, dem Dichter Poliziano und seinem Freund Giovanni Pico della Mirandola, dem jungen Michelangelo sowie dem Geographen Toscanelli zusammengetroffen. Außer ihnen hatten rund drei Dutzend Berater und Freunde des Mäzens an dem Festmahl teilgenommen, bei dem im Stil des Hauses riesige Tabletts mit Fasanen in Champignoncreme und die erlesensten Weine der Toskana aufgetischt worden waren. Nahe der mit herrlichen Leinendecken geschmückten Tafel, die unter den Orangenbäumen im Innenhof stand, war eigens für das unter Leitung von Maestro Romano Tourledò spielende Streicherensemble der Akademie der Schönen Künste ein Podium errichtet worden.

Am Ende dieses bemerkenswerten Tages, in dessen Verlauf der Gastgeber nicht mit Gunstbezeugungen für seine Getreuen gegeizt hatte, waren alle in der Bibliothek zusammengekommen. In jenem Raum, gleichsam das Allerheiligste des Palastes, wo auf ganze Wände bedeckenden Mahagoniregalen zahlreiche Bücher standen, darunter Handschriften mit Übersetzungen der Werke von Cicero, Euklid, Plato und Aristoteles, erging sich der Prächtige mit seinen Freunden in der Diskussion hoher Ideale. In schwellenden Sesseln um eine Plato-Büste herum sitzend, hatten sie bis weit in die Nacht hinein hochfliegende philosophische Fragen behandelt. Mitunter hätte man glauben können, Lorenzo widme seiner Platonischen Akademie und den neuen Ideen mehr Beachtung als seinen Feinden.

»Die allgemeingültige Richtschnur des Verhaltens, deren Heimat zu Beginn der Welt das Morgenland war, hat ihren Weg nach Florenz gefunden. Jetzt ist es unsere Aufgabe, dafür zu sorgen, dass die Herrschaft der Vernunft weiterverbreitet wird«, sagte er.

Auch zeigte dort der Geograph Toscanelli der Versammlung die neuen Karten mit von Hand eingefügten Änderungen entsprechend den von Kauffahrern mitgeteilten Berichten, und der junge Giuliano de' Medici trug mit offenem Haar und leuchtenden Augen ein langes Preisgedicht vor. Gewöhnlich lösten sich diese Versammlungen erst auf, wenn sich über den Glockentürmen der Stadt die Morgenröte am Himmel zeigte.

Hinter der Bibliothek lag ein kleiner Raum, in dem ein schlichter Tisch stand und der Lorenzo dazu diente, mit seinen engeren Mitarbeitern Fragen zu besprechen, die nicht für jedermanns Ohren bestimmt waren. Dorthin hatte er am frühen Morgen, als schon ein großer Teil der Gäste gegangen war, Pierpaolo Masoni zu einer langen Unterredung gerufen. Von ihr war der Maler mit düsterer Miene zurückgekehrt, die er auch noch zwei Tage später nicht abgelegt hatte.

Die Zusammenkunft unter vier Augen und hinter verschlossenen Türen hatte ihn nicht im Geringsten überrascht. Alle Welt in Florenz wusste, dass in der Hauptstadt der Toskana die Wogen hoch gingen, seit Papst Sixtus die von den Pazzi unterstützte Kandidatur Francesco Salviatis für das Amt des Erzbischofs von Pisa gutgeheißen hatte. Es fiel Lorenzo nicht schwer sich auszumalen, dass sich dessen Ehrgeiz nicht mit diesem kirchlichen Amt zufriedengab, und er war sicher, dass Salviati schon bald seine Hände nach weltlicher Herrschaft ausstrecken werde. Zwar waren die Beziehungen zwischen Florenz und dem Heiligen Stuhl nicht mehr ganz so angespannt wie in den Zeiten, als es darum gegangen war, wer Città di Castello beherrschte, und der Prächtige die den Papst bekämpfenden Aufrührer unterstützt hatte. Allerdings sah Masoni nicht ein, warum gerade seine *Madonna im Schnee* der Preis für den Brückenschlag nach Rom sein sollte, den der mit Lorenzo befreundete Herzog von Urbino bewirkt hatte.

»Du darfst sicher sein, dass ich mich bemüht habe, Federico mit anderen Angeboten zu locken«, sagte Lorenzo, die Rechte auf das Herz gelegt, wobei er den Maler fest ansah. »Ich weiß nur allzu gut, was zwischen euch war. Erinnere dich, dass ich selbst dich aus den Verliesen der *stinche* herausgeholt habe. Doch er hat nicht nur eins der besten Gemälde Sandros abgelehnt«, sagte er, um Masoni zu schmeicheln, denn ihm war die künstlerische Rivalität zwischen diesem und Botticelli bestens bekannt, »- sondern auch den *David* deines Meisters Verrocchio. Glaub mir, ich hatte keine andere Wahl.«

»Aber Herr, Ihr wisst doch …«, unternahm *Il Lupetto* einen letzten Versuch.

»Natürlich weiß ich«, schnitt ihm der Prächtige das Wort ab, »aber der Herzog hat uns schon aus größeren Schwierigkeiten geholfen und immer treu zu unserer Familie gestanden. Außerdem ist er ein großer Kunstkenner. Eigentlich müsstest du stolz sein, dass er von all meinen Schützlingen dich ausgewählt hat.«

Es zerfraß Masoni förmlich, hinnehmen zu müssen, dass seine *Madonna im Schnee*, das Bild, in das er seine ganze Seele gelegt hatte, ausgerechnet in die Hände des Mannes gelangen sollte, der einmal fast sein Leben zugrunde gerichtet hätte und den er als Einzigen auf der Welt aus tiefstem Herzen hasste. Die bloße Vorstellung, dass jener ihm zutiefst verhasste Mensch Eigentümer seines Werks werden sollte, ließ ihn geradezu erstarren.

Der Grund für seinen Zorn lag über zehn Jahre zurück. Damals hatte der Maler angesichts seiner Leidenschaft für die Arithmetik und die Symbole angenommen, er sei nicht länger der Herrschaft der Vernunft unterworfen. Zu jener Zeit hatte es für jemanden, den die Geheimnisse der Welt lockten, keinen besseren Ort gegeben als den Hof von Urbino. Er war noch jung genug gewesen, um an die Bande der universellen Brüderlichkeit zu glauben, ohne zu begreifen, dass sich etwas, was Menschen Seite an Seite einem Ziel entgegenstreben lässt, in eine unheilvolle Fessel verwandeln kann, wenn derjenige, der die Fäden zieht, seine außerordentliche Fähigkeit, Ränke zu schmieden, gegen andere wendet. Eines denkwürdigen Tages hatte man ihn in das große brüderliche Universum der Geheimlogen eingeführt, wobei um den Großmeister herum Kreise aus brennenden Kerzen standen, die er einen nach dem anderen durchschreiten musste. Von einem höheren Willen beherrscht, hatte er sich blind leiten lassen und war auf schwindelerregende Weise in der Zeit bis zu den großen Initiierungszeremonien in Ägypten zurückgekehrt. Dort hatte er, die Brust über dem Herzen entblößt und den unbeschuhten linken Fuß vorangesetzt, mit großer Festigkeit die drei rituellen Fragen beantwortet, die dem Petenten gestellt wurden.

»Ich habe mir selbst den Strick um den Hals gelegt«, sagte er jetzt zu Luca, sich in die qualvolle Erinnerung zurücktastend, während sie durch übelriechende ärmliche Stadtviertel schritten, in denen sie von dem Teufel geweihten Seelen umgeben schienen.

In der Via dei Calzaiuoli, welche die zwischen dem Dom und dem Palazzo della Signoria hindurchführende Straße kreuzte, stießen sie auf mehrere lärmende Gruppen Fahnen schwenkender und mit Kokarden geschmückter junger Männer, auf deren Gesichtern der ganze Übermut der Jugend lag. Zu Festzeiten verpflichtete Lorenzo zur Unterstützung der Ordnungskräfte gewöhnlich zahlreiche solcher Gruppen als eine Art Zusatzpolizei. Allerdings lieferten diese, statt bei Raufereien einzuschreiten, häufig selbst den Anlass dazu, wenn sie wie Kampfhunde ihre Rivalitäten untereinander austrugen.

An der Einmündung einer der Gassen, die auf den Alten Markt mündeten, fuhr der Junge erschreckt zurück, als hinten in einem Hof, wo die Deichseln eines zweirädrigen Karrens aufragten, ein schwerer Ackergaul die langen Zähne bleckte. Doch erst, als er das Knirschen hörte, mit dem der Riegel an dem Tor zurückgeschoben wurde, durch das man in den Hinterhof der Herberge *La Campana* gelangte, ging ihm auf, wo sie waren. Das Mädchen, das ihnen öffnete, hatte nicht, wie bei Lucas erstem Besuch dort, eine Nelke hinter dem Ohr, wohl aber dieselben verhangenen Augen, deren Blick jetzt im Bewusstsein einer unmittelbar bevorstehenden Gefahr getrübt schien.

»Ihr habt lange gebraucht«, rief sie unüberhörbar bedrückt aus, während sie sich an Masonis Brust drängte.

»Bist du sicher, dass sie es sind?«, erkundigte er sich.

»Unbedingt. Ihr werdet es gleich selbst sehen. Wäre es anders, ich hätte Euch nie rufen lassen.«

Vorsichtig und so leise wie möglich führte sie die beiden durch einen schmalen Gang zu einer Art Lagerraum, von dem aus sie eine Wendeltreppe bis zu den Hauptgemächern erstiegen. Dort öffnete sie den beiden die Tür zu einem Gelass, das eine Pritsche und eine Waschschüssel enthielt. In einer der weißgekalkten Wände, die mit mehr oder weniger obszönen Inschriften und Darstellungen bedeckt waren, befand sich eine Öffnung mit einem eng geflochtenen Holzgitter. Viele adlige Herren mieteten diesen Raum, um ungesehen das Treiben im Nebengelass beobachten zu können, und man erzählte sich, von der anderen Seite aus habe man so manchem dieser Neugierigen mit voller Absicht eine Stricknadel ins Auge gestoßen. Masoni und Luca allerdings hatte nicht Lüsternheit, sondern ein gänzlich anderer Grund dorthin geführt.

»Ich gebe Euch Bescheid«, sagte das Mädchen. »Wenn ich dreimal leise an die Tür klopfe, ist es so weit und Ihr könnt ans Gitter treten.«

Der Maler blieb stehen, doch Luca ließ sich, von der Fülle der Ereignisse der letzten Tage erschöpft, auf einen vom häufigen Gebrauch stark abgenutzten Strohsack fallen, während sie auf das vereinbarte Klopfen warteten. Die Zeit bis dahin war so lang, dass ihn der Schlaf übermannte. Als er nach zwei langen Stunden die Augen wieder öffnete, stand sein Meister vorgebeugt am Gitter und presste das Gesicht dicht daran.

Unter denen, die auf der anderen Seite zusammengekommen waren, erkannte er am ins Graue spielenden Bart und der aufragenden Gestalt den Fremden, der sich vor kaum zwei Tagen bei ihm und Luca nach einer Bleibe für die Nacht erkundigt hatte. Allerdings war er jetzt nicht mehr wie ein schlichter Reitersmann gekleidet, sondern trug den vergoldeten Brustharnisch eines Hauptmanns der päpstlichen Garde.

»Meine Herren, Ihr solltet Euch das Vorhaben noch einmal durch den Kopf gehen lassen«, sagte dieser jetzt in achtungsvollem Ton. »Ich kann Euch versichern, dass es außerordentlich schwierig sein würde, die Sache ins Werk zu setzen. Offen gesagt sehe ich keinerlei Möglichkeit dazu. Immerhin ist Florenz eine große Stadt, und soweit ich feststellen konnte, genießt Lorenzo darin eine hohe Wertschätzung.«

Über dem bleichen Märtyrergesicht eines der beiden, denen diese Worte galten, ließ sich deutlich eine weiße Strähne erkennen. Es konnte nicht der geringste Zweifel daran bestehen, dass es sich bei diesem hochgewachsenen Mann um Jacopo de Pazzi handelte.

Da der andere Masoni den Rücken zukehrte, konnte er dessen Gesicht nicht sehen, doch erkannte er ihn sogleich am unverwechselbaren metallisch scharfen Klang seiner Stimme, die er nie würde vergessen können, sosehr er sich auch darum bemühen mochte.

»Giovan Battista, du hast nie hier in der Stadt gelebt, und es ist nicht deine Aufgabe, dich zu fragen, ob ihre Bewohner den Medici gewogen sind oder nicht. Beschränke dich darauf, zu tun, was dir aufgetragen ist. Wie alle anderen hast du einen heiligen Eid auf das Raukenblatt geschworen und weißt genau, dass es hier nicht einfach um einen Staatsstreich geht, sondern um die Gründung einer vatikanischen Bank, die Macht über alle Banken Europas haben soll. Wenn wir erst einmal Florenz in der Hand haben, werden wir die Gesetze für ganz Italien und danach auch für ganz Europa diktieren. Alle werden unserer Gesellschaft angehören. Trage du Sorge für die Verwirklichung des Planes. Ich will zu Gott beten, dass er uns bei diesem Vorhaben beisteht. Alles wird gut ausgehen«, fügte er in versöhnlicherem Ton hinzu, wobei er dem Hauptmann eine Hand auf die Schulter legte. »Daran darfst du keinen Augenblick zweifeln, getreuer Montesecco.«

»So sei es«, gab dieser zurück, senkte den Kopf und küsste den ihm hingehaltenen Ring mit dem sechseckigen Rubin. Anschließend nahm der Wortführer einen kleinen Weihwasserkessel und einen Behälter mit Salböl zur Hand, die Hauptwaffen im Kampf gegen den Satan.

Mit den von der metallisch klingenden Stimme intonierten Worten, *salva me ab ore leonis*, bewahre mich vor dem Rachen des Löwen, begann die Zeremonie.

Wie gebannt und voll Scheu nahm Luca in sich auf, was er sah und hörte. Es kam ihm vor, als hätten all die Miniaturen aus dem Buch, das sein Meister unter Verschluss hielt, mit einem Mal einen Sinn gewonnen. Die sonderbare Schönheit eines kreuzförmigen Heiligenscheins um einen Smaragdthron, den Raubtiere, Gorgonenhäupter und groteske Echsen umgaben, ging ihm nicht aus dem Sinn.

Anschließend entkleideten sich die drei Männer vollständig und knieten nieder, während eine Prostituierte, deren Gesicht eine Kappe mit Augenschlitzen verdeckte, daranging, mit der Begeisterung der Anfängerin immer wieder auf sie einzupeitschen, bis ihnen die Haut aufplatzte und das Blut zu fließen begann. Das aber war erst der Anfang, denn ein bestialisches Gemetzel stand bevor.

Der Maler richtete sich auf und beendete das Schauspiel für den Jungen, den kalter Schweiß bedeckte, indem er ihm die Hand vor die Augen legte.

»Das genügt, Luca«, sagte er.

19

Es dauerte keine zehn Minuten, bis ich den Platz vor der Kirche Santa Maria Nuova erreicht hatte. Am Eingang des Krankenhauses verkündete neben einem kleinen Glaskasten ein Schild in roten Buchstaben *UFFICIO POLIZIA DI STATO*. Ich ging daran vorüber, ohne stehen zu bleiben. Aseptisch wirkende weiße Fliesen bedeckten den unteren Teil der Wände im Hauptkorridor. Da ich nicht so recht wusste, wohin ich gehen sollte, sah ich mich hilflos um. Ich empfand ein eigentümliches Schwindelgefühl, etwa so, wie wenn ein Windstoß unerwartet das Boot trifft und man sich rasch irgendwo festhalten muss. Schließlich entschied ich mich für einen der Seitengänge. Der Linoleumboden dämpfte das Geräusch meiner Schritte. Patienten warteten auf an die Wand geschraubten orangefarbenen Sitzschalen aus Kunststoff darauf, dass sie an die Reihe kamen. Vor mir öffnete sich eine Tür mit zwei Schwingflügeln, an der ein DIN-A4-Blatt mit Klebestreifen befestigt war. Ich trat näher und las die Hinweise auf die Besuchszeiten für im Laufe der Nacht und am Vortag eingelieferte Patienten. Ein gewisser Doktor A. Lagi, Leiter der Notaufnahme, hatte es unterschrieben. An der Wand rechts von der Tür entdeckte ich eine Gegensprechanlage. Gerade als ich den Sprechknopf drücken wollte, sah ich Francesco Ferrer, der vom hinteren Ende des Ganges mit den Händen in den Hosentaschen auf mich zugeschlendert kam. Er trug das Hemd über der Hose, und die Haare standen ihm so wirr um den Kopf wie bei unserer ersten Begegnung in der Restauratorenwerkstatt in den Uffizien.

Er wirkte geradezu gelöst, und das Lächeln auf seinen Zügen ließ mein Herz ruhiger schlagen. Er grüßte mich mit einem verschwörerischen Augenzwinkern, als wären wir alte Freunde.

»Was ist denn eigentlich passiert?«, erkundigte ich mich.

Er nahm mich am Arm und führte mich durch einen Gang mit gläsernen Wänden zur Intensivstation.

»Das ist eine ziemlich lange Geschichte«, sagte er, »und sicher wollen Sie erst Giulio sehen, bevor ich sie Ihnen erzähle.«

»Ja, gern.«

Professor Rossi war in einem Raum im ersten Stock untergebracht, in dem mehrere lediglich durch Vorhänge getrennte Betten standen. Von seinem rechten Arm führten zwei Schläuche zu einem Gerät, an das ein Monitor angeschlossen war. Der grüne Schlafanzug, den er trug, stammte wohl aus den Beständen des Krankenhauses. Man konnte nicht sagen, dass er gut aussah. Das lag weniger an den Bartstoppeln als daran, dass sein Gesicht eingefallen wirkte und an der Schläfe eine große Wunde klaffte. Die Falten auf seiner Stirn und um die Augen herum hatten sich vertieft. Jetzt sah er nicht mehr aus wie ein Löwe im Winter, sondern eher wie ein ausgezehrter Anachoret in der Wüste. Lawrence von Arabien nach der Schlacht.

»Wie geht es Ihnen?«, erkundigte ich mich.

»Gut. Auch wenn ich sagen muss, dass es mir schon besser gegangen ist«, scherzte er. Seine Stimme klang matt. Er war ganz offensichtlich ruhebedürftig.

»Du siehst aus, als kämest du aus der Unterwelt«, merkte sein Freund Ferrer im gleichen spaßhaften Ton an. Professor Rossi sah ihn aus dem Augenwinkel an und lächelte. Dabei runzelte er die Brauen, als bereitete ihm das Lächeln Schmerzen.

Abwartend sah ich zu den beiden hin. Zwar brannte ich darauf, etwas zu erfahren, bemühte mich aber, das nicht zu zeigen.

Nach einigen weiteren Späßen, diesmal über die Verpflegung im Krankenhaus, setzte mich Francesco Ferrer ins Bild.

Da ich mich auf dem einzigen Stuhl im Raum niedergelassen hatte, nahm er auf der Bettkante Platz und begann langsam und ruhig zu berichten, was geschehen war, seit Rossis Haushälterin, Signora Manfredi, die jeden Tag um Punkt neun Uhr ihren Dienst antrat, das Gartentor geöffnet hatte. Begierig nahm ich seine Worte auf und stellte mir Punkt für Punkt alles vor: wie sie mit festen Schritten über den Kiesweg ging, wobei die Gummisohlen ihrer derben Schuhe das Geräusch dämpften. Ich sah sie förmlich vor mir: Sie öffnet vor der Haustür ihre kleine schwarze Handtasche, um den Schlüssel herauszunehmen und aufzuschließen. Kaum hat sie die Tür geöffnet, fährt sie erschreckt und mit weit aufgerissenen Augen zurück – jeder von uns hat das schon Hunderte von Malen in Fernseh-Krimis gesehen. Immer kommt zufällig jemand an den Tatort: ein Nachbar, ein Dienstbote, eine Putzfrau, fährt sich erschreckt mit den Händen an den Kopf oder schlägt sich eine Hand vor den Mund, um einen Schrei zu ersticken – so als könnten sie nicht glauben, was sie da sehen: die Unordnung, die umgestürzten Möbelstücke, wild auf dem Boden verstreute Papiere und Bücher, und das in der geheiligten Bibliothek des Hausherrn mit ihren über dreitausend Bänden, ein Raum, den nicht einmal sie, die schon seit Jahren dort arbeitete, ohne ausdrückliche Erlaubnis zu betreten wagte. Was die gute Frau da erblickte, musste ihr wie eine Schändung erschienen sein: Der Inhalt ausgeleerter Schubladen lag auf dem Boden, auf Büchern waren Schuhabdrücke zu sehen, die Kabel zu Professor Rossis Rechner waren herausgerissen, das Gehäuse aufgeschraubt …

»Professor Rossi!«, hatte sie mit besorgter Stimme gerufen, aber keine Antwort bekommen. Das muss der Augenblick gewesen sein, in dem sie sich entschlossen hatte, sein Schlafzimmer zu betreten. Dort roch es sonderbar, nach Harz oder Aceton, sie hätte es nicht genau sagen können, und sie sah ihn auf dem Bett liegen.

Sicher hatte sie versucht, ihn zu wecken, ihn wohl sogar an den Schultern gerüttelt, vielleicht auch leicht auf die Wangen geklopft. Der Professor hatte sich aufrichten wollen, etwas Unzusammenhängendes gestammelt, sinnlose Worte, versucht die Augen zu öffnen. Als er schließlich auf den Beinen stand, war er der Länge nach hingeschlagen und dabei mit der Schläfe an eine Kante des Nachttischs gestoßen.

Daraufhin hatte *signora* Manfredi zum Telefon gegriffen und den Rettungsdienst angerufen mit der dringlichen Bitte, sofort einen Krankenwagen zu schicken.

Als dieser kaum sieben Minuten später eingetroffen war, hatte Professor Rossi das Bewusstsein wiedererlangt. Doch er konnte sich an nichts erinnern. Er habe, hatte er berichtet, bis Mitternacht gearbeitet und sich dann hingelegt, ohne noch zu lesen, wie das sonst seine Gewohnheit war. Seine letzte deutliche Erinnerung war, dass er die Nachttischlampe ausgeschaltet hatte. Das hatte er Signora Manfredi mit so ausgedörrtem Mund gesagt, dass er kaum noch die Zunge vom Gaumen lösen konnte, und danach sogleich wieder das Bewusstsein verloren.

»Chloroform!«, hatte einer der Sanitäter gesagt, kaum, dass er ins Zimmer getreten war. Daraufhin wurde die Polizei angerufen. Zwei Beamte kamen, um Spuren und Fingerabdrücke zu sichern, wobei sie sich inmitten des im Hause angerichteten Chaos mit äußerster Vorsicht bewegten. Aus dem Funksprechgerät an ihrem Gürtel drangen gedämpft Gesprächsfetzen. Soweit Signora Manfredi mitbekam, hatten sich die Einbrecher durch ein Fenster im ersten Stock Zutritt zum Haus verschafft, weshalb ihr beim Öffnen der Haustür nichts aufgefallen war: man hatte das Schloss nicht gewaltsam geöffnet. Die Beamten sprachen davon, dass eine Bande von Rumänen oder Albanern die Wohngegend unsicher mache. Echte Profis, wie sie sagten. Sie vermieden unnötige Zerstörungen, schläferten ihre Opfer mit Chloroform oder Äther ein und nahmen mit, was sich auf dem Schwarzen Markt leicht absetzen ließ. Im vergangenen Monat seien sie schon in ein Haus ganz in der Nähe eingedrungen.

»Sonderbar an der Sache ist allerdings, dass hier allem Anschein nach nichts Wertvolles mitgenommen worden ist«, fuhr Francesco Ferrer fort, »sondern ausschließlich Arbeitsmaterial: Papiere, CDs, die Festplatte aus Giulios Rechner…« Dabei sah er Professor Rossi durchdringend an. Es war der Blick eines Menschen, der gelernt hat, genauestens und mit unablässiger Konzentration auf kleinste Einzelheiten zu achten, denn nur so lässt sich erkennen, was sich auf dem Malgrund von Gemälden befindet. Dann bedachte er auch mich mit einem ernsten Blick, als wäre er der Ansicht, dass wir etwas in Händen hätten, sagte aber nichts. »Das ist alles«, schloss er seinen Bericht.

Ich fand, dass das eine ganze Menge war, und fragte mich, was für Einbrecher das gewesen sein mochten, die sich mit einigen Mappen voller Papiere begnügt hatten, wo sie doch die Musikanlage und den Fernseher von Bang & Olufsen hätten mitnehmen können, den Signora Manfredi in ihrer Aussage erwähnt hatte. Sie hatten sich, wie es aussah, weder für die Original-Lithographie von Georges Braque interessiert, die an der Wand des Arbeitszimmers hing, noch für die silberne Teekanne aus dem 18. Jahrhundert, die ganz offen dagestanden hatte. »Was für Einbrecher sind das?«, fragte ich später Inspektor Leoni auf der Wache am Corso dei Tintori.

Gewissensbisse regten sich in mir. Jetzt tat es mir leid, dass ich Professor Rossi nicht alles über meinen Fahrradunfall gesagt, nicht mit ihm über meine Unterhaltung mit Bosco Castiglione im Staatsarchiv gesprochen und ihm auch den Zwerg im Mantel mit dem Fuchspelzkragen verschwiegen hatte. Mir fiel ein, was mir der Professor bei unserer Unterhaltung über Lorenzo de' Medici gesagt hatte: »Wer etwas nicht sehen will, ist Hinweisen gegenüber gewöhnlich blind. Wie oft achten wir nicht auf Warnsignale, die uns der gesunde Menschenverstand liefert, und tun sie als bloße Einbildung ab! Niemand möchte von sich selbst den Eindruck haben, dass Angst oder Verfolgungswahn sein Leben bestimmt ...« Aber was hätten meine Beweggründe sein können, über solche Hinweise einfach hinwegzugehen? Wenn ich Professor Rossi meine Befürchtungen sogleich mitgeteilt hätte, läge er jetzt womöglich nicht im Krankenhaus, unter dem Laken die Beine dicht an den Leib gezogen, als fröstelte er, seines scharfen Verstandes zeitweise beraubt und körperlich so mitgenommen, als hätte man ihn durchgeprügelt.

Die Ärzte hatten festgestellt, dass er betäubt worden war, indem man ihn ein Narkosemittel hatte einatmen lassen. Sein Blut enthielt Trichlormethan und Äthylchlorid in starker Konzentration – ein äußerst wirksames und überaus giftiges Betäubungsmittel, das nach Doktor Lagis Worten in hoher Dosierung zum Herzstillstand führen kann.

Ich fühlte mich entsetzlich schuldig. Wieso nur hatte ich versäumt, ihm das mitzuteilen? Hatte ich mir damit beweisen wollen, wie tapfer ich war, mir vorgaukeln wollen, all das habe nichts weiter zu bedeuten? Oder hatte ich womöglich gefürchtet, er werde mich dann veranlassen, die Dissertation aufzugeben? War ich im Innersten der Ansicht gewesen, mit Stillschweigen der Gefahr ausweichen, sie verscheuchen oder als belanglos hinstellen zu können, so, als wären das nichts als dumme Gedanken, nicht der Mühe wert, ernst genommen zu werden? Bei Licht betrachtet fiel mir keine vernünftige Rechtfertigung für mein Verhalten ein. Ich hatte wohl einfach angenommen, darüber zu sprechen oder es zu verschweigen seien zwei einander entgegengesetzte Arten, auf das Schicksal einzuwirken. War das bisher nicht immer so gewesen, ob in der Gegenwart oder vor fünfhundert Jahren? Kinder, Schuldlose und Menschen, die keine Angst vor der Wahrheit haben, sprechen frei heraus über alles. Wer zweifelt, argwöhnisch ist oder annimmt, er habe möglicherweise etwas zu verbergen, schweigt. Wenn man die Dinge so betrachtete, stand ich nicht gut da, war eine zweifelhafte Gestalt, wie Bosco Castiglione mit Bezug auf Pierpaolo Masoni gesagt hatte. Auch der Maler hatte Hinweise bekommen, auch er hatte Vermutungen und Vorahnungen gehabt. Ihn hatte man ebenfalls bedroht, und auch er hatte Angst gehabt. Noch so einer.

Während ich mich diesen Erwägungen hingab, brachte eine dunkelhäutige Krankenschwester im weißen Kittel, die Sandalen mit Korksohlen trug, einen Plastikbehälter mit einer durchsichtigen Flüssigkeit herein und hängte ihn an den Metallständer am Kopfende des Bettes.

»Der Arzt hat gesagt, dass er ihn noch einen Tag zur Beobachtung hierbehalten will«, teilte sie uns mit.

Professor Rossi protestierte aufgebracht und legte dabei ein Feuer an den Tag, das ich an ihm nicht kannte. Er setzte sich auf die Bettkante und stellte die Füße auf den Boden, doch die Schwester fasste ihn an den Achseln und drückte ihn so energisch auf das Bett zurück, dass ihr Pferdeschwanz dabei ins Wippen geriet.

»Wollen Sie sich etwa noch mal den Schädel einschlagen?«, fragte sie grob.

»Francesco, tu mir den Gefallen und sag ihr, sie soll mir sofort meine Sachen bringen«, beharrte Rossi. Dabei sah er aus wie ein geprügelter Hund, der trotz allem, was er hat einstecken müssen, noch über genug Schneid verfügt zurückzubeißen.

Doch nach einem Seitenblick auf die Frau mit den kräftigen Armen beschränkte sich Ferrer darauf, die Achseln zu zucken und die Brauen zu heben, als wollte er sagen, ›was kann ich da schon machen?‹.

Während die Schwester Rossi den Kopfverband abnahm und die Wunde versorgte, warteten Ferrer und ich in einem kleinen Raum gegenüber dem Krankenzimmer, in dem einige Plastikstühle standen.

»Was meinen Sie, sollen wir seine Frau verständigen?«, fragte er nachdenklich.

»Seine Frau?«, gab ich verblüfft zurück. »Ich hatte gar nicht gewusst, dass er verheiratet ist.«

»Na ja, nicht so richtig. Er und Eliane leben schon seit vielen Jahren getrennt. Seit die Kleine tot ist«, gab er zurück. Es klang leicht bedrückt. Sogleich trat mir das Foto vor die Augen, das ich im Kunsthistorischen Institut auf Professor Rossis Schreibtisch gesehen hatte: das lächelnde Gesicht mit den Grübchen in beiden Wangen, die Latzhose aus Jeansstoff, auf deren vordere Tasche zwei Kirschen gestickt waren, das Kinder-Dreirad, die roten Stiefelchen …

»Ach so …«, sagte ich.

»Die Sache liegt schon lange zurück«, fuhr Ferrer fort. Seine von einer Vielzahl kleiner Fältchen umgebenen Augen zogen sich zusammen, etwa so, als betrachtete er prüfend ein altes Gemälde. »Aber manche Dinge bleiben, wie sie immer waren, ganz gleich, wie viel Zeit darüber ins Land geht. Diese Sache muss Giulio tief getroffen haben. Er hat sich in sich selbst zurückgezogen, und nichts und niemand konnte zu ihm durchdringen. Trostworte waren sinnlos.« Jetzt hob Ferrer die Brauen, vielleicht, um sich meiner Zustimmung oder Teilnahme zu vergewissern, bevor er fortfuhr. »Er hat sich von allem und jedem ferngehalten, von den Kollegen an der Universität und auch von seiner Frau – als ob das Ganze für sie nicht ebenso schmerzlich gewesen wäre wie für ihn …« Aus der Art, wie er das sagte, schloss ich, dass er mit Rossis Frau mehr als einmal gesprochen und sich womöglich sogar auf ihre Seite geschlagen hatte. »Wer tief getroffen wird, hat oft das Gefühl, dass ihm Unrecht geschieht. Er betrachtet die Welt um sich herum mit einer Feindseligkeit, der sich nur schwer Einhalt gebieten lässt. Hoffentlich kommen Sie nie in die Lage, so etwas selbst zu erleben«, sagte er und sah mich offen an. Er schien genau zu wissen, wovon er sprach, als wäre auch ihm schon etwas in dieser Art widerfahren. »Nun, es muss ja nicht unbedingt immer so sein«, versuchte er seine Worte abzumildern. »Nur in manchen Fällen, wenn der Schmerz besonders tief geht, vermute ich. Es gibt ja sogar Menschen, die sich nach solchem Schmerz sehnen, ihn mit Zähnen und Klauen verteidigen, als ginge es dabei um ihren wertvollsten Besitz. Sie dulden nicht, dass jemand ihnen das Vorrecht nimmt, mehr zu leiden als andere. Sie wollen den Siegespreis der Dornenkrone für sich haben«, fügte er nicht ohne Sarkasmus hinzu.

»So etwas ist bestimmt alles andere als einfach«, wagte ich Professor Rossis Partei zu ergreifen.

»Natürlich«, gab er zu. »Bisweilen geben wir forsch ein Urteil über etwas ab, was anderen widerfahren ist, obwohl wir nicht einmal in der Lage sind zu verstehen, wie es um uns selbst steht«, sagte er, den Kopf wiegend und mit einem kaum wahrnehmbaren Anflug von Herablassung. Man hätte glauben können, tief auf dem Grund seiner Pupillen ruhe die auf sechzig Jahre Lebenserfahrung gegründete Überzeugung, dass niemand über andere urteilen darf. »Es gibt Menschen, die einfach weiterzumachen versuchen, wenn ein Schicksalsschlag sie trifft, doch haben nicht alle die Kraft dazu, und so beschließen manche, einfach stehenzubleiben. Genau genommen stimmt das nicht, denn es geht gar nicht um ihre Entscheidung. Sie können einfach nicht anders. So ist es damals Giulio ergangen, und das war für Eliane unerträglich. Sie war eine starke Persönlichkeit, gewohnt, nach ihren eigenen Vorstellungen zu leben. Schließlich wurde ihr diese Qual zu viel, und sie ist fortgegangen. Sie lebt jetzt in Mailand. Glücklicherweise haben beide es geschafft, getrennt voneinander ihren Weg zu gehen. *Il tempo è la meglia cura*«, sagte er, »die Zeit ist die beste Medizin.« Dabei fuhr er sich durch das wirre Haar. »Allerdings kann nach einem solchen Einschnitt niemand je wieder der sein, der er war. Ich glaube, dass die beiden einander von Zeit zu Zeit sehen, sie halten den Kontakt aufrecht. Deshalb war mir der Gedanke gekommen, dass man seine Frau vielleicht benachrichtigen sollte.« Dabei sah er mich durchdringend an, wie jemand, der durch seinen Beruf gewohnt ist, die feinsten Einzelheiten auszudeuten.

Ich machte eine ausweichende Bewegung mit dem Kopf und hob die Brauen, wie um zu sagen, ›man wird sehen‹ oder ›eine Entscheidung darüber steht mir nicht zu‹, betete aber im Stillen darum, dass er die Sache auf sich beruhen ließ. Zum Glück kam er bald auf etwas anderes zu sprechen, und zwar fragte er mich – vermutlich unter Ausnutzung der Tatsache, dass durch dieses Gespräch eine so unerwartet vertraute Atmosphäre entstanden war – etwas, was ihn zweifellos beschäftigte oder woran er zumindest seit seiner Unterhaltung mit Inspektor Leoni immer wieder denken musste, aber nicht weil ihm der Polizeibeamte eine Hypothese vorgetragen hatte, vielmehr war Ferrer durchaus imstande, von selbst seine Schlüsse zu ziehen.

»Wie steht es übrigens mit Ihrer Dissertation?«, erkundigte er sich gleichsam beiläufig, als ob ihn die Frage nur am Rande interessierte. »Ich nehme an, dass die *Madonna im Schnee* für Sie inzwischen nicht mehr viele Geheimnisse hat?«

»Glauben Sie das nur nicht. Es sind ganz im Gegenteil mehr, als mir lieb sein kann. Professor Rossi hat mir berichtet, auf welch verschlungenen Wegen das Gemälde schließlich wieder nach Florenz zurückgekehrt und in den Uffizien gelandet ist. Wussten Sie, dass Lorenzo es dem Herzog von Urbino zum Geschenk gemacht hatte?«

»Nein, das war mir nicht bekannt«, gab er zurück, »scheint mir aber nicht weiter verwunderlich. Schließlich gehört Federico da Montefeltro zu den darauf Dargestellten. Da ist es durchaus verständlich, dass er es haben wollte.«

Unvermittelt kam ich mir vor, als befände ich mich in Gegenwart eines Demiurgen. Ich sah den Mann aufmerksam an. War es denkbar, dass ich ihn bisher unterschätzt hatte? Mit einem Mal waren in meinem Kopf alle Lichter angegangen und mir wurde etwas klar, was bis dahin in völliger Dunkelheit gelegen hatte. Wieso war ich nicht selbst darauf gekommen? Natürlich – der Mann, der rechts im Bild vor der Jungfrau Maria kniet und dem Jesuskind ein Raukenblatt darbietet, konnte niemand anders als Federico da Montefeltro sein, der Herzog von Urbino.

Vielleicht war mir das bisher deshalb nicht aufgefallen, weil ich weder Ferrers scharfen, durchdringenden Blick noch dessen Fähigkeit besaß, auf Einzelheiten zu achten. Außerdem war ich keine erfahrene Gemälderestauratorin, sondern eine junge Stipendiatin, die das Bild im Übrigen nur ein einziges Mal gesehen hatte. Auch wenn ich es bei der Gelegenheit so aufmerksam und gründlich betrachtet hatte, wie ich konnte, war das allem Anschein nach nicht genug gewesen. Es ist nie genug. Ich versuchte mir das Bild vor das innere Auge zu rufen, so genau ich konnte. Ferrer hatte recht. Obwohl es stark nachgedunkelt war und trotz der roten Übermalung gab es nicht den geringsten Zweifel: es war derselbe Stiernacken, dasselbe halb geschlossene Auge, und vor allem der Ausdruck äußerster Trägheit. Wie auf dem Porträt war er im Profil abgebildet, hier aber ohne Kopfbedeckung, so dass man den kahlen Schädel sah, was zweifellos dazu beigetragen hatte, dass ich den Herzog von Urbino nicht identifiziert hatte, denn das einzige mir bekannte Bild von ihm war das von Piero della Francesca gemalte Porträt. Die flache rote Kopfbedeckung, die er darauf trägt, verändert den Umriss des Kopfes grundlegend. Eine Kopie dieses Bildes hing, mit Heftzwecken befestigt, an der Wand neben meinem Schreibtisch, besser gesagt, dort hatte sie gehangen. Jetzt befand sie sich nicht mehr da, sondern lag unter einem dicken kunstgeschichtlichen Werk begraben.

»Vermutlich ist Ihnen bekannt«, sagte Francesco Ferrer, als könnte er meine Gedanken lesen, »dass sich der Mann grundsätzlich nur im Profil malen ließ, weil die Wunde von einer Turnierlanze eine Gesichtshälfte entstellt hatte.«

Zwar hatte ich das nicht gewusst, doch gewann damit jene Gestalt in meiner Vorstellung sogleich eine neue Dimension. Was mochte Federico da Montefeltros Haltung auf dem Gemälde bedeuten? Zwar war es in der Malerei der Renaissance üblich gewesen, lebende Personen abzubilden. Meist stand dahinter die Absicht, sie herauszustreichen, bisweilen allerdings wollte man damit auch zugefügtes Unrecht anprangern. Beispiele dafür waren Leonardo mit seiner *Anbetung der Könige* und Botticelli mit *Der Frühling*, aber Masonis Malerei war zu symbolisch, als dass man dem eine so konkrete Bedeutung hätte unterlegen können. Dann fiel mir ein, dass Ferrer in der Restauratorenwerkstatt der Uffizien die Rauke als Symbol für die Kreuzigung Christi bezeichnet hatte.

Ich blickte zu ihm hin, als sähe ich ihn zum ersten Mal und als versuchte ich gleichsam, seine Seele zu röntgen. Ferrers gewaltiger Schädel erinnerte mich zugleich an Plato und an Spencer Tracy. Mit seinem von der Sonne stark gebräunten Gesicht wirkte er ein wenig bäuerlich. Von Anfang an hatte mich seine ungezwungene und unkomplizierte Art, der man in der Welt der Kunst so selten begegnet, angesprochen. Der nachdenkliche und intelligente Ausdruck seiner von einer Unzahl bräunlicher Falten umgebenen Augen passte gut zu seinem Lächeln, mit dessen Hilfe er bisweilen übermäßig scharf vorgetragene Meinungsäußerungen abschwächte und ihnen damit zugleich einen Anflug von Ironie verlieh. Er wirkte wie jemand, der sich in seiner Haut durchaus wohl fühlt, und ich hatte den Eindruck, dass man sich auf ihn rundum verlassen konnte.

Dann begann ich zu sprechen, anfangs zurückhaltend, die Worte gründlich abwägend, doch ohne dabei etwas auszulassen. Ich berichtete ihm die Sache mit den drei verschwundenen Heften Masonis, die Unterhaltung mit Bosco Castiglione im Staatsarchiv und dessen Vorschlag zur Zusammenarbeit, wie auch den Fahrradunfall, in den ich vor kurzer Zeit in der Via Ghibellina verwickelt worden war. Ich beschrieb ihm den Zwerg mit den traurigen Augen, der im Dunkeln vor den Fassaden der Häuser herumspionierte, in einem langen Mantel mit

Fuchspelzkragen über die Plätze der Stadt strich und in Cafés auftauchte. Ich sagte alles, was ich meiner Ansicht nach zu sagen hatte. Anschließend fühlte ich mich, als hätte ich eine schwere Last abgeschüttelt. Ich sah Ferrer mit vertrauensvollen Augen an in der Erwartung, dass er wissen werde, was zu tun war.

»Ist Ihrem Doktorvater all das bekannt?«, fragte er und sah mich mit einer Mischung aus Neugier und leichtem Verweis an, als könnte er sich meine Antwort denken.

Ich schüttelte verneinend den Kopf.

Er holte tief und lange Luft durch die Nase und stieß sie ganz langsam wieder aus. Dann sah er mich an wie einen unbedachten oder leichtfertigen Menschen, der weder recht weiß, was er tut, noch in was für Schwierigkeiten er sich damit bringt. Allerdings kam es mir so vor, als empfände er mir gegenüber einen Anflug von Respekt und eine gewisse Bewunderung, so, als müsste er seine frühere Einschätzung meiner Person korrigieren.

»Schön«, sagte er und kratzte sich am Kopf. »Dann werden Sie ihm das wohl sagen müssen.« Er schien nicht ärgerlich zu sein, sondern eher auf meiner Seite zu stehen, so, als brächte er trotz aller Missbilligung im tiefsten Inneren Verständnis für eine unvernünftige junge Frau auf, die ihm aus irgendeinem unerklärlichen Grund sympathisch war. Dann hielt er einen Augenblick inne, wie jemand, der mehrere Möglichkeiten erwägt, und fügte hinzu: »Inspektor Leoni allerdings sollten Sie im Augenblick davon wohl besser nichts sagen, wenn er Sie befragt. Das kann warten. Sicherlich will er von Ihnen etwas über die Art Ihrer Arbeit wissen. Antworten Sie einfach auf seine Fragen, ohne diese Dinge zu erwähnen, und Schluss, *capito*?« Er sagte das in einem gebieterischen Ton, der mir neu war. »Sobald Giulio wieder auf den Beinen ist, werden wir sehen, was sich tun lässt. Im Augenblick dürfte es wohl vor allem wichtig sein, in seinem Hause etwas Ordnung zu schaffen. Ich will mir gar nicht erst vorstellen, wozu er imstande wäre, wenn er seine Bücher auf dem Fußboden verstreut sähe.« Bei diesen Worten lächelte er wieder. Es sah ganz so aus, als machte es ihm Spaß, Dinge zu organisieren. Man hätte glauben können, er sähe in der neuen Situation eine Herausforderung, die ihn erregte, in ihm eine ungeheure innere Energie weckte und ihn eher anfeuerte, als ihn zu beunruhigen.

»Wenn es Ihnen recht ist, können wir damit gleich heute Nachmittag anfangen«, sagte ich. Mich begeisterte die Aussicht, Professor Rossis Haus in Fiesole kennenzulernen. Einen Augenblick lang stellte ich es mir wie die auf demselben Hügel südlich von Florenz gelegene Villa Bruscoli vor, in der die Medici ihre herrliche Bibliothek untergebracht hatten: ein Springbrunnen vor der Mauer, steinerne Freitreppen, die vier letzten Bände von Ciceros Werken, die er mit so großer Beharrlichkeit gesucht hatte, von Toscanelli gezeichnete Landkarten, Abbildungen von Tieren, die Händler aus anderen Weltteilen geschickt hatten: eine Giraffe, ein Nashorn, eine Dronte ... die Plato-Büste, um die herum man sich setzte und die ganze Nacht miteinander diskutierte, der Kamin, die Terrassen am Fuß des Gebäudes, der Park mit den Standbildern aus Carrara-Marmor, der im Dunkeln hell leuchtete, der Tisch, an dem Poliziano im Licht einer Kerze seine Gedichte verfasste, und in der Ferne Florenz, in einen Feuerkreis eingehüllt, wie das *Il Lupetto* in seinen Tagebüchern beschrieben hatte. Dieses Trugbild dauerte nur wenige Sekunden, war aber voll prallen Lebens: die wattierten Waden der Herren, Dolche in kunstvoll verzierten Gehängen, seidene Leibröcke, rotsamtene Umhänge ... Die Medici lehnen an einem Geländer im Gespräch mit einem

Baumeister, dem besten des 15. Jahrhunderts, den sie eingeladen haben, damit er ihnen als Rahmen für die Aussicht, die sie dort genießen, etwas ganz Besonderes baut.

»Warum nicht.« Mit diesen Worten riss mich Ferrer aus meiner träumerischen Versunkenheit.

Die Krankenschwester kam mit einer Metallschale voller blutiger Wundverbände heraus.

»Sie können wieder rein«, sagte sie.

Bevor wir zu Professor Rossi zurückkehrten, hielt ich den Restaurator kurz zurück, indem ich ihm die Hand auf den Unterarm legte.

»Einen Augenblick, bitte. Da wäre noch etwas …«, bat ich, eher schüchtern als erwartungsvoll, wie jemand, dem bewusst ist, dass er zu weit geht.

»Nur zu«, sagte er und wandte sich mir zu. Er war bereits aufgestanden.

Die Frage ließ mir keine Ruhe, auch wenn es vielleicht unpassend war, sie ihm in diesem Augenblick und an diesem Ort zu stellen, an dem ständig Krankenschwestern kamen und gingen.

»Woran ist die Kleine gestorben, Professor Rossis Tochter?«, fragte ich. Schon während ich sprach, hatte ich das Gefühl, mich in Dinge einzumischen, die mich nichts angingen.

Ferrer fuhr sich mit der Hand über die in alle Richtungen auseinanderstrebende weiße Philosophen- oder Eremitenmähne, ohne sie dadurch bändigen zu können. Dann warf er mir einen Blick zu, in dem Überraschung, Vorsicht und auch eine gewisse Verwirrung lag, aber kein Verdruss. Ich sah, wie er schluckte.

»Das sollten Sie ihn am besten selbst fragen«, beschied er mich. »Ihnen sagt er es sicher.«

20

Als Lorenzo der Prächtige auf die Terrasse vor seinem Schlafgemach hinaustrat, sah er sich unter dem mit goldenen Glockenblumen bestickten Baldachin dem strahlenden Blau eines Aprilmorgens gegenüber. Der Flügelschlag Hunderter Schwalben erfüllte sein Herz mit angenehmen Empfindungen von Frühling. Als Nächstes richtete er den Blick auf das zerwühlte Bett, auf dem seine Gemahlin noch schläfrig ruhte, ein Knie leicht angewinkelt, die Hand in einer tänzerischen Gebärde ausgestreckt. Die rote Fülle ihres Haares lag wie Flammen um ihren Kopf. Ihm ging durch den Kopf, dass keine Frau auf der ganzen Welt eleganter schlief. Lautlos trat er an ihr Lager und sah ihr eine Weile schweigend zu. Lustvoll genoss er es, so zu tun, als glaubte er, sie schlafe noch, obwohl er genau wusste, dass das nicht der Fall war.

Zum ersten Mal gesehen hatte er sie an einem schon lange zurückliegenden Abend bei einem Besuch in Rom, als sie sich im Park der Villa Borghese inmitten einer Schar fröhlicher Basen vergnügte. Sogleich war ihm klar geworden, dass etwas Unwiderrufliches geschehen war, das sein weiteres Geschick bestimmen würde. Sie hatte unter einem weiten Rock halbhohe Stiefel an und hielt mit gekreuzten Armen ein Buch an die Brust gedrückt. Am bemerkenswertesten war ihm ihre weiße, wie Perlmutt glänzende Haut erschienen, die bewirkte, dass sie in ein ganz eigenes Licht getaucht schien.

Bevor Clarice Orsini mit dem Erstgeborenen der Medici verlobt wurde, hatten mehr als ein europäischer Fürst sowie edle Herren aus Mantua und Urbino sie umworben. Selbst der türkische Sultan, ein Mohammedaner, hatte sich vom Zauber ihrer Schönheit berücken lassen. Und im Volk erzählte man sich, dass Federico da Montefeltros Gesicht bei einem Turnier entstellt worden war, mit dem er ihre Bewunderung hatte erringen wollen, und dass ihn der Gram über die ihm durch Clarice widerfahrene Zurückweisung gegen jede andere Form der Liebe unempfänglich gemacht habe. Allerdings hegten weniger wohlmeinende Menschen in dieser Hinsicht minder ritterliche Vermutungen, doch Genaues konnte niemand darüber sagen. Die Straßen von Florenz waren eine brodelnde Gerüchteküche, und was man über den Herzog von Urbino munkelte, war nur eins von vielen Gerüchten, die dort in Umlauf waren. Begeistert malten sich die Bewohner der Stadt aus, dass er seinen Grimm im Schatten des Palasts in der Via Larga auf kleiner Flamme schürte, wo die Frau, um die er vergeblich geworben hatte, das Lager des Mannes teilte, mit dem sie vermählt worden war.

Zwar neigte Lorenzo nicht zum Aberglauben, doch beunruhigte ihn der Gedanke, diese unzutreffende Darstellung der Dinge durch das Volk könne den Herzog von Urbino gegen ihn aufbringen, den er stets für einen treuen Gefolgsmann gehalten hatte. Um jegliches Missverständnis auszuschließen, ordnete er an, dass Xenophon Kalamantino, der über ein ganzes Netz von Zuträgern und Spitzeln verfügte und dem er seine persönliche Sicherheit und die seiner gesamten Familie anvertraut hatte, ein für alle Mal der Flut anonymer Briefe ein Ende bereitete, welche die als Briefkästen dienenden *bocche della verità* überquellen ließ. Doch es nützte nichts. Auch wenn Clarice Orsini durchaus imstande war, geschickt ihre Ehre zu verteidigen, so war sie doch gegen Niedertracht machtlos.

Zwar hörten die anonymen Briefe auf, statt ihrer aber traf eine Porzellanpuppe ein, deren Haar aus gewellten Kupferfäden bestand und die nach Florentiner Mode in herrlichen Samt gekleidet war. Die ihr nachgebildete Puppe gefiel Clarice so sehr, dass sie sie auf die Truhe im Hauptraum stellte, bis sie merkte, dass sie jeden Morgen an einem anderen Platz stand als am Abend zuvor. Als kleines Mädchen in Rom hatte sie ein afrikanisches Kindermädchen gehabt, aus dessen Mund sie Geschichten über Zauberei gehört hatte, doch nie hätte sie geglaubt, dass es in Florenz jemanden geben könnte, der über solche Fähigkeiten verfügte. Erst recht erschrak sie, als sie erfuhr, die Puppe sei keines der zahlreichen Geschenke gewesen, wie sie Tag für Tag im Palast des Mäzens eintrafen, sondern ein fliegender Händler, der Wachteln verkaufte und über den niemand Genaueres wusste, habe sie gebracht.

Lorenzo hatte die Sache als belanglos abgetan, darin aber eine günstige Gelegenheit gesehen zu erreichen, dass seine Gemahlin endgültig ihre Lust an kindlichem Spiel aufgab. Zu seiner Freude hatte er gemerkt, dass seine diesbezügliche Mahnung auf fruchtbaren Boden gefallen war.

Während er jetzt zusah, wie sie sich wohlig räkelte, stellte er voll Bewunderung fest, dass sie nicht mehr das Mädchen war, das kurz zuvor voll kindlicher Ängste in Florenz eingetroffen war, sondern eine vollendete Frau, die mit beiden Beinen fest im Leben stand und von einer Schönheit war, der so leicht niemand widerstehen konnte.

»Geht nicht fort«, sagte sie in schmeichelndem Ton. Mehr noch als auf ihr Verlangen nach seiner Nähe ging dieser Wunsch auf einen übernatürlichen Instinkt zurück, den manche Frauen besitzen. Dabei wies nichts auf das Unheil hin, das an jenem grauenvollen Sonntag im April über sie alle hereinbrechen sollte. Im Schein der Sonne, deren Strahlen sich golden blitzend in den Fensterscheiben brachen, weitete sich der Horizont vor der Villa bis zu den in Gestalt von Terrassen angelegten Feldern und den von Ölbäumen und Zypressen bestandenen Hügelrücken vor der Stadt. All das war von einem Lichtschimmer übergossen, der die Unendlichkeit der Welt noch zu vergrößern schien.

Das Gesinde war schon seit mehreren Stunden mit all den Verrichtungen beschäftigt, die nötig waren, um das große Bankett vorzubereiten, das der Hausherr nach dem feierlichen Hochamt dem jungen Kardinal Raffaele Sansoni Riario geben wollte, hatte doch dieser Neffe des Papstes den ausdrücklichen Wunsch erklärt, die Kunstsammlung der Medici zu besichtigen. Auch wenn der dafür angesetzte Tag nicht auf seine eigene Entscheidung zurückging, hätte sich Lorenzo keinen herrlicheren Morgen wünschen können, um seinen Zwist mit dem Vatikan beizulegen.

Er ließ sich von zwei Dienern in die aus einer Metalllegierung bestehende Badewanne helfen, deren Füße die Form von Löwenpranken hatten – der letzte Schrei in den hochherrschaftlichen Häusern der Stadt. Dann machte er sorgfältig Toilette und kleidete sich an: eng anliegende Beinlinge, ein leichtes Wams mit gebauschten Ärmeln, darüber eine prachtvoll mit Brokat bestickte kurze Jacke und einen Gürtel, dessen Bronze-Schließe mit Perlen und Amethysten besetzt war. Bevor er sich den Umhang umlegte, suchte er das Gemach seines Bruders Giuliano auf. Dieser lag noch im Bett und las in Petrarcas *Trionfi*. Der Jüngste der Medici war von schwächlicher Gesundheit und empfand wegen seiner schwermütigen Veranlagung tiefen Abscheu gegenüber prunkvollen Festlichkeiten. Den um diesen Bruder geradezu väterlich besorgten Lorenzo störte es nicht besonders, dass dieser die Absicht äußerte, entgegen seinem ursprünglichen Vorsatz nicht am Hochamt teilzunehmen, denn er war bereit, ihm so gut wie jeden Wunsch zu erfüllen. Letzten Endes genügte es voll und ganz, wenn er die Familie im Dom vertrat.

Als er sich den Umhang über die Schultern warf, gab er dem Bruder mit einem Augenzwinkern zu verstehen, dass er ihn beneidete, weil er zu Hause bleiben konnte. Dann schritt er zum Ausgang, wo bereits mehrere Edle und eine kleine Eskorte ihm treu ergebener Krieger und enger Freunde auf ihn warteten, um ihn auf dem kurzen Fußweg zum Dom zu begleiten. Seit sich die politische Lage mit der Ernennung Salviatis zum Erzbischof verschärft hatte, verließ Lorenzo auf ausdrückliche Empfehlung seines Oberspürhundes Xenophon Kalamantino das Haus nicht mehr allein und unbewaffnet.

Kalamantino selbst befand sich an diesem Vormittag nicht in Florenz. Während er am Vorabend die nähere Umgebung der Via Larga überwacht hatte, war einer seiner als Bauern getarnten Männer zu ihm getreten und hatte ihm mitgeteilt, er habe in der Herberge *La Campana* gehört, eine Schar von vierzig schwer bewaffneten Kriegern rücke von Forlì her gegen das Gebiet der Republik vor.

Dies von den Pazzi ausgestreute Gerücht, das dafür sorgen sollte, den gefürchteten Beschützer des Hauses Medici aus der Stadt zu locken, zeigte die gewünschte Wirkung. Ganz wie erwartet war dieser noch in der Nacht an der Spitze eines großen Trupps Bewaffneter dem vermeintlichen Feind entgegengezogen. Damit war Lorenzo seinem Schicksal überlassen, genau das, was die Verschwörer mit ihrer Kriegslist zu erreichen gehofft hatten.

Die von Brunelleschi entworfene Kuppel lag, wie auch der

ganze eindrucksvolle Dom, im Glanz des Sonnenlichts da. Die mächtige Zunft der Wollhändler und -verarbeiter hatte die Aufgabe übernommen, die ganze Stadt zu säubern, und ihr Wahrzeichen, das *Agnus Dei*, prangte auf ihrer mit dem Lamm Gottes und dem Kreuz bestickten Fahne an den wichtigsten Gebäuden der Stadt.

Schon bald nach Tagesanbruch waren Menschen um den Dom herum und auf der Piazza della Signoria zusammengeströmt. Während Lorenzo in der Mitte der Via Larga seinem Ziel entgegenschritt, schüttelte er unaufhörlich Freunden und Bekannten die Hand. Unter ihnen befand sich außer seinem Freund Poliziano, der flammende Verse zu schreiben verstand, sein Hofkartograph Toscanelli, der weise Marsilio Ficino wie auch weitere der von ihm geförderten Künstler: Sandro Botticelli, der junge Leonardo da Vinci mit einem eleganten kurzen Umhang aus blauem Samt, Meister Verrocchio sowie Pierpaolo Masoni in Begleitung eines Jungen mit krausem Haar, der ihn auf Schritt und Tritt begleitete.

Während sich das einfache Volk herbeidrängte, um dem Prächtigen die Hand zu küssen, verteilten seine Pagen, wie es die Pflicht der Nächstenliebe gebot, Almosen an die Bedürftigsten.

An der Straßenecke angekommen, konnte er die großen weiß-gelben Standarten der päpstlichen Krieger unter dem Kommando des Grafen Montesecco erkennen, der einen goldenen Brustpanzer trug. Zur Erklärung der Anwesenheit einer solchen Streitmacht hatte der Neffe des Papstes gesagt, das Fußvolk solle ihm ebenso wie die berittenen Armbrustschützen bei seiner Rückkehr nach Rom als Bedeckung dienen.

Der Söldnerhauptmann des Papstes hatte seine kurze Unterhaltung mit Lorenzo dazu benutzt, den Palast so genau wie möglich mit den Augen zu erkunden, denn dort sollte, wie man ihm gesagt hatte, das Attentat verübt werden. Das allerdings erwies sich als undurchführbar:

Ein von den Verschwörern nach Fiesole beorderter Wachposten ließ mitteilen, eine Abteilung Armbrustschützen rücke im Eilmarsch auf Florenz vor. Viele fürchteten, es könne sich dabei um die Leute Xenophon Kalamantinos handeln, der das Ablenkungsmanöver der Pazzi durchschaut hatte. So sahen sich die Verschwörer genötigt, ihren Plan ein drittes Mal zu ändern: Sie kamen überein, dass die Tat im Dom selbst geschehen musste, weil die Zeit nicht reichen würde, das nach dem Hochamt vorgesehene Bankett im Palast der Medici abzuwarten.

Möglicherweise war diese im letzten Augenblick beschlossene Änderung der Auslöser für eine ganze Reihe unvorhergesehener Folgen. So war Graf Montesecco, ein abgehärteter Krieger, durchaus bereit gewesen, die ruchlose Tat während des Banketts im Hause des Gastgebers auszuführen, doch scheute er sich, auf geweihtem Boden Blut zu vergießen.

Da mit einer solchen Wendung niemand gerechnet hatte, sahen sich die Verschwörer genötigt, den eigentlich vorgesehenen Mörder durch die beiden in der Handhabung eines Dolches erfahrenen Priester Antonio Maffei da Volterra und Ser Stefano da Bagnone zu ersetzen, die weniger Bedenken hatten als dieser. Ganz offensichtlich brachten die Gottesmänner dem heiligen Ort deutlich geringere Ehrfurcht entgegen als der bärtige Söldner, vor dem die Menschen bei den immer wieder ausbrechenden kriegerischen Auseinandersetzungen in den Bergdörfern schon vor Furcht und Schrecken zitterten, wenn nur sein Name genannt wurde.

Inzwischen versammelten sich vor den Bronzetüren des Baptisteriums die Ratsherren und alle Edlen der Stadt mitsamt ihren Dienern. Nicht wenige von ihnen hatten einen Dolch oder einen Degen unter der Kleidung verborgen. Wie viele in dieser großen Zahl von Florentinern wussten, was geplant war? Zweifellos waren es deutlich mehr als jene, die so taten, als gäben sie sich inmitten ihrer Bruderschaft Bußübungen hin.

Mit einem Mal fiel Jacopo de' Pazzi, der angespannt in beide Richtungen die Straße entlangspähte, auf, dass Giuliano de' Medici nicht zu sehen war. Als er es den anderen mitteilte, hätte ihm fast die Stimme versagt. Abermals stand das Unternehmen vor dem Scheitern, diesmal wegen der Wankelmütigkeit des jüngeren der Medici-Brüder. Den Verschwörern drohte auch noch die letzte Gelegenheit zur Tat zu entgleiten. Während sich der Zug mit Lorenzo de' Medici und Kardinal Raffaele Sansoni Riario an der Spitze daranmachte, die Stufen vor dem Hauptportal des Doms emporzusteigen, eilte einer der Brüder Pazzi in Begleitung seines vertrauten Gefährten Bernardo Bandini zum Palast der Medici und erklärte, er habe eine dringende Botschaft Lorenzos an seinen Bruder. Er bitte ihn, doch am feierlichen Hochamt zu Ehren des Kardinals teilzunehmen.

Dieser plötzliche Sinneswandel Lorenzos dürfte den Jüngeren in keiner Weise überrascht haben, war ihm doch bestens bekannt, dass dieser diplomatische Aufgaben häufig je nach den Gegebenheiten der Situation löste. Da es ihm durchaus glaubwürdig erschien, dass der Bruder seine Anwesenheit bei diesem wichtigen Ereignis nun doch für geboten hielt, kleidete er sich unverzüglich um. Den blutroten Umhang, den er anlegte, haben nachträglich manche als Hinweis auf das Bevorstehende gedeutet.

Unterwegs umarmten die falschen Boten den Jüngsten der Medici gespielt freundschaftlich und betasteten ihn dabei unauffällig, um festzustellen, ob er bewaffnet war. Doch Giuliano hatte weder Degen noch Dolch bei sich, und er trug auch unter dem Wams keinen Brustharnisch oder Rückenpanzer. Er hatte sich gänzlich ungeschützt auf den Weg zum Dom Santa Maria del Fiore gemacht.

21

Auch wenn Professor Rossis Haus nicht die alte Villa der Medici war, wirkte es mit seinen grünen Jalousien und dem wohl aus dem Mittelalter stammenden steinernen Bogen über der Eingangstür durchaus traditionsbewusst. Während im Nutzgarten dahinter Apfel- und Pflaumenbäume standen, führte im Ziergarten vor dem Haus, den eine Wacholderhecke zur Straße hin begrenzte, ein kiesbestreuter Weg zwischen Zypressen hindurch zu einer armlosen Skulptur im hellenistischen Stil. Sie erinnerte mich unwillkürlich an die Venus der Medici. Die Anlage wirkte ein wenig vernachlässigt – vielleicht sollte der Rasenmäher am Tor dafür sorgen, die Grasfläche wieder etwas ansehnlicher zu machen. Neben der Haustür stand ein herrlicher Rosenstrauch, dessen karmesinrote Blüten mit dem Ocker und dem Grau der Mauern kontrastierten, und eine Glyzinie, die sich bis zum Balkon im ersten Stock emporrankte, ließ die Fassade irgendwie geheimnisvoll erscheinen. Beim Öffnen knarrte die schwere Tür leicht in ihren alten Angeln. Das Licht im großen offenen Vorraum war deutlich gedämpfter als draußen, fast golden, obwohl durch ein Fenster ganz oben im Treppenhaus Tageslicht hineinfiel. Diese Wirkung mochte zum Teil auf die dunklen Wände zurückgehen, hatte aber auch mit der lastenden Stille im Hause zu tun. Auf den ersten Blick hätte man annehmen können, es sei vollständig ausgeplündert worden, denn außer einem mit weißem Segeltuch bezogenen hübschen Sofa und einer antiken Kommode sah man keinerlei Möbel oder sonstige Gegenstände.

Nirgendwo war das kleinste Stäubchen zu erkennen, und das Parkett glänzte wie frisch geölt. Mir gefiel die Nüchternheit und Schmucklosigkeit, die ihre Wirkung aus der Größe des Raumes und dem Lichteinfall bezog.

Zweifellos hatten sich die Einbrecher am meisten durch die große Bibliothek angezogen gefühlt, von der aus zwei Fenstertüren auf den Garten gingen. Auch dort stand ein großes weißes Sofa, genau wie das im Vorraum, doch hatte Signora Manfredi es mit einem Tuch abgedeckt, sicherlich, um den empfindlichen Stoff vor den Kriminalisten zu schützen, die den ganzen Vormittag hindurch unaufhörlich dort ein und aus gegangen waren. Das Einzige, woran sich niemand vergriffen zu haben schien, war ein Schachbrett aus Alabaster. Der schwarze Läufer stand auf b5, und die weiße Dame auf a4. Auch wenn ich keine Schachexpertin bin, schien mir diese Stellung der Figuren so außergewöhnlich zu sein, dass man dabei unmöglich aufhören konnte. Mehrere vom Tisch herabhängende zerfetzte Elektrokabel liefen ineinandergewickelt über den Teppich, auf dem unordentlich Papiere verstreut waren. Offensichtlich hatte Inspektor Leoni beschlossen, alles so zu lassen, wie er es vorgefunden hatte, nachdem er einen Blick darauf geworfen hatte. Mitgenommen hatte er lediglich drei blaue Mappen mit der Zusage, sie so bald wie möglich zurückzubringen. Die Bücherregale waren so leer wie ein Theater ohne Schauspieler. Auch ihr Inhalt war auf dem Boden verstreut. Signora Manfredi hatte nicht einmal gewagt, sie auf dem Tisch zu stapeln. Als ihr Francesco Ferrer mitteilte, sie brauche sich keine Sorgen zu machen, da wir uns selbst darum kümmern würden, die Bücher wieder an ihren Platz zu stellen, trat der Ausdruck freudiger Erleichterung auf ihre Züge. Sicherlich flößte ihr dieser Raum übergroßen Respekt ein – die Ehrfurcht, die einfache Menschen vor der Bildung empfinden.

Es handelte sich überwiegend um kunsthistorische Werke, unter ihnen auch eine vollständige Sammlung von Reproduktionen, die von den wichtigsten Museen der Welt in Form von Faszikeln herausgegeben worden waren. Darüber hinaus fand sich viel geisteswissenschaftliche Literatur: philosophische, politische, wirtschaftswissenschaftliche Werke, Biographien großer Geister des 19. und 20. Jahrhunderts, Marx, Freud, Sartre, Camus … außerdem Schriften von Noam Chomsky oder Ryszard Kapuscinski. Doch am meisten fiel mir eine Anzahl von Krimi-Taschenbüchern auf.

Mir erschien es nicht im Geringsten sonderbar, dass Professor Rossi, wie viele Menschen, die gern Schach spielen und einen Hang dazu haben, sich in ihren Gedanken von Zeit zu Zeit aus der Wirklichkeit zu lösen, insgeheim dieser Leidenschaft frönte. Schließlich sind Geschichten, in denen es um Geheimnisse geht, nicht nur für Kinder da, die dabei Möglichkeiten entdecken, sich aus der Welt zurückzuziehen, sondern auch für gestandene Männer, die sich für eine andere Form von Einsamkeit entschieden haben. Während Ferrer, der sich die Ärmel seines moosgrünen Hemdes bis über die Ellbogen aufgekrempelt hatte, die Bücher auf den unteren Regalbrettern einräumte, wobei er streng thematisch und alphabetisch vorging, beschäftigte ich mich, auf einer hölzernen Bibliotheksleiter stehend, damit, die kleinen Bände der Krimi-Taschenausgaben so hinzustellen, wie es gerade kam.

Professor Rossis Sammlung enthielt alle Klassiker, ob Ellery Queen, Chesterton, James Hadley Chase oder Dashiell Hammett, angefangen von *Der Fluch des Hauses Dain* bis hin zu *Rote Ernte*, auch alles von Chandler und sämtliche Romane Andrea Camilleris, in denen Kommissar Montalbano die Hauptrolle spielt. Agatha Christie war nicht vertreten, wohl aber Patricia

Highsmith sowie James Mallahan Cain und Simenon. Selbstverständlich durfte Arthur Conan Doyle nicht fehlen, von dessen *Hund der Baskervilles* sich Umberto Eco für *Der Name der Rose* hat inspirieren lassen. Vom Standpunkt des Lesers aus war all diesen Geschichten gemeinsam, dass es darin nicht so sehr um die Bestrafung des Verbrechers ging, sondern in erster Linie um die Geistesschärfe und den Erfindungsreichtum von Privatdetektiven wie Sam Spade oder Philip Marlowe, harte Burschen, die nie um eine schlagfertige und spöttische Antwort verlegen waren und den Gegenspieler in jedem ihrer Fälle schachmatt setzten. Solche Schlagfertigkeit wissen nicht nur junge Menschen, denen die eigenen Worte fehlen oder zu spät einfallen, außerordentlich zu schätzen. Genau darum geht es auch in einem Lied des Synthie-Pop-Duos *Erasure*, in dem es an einer Stelle heißt: »Ich lese gern Krimis, weil es schön ist zu wissen, dass nicht ich der Mörder bin.«

In weniger als drei Stunden hatten wir alles wieder eingeräumt. Jetzt blieb nur noch die Sache mit dem Computer, doch dafür würden wir die Hilfe eines Technikers brauchen. Erschöpft setzten wir uns, Ferrer auf das Sofa mit dem schützenden Überwurf, und ich im Schneidersitz auf den Fußboden, wie eine Sioux-Indianerin.

»Das wäre geschafft«, sagte er nicht ohne Stolz, wobei er sich behaglich zurücklehnte. Obwohl ihm anzumerken war, dass er abgekämpft war, klang seine Stimme munter. »Ich finde, wir haben uns eine Erfrischung verdient.«

»Unbedingt. Was möchten Sie denn?«, fragte ich, indem ich mir die Rolle der Gastgeberin anmaßte. »Bleiben Sie ruhig sitzen, ich sage Signora Manfredi Bescheid.«

»Ein Whisky wäre jetzt nicht schlecht.«

Der Nachmittag war allmählich in den Abend übergegangen.

Signora Manfredi schaltete die Stehlampe ein und stellte das Tablett mit den Getränken auf ein Tischchen im maurischen Stil. Sie war noch nicht alt, vermutlich knapp fünfzig, doch mit ihrer olivfarbenen Haut und dunklen Kleidung sah sie aus wie die alterslose, typisch italienische Mutter.

Francesco Ferrer nahm eine Packung amerikanische Zigaretten aus der Hemdtasche, steckte sich eine davon an und sog den Rauch genussvoll ein. Dann fragte er mich, ohne zu mir herzusehen – stattdessen betrachtete er scheinbar teilnahmslos die Glut an der Spitze seiner Zigarette: »Was werden Sie jetzt tun? Weiter an Ihrer Dissertation arbeiten?«

Bevor ich darauf einging, goss ich mir zwei Finger hoch Gin ein und gab einen Schuss Limonade sowie reichlich Eis hinzu. »Was denn sonst?«, sagte ich in einem Ton, als bedeutete jeder Zweifel eine Kränkung für mich.

Er machte eine Kopfbewegung, die ebenso Ungläubigkeit wie Resignation ausdrücken konnte, doch in seinen Augen lag der Anflug eines Lächelns. Ich vermutete, dass das trotz seines unsicheren Gesichtsausdrucks die Antwort war, die er letztlich hatte hören wollen.

»Ehrlich gesagt«, fuhr ich fort, »war meine Entschlossenheit weiterzumachen nie größer als jetzt, da ich begriffen habe, dass es im Zusammenhang mit der Sache ein Geheimnis zu geben scheint, für dessen Bewahrung bestimmte Leute offenbar bereit sind, jeden beliebigen Preis zu zahlen.«

Zu dieser Schlussfolgerung war ich im Laufe des Vormittags nach meiner Unterhaltung mit Inspektor Leoni auf der Wache am Corso dei Tintori gelangt. Ich war gleich vom Krankenhaus aus dorthin gegangen, wenn auch offen gestanden nicht ohne ein gewisses Unbehagen. Das Wachlokal befand sich in einem finsteren Gebäude, in dessen Eingang es wie in einer öffentlichen Bedürfnisanstalt roch. Das Licht der Neonröhren an der Decke und die grauen Metallregale mit ihren Aktenordnern und den mit roten Bändern zusammengehaltenen Sammelmappen verliehen den Räumen einen trübseligen Anstrich. Im Hintergrund hing gleich neben dem Fotokopierer ein Fan-Schal des Fußballklubs *Fiore* sowie ein farbiges Poster, das dessen gesamte Mannschaft zeigte. Den Gang bewachten zwei Uniformierte, die ihre blau-weißen Tellermützen bis zu den Augenbrauen heruntergezogen hatten. Inspektor Leoni trug Zivil. Wie er da in seiner grauen Wollweste auf dem Bürostuhl vor dem düsteren Computerbildschirm saß, kam er mir niedergeschlagen und müde vor. Auf dem Schreibtisch vor ihm lag ein Stapel Papiere und ein ungefähr in der Mitte aufgeschlagenes Buch von Cesare Pavese.

»Es tut mir sehr leid, dass mir nichts anderes übrig blieb, als Sie herzubitten, *señorita*«, hatte er in einwandfreiem Sprachschulspanisch gesagt. »Aber Sie werden gewiss verstehen, dass ich Ihnen einige Fragen stellen muss. Immerhin sieht es so aus, als könnte das aus dem Hause von Professor Rossi entwendete Material in gewissem Zusammenhang mit Ihrer Arbeit stehen.«

Er ging nicht näher darauf ein, welcher Art diese Verbindung seiner Ansicht nach sein konnte, und teilte mir in diesem Zusammenhang auch sonst nichts mit. Ich meinerseits erwähnte weder meinen Fahrradunfall in der Via Ghibellina noch den Kerl, der sich an den unheilvollen Vormittagen im Staatsarchiv in meinen Schatten verwandelte. Tatsächlich hatte ich seit unserer ersten Begegnung kein weiteres Wort mit Bosco Castiglione gewechselt, doch kreuzten sich unsere lauernden Blicke häufig über die Tische hinweg, wie Pfeile, die tief in die Gedanken des anderen eindringen wollten. Offenbar verfügte Inspektor Leoni in beträchtlichem Umfang über die Fähigkeit, sich in die Gedankenwelt von Kriminellen zu versetzen. Jedenfalls hatte ich nicht den Eindruck, dass es ihm in dieser Hinsicht an Einfühlungsgabe fehlte, als er auf die drei aus dem Archiv verschwundenen Hefte Masonis zu sprechen kam. Auch wenn er das ganz beiläufig tat, hielt er den Blick fest auf mich gerichtet, so als wollte er sich auf keinen Fall entgehen lassen, wie seine Worte auf mich wirkten.

Irgendwann im Lauf unserer Unterhaltung hatte es an den Türrahmen geklopft. Der Kommissar hatte sich entschuldigt, war in den Gang hinausgetreten und hatte eine Weile leise mit einem seiner Untergebenen gesprochen. Als er erneut an seinem Schreibtisch saß, auf dessen Rand er die gekreuzten Arme gestützt hatte, war er auf ein Auktionshaus in der Via di Santo Spirito zu sprechen gekommen, ganz in der Nähe der Bibliothek des Goethe-Instituts. Dort, hatte er gesagt, habe man mehrfach gestohlene Handschriften und Inkunabeln entdeckt. »Es gibt immer Leute, die sich für so etwas interessieren«, fuhr er fort, »Sammler und dergleichen.« Dann hatte er mich auf eine Weise nach meiner Beziehung zu Professor Rossi gefragt, die mich fürchten ließ, er wolle das Ganze auf eine persönliche Ebene schieben, doch nach einer Weile war mir aufgegangen, dass er eher darauf hinauswollte, andere Möglichkeiten zu erwägen, etwas in der Art, dass ein Kollege den Professor an der Universität als Rivalen sah und ihm eins auswischen wollte. Nach den Worten des Inspektors zu urteilen, schien er diese Welt recht gut zu kennen. »Sie können gern über die Art lachen, wie sich die Politiker gegenseitig nichts gönnen«, hatte er gesagt, diesmal auf Italienisch, »aber so unglaublich es scheint, im Reich der Wissenschaft sind die Menschen noch viel eher bereit als in der Politik, dem Teufel ihre Seele zu verkaufen. Es ist unvorstellbar, wozu sich manche von ihrer intellektuellen

Eitelkeit hinreißen lassen.« Mir schien dieser Gedanke ein wenig zu weit hergeholt, zu sehr konstruiert, eines Polizeikommissars unwürdig. Vielleicht war er dem Gehirn des Mannes entsprungen, der Pavese las. Auf jeden Fall veranlasste mich etwas davon, was er sagte, oder an seiner Haltung zu der Annahme, er habe mich im Zusammenhang mit diesem Komplott von der Liste der Verdächtigen gestrichen – immer vorausgesetzt, ein solches Komplott existierte überhaupt. Vielleicht meinte er, ich hätte nicht das Zeug dazu, sei als einfache Studentin und Stipendiatin viel zu jung, als dass ich hätte versuchen können, meinen Mentor in den Schatten zu stellen.

All das sprach ich jetzt Francesco Ferrer gegenüber an. Während er mir, auf dem Sofa sitzend, aufmerksam zuhörte, gab er von Zeit zu Zeit einen kurzen Kommentar von sich, wobei er die Nase nicht aus seinem Whiskyglas nahm.

»Ich hoffe, der Bursche hat Sie nicht noch einmal belästigt.«

»Wer?«, fragte ich. »Der Danny-de-Vito-Verschnitt?«

»Nein«, sagte er mit breitem Lächeln. »Von mir aus auch der, aber eigentlich meinte ich den anderen – den aus dem Staatsarchiv, Ihren Seminaristen im Dienst des Vatikans.«

»Ach, der ...« Einen Augenblick lang stellte ich ihn mir vor, als sähe ich ihn durch die Scheibe der Kabine, an der ich am Mikrofilmgerät arbeitete, vor mir, mit dem Fuß wippend, den orthopädischen Schuh mit den Metallnieten. »Nein, hat er nicht«, sagte ich, wobei ich mir bewusst war, dass seine Art, sich Tag für Tag um die gleiche Uhrzeit im Lesesaal zu zeigen, eine fortwährende Mahnung bedeuten sollte.

»Das ist gut. Vielleicht hat er begriffen, dass er Sie, was die verschwundenen Hefte angeht, von der Liste seiner Verdächtigen streichen kann.« Er schwieg und sah mich nachdenklich an, wobei er die Augen leicht zusammenkniff, als wäre ihm der

Rauch der eigenen Zigarette lästig. »Damit haben Sie ja wohl weder jetzt noch künftig etwas zu tun, nicht wahr?« Er sprach jetzt in verändertem Ton, ernsthafter, vielleicht sogar ein wenig einschüchternd. Einen Augenblick lang kam es mir vor, als hätte jemand das Ende eines Schleiers angehoben. Ich meinte ein sonderbares Aufblitzen in seinen Augen erkennen zu können, einen harten Glanz, von dem ich nicht recht wusste, wie ich ihn deuten sollte. Er schien mit keinem mir bekannten Gefühl etwas zu tun zu haben. Das Ganze dauerte kaum eine Sekunde.

»Ich bitte Sie«, protestierte ich.

Etwas an der Art, wie ich das sagte, hatte ihm wohl klar gemacht, dass ich nicht bereit war, mir unangebrachte Äußerungen anzuhören. Er kratzte sich am Kopf und lächelte auf seine übliche Weise, so dass wieder der bei ihm übliche offene Ausdruck des Landmanns aus Pistoia auf sein Gesicht trat. Er sog erneut an der Zigarette und stieß den Rauch mit Nachdruck aus. Man hätte glauben können, er wollte damit zeigen, dass die Sache für ihn erledigt war.

»Nun, warten wir einmal ab, was Giulio sagt, wenn wir ihm das alles erzählen …«, sagte er abschließend in verschwörerischem Ton. Dann richtete er den Blick zum Fenster hinaus auf den Garten und fixierte den leeren Raum zwischen den schwarzen Zweigen der Zypressen, die zu beiden Seiten des Eingangs standen. »Da ist er ja«, sagte er, stand auf und trat ans Fenster.

Tatsächlich knirschten die Reifen eines weißen Taxis auf dem Kies der Einfahrt. Der Wagen hielt vor dem Haus an, und wenige Augenblicke später stand Professor Rossi in der Tür seiner Bibliothek – unrasiert und nicht ganz fest auf den Beinen, aber mit seinem schönsten Lächeln. Die grau schimmernden Bartstoppeln verliehen seinem Gesicht eine ungewohnte Härte, was aber sonderbarerweise nichts an der von ihm ausgehenden Anziehung änderte. Nur seine italienische Eleganz hatte er eingebüßt, wie er so, gerade aus dem Krankenhaus zurückgekehrt, die Hände in den Taschen seiner leichten Segeltuchhose, in einem weiten Hauspullover auf der Schwelle stand. Er lächelte ein wenig mit einem halb scheuen, halb spöttischen Blick, wobei sein Kopf leicht schwankte.

Hätte ich meinen Impulsen freien Lauf gelassen, ich wäre im selben Augenblick vom Boden aufgesprungen, ihm um den Hals gefallen und hätte ihm leise meinen Dank für seine Sammlung von Krimis ins Ohr geflüstert, für seine Art, auf diese zugleich aufrichtige und abwesende Weise zu lächeln, dafür, dass er anders war als alle Männer, die ich bis dahin kennengelernt hatte, dass er eine Vergangenheit und Geheimnisse hatte, für die fesselnde Art, sich mit mir zu unterhalten, wobei ich nicht nur lernte, sondern auch innerlich wuchs, dafür, dass er sich seiner verführerischen Macht nicht im Geringsten bewusst war, für die Art und Weise, wie er sich mit dem Zeigefinger über die Schläfe strich, für seine Stimme, die meine Vorstellungskraft anregte, dafür, dass er mir den Eindruck vermittelte, ich sei doppelt so alt, wie ich war, und dafür, dass er so kaltblütig war, mit größter Selbstverständlichkeit weiterhin dort im Türrahmen stehen zu bleiben, fest überzeugt, dass die Welt nicht von einem Augenblick auf den anderen untergehen würde.

All das hätte ich gern getan, unterließ es aber selbstverständlich. Während ich lautlos bis zehn zählte, ohne mich von der Stelle zu rühren, bemühte ich mich, den Druck zu ertragen, der auf meiner Brust lastete, versuchte mich innerlich aufzumuntern und versteckte mich hinter einem Schluck Gin-Fizz, wie die Heldinnen in schlechten Filmen, wenn ihnen nichts Besseres einfällt.

Wie nicht anders zu erwarten, gerieten in den folgenden Minuten die Dinge nach und nach wieder ins Lot. Signora Manfredi machte in der Küche in aller Eile ein kaltes Abendessen zurecht, einen Salat mit Brunnenkresse und Frischkäse, wozu wir krosses Sesambrot aßen und Chianti tranken. Ferrer brachte das Gespräch auf Bosco Castiglione und Autos mit wie Hai-Rückenflossen aussehenden schwarzen Heckspoilern, die junge Radfahrerinnen zu Fall bringen, sowie auf nicht auffindbare Hefte und Zwerge in Armani-Mänteln. Ich blieb stumm wie ein Fisch, erklärte nichts, fügte nicht die winzigste Ergänzung bei, behielt meine Meinung für mich und schwieg wie die Sphinx. Professor Rossi ließ die eine oder andere Bemerkung fallen, ohne sich das Geringste von Ferrers Bericht entgehen zu lassen. Vor allem jedoch vermied er es, mich anzusehen. Er schenkte mir nicht einen einzigen mitleidigen Blick. Dabei konnte ich mein Verhalten nicht so entsetzlich finden. Über etwas nicht zu reden war schließlich kein Verbrechen. Ganz davon abgesehen hätte ich damals nicht den geringsten Beweis dafür anführen können, dass all das, was Ferrer jetzt berichtete, nicht einfach ein Erzeugnis meiner überhitzten Vorstellungskraft war. Zweifellos hätte Roi das gesagt, der mich gut genug kannte, um zu wissen, dass man meinen maßlos übersteigerten romanhaften Darstellungen nicht unbedingt Glauben zu schenken brauchte.

Das Küchenfenster ging auf den hinteren Teil des Gartens, über dem inzwischen tiefe Schatten lagen.

»Adele«, wandte sich der Professor an Signora Manfredi, »ich denke, es ist besser, wenn wir heute die Außenbeleuchtung nicht abschalten.«

»Soll ich nicht lieber doch über Nacht bleiben?«, fragte sie von der Tür aus. Sie hatte den Tuchmantel über dem Arm und drückte ihre kleine schwarze Handtasche mit dem Ellbogen an sich.

»Aber nein. Machen Sie sich keine Sorgen. Auf jeden Fall herzlichen Dank. Falls ich etwas benötigen sollte, rufe ich Sie an.«

Bevor sie ging, erinnerte sie ihn daran, dass in der Speisekammer auf dem obersten Regalbrett zwei Gläser Orangenmarmelade standen.

Francesco Ferrer sah auf die Uhr und erklärte, er müsse allmählich gehen. Bei diesen Worten empfand ich einen heftigen Druck auf der Brust.

Ich hatte mir schon eine ganze Weile überlegt, dass ich sehr gern über Nacht in dem Haus bleiben würde. Ich sah auf Professor Rossis Hand, die hervorstehenden Knöchel, die langen Finger, mit denen er nervös die winzigen Brotkrümel auf der Tischdecke beiseitestrich, keine zwei Zentimeter von meinem Handgelenk entfernt. In dieser Bewegung schien mir ein geheimes Angebot zu liegen, das nur ich wahrzunehmen vermochte. Doch sosehr ich auch hin und her überlegte, mir fiel einfach nicht ein, auf welche Weise sich spontan eine Möglichkeit bieten sollte zu bleiben, und ich wäre lieber gestorben, als das von mir aus anzuregen.

»Ich fahre über Pistoia, weil ich meine Leute da schon ewig nicht gesehen habe«, erklärte Ferrer, während er sich von der Eckbank erhob. »Es macht mir aber nichts aus, Sie vorher nach Hause zu bringen, wenn Sie das wünschen«, fügte er zu mir gewandt hinzu.

Während ich aufstand, spürte ich, mit welcher Erbarmungslosigkeit die Welt um mich herum in Stücke ging. Ich hasste mich, weil mir nichts eingefallen war, womit ich erreichen konnte, länger zu bleiben. Stattdessen sagte ich: »Gern, herzlichen Dank, sehr liebenswürdig«, während ich aus den Trümmern meines eingestürzten Kartenhauses heraus so natürlich wie möglich lächelte.

Ich steckte die beiden Bücher, die ich mitgebracht hatte, in meinen Rucksack und nahm ihn sowie meinen Anorak mit den Wohnungsschlüsseln in die Hand. Dann fiel mir die Mappe mit einigen Kapiteln meiner Arbeit ein, die ich Professor Rossi hatte zeigen wollen. Als ich mich umwandte, um sie vom Tisch zu nehmen, rutschten die darin befindlichen Fotokopien heraus. Professor Rossi half mir, sie aufzusammeln. Es sah nicht besonders intelligent aus, wie wir beide, jeder eine Handvoll Blätter in der Hand, auf dem Boden herumkrochen. Anschließend fuhr er sich mit der Hand durch das Haar, legte einen Finger an die Nase und trat mit einem Lächeln auf mich zu, um sich mit einem Kuss auf die Wange zu verabschieden, wobei ich mich auf die Zehenspitzen stellen musste. Ferrer wartete bereits draußen auf mich; man sah durch das Fenster, dass die Beifahrertür seines Wagens offen stand. Unvermittelt und völlig unerklärlicherweise fragte Professor Rossi, der mich an die Haustür begleitet hatte: »Warum bleiben Sie nicht?« Er sagte diese Worte, über die er ganz offenkundig nicht nachgedacht hatte, in völlig natürlichem Ton und sah mich mit seinem üblichen scheuen Lächeln an. Er blieb stehen, wo er war, ohne mich aus den Augen zu lassen, wobei er leicht hin und her schwankte, und wartete mit beunruhigender Selbstverständlichkeit auf meine Antwort.

Ich traute meinen Ohren nicht und nahm einen Augenblick lang an, das Ganze spiele sich nur in meiner Phantasie ab. Wie gelähmt blieb ich stehen, ich wusste nicht, was ich tun sollte. Gerade als ich ungläubig laut herauslachen wollte, fügte er hinzu: »Gewiss, es ist schon ziemlich spät, aber ich denke, es gibt Verschiedenes, über das wir reden müssen.« Er sagte das, als müsste er mich oder vielleicht auch sich selbst überzeugen. »Sie können das Gästezimmer im Obergeschoss haben, und morgen früh bringe ich Sie dann selbst in die Stadt zurück.«

»Einverstanden«, sagte ich, zu keinem vollständigen Satz fähig, während ich versuchte, mir über die Situation klar zu werden. Zu dem Druck auf meine Brust, der sich noch verstärkt hatte, war ein sonderbares Gefühl in der Magengrube getreten. »Warum nicht?«, fügte ich hinzu, als spräche ich mit mir selbst. In Wahrheit fühlte ich mich verstört, nicht nur durch meine Unsicherheit, sondern auch weil es mir völlig unvorstellbar schien, dass im wirklichen Leben Dinge eintraten, die ich geradezu verzweifelt herbeigesehnt hatte.

22

Erwartungsvoll drängten sich die Menschen um die Stufen, die zum Hauptportal des Doms Santa Maria del Fiore führten, um das prachtvolle Gefolge der kirchlichen Würdenträger zu bewundern. Rund drei Dutzend berittene Armbrustschützen und eine halbe Hundertschaft Krieger zu Fuß, einer wie der andere so prächtig ausstaffiert, wie man dergleichen noch nie gesehen hatte, warteten neben dem Baptisterium auf das Ende des Hochamtes.

Im Halbdunkel des Doms leuchteten zwischen den Säulen und marmornen Standbildern die scharlachroten und tiefblauen Gewänder der Mitglieder des Rates sowie die goldenen Schärpen der Senatoren. Das leise Rascheln der Samtumhänge, das bei jeder Bewegung in der dicht gedrängten Menge entstand, unterbrach die feierliche Stille der Liturgie. Als Lorenzo der Prächtige und der Abgesandte des Papstes Seite an Seite zu ihren Betstühlen vor dem Hauptaltar geschritten waren und dort Platz genommen hatten, verteilten sich die Angehörigen der Patrizierfamilien auf den Bänken hinter ihnen, während das einfache Volk in den Seitenschiffen und hinten im Mittelschiff stehen musste. Schon bald drängten sich die Menschen so dicht, dass trotz der ungeheuren Größe des Raumes niemand mehr hoffen konnte, sich seinen Weg durch sie zu bahnen. So sah sich Giuliano de' Medici, den seine beiden Begleiter in die Mitte genommen hatten, genötigt, durch ein Seitenportal von der Via dei Servi einzutreten, von wo er zu den seiner Familie vorbehaltenen Plätzen zu gelangen hoffte. Zwar begann die Messe aus Höflichkeit gegenüber Kardinal Raffaele Sansoni Riario, der ein wenig auf sich hatte warten lassen, verspätet, doch hatte der junge Mann nur noch Gelegenheit, sich im für die Bruderschaften der Büßer und andere religiöse Kongregationen freigehaltenen Teil einen Platz zu suchen. Es wäre ungehörig gewesen, während der Eucharistiefeier das Kreuzschiff zu durchqueren. Ihm blieb gerade noch Zeit, sich zu bekreuzigen.

Im Unterschied zu seinem Bruder Lorenzo empfand der jüngste Medici einen ausgesprochenen Widerwillen gegen große Menschenansammlungen. Daher fühlte er sich beengt, kaum dass er das Gotteshaus betreten hatte. Doch im Verlauf der Messfeier gewöhnte er sich nicht nur an die abgestandene Luft, sondern ließ sich schließlich sogar von dem aus zwanzig Sängerknaben bestehenden Chor verzaubern, dessen Gesänge zu Brunelleschis hoher Kuppel emporstiegen.

Auf das langsam und feierlich vorgetragene *sederunt principes* folgten frohlockende Hallelujas, die während der Eucharistiefeier ihre bewegendsten Klänge entfalteten.

Im selben Augenblick, da der Priester die Worte *hic est enim calix sanguinis mei…* sprach, wobei er den Kelch mit dem Abendmahlswein emporhob, zückte einer der Todesboten mit blitzartiger Bewegung seinen Dolch und holte zu einem genau gezielten Stoß in Giulianos Rücken aus.

Mit den Worten »Deine Stunde ist gekommen!« stieß Bernardo Bandini seinem Opfer die Klinge zwischen den Rippen hindurch bis zum Heft in den Leib.

Kaum blieb diesem Zeit, sich umzuwenden und zurückzuweichen. Er begriff nicht, was geschah. Während er sich krümmte und sich nach dem Bankier Francesco de' Pazzi umsah, wohl in der Hoffnung, er werde ihm beistehen, riss er die

Augen vor Überraschung noch weiter auf, als er sah, dass dieser, weit davon entfernt, ihn gegen seinen Angreifer zu verteidigen, seinerseits den Degen zog und ihn ihm von der anderen Seite tief in den Brustkorb stieß.

Instinktiv griff der junge Mann mit bloßen Händen nach der Klinge, um den Stoß abzuwehren, bewirkte damit aber lediglich, dass ihm dabei alle Finger abgetrennt wurden, während der Mitverschwörer der Pazzi erneut mit dem Dolch auf ihn eindrang. Eine riesige Blutlache breitete sich auf dem herrlichen Marmorboden aus, auf dessen Herstellung ein Künstler das halbe Leben verwendet hatte, womit er sich das Recht erwarb, in der Kapelle der herausragenden Männer beigesetzt zu werden.

Während Giuliano vor Schmerzen gekrümmt am Boden kniete, wollte er mit seinem letzten Atemzug den Bruder, der über zwanzig Schritt entfernt saß, vor der Gefahr warnen. Doch die Mörder umringten ihn und sorgten dafür, dass ihn niemand sehen konnte. Hier und da ertönte Gemurmel, auch wandten sich die Köpfe einiger der Gottesdienstbesucher neugierig um, weil sie in jenem Teil des Domes eine sonderbare Unruhe bemerkt zu haben glaubten, doch war das Gedränge so groß, dass niemand erfasste, was geschehen war. Dann aber wuchs die Unruhe. Einige weitere Männer hatten sich an dem Gemetzel beteiligt, dem Grundsatz folgend, dass jemand umso sicherer stirbt, je mehr Hände an der Tat mitwirken. Schließlich erbrach Giuliano de' Medici mit einem letzten Würgen Blut und stieß einen so tiefen Seufzer aus, dass das Gewölbe wie von einem Laut aus dem Jenseits erschüttert wurde. Jetzt wandten sich alle Köpfe dem Seitenschiff zu.

Bernardo Bandini versetzte dem Todgeweihten den Gnadenstoß. So tief drang die Waffe in Giulianos Nacken, dass ihre Spitze an der Kehle wieder austrat. Vom Blutgeruch des Opfers erregt, machten sich einige der Mörder daran, es mit Zähnen und Nägeln zu zerfleischen, um an sein Herz zu gelangen.

Inzwischen war im Dom die Hölle losgebrochen. Man hörte laute Ausrufe und das Klirren aufeinandertreffender Klingen. So mancher versuchte verzweifelt und angstvoll das Freie zu gewinnen. Eine allgemeine Flucht setzte ein: Senatoren, Magistrats- und Domherren rafften ihre Gewänder. Alle wurden von Panik erfasst, ob Botschafter oder einfache Gläubige aus dem Volk, Männer, Frauen und Kinder. Das allgemeine Durcheinander war so groß, dass viele fürchteten, die Kuppel werde über ihnen einstürzen. Angesichts der Unordnung und des Getöses schrien die Chorknaben in ihren weißen Gewändern, als ob sie am Spieß steckten. Es waren wahrhaft satanische Klänge … Manche Menschen zogen mit vor Entsetzen vorquellenden Augen wie schlafwandelnd umher, und obwohl niemand wusste, wer eigentlich der Feind war, bewaffneten sich andere mit Knüppeln und schweren Leuchtern, in denen noch die Kerzen brannten, um in das allgemeine Handgemenge einzugreifen.

Der junge Kardinal Raffaele Sansoni Riario sah sich mit gespielt fassungsloser Miene um, als ginge all das auf einen grässlichen Irrtum zurück, während der neben ihm sitzende Guglielmo de' Pazzi, Gatte der Bianca de' Medici, vor Entsetzen abwechselnd schrie und schluchzte. Beim Anblick der Leiche seines Schwagers Giuliano schlug er sich die Hände vor das Gesicht und rief voll Verzweiflung aus, er habe mit diesem verräterischen und feigen Angriff nicht das Geringste zu tun. Während alle gegen alle kämpften, wobei sich die einen offen als Freunde und andere ebenso unverhohlen als Feinde der Medici zu erkennen gaben, ließ sich unmöglich feststellen, wer wirklich auf wessen Seite stand.

Es war klar, dass irgendjemand ein doppeltes, wenn nicht dreifaches, Spiel getrieben, diese Schachpartie aufs Genaueste geplant haben musste, bei der außer Springern, Türmen und Läufern auch einfache Bauern eingesetzt wurden. Während deren Aufgabe vor allem darin bestand, als Köder und Schlachtvieh zu dienen, hatte der im Hintergrund die Fäden ziehende Unbekannte dafür gesorgt, dass er sich keinen Augenblick in Gefahr befand, niemand konnte ihn sehen und daher auch keinen Hinweis auf die von ihm verübte Täuschung oder seine Machenschaften erkennen. Während er so tat, als handelte er im Dienst und Auftrag weltlicher und geistlicher Mächte, hatte er sich in Wahrheit beider bedient.

Niemand im Dom wusste, was draußen geschah, was dazu beitrug, dass die Lage im Inneren umso unübersichtlicher wurde. Doch eines war klar: der wichtigste Teil der Verschwörung fand vor dem Hauptaltar statt, wo sich die Priester Antonio Maffei da Volterra und Ser Stefano de Bagnone daranmachten, das Oberhaupt der Familie Medici schachmatt zu setzen und endgültig aus dem Spiel zu entfernen.

Der Dichter Poliziano erstieg die Wendeltreppe zur Orgelempore, um sich einen Überblick zu verschaffen, doch was er von dort oben sah, verstörte ihn zutiefst und brachte ihn auf alle Zeiten aus dem seelischen Gleichgewicht. Der Leichnam seines Lieblingsschülers lag mit herausgequollenen Eingeweiden in einer Blutlache am Boden. Neunzehn Stiche hatten ihn getötet. Zwei davon waren ins Herz gedrungen, einer hatte die Halsschlagader und zwei weitere die Beinschlagader an drei verschiedenen Stellen getroffen. Noch aber wusste niemand, wie es um Lorenzo stand.

Stöhnend lagen schwer verwundete Menschen am Boden, unfähig, aufzustehen. Manch einem von ihnen bereitete der mit einem Dolch geführte Gnadenstoß das Ende. Während ganze Gruppen Bewaffneter zwischen den Bänken und in den Seitenkapellen nach weiteren möglichen Opfern suchten, wanderten andere mit einer Kerze in der Hand zwischen den Pfeilern umher. Sie hatten sich selbst die kaum lösbare Aufgabe gestellt, inmitten allzu vieler Namenloser das Gesicht eines Toten zu finden, das sie kannten.

Pierpaolo Masoni hielt schon eine ganze Weile Ausschau nach Luca, den er im allgemeinen Durcheinander aus den Augen verloren hatte. Bei seinem ziellosen Umherstreifen stieß er mit Menschen zusammen, die in der Gegenrichtung unterwegs waren. Er sah die Dinge so bruchstückhaft, als fiele sein Blick auf die Splitter eines zerbrochenen Spiegels: das weißliche Licht der Kerzen, lange, bleiche Hände, mit denen sich Menschen an den Hals fuhren, als wollten sie sich den Kragen aufreißen, weil sie nicht genug Luft bekamen. Manchen waren die Beinlinge bis auf die Knöchel gerutscht. Nahe dem achteckigen Gitter am Zugang zum Chor sah er dunkle Augen, aus denen das Entsetzen leuchtete in Gesichtern voller mit Schweiß vermischter Tränen. Nichts aber war dem geisterhaften Anblick vergleichbar, der ihm den Atem nahm, als er den granatfarbenen Vorhang an einem Beichtstuhl beiseitezog und ganz aus der Nähe ein ihm bestens bekanntes Gesicht mit kaum wahrnehmbaren Lippen sah, über das von oben bis unten eine alte Narbe lief.

Er schluckte und holte tief Luft. Das Zittern, das ihn von Kopf bis Fuß durchfuhr, konnte er unmöglich beherrschen, doch es hatte nichts mit Todesangst zu tun – Angst suchte ihn seit vielen Jahren heim, er lebte mit ihr, sie war seit der weit zurückliegenden Nacht, in der er bei einer schwarzen Messe das Wesen des Bösen aus erster Hand kennengelernt hatte, zum Schatten seines Schattens geworden: Damals war er so jung gewesen, dass er nichts von all dem gewusst hatte. Geheime Orden gediehen allenthalben, und jeder junge Künstler, der auf sich hielt, strebte mit Hilfe einer Bruderschaft einem Vollkommenheitsideal nach, das ihn in eine Wissenssphäre emporhob, in welcher der Mensch schließlich frei von allen Ängsten und Zweifeln sein würde. Ohne es zu merken, hatte er sich damals einfangen lassen, hatte ganze Nächte in dunklen Kaschemmen zugebracht, sich hermetischen Schmus angehört, Kellergewölbe mit Altären der Sieben Stufen aufgesucht, die zwischen zwei salomonischen Säulen das Raukenblatt trugen, geheimen Zusammenkünften beigewohnt, die man einer nach dem anderen einzeln verlassen musste, ohne den Schritt merklich zu beschleunigen oder sich über die Schulter umzusehen. In jener Zeit der Hoffnungsfreude hatte er das wahre Entsetzen erlebt. Es hatte einen nicht näher bestimmbaren, fürchterlichen Augenblick gegeben, da ihm die Binde von den Augen gefallen war und er den Umriss des Großmeisters gesehen hatte, der ein Obsidianmesser schwang. Noch jetzt verwirrte die Erinnerung daran seinen Sinn für die Wirklichkeit.

Doch was der Maler jetzt in einem der Beichtstühle des Doms vor sich sah, war nicht das Trugbild eines Alptraums, sondern die unleugbare körperliche Gegenwart eines Menschen aus Fleisch und Blut. Im selben Augenblick hörte er, wie hinter ihm jemand sagte, dass sich ein rechtschaffener Mann eher die Augen ausreißen sollte, als bestimmte Dinge mit anzusehen. Doch bevor er sich nach ihm umdrehen konnte, fuhr ihm ein schwefelgelber Blitz, der ihn im tiefsten Inneren erschauern ließ, über die Netzhaut, und eine lastende Nacht legte sich über die Welt. Erst von diesem Augenblick an hatte er die völlige Gewissheit, dass es für alles zu spät war.

23

Manche Gerüche schließen eine Vorstellung von der Welt in sich. Sie lullen unsere Schutzmechanismen ein und führen uns durch dunkle Labyrinthe der Erinnerung zurück bis zur ersten Vorstellung von der Welt, die einst unsere Träume nährte. Zu jener Zeit stellten wir uns Abenteuer als etwas vor, das mit fernen Reisen über die Weltmeere und mit Schiffen zu tun hatte, die Gewürze von fremden Kontinenten herbeibrachten, mit dem Duft von Kakaobohnen und geröstetem Kaffee, von Holz und von auf riesigen Pflanzungen zum Trocknen ausgebreiteten Tabakblättern. Ein solches Aroma hing jetzt in der Luft der Bibliothek, es war derselbe an Kolonien gemahnende Geruch, der mir an Professor Rossi schon am ersten Tag aufgefallen war, ohne dass ich ihn hätte einordnen können. Was da seiner Kleidung entströmte, war ein im Wesentlichen männlicher Geruch, der an Solidität denken ließ. Jetzt sah ich, wie er seine Pfeife mit äußerst feinen, teils dunkelbraunen, teils goldenen Fäden aus Virginiatabak stopfte. Die Dose, der er sie mit den Fingerspitzen entnahm, trug die Aufschrift *Cornell & Diehl*. Den Kopf an die Sofalehne gelegt, sog er kräftig, und die wohlriechende Rauchwolke, die dabei entstand und alle meine Sinne einhüllte, rief mit einem Mal eine weit in die Tiefe versunkene Erinnerung in mir wach, und ich entdeckte dabei ein kleines Mädchen, das ich beinahe vergessen hatte und das auf dem Küchentisch eines steinernen Hauses in der Altstadt von Santiago de Compostela mit Landkarten spielte.

Da die Gerüche, die gleichsam das Gerüst unserer Seele bilden, zugleich Wege des Wissens und der Faszination sind, ist es nicht im Geringsten verwunderlich, dass jeder von uns einem Aroma ebenso erliegen kann wie der Bewegung, mit der jemand eine Stummelpfeife zum Mund führt, den Arm ausstreckt und durch das Fenster in den von weißen Lampen erhellten Park blickt. Wenn einem aber die Liebe den Mund verschließt, bevor man den Namen dessen auszusprechen vermag, dem sie gilt – wie kann man dann den Menschen ansprechen, in den man sich verliebt hat?, fragte ich mich. Zumal dann, wenn es sich um jemanden handelt, zu dem man stets Sie gesagt hat, um jemanden, der doppelt so alt ist wie man selbst und obendrein nicht nur der Doktorvater ist, sondern überdies ein Freund des eigenen Vaters war? Unmöglich. So etwas geht auf keinen Fall. Manche Distanzen lassen sich einfach nicht überwinden.

Wie von ferne hörte man aus den Lautsprechern auf dem obersten Regalbrett leise Melina Mercouris Stimme. Sie sang eine Melodie, die ich noch nie gehört hatte. Obwohl der Text griechisch war, schien es mir Anklänge an das Französische und Italienische zu haben. Es war eine traurige Musik, die mich an Regen über dem Meer denken ließ. Ich saß auf einem orientalischen Sitzkissen, das am Boden lag, hielt die Knie mit den Armen umschlungen und bewegte die in vielfarbig gestreiften kurzen Baumwollsocken steckenden Füße im Takt des Refrains. Meine Turnschuhe hatte ich unter den Tisch gestellt. Schon als kleines Mädchen hatte ich mir angewöhnt, die Schuhe möglichst oft auszuziehen, denn nur dann fühle ich mich wohl. In diesem Augenblick überlegte ich allerdings, ob es nicht unpassend war, so dort zu sitzen.

Professor Rossi goss mir noch etwas Tee nach und fuhr dann in aller Ruhe mit seinem Bericht über ich weiß nicht welchen

Vorfall aus der wilden Geschichte der Stadtrepublik Florenz im 15. Jahrhundert fort. Sie kam mir in jenem Augenblick vor wie eine Begebenheit aus der frühen Altsteinzeit. Man hätte glauben können, dass er vollständig vergessen hatte, was ihm in den letzten vierundzwanzig Stunden widerfahren war. Er machte weder den Eindruck eines Menschen, den man gerade erst aus dem Krankenhaus entlassen hatte, noch eines solchen, dessen Haus Einbrecher ausgeplündert hatten. Niemand, dem man auf eine so unübersehbare Weise eine Warnung hat zukommen lassen, kann so ruhig dasitzen, seine Pfeife rauchen und über die Ehre der Medici sprechen, als wäre nicht das Geringste vorgefallen. *Entweder ist er verrückt*, überlegte ich, *oder er macht sich tatsächlich nichts aus dem, was geschehen kann*. Zwar hätte auch noch die Möglichkeit bestanden anzunehmen, dass er vor mir den Helden herauskehren wollte, doch da ich wusste, welche Art von Mensch er war, kam mir dieser Gedanke keinen Augenblick. Also konzentrierte ich mich auf seine Worte. »Wenn als Mittel der Politik zur Gewalt gegriffen wurde, hat man sich nicht die geringsten Beschränkungen auferlegt. Alle nur vorstellbaren Gräuel galten als statthaft«, schloss er. Die Mappe mit den sauber gedruckten Blättern meiner bisherigen Arbeitsergebnisse lag auf dem Tisch neben seiner Tabakdose. Einige der goldenen Fäden waren darauf gefallen, und er schob sie mit der Handkante beiseite. Dann löste er die Gummibänder um die Mappe, nahm die Blätter mit der Linken heraus und strich mit dem Daumen der Rechten über ihren oberen Rand, als wollte er sie zählen. »Sieht ganz so aus, als ob Sie fleißig gewesen wären. Ich hoffe, Sie sind gut vorangekommen.«

»Ich auch«, sagte ich mit einem Lächeln, mit dem ich ihm zugleich zeigte, dass ich voll Ungeduld auf sein Urteil wartete.

»Ich werde nie verstehen, warum Sie mir nichts über Ihre

Gespräche mit diesem Menschen im Archiv gesagt haben… Wie hieß er noch?«

»Bosco Castiglione.«

»Offen gestanden begreife ich das nicht. Ich weiß nicht recht… Man könnte glauben, dass Sie kein rechtes Vertrauen zu mir haben.« Er hatte die Pfeife in einen viereckigen Aschenbecher gelegt. In seiner Stimme schien mir ein Anflug von Unzufriedenheit mitzuschwingen. Es lag wohl in meiner Wesensart, Menschen zu enttäuschen. Mit Sicherheit hatte ich mit meinem Mangel an Lernfleiß die Erwartungen meines Vaters Hunderte von Malen nicht erfüllt, und auch Roi, der weiß der Teufel was von mir erwartet haben mochte, war mit mir nicht zufrieden gewesen. Jetzt also erging es Professor Rossi ähnlich. Ich hätte sonst etwas für einen einzigen Satz gegeben, der es mir gestattet hätte, seine Wertschätzung wiederzuerlangen, einen so kernigen Satz, wie er amerikanischen Privatdetektiven immer genau dann einfällt, wenn sie ihn brauchen, und mit dessen Hilfe sie eine widrige Situation in ihr Gegenteil verkehren können, so dass sie schließlich einen Vorteil davon haben. Doch betrüblicherweise war ich weder Philip Marlowe noch Sam Spade, sondern lediglich die Königin der Desillusionierung. Wie jemand, der zum Zeichen der Kapitulation eine weiße Fahne schwenkt, hob ich den Blick dorthin, wo er, die Ellbogen auf die Knie gestützt und den Kopf leicht nach links geneigt, vorgebeugt in seiner Sofaecke saß. Mit einem Mal war mir sein Kinn mit den dunklen Bartstoppeln viel zu nah. Ich stellte mir vor, wie er mich in seinen Armen zum Sofa trug, wobei ich ihm einen vollkommenen Satz ins Ohr flüsterte, der imstande war, alle gegenwärtigen und künftigen Mauern niederzureißen, während ich zugleich mit den Fingern unter dem Pullover seine Rippen eine nach der anderen abzählte und anschließend über den Hals zum Schlüsselbein und von dort weiter zum Kiefer fuhr. Dort würde ich verharren und ihn ganz langsam küssen, mit der gleichen Geduld, mit der das Meer die Felsen abträgt, bis die beiden scharfen senkrechten Falten um seine Mundwinkel verschwunden wären, die ihn bisweilen so abweisend erscheinen ließen. All das und weit mehr stellte ich mir in einer unaufhörlichen Abfolge vor, die meinen Puls bis zum Herzrasen beschleunigte, während er nach wie vor ganz ruhig dasaß, in seinem grauen T-Shirt und dem weiten, elfenbeinfarbenen Pullover. Goldfäden mit vor Ärger blauen Blitzen darin durchzogen seine Augen, die in der Tiefe der Iris wie die Positionslichter eines Schiffs zu leuchten schienen. »Wir haben viele Stunden über Ihre Arbeit gesprochen«, fuhr er im selben nüchternen Ton fort. »Sie haben mir alle Richtungsänderungen darin mitgeteilt, alle neuen Gesichtspunkte, die sich ergeben haben, die Schwierigkeiten, auf die Sie gestoßen sind … Wenn aber ein wirkliches Problem auftaucht, das weder theoretischer noch abstrakter Natur ist, bringen Sie kein Wort heraus, sondern hüllen sich in Schweigen. Das will mir offen gesagt nicht in den Kopf. Man könnte glauben, unsere Beziehung beschränke sich Ihrer Ansicht nach ausschließlich auf eine Wirklichkeit, die über fünfhundert Jahre zurückliegt, und alles, was in der unmittelbaren Vergangenheit oder in der Gegenwart geschieht, liege außerhalb dieses Rahmens. Wozu die Geheimniskrämerei, Ana? Meinem Freund Ferrer haben Sie davon berichtet. Ihm gegenüber hatten Sie in dieser Hinsicht keinerlei Bedenken. Erscheine ich Ihnen wirklich so wenig vertrauenswürdig?« Er saß nach wie vor reglos da und sah mich auf eine Weise an, als erwartete er eine sofortige Antwort, wobei die kleinen Lichter am Grunde seiner Augen tanzten.

»Aber nein. Sie wissen genau, dass das nicht der Fall ist. Ich hatte vor, es Ihnen zu sagen, aber ich konnte mir einfach nicht vorstellen, dass es wichtig sein könnte. In den Archiven wimmelt es von Spinnern und«, dabei bediente ich mich bewusst eines von ihm oft benutzten Ausdrucks, »aufgeblasenen Wichtigtuern, die einen Lustgewinn daraus ziehen, wenn sie mit geschwellter Brust einherschreiten können, als wollten sie sagen: ›Wenn Sie wüssten, mit wem Sie reden!‹ In Wahrheit haben sie von nichts eine Ahnung und laufen im entscheidenden Augenblick wie aufgeschreckte Kaninchen davon. So habe ich auch diesen Bosco Castiglione eingeschätzt. Kein Missionsschüler würde die dreisten Lügen glauben, die er mir über das humanitäre Wirken der römischen Kirche aufgetischt hat, und dann seine Behauptung, dass sie sich in Gefahr befindet ... Ich weiß nicht recht, wie ich es sagen soll, aber das alles klang mir fast infantil. Auf jeden Fall habe ich ihn als harmlos eingeschätzt.«

»Und den, der Ihnen den Fahrradunfall eingebrockt hat, wohl auch?«, ging der gekränkte Rittersmann erbarmungslos zum Gegenangriff über.

»Weniger«, gab ich zur Antwort und schwieg eine Weile, während ich überlegte, was ich sagen sollte, um keine unzutreffende Antwort zu geben. »Aber manchmal«, gab ich zu bedenken, wobei ich ganz langsam sprach und jedes Wort mit großem Bedacht auswählte, als wäre mir bewusst, dass davon mein Heil oder meine Verdammung abhing, »merken wir erst nachträglich, dass es deutliche Hinweise auf etwas gab, was eingetreten ist.« Ich war nicht sicher, ob ich mich deutlich ausdrückte, doch so, wie ich es gesagt hatte, kam es meinem Empfinden nach der Wahrheit am nächsten.

Erneut sah er mich unverwandt und erwartungsvoll an. Der

Ausdruck seiner Augen zeigte mir, dass er meine Erklärung mehr oder weniger gelten ließ, zumindest für den Augenblick. Er saß immer noch vorgebeugt da, das Kinn in eine Hand gestützt, mir ganz nahe. Im Schein der Lampe zeichnete sich sein anziehendes Profil ab. Er war von unbestreitbarer Körperlichkeit, ein Mann aus Fleisch und Blut, voll männlichem Stolz und zugleich auch schüchtern, scheute sich vor Nähe und Berührung, war sich seiner grauen Haare und jeder einzelnen seiner Falten nur allzu bewusst.

»Schön, dann sagen Sie mir jetzt, was es Neues gibt. Was haben Sie entdeckt?«, wechselte er mit abwesendem Lächeln das Thema und wies dabei zu den Blättern hin, die auf dem Tisch lagen.

Er nahm die Friedenspfeife aus dem Aschenbecher und entzündete sie erneut, wobei er die Streichholzflamme mit der hohlen Hand schützte, bis ich erneut die Düfte ferner Länder wahrnahm, wie sie vor langer Zeit die Laderäume von Schiffen erfüllt hatten, die mit ihrer Fracht von Gewürzen und Tabakballen nach Europa gesegelt waren, damals, als jedes Abenteuer mit einer Erzählung begann. Dann berichtete ich ihm, was ich über das Geständnis des Grafen Montesecco wusste.

Nach gründlicher Durchsicht von Masonis Heften war ich zu der Überzeugung gelangt, dass ich den Blick vom Brennpunkt der Geschichte, das heißt von Papst Sixtus IV. und König Ferdinand von Aragonien und Neapel, auf Männer im zweiten Glied richten musste, wenn ich die Hintergründe um die Verschwörung gegen die Medici verstehen wollte.

Einer von ihnen war der Hauptmann der Päpstlichen Garde. Dieser *condottiere* von nicht besonders hohem Adelsrang war der Prototyp vieler Krieger, wie sie damals entlang der Adriaküste angeworben wurden, denn dort hatten sich schon von alters her immer wieder Söldner gefunden, die ihrem elenden Leben entfliehen und etwas erreichen wollten. Montesecco war ein Mann, der das Kriegerdasein zu seinem Beruf gemacht hatte.

Professor Rossi hatte sich wieder auf dem Sofa zurückgelehnt und hörte mir aufmerksam zu. Mit halb geschlossenen Lidern erwog er schweigend, was ich sagte. Die Aufmerksamkeit, die er mir schenkte, ließ mich innerlich wachsen.

»Wie es aussieht«, erklärte ich, »hatten die Verschwörer, um seine Bedenken zu zerstreuen, im Vatikan eine Begegnung zwischen ihm und Papst Sixtus IV. arrangiert. Dabei hat sich Montesecco wohl durch die Worte des Heiligen Vaters dazu überreden lassen, sich auf die Seite der Verschwörer zu schlagen.«

»Das könnte bedeuten«, sagte er, »dass der Papst nicht zu den Anstiftern gehörte, sondern sich erst an der Verschwörung beteiligt hat, als sie in Gang gekommen war.«

»Das denke ich auch«, gab ich zurück. »Es gibt noch einen weiteren Punkt. Als Montesecco die Drahtzieher fragte, auf welche Weise sie den Plan verwirklichen wollten und auf wessen Unterstützung sie dabei rechnen könnten, wiesen sie ganz allgemein auf die Macht der Familien Salviati und Pazzi hin. Und genau an der Stelle des Heftes scheint man einige Blätter, die vermutlich Einzelheiten über Monteseccos Geständnis enthalten, mit einem Messer herausgetrennt zu haben.«

»Wahrscheinlich, weil dort die Namen verschiedener an der Verschwörung Beteiligter standen und man nicht wollte, dass sie bekannt würden«, merkte Professor Rossi an. »Vielleicht hat sich dort der Name des eigentlichen geistigen Vaters der Verschwörung befunden oder zumindest der eines der Männer aus den höheren Rängen derer, auf die der Plan zurückging.«

»Aber wer hätte höher stehen können als der Papst oder Ferdinand, der nicht nur König von Aragonien war, sondern außerdem über Sizilien, Sardinien und Neapel herrschte? Beider Namen werden in der Zusammenfassung durchaus mit angeführt. Meiner Ansicht nach handelt es sich nicht um eine höhergestellte Persönlichkeit«, sagte ich im Brustton der Überzeugung, »sondern eher um jemanden, der den Medici sehr nahe stand. Wie wäre es beispielsweise mit dem Herzog von Urbino? Überlegen Sie doch. Das ist die einzige denkbare Erklärung. Federico da Montefeltros Verbindungen zum Vatikan lagen deutlich zu Tage, seit ihm Sixtus IV. die Herzogswürde verschafft hat. Außerdem wäre da noch die Eheschließung eines Neffen des Papstes mit Montefeltros Tochter, die allem Anschein nach von so wenig anziehendem Äußeren war wie ihr Vater. Doch nicht einmal das könnte alles erklären. In Montefeltros Wunsch, Urbino in den Rang einer der Großmächte der Apenninen-Halbinsel zu erheben, sehe ich keine hinreichende Erklärung für ein Vorhaben, das so viele Gefahren mit sich brachte, und das nicht nur für ihn selbst, sondern auch für seine Angehörigen und alle, die ihm vertraut hatten. Es muss da noch etwas anderes gegeben haben. Das könnte irgendeine persönliche Angelegenheit gewesen sein, beispielsweise eine Schandtat, die um keinen Preis ans Licht der Öffentlichkeit gelangen durfte. Allerdings muss ich gestehen, dass ich nicht die geringste Ahnung habe, was das sein könnte.«

Professor Rossi warf mir einen Seitenblick zu, in dem ich Stolz zu erkennen glaubte. »Sie greifen weit voraus, Ana«, sagte er, »und es spricht durchaus einiges dafür, dass Sie Recht haben könnten. Aber seien Sie vorsichtig. Man kann nicht einfach nach dem Gefühl vorgehen. Unterwerfen Sie Ihre Hypothesen einer logischen Überprüfung. Kontrollieren Sie alle Hinweise und Angaben. Falls Sie dabei kein Motiv finden, suchen Sie es, vergleichen Sie die verschiedenen Fassungen miteinander und geben Sie sich erst zufrieden, wenn Sie alle losen Enden gut festgezurrt haben.«

»Genau das ist meine Absicht«, sagte ich bescheiden.

Er schob die Ellbogen nach hinten und bewegte den Kopf hin und her, als schmerzten ihn die Halswirbel. *Sicher ist er müde,* ging es mir durch den Kopf, *immerhin ist es fast halb zwölf. Es muss für ihn ein sehr anstrengender Tag gewesen sein. Genau genommen waren es sogar zwei, denn man hat ihn gestern am frühen Morgen in die Notaufnahme gebracht.* Ich machte mir im Stillen Vorwürfe wegen meiner mangelnden Rücksichtnahme. Wenn mich eine Sache fesselt, vergesse ich alles andere.

»Entschuldigung, es ist schon spät, und ich bin ein wenig müde«, sagte ich. Damit wollte ich es ihm ersparen, den Abend von sich aus beenden zu müssen. Immerhin war er der Gastgeber, und mir war bewusst, dass die Höflichkeit der Menschen in Florenz das übliche Maß weit übersteigt. »Wenn es Ihnen recht ist, können wir morgen weitermachen.«

»Gewiss«, sagte er kaum hörbar. Er erhob sich mit einem bestätigenden Nicken, verließ den Raum und kehrte einige Minuten später mit frischen Handtüchern zurück. Sein Blick schien mir mit einem Mal ein wenig hilflos, wie bei jemandem, der sich an etwas zu erinnern versucht, was er vergessen hat. Dann zeigte er mir das im oberen Stockwerk gelegene Gästezimmer und das Bad. Auf dem Weg dorthin fiel mein Blick auf den erleuchteten Balkon. Durch die Tür, die zu ihm führte, waren die Einbrecher ins Haus gelangt. Die Ranken der Glyzinie waren durch die zerbrochene Scheibe der Balkontür deutlich zu sehen. Ein sonderbarer Schauder lief mir über den Rücken, als wäre durch die noch nicht wieder verschlossene Öffnung im Glas ein kalter Luftstrom eingedrungen. Der Seitenblick, den Professor Rossi auf mich warf, entging mir nicht, und so bemühte ich mich, einen möglichst selbstsicheren Eindruck zu machen. Obwohl mir das gähnende Loch so nahe dem Raum, in dem ich schlafen sollte, nicht im Geringsten geheuer war, ging ich mit festem Schritt und ohne eine Miene zu verziehen weiter. Ich sagte mir, es sei mehr als unwahrscheinlich, dass Einbrecher an zwei aufeinanderfolgenden Tagen dasselbe Haus heimsuchen. Warum sollten sie überdies wiederkommen, wenn sie schon mitgenommen hatten, worauf sie es abgesehen hatten?

»Gute Nacht«, sagte Professor Rossi auf der Schwelle der Tür des Gastzimmers und schob mir den Pony aus der Stirn, wie man es bei Kindern tut, bevor man sie schlafen schickt. *In seinen Augen bin ich ein kleines Mädchen*, ging es mir durch den Kopf. *Er findet mich rührend, unter Umständen bewundert er mich manchmal sogar ein bisschen*, sagte ich mir und erinnerte mich an den Blick, mit dem er mich angesehen hatte, während ich über meine Arbeit sprach. *Vielleicht hält er mich auch für intelligent, aber er sieht mich nicht als Frau, beispielsweise nicht wie die andere Studentin, die nach seiner Vorlesung nach vorn gekommen war, diese Mata Hari im karierten Minirock und schwarzer Strumpfhose.* In Schuhen mit so hohen Absätzen wie die ihren würde ich mir das Genick brechen, bevor ich zwei Schritte getan hätte. *Wenn man es recht bedenkt*, überlegte ich weiter, *hat meine Mutter recht, wenn sie sagt, dass ich zu dürr bin und nicht auf meinen Gang achte. Sicher ist Sinnlichkeit etwas anderes, etwas völlig anderes.*

»Gute Nacht«, gab ich mit kaum hörbarer Stimme zurück, wobei ich die Handtücher fest an mich drückte. Dann schloss ich die Tür.

In dem nicht besonders großen Zimmer stand ein schönes hohes Bett mit einem beigefarben bezogenen Federbett, eine Spur heller als die verputzten Wände. Auf einer Kommode neben dem Nachttisch lagen einige Bildbände. Das Zimmer war geschmackvoll eingerichtet, aber unpersönlich, etwa so wie in einem kleinen ländlichen Hotel. Als ich ein wenig genauer hinsah, merkte ich, dass in halber Höhe ein breiter Tapetenstreifen mit vielen gelben Entchen um den Raum herumlief. Ich musste an das kleine Mädchen mit dem Dreirad denken.

Nachdem ich das Licht gelöscht hatte, sah ich eine Weile zum Fenster hinaus. Draußen schwangen die Wipfel der Zypressen leicht im nächtlichen Wind, und das Licht der Lampen in den Ecken des Gartens verlieh ihm das Aussehen romantischer Ruinen, vor allem, wenn man auf die Venus der Medici sah, die am Ende des Weges schimmerte. Ich war nicht müde. Bei mir ist es immer dasselbe: unmittelbar, bevor ich einschlafe, fühle ich mich voller Leben. Ich bringe die Tageszeiten durcheinander. So kann ich den ganzen Tag im Bett verbringen, wie ich es als kleines Mädchen mit einem karierten Heft und Buntstiften getan habe. Was ich erlebt hatte, schien erst dann einen Sinn zu bekommen, wenn ich aufhörte, meine Gedanken umherstreifen zu lassen, und wachend träumte. Wäre ich Schriftstellerin gewesen, ich hätte genau diesen Augenblick zum Schreiben ausersehen, im Schutz des Bettes, von allem losgelöst, den Laptop auf den Knien. Nie und nimmer würde sich ein Fremder oder ein Liebhaber in einen Raum wagen, dessen Tür geschlossen ist. Doch jetzt dachte ich weder daran, ein Buch zu schreiben noch Tagebuch zu führen, und ich wollte auch nichts von Verschwörungen wissen, welcher Art auch immer sie sein mochten. Alle meine Gedanken galten einem Mann, von dem ich viel zu wenig wusste, einem hochgewachsenen, ernsthaften Menschen mit heiserer Stimme, der mitunter in den tiefsten Abgrund der

Trostlosigkeit zu stürzen schien, bei anderen Gelegenheiten aber durchaus imstande war, mit einem angedeuteten Lächeln die ganze Welt zu erfinden. Ein einzigartiger Mensch, wahrscheinlich voller Zweifel, vielleicht verzweifelt, ein Mann, der mit all seinen Geheimnissen auf der anderen Seite des Ganges bestimmt schon schlief.

Ich warf einen Blick auf die grünlich schimmernden Leuchtziffern des Weckers. Noch zehn Minuten bis Mitternacht. Draußen tanzte das Mondlicht auf den Blättern der Kletterpflanze, die sich an der Mauer emporwand. Es sah aus, als schössen kleine silberne Fische in einem Teich hin und her. Mein Mund war ausgedörrt, als hätte ich den ganzen Tag unaufhörlich geredet. Ich zog meine Jeans und das weiße Hemd wieder an, das ich vor dem Bett hatte fallen lassen. Dann öffnete ich die Tür, so leise ich konnte, und schlich auf Zehenspitzen nach unten, um in der Küche ein Glas Wasser zu trinken. Die laue Nacht und die vollkommene Stille ließen mich auf sonderbare Gedanken kommen.

Ich trat barfuß in die Küche. Der Widerschein der Lampen draußen im Garten ließ die Fliesen und die Türen der Hängeschränke hell schimmern, so dass man sie für Spiegel hätte halten können. Als ich den kaum hörbar summenden und leicht vibrierenden Kühlschrank öffnete, fiel Licht schräg auf den Boden. Ich goss mir Wasser ein und leerte das Glas auf einen Zug. Auf dem Rückweg sah ich im Vorraum einen schmalen Lichtstreifen, der aus der angelehnten Tür der Bibliothek fiel und mir beim Herunterkommen nicht aufgefallen war. Ich trat näher. Professor Rossi, der sich den Pullover ausgezogen hatte und nur noch sein T-Shirt trug, saß vorgebeugt da, die Ellbogen auf die Knie gestützt und den Kopf zwischen den Händen. Ich konnte lediglich seinen Rücken, die bloßen Arme und seine Handrücken sehen, denn die Finger hatte er tief in sein volles Haar vergraben. Er atmete schwer wie jemand, der sich bemüht, Schmerzen erträglich zu machen oder innerlich zur Ruhe zu kommen.

»Geht es Ihnen nicht gut?« Natürlich hätte ich seine Einsamkeit respektieren können, aber ich tat es nicht.

Er fuhr hoch, wandte sich mir zu und sagte dann mit einem Lächeln: »Ich konnte nicht schlafen.«

Niemand vermag vorherzusagen, auf welche Weise unsere Träume wahr werden, denn sie erfinden sich ihre eigene Wirklichkeit. Er musste vom Sofa aufgestanden sein, ohne dass ich es gemerkt hatte. Jedenfalls stand er mit einem Mal vor mir und sah mich auf sonderbare Weise an. Es kam mir vor, als liefe ein leichter Schauer durch seine Schultern. Wenige Sekunden darauf war mir klar, dass er die Arme weit öffnen würde, um mich aufzufangen, und auch, dass ich mich dorthin flüchten würde, ohne groß nachzudenken. Er hielt die Arme länger ausgebreitet, als nötig war, wagte wohl nicht sogleich, mich an sich zu drücken. Er schien eher überrascht als unentschlossen, doch als er mich dann an sich zog, nahm ich durch den dünnen Stoff des T-Shirts seinen rasenden Herzschlag wahr, den Blutstrom in den Muskeln seiner Arme, spürte ein Schlüsselbein und die sich deutlich abzeichnenden Rippen, während er mich immer stärker an sich presste und das Gesicht in meine Halsbeuge legte, als wollte er sich verstecken, weil ihm mit einem Mal sein Alter oder sein nicht mehr jugendfrischer Körper zu Bewusstsein gekommen war. Ich tat so, als merkte ich nichts davon, legte ihm beide Hände um den Nacken und veranlasste ihn, den Kopf zu heben. Er sah mich ohne die Spur eines Lächelns mit entwaffnender Ernsthaftigkeit an. Auf diese geringe Entfernung wirkte sein Gesicht völlig anders als zuvor. Die Augenbrauen schienen schärfer konturiert, das Kinn kräftiger und die Falten um die Augen herum tiefer eingegraben. Ich hatte den Eindruck, einen anderen Mann zu entdecken, weniger jung, aber sehr viel begehrenswerter. Auf seinen Zügen glaubte ich eine Begierde und zugleich eine Schicksalsergebenheit zu erkennen, die mich meiner Sinne beraubte.

Der Blick seiner Augen schien so tief in mich zu dringen, dass er meine Vergangenheit hätte auslöschen können, wenn er gewollt hätte. Ich kam mir vor wie eine Venus, die im Mittelpunkt des Geschehens stand, die Venus der Medici. Wie oft er wohl mit dem Zeigefinger über den blassen Marmor der Skulptur draußen im Garten gefahren sein mochte? Ich stellte mir vor, wie er den Schwung der Hüfte nachzeichnete, den leicht gewölbten Unterleib, die Brüste, die wohl genau in die Höhlung seiner Hand passten, die kaum merklich gegeneinander versetzten Schultern, wie er mit seiner Berührung in der Halsbeuge verharrte, wie auch auf der hohen Stirn … genau so, wie er es jetzt bei mir tat, ohne sich mehr herauszunehmen, als wäre es sein einziges Bestreben, mich als Skulptur nachzubilden. Doch seine Erregung war auch unter dem Stoff der Hose deutlich sichtbar. Vielleicht schämte er sich dessen, nahm vielleicht an, dass das nicht zu seinem Alter passte, schon gar nicht mit einer Frau, die nicht nur so jung war, dass sie ohne weiteres seine Tochter hätte sein können, sondern ihm zu allem Überfluss zur Betreuung anvertraut war. Nein, er war keiner von denen, die Jagd auf junge Mädchen machen. Ich sah förmlich, wie ihm all das durch den Kopf schoss, und merkte, dass er sich beunruhigt und voll Unbehagen bemühte, seine Gedanken zu ordnen oder, wahrscheinlicher noch, die schwierige Gleichung zwischen seinen Gedanken und seiner Begierde aufzulösen. Er versuchte mich vorsichtig zu küssen, zart und unbeholfen wie ein unerfahrener Halbwüchsiger. Ich tat nichts weiter, als mir seinen Kuss mit halb geöffneten Lippen gefallen zu lassen und das Becken ein wenig vorzuschieben, um meinen Leib dem seinen anzunähern. Gleichzeitig verstärkte ich den Druck meiner Arme, was ihn fester gegen meine Brüste drückte, als ermutigenden Hinweis darauf, dass ich mich seinem Wunsch fügte … Daraufhin trat bei ihm schlagartig eine Veränderung ein, und er sah mich mit einem verzückten Glanz in den Augen an.

Sein leicht geöffneter Mund glitt nicht mehr sanft über den meinen, sondern suchte ihn mit einer Dringlichkeit, als verbrenne die Luft seine Lippen. Heftig keuchend drückte er mich an sich. Ich spürte die Hitze seines schweißnassen Gesichts, das Kratzen der Bartstoppeln auf der Haut, während seine Zähne voll Ungeduld gegen meine stießen. Während wir, ohne die Umarmung zu lösen, im Halbdämmer tastend nach oben strebten, wobei ich ihm mit der Zunge über Kinn, Nase und Augenlider fuhr, bemühten sich seine Finger heftig, mir das Hemd aufzuknöpfen. Wir verharrten kurz auf dem Treppenabsatz und begannen einander zu entkleiden. Seine Hände tasteten nach meiner Taille, mein Gürtel fiel zu Boden, so dass meine Jeans lose auf der Hüfte saßen, dann folgte sein graues T-Shirt. Wir hatten aufgehört zu sprechen, vertrauten den Worten nicht mehr, waren von einer Begierde erfasst, die weder Aufschub duldete noch Zeit für Zärtlichkeit ließ. Mit in die Stirn hängenden Haaren und feuchtem Mund suchten wir einander tastend, ohne zu überlegen, und in fordernder Weise. Das Ganze war weder ein überraschender Überfall noch etwas Ungehöriges, aber auch keine feierliche Übergabe, mit der sich beide Seiten einverstanden erklärt hätten. Es handelte sich eher um eine Art Spiel, bei dem ich der

Mond und er die Sonne war. Während ich nein sagte, schob ich ihm zugleich meinen Leib entgegen und forderte ihn damit zu einem neuen Anlauf heraus, bis ich ihn spüren ließ, dass er mir wehtat. Als ich dann schließlich sagte: »Jetzt«, zog er sich verunsichert zurück. Doch irgendwann war alles von uns abgefallen, und wir waren alterslos, namenlos, schamlos. Wir befanden uns nicht mehr in Florenz und auch in keiner anderen Stadt der Welt, sondern nur noch in unseren sich unter den Laken windenden Leibern, die von Schweiß bedeckt waren.

Meine Beine umschlangen seine Hüften, die Fersen drückten mit aller Kraft auf seinen Rücken, sein Rumpf war angespannt wie ein schussbereiter Bogen, die Sehnen am Hals standen weit vor, er hatte die Zähne zusammengepresst und atmete scharf durch die Nase. Er hielt sich beherrscht zurück, obwohl es ihn mit aller Macht zum Höhepunkt drängte. Auch ich wollte nicht, dass die Begierde aufhörte, hatte aber weniger Willenskraft als er, war auch nicht so erfahren, und stöhnte, als würde ich von einem Augenblick auf den anderen sterben, bis ich merkte, dass sich mein Inneres öffnete und erweiterte wie ein Fluss, der sich verzweigt. Dann konnte ich nicht mehr. Jetzt, sagte ich wieder und gab meiner Ohnmacht nach. Ja, stieß er hervor und grub seine Finger tief in meinen Rücken, unterwarf mich seinem Rhythmus; sein Gesicht war erwartungsvoll zusammengezogen. Ja, ja, ja … wiederholte er keuchend, während er immer schneller wurde und mir meinen Namen mehrfach ins Ohr rief. Dann sagte ich den seinen, ein einziges Mal, Giulio, laut und mit einer Stimme, die nichts mit meiner sonstigen Art zu sprechen zu tun hatte. Dann merkte ich, dass mich etwas Flüssiges durchlief, und ich verbarg mein Gesicht in seiner Halsbeuge, um nicht alles Leid eines Lebens mit ansehen zu müssen, von dem ich nichts wusste und von dem nichts zu wissen vielleicht auch besser war.

Am Schluss lagen wir reglos da, er, nach wie vor auf und in mir, wollte sich nicht von mir lösen. Erschöpft versuchte er nach und nach sich selbst wiederzufinden, aber so wie jemand, der es nicht eilig hat, in die Wirklichkeit zurückzukehren. Lieber verharrte er einige Minuten länger in der Bewusstlosigkeit, spürte den unwillkürlichen und kaum wahrnehmbaren Zuckungen meines Körpers nach, während mich sein Puls nach wie vor im Inneren erschütterte.

»Wie lange es gedauert hat, bis du hergekommen bist …!«, sagte er und strich mir mit dem Finger über das Gesicht. Dann betrachtete er mich schweigend mit einem sonderbaren Ausdruck, vielleicht ein wenig davon beunruhigt, diese Worte gesagt zu haben. Man hätte glauben können, er habe seine Stimme gehört, bevor er auch nur daran gedacht hatte, die Worte zu sagen, so als führten sie ein Eigenleben und existierten irgendwo für sich allein. Möglicherweise fiel es ihm leichter, das in jenem Halbdämmer zu tun.

Stets sind es nur wenige Worte, auf die es ankommt, die es zu sagen gilt und an die man sich erinnern wird. Ich hatte weder »ich liebe dich« gesagt noch »Liebling« oder einen der anderen üblichen Ausdrücke verwendet, mit denen Mann und Frau sich im Bett anreden. Er hatte lediglich gesagt: »Wie lange es gedauert hat, bis du hergekommen bist …« Das konnte vielerlei bedeuten, klang aber gut. Dem Satz haftete etwas Schönes oder Wahres an, ich könnte es nicht recht ausdrücken, ein Bewusstsein dessen, dass diese Worte etwas Schwieriges in sich schließen, denn man kann sie nicht einfach so dahinsagen. Das gefiel mir sogar sehr.

Ebenfalls gefielen mir die Furchen in seinem Gesicht, denn sie waren so geheimnisvoll wie die Jahresringe eines Baumes. Alles, was an ihm den Ablauf der Zeit verdeutlichte, machte ihn für mich anziehend: die raue und stets etwas heisere Stimme, die breiten Schultern, auch wenn sie zweifellos nicht mehr so kräftig waren wie wohl noch vor wenigen Jahren, das dichte, an den Schläfen ergraute und sorgsam gepflegte Haar, sein Blick, ja, vor allem sein Blick, der nicht der eines jungen Mannes war. Die Art, wie ein Mensch schaut, zeigt an, wie er denkt und auf welche Weise er der Welt gegenübertritt. In der Art, wie er das tat, lag die tödliche Gefahr, dass er zu einem für mich ganz und gar unentbehrlichen Menschen werden könnte.

Inzwischen lagen wir in der Dunkelheit seines Zimmers nebeneinander und sahen durch das Fenster in den nächtlichen Garten hinaus. Die von den Zweigen der Glyzinie umrankten rechteckigen Scheiben schienen mir den vollkommenen Rahmen für die wunderschöne Nacht zu bilden. Mit einem Mal, während meine Hand an seiner Hüfte entlangglitt, fiel schlagartig ein grellweißes Licht auf unsere nackten Leiber. Anfangs dachte ich, ein Spiegel habe einen von irgendwoher gekommenen Lichtschein zurückgeworfen, begriff dann aber, dass Autoscheinwerfer ihr Licht wie Wasserstrahlen aus einem Schlauch über uns ergossen. Die blendend weißen Laken, das Kopfende des Bettes und ein Sofa mit umklappbarer Lehne, das am Fenster stand – alles war taghell erleuchtet. Nachdem die Scheinwerfer alle Winkel des Raumes bestrichen hatten, verschwand das Licht wieder. Auch wenn das Ganze nur wenige Sekunden gedauert hatte, war es doch äußerst bestürzend. Dann nichts. Dunkelheit. Ich wollte vom Bett aufspringen, aber er hielt mich mit einem Arm zurück. Auf seinem Gesicht lag ein angespannter Ausdruck, während er mir mit einem Zeigefinger auf den Lippen Schweigen gebot. Kurz darauf hörten wir Reifen auf dem Kies knirschen und das Geräusch eines Motors, das sich bergab entfernte.

Erst als nichts mehr zu hören war, überkam mich die Angst.

»Ganz ruhig«, sagte Giulio. »Sie sind schon weg.«

24

Was Lorenzo de' Medici warnte, war weniger ein Geräusch als ein sonderbares Zittern des Lichts, das zusammen mit dem Flügelschlag aufgeschreckter Tauben durch die Scheiben hereindrang. Unwillkürlich fuhr er genau in dem Augenblick herum, als ihn der Priester Antonio Maffei da Volterra an der rechten Schulter packte, um ihm den Dolch in den Unterleib zu stoßen. Der Versuch Ser Stefano de Bagnones, ihn im Genick zu treffen, misslang, weil sein Opfer eine ruckhafte Bewegung nach vorn machte und sich den Umhang über die Schulter warf, um sich, die Hand am Degengriff, seiner Angreifer zu erwehren. Trotz dieser blitzschnellen Bewegung entging er dem gegen ihn geführten Stoß nicht ganz, so dass ihm der Stahl eine tiefe Wunde unter dem rechten Ohr zufügte. Doch obwohl sie heftig blutete, gelang es ihm, zwei weitere Anläufe der beiden Angreifer abzuwehren, bis ihm seine Männer beisprangen und seinen Rückzug deckten. Mit einem Sprung über die hölzerne Schranke erreichte er den Chor. Als er von dort das Seitenschiff gewinnen wollte, traten ihm unter Anführung des Bankiers Pazzi die Mörder seines Bruders Giuliano entgegen, inzwischen durch mehrere mit Helm und Degen ausgerüstete Söldner aus Perugia verstärkt. Bei dem nun einsetzenden Handgemenge wurde ein Freund Lorenzos, Francesco Nori, tödlich im Unterleib getroffen, und einem jungen Mitglied der mit den Medici verschwägerten Familie Cavalcanti wurde bei einem heftigen Angriff ein Arm glatt abgetrennt. Daraufhin sagte jemand, das Blut der Florentiner sei nicht rot, sondern schwarz.

Alles im Dom hatte sich inzwischen in ein Gewühl sich bewegender Schatten verwandelt. An eine Säule gelehnt, war Pierpaolo Masoni, dessen Netzhäute verätzt waren, nur noch durch einen winzigen Faden des Bewusstseins, der jeden Augenblick reißen konnte, mit dem Leben verbunden. Seine Schläfen waren blau angelaufen, und sein Atem ging schwer wie bei einem verendenden Tier. In diesem Zustand fand ihn Luca nach langer, kummervoller Suche.

»Meister!«, rief der Junge, als er den Maler sah, der ihn nicht erkannte. Mit einem benetzten Tuch versuchte er, das Brennen in dessen Augen zu lindern, doch war es Masoni klar, dass nichts gegen das von seinem Angreifer verwendete Mittel helfen konnte, eine Mischung aus Schwefel und Maltha. Lange vor seiner Wiederentdeckung durch die Geheimgesellschaften hatten es die Krieger des Königs Mithridates von Pontos gegen die römischen Legionen eingesetzt. Wegen des im Dom herrschenden Dunkels dauerte es eine ganze Weile, bis der Junge begriff, dass sein Meister vollständig blind war. Genau genommen merkte er es erst, als er dessen verzerrte Stimme hörte, die aus den Tiefen der Finsternis zu kommen schien.

»Ich muss dir etwas sagen.« Es kostete Masoni große Mühe, sich verständlich zu machen.

Luca lauschte angespannt auf die Worte des Meisters. Doch vernahm er aus dessen Mund statt des erwarteten großen Geheimnisses, das Masoni seit Monaten hütete, einen ebenso rätselhaften wie bestimmten Befehl.

Auch wenn Luca inzwischen begriffen hatte, dass das Gemälde *Madonna im Schnee* ein bekenntnishaftes Geheimnis bergen musste, das vermutlich mit den Büchern zu tun hatte, die der Meister in einem verschlossenen Schrank aufbewahrte, wäre er nie auf den Gedanken gekommen, das Ganze könne in einer Beziehung zum schauerlichen Verbrechen des Hochverrats stehen, der sich soeben unter der höchsten geweihten Kuppel der ganzen Christenheit abgespielt hatte.

Schlagartig fiel ihm eine der ersten Unterhaltungen ein, die er kurz nach seiner Ankunft in Florenz mit dem Maler geführt hatte. Er konnte sich gut daran erinnern, weil er dabei zum ersten Mal etwas über das von einem Dominikanermönch namens Agustino da Perusa übersetzte Werk aus der Metaphysik des Aristoteles gehört hatte, das den Titel *Liber de causis* trug. Die Miniaturen in diesem Werk hatten ihn oft in seinen Träumen gequält. Gemäß der in jenem Text enthaltenen aristotelischen Lehre bricht jedes Mal dann ein Siegel des Himmels, wenn es dem Menschen gelingt, zu viele Geheimnisse über die Natur und die Kunst zu enträtseln, was bedeutende Katastrophen auslösen kann.

»Ihr seid also nicht der Ansicht, dass Schönheit und Wissen allen zugänglich sein sollen?«, hatte er damals nicht ohne Bosheit den Meister gefragt, um ihn in Bedrängnis zu bringen.

»Deute meine Worte nicht falsch, Luca. Du weißt genau, dass ich das nicht sagen wollte. Mir geht es lediglich darum, dass der Künstler im Umgang mit Geheimnissen, die sowohl Gutes als auch Schlechtes bewirken können, das Recht und zugleich die Pflicht hat, sich für eine nicht leicht verständliche Sprache zu entscheiden, die ausschließlich Menschen wie er zu entschlüsseln vermögen. Vor allem aber muss er sein Werk vor denen schützen, die imstande sind, jene geistigen Waffen zu nutzen, um ihre weltliche Macht auszuweiten und ihren Machthunger zu befriedigen.«

Während Luca den Auftrag zu erfassen versuchte, den er gerade bekommen hatte, kam ihm diese Unterhaltung flüchtig in den Sinn. Er hätte es verstanden, wenn Masoni verlangt hätte, er solle die Leinwand der *Madonna im Schnee* verbrennen oder der Obhut Meister Verrocchios übergeben, dem es angesichts seines Alters und des Einflusses, den er inner- und außerhalb der Toskana besaß, möglich sein würde, das Gemälde an einem sicheren Ort aufzubewahren. Doch welchen Sinn konnte es haben, das Bild dem jungen Leonardo da Vinci zu übergeben, diesem unbesonnenen Burschen, der nichts als Dummheiten im Kopf hatte und seine Zeit lieber mit allerlei wirrem Zeug vertändelte, statt seine Aufträge zu erledigen? Zu allem Überfluss verband ihn mit ihm nicht die geringste persönliche Beziehung. Seit er in der Werkstatt war, hatte Luca in ihm nichts als einen eitlen und eingebildeten Fatzke gesehen, der rosafarbene kurze Leibröcke sowie Stiefel aus weichem Korduanleder trug, sich mit Jaspis-Ringen schmückte und viel Mühe darauf verwendete, sich die Haare zu kämmen. Allerdings bewunderte er insgeheim dessen Meisterschaft im Umgang mit dem Pinsel mehr, als er zuzugeben bereit war, und vielleicht war gerade deshalb seine Abneigung gegen ihn umso größer.

Der Geist des Jungen umdüsterte sich, als ihm aufging, dass sein Meister dem Lehrling Leonardo mehr vertraute als ihm, doch er senkte den Kopf und schluckte seinen Stolz herunter.

»Seid Ihr wirklich sicher, dass ich nichts unternehmen soll?«, brachte er lediglich heraus.

»Ja, Luca. Ich möchte nicht, dass du in diese Sache verwickelt wirst. Es sind Privatangelegenheiten, alte Rechnungen, mit denen du nichts zu tun hast.« Seine Stimme war jetzt besser zu verstehen, als erleichterte ihn Lucas Anwesenheit ein wenig.

»Es geht um den Herzog von Urbino, nicht wahr?«, fragte der Junge in einem Ton, als hätte er den Satz des Pythagoras entdeckt. »Jeder weiß, dass Ihr an seinem Hof gearbeitet habt.«

»Ach ja?« Den Mund spöttisch verziehend, wandte sich Masoni ihm zu, als bedauerte er ihn wegen seiner Einfalt, doch auf seinen Zügen lag keine Spur von Ironie. Eher schien er in seine Erinnerungen versunken zu sein. Vielleicht war ihm eingefallen, dass auch er einmal die Treuherzigkeit der Jugend besessen hatte. »Du wirst sehen«, fuhr er in freundlichem Ton fort, »ich habe gute Gründe anzunehmen, dass er die treibende Kraft hinter diesem Gemetzel ist, und ich bin sicher, dass er es nicht ausschließlich aus politischem Ehrgeiz angezettelt hat. Aus diesem Grund darf ihm meine *Madonna* nie in die Hände fallen. Kannst du das verstehen?«

»Nein«, gab Luca mit gerunzelter Braue zurück. »Doch ich werde tun, was Ihr mir aufgetragen habt. Es ist jetzt nicht der richtige Augenblick, mit Euch zu rechten.«

»Bist ein braver Junge«, gab Masoni mit einem Lächeln zurück, das sich sogleich in eine Miene des Schmerzes verwandelte. »Und jetzt beeil dich.«

»Jemand muss dem Prächtigen Euren Verdacht mitteilen«, beharrte Luca, der so schnell nicht aufgeben wollte.

»Großer Gott, wir wissen ja nicht einmal, ob er noch lebt. Doch selbst wenn er aus dieser Sache gut herauskommt, würde er nie ohne handfeste Beweise gegen einen Verbündeten vorgehen.«

»Aber wenn die Dinge so liegen, wie Ihr sagt, muss es doch einen Zeugen oder einen Beweis geben, der den Herzog belasten kann …«

Ein doppelsinniges Lächeln trat auf das Gesicht des Malers. Jetzt zeigte sich darauf kein Schmerz mehr, wohl aber war eine unendliche Mattigkeit zu erkennen.

»Ich halte Federico da Montefeltro für den gerissensten und verschlagensten aller Menschen, die ich kenne.« Der Maler schien einen Augenblick lang in Gedanken versunken, während er sich den hermetisch abgeschlossenen Bereich der Bibliothek von Urbino und das im ländlichen Stil gehaltene einfache Haus in Erinnerung rief, in dem an mehreren mit Federmessern verschiedener Größe und über zwanzig Gefäßen von Tinten aller vorstellbaren Arten ausgestatteten Pulten Schreiber tätig waren. Zweifellos besaß der Herzog von Urbino die bedeutendste Bibliothek der italienischen Renaissance, noch umfangreicher als die der Medici. Sie enthielt sonderbare Handschriften, die er auf seinen Reisen durch Kolchis entdeckt hatte, die Gegend, in die Jason mit seinen Argonauten auf der Suche nach dem Goldenen Vlies gelangt war. Darüber hinaus verfügte Federico da Montefeltro über eins der umfangreichsten Archive politischer und diplomatischer Schriften jener Zeit. Allerdings wäre niemand auf den Gedanken gekommen anzunehmen, dass sich ausgerechnet in dieser Bibliothek mehrere Jahrhunderte später etwas finden würde, was ihm die Maske vom Gesicht riss.

Masoni schien sich jetzt in einem Zustand des Halbdämmers zu befinden. Er brabbelte unzusammenhängende Worte vor sich hin, die Luca nicht verstand. Doch gleich darauf führte ihn der Reflex eines heftigen Schmerzes in die Wirklichkeit zurück, und weil er fürchtete, nicht mehr lange durchzuhalten, drängte er den Jungen, seinen Auftrag ohne weiteres Zögern auszuführen.

»Ich habe versprochen zu tun, was Ihr mir gebietet, zuvor aber will ich Euch noch von hier fortbringen«, sagte Luca mit einer Festigkeit und Entschlossenheit, die Masoni in den neun Monaten, die er jetzt bei ihm im Dienst stand, noch nicht an ihm erlebt hatte.

Unter großer Mühe gelang es dem Jungen, seinen Meister aufzurichten, dann lud er sich ihn wie einen Sack auf die Schulter. Dicht an die Wand des Seitenschiffs gedrängt, strebte er dem Ausgang entgegen. Sich Schritt für Schritt über den Boden tastend, wich er denen aus, die ihm entgegenkamen, und bemühte sich, seinen Weg inmitten des Gedränges so unauffällig wie möglich fortzusetzen. Allerdings waren alle viel zu sehr damit beschäftigt, ihre eigene Haut zu retten, als dass ihnen der Junge mit seiner Last aufgefallen wäre. An der Spitze einer Gruppe von Männern zog ein kahl geschorener Mönch mit blutbefleckter Kutte durch den Dom, schwang einen Dolch und schrie mit lauter Stimme an sein Gefolge gewendet: »Tod dem Tyrannen von Florenz.«

Für die Verschwörer waren das entscheidende Stunden, denn sofern es ihnen nicht gelang, den Prächtigen zu töten, drohte jedem von ihnen der Galgen. Der Druck der Angreifer wurde immer stärker. »Nieder mit den *palle*«, riefen sie in Anspielung auf die sechs Kugeln im Wappen der Medici. »Tod den Verrätern«, schallte es ihnen aus dem Mund von Lorenzos Parteigängern entgegen. Auch wenn so gut wie alle an Armen und Brust mit Blut bedeckt waren, taten die Wunden ihrer Verwegenheit keinen Abbruch, wohl aber machten sich beim einen oder anderen erste Zeichen von Erschöpfung bemerkbar.

Jetzt beschloss einer der Getreuen mit dem Degen in der Hand die Seinen zur nördlich gelegenen Sakristei zu führen. Es gelang ihnen inmitten des klirrenden Aufeinanderprallens stählerner Klingen und in einem Durcheinander aus Befehlen und Parolen, das die Unterscheidung zwischen Freund und Feind immer schwerer machte, ihre Verwundeten dorthin zu schaffen. Sobald sie die Sakristei erreicht hatten, schoben sie von innen einen eisernen Riegel vor die Tür und machten sich daran, ihre Verluste zu zählen. Der junge Francesco Nori hauchte seine Seele auf dem Boden unter einem an der Wand angebrachten Kruzifix aus. Den stark aus seiner Halswunde blutenden Lorenzo de' Medici hatten zwei seiner Männer auf ihren Schultern hereingetragen. Jetzt begannen sie für den Fall, dass der Dolch, der ihn getroffen hatte, vergiftet war, das Blut aus der Wunde zu saugen. Zwar war Lorenzo vom Blutverlust geschwächt, doch verlor er das Bewusstsein nicht vollständig und erkundigte sich immer wieder nach seinem Bruder Giuliano, doch brachte niemand den Mut auf, ihm die Wahrheit zu sagen.

Die entsetzliche Ungewissheit steigerte die allgemeine Anspannung, denn auch in der Sakristei wusste niemand, was auf den Straßen der Stadt geschah. Erst als nach einigen Stunden heftige Schläge von der anderen Seite der schweren bronzenen Pforte ertönten, mit denen sich Florentiner Bürger jeden Alters und aller Schichten Zugang verschaffen wollten, um dem Prächtigen ihre Unterstützung anzubieten, hatte die innere Unruhe der Männer in der Sakristei ein Ende.

In diesem Augenblick verließ der Herzog von Urbino den Beichtstuhl, aus dessen Innerem er den Ablauf der Ereignisse verfolgt hatte, um seinem Opfer kaltblütig mit der Maske des Schuldlosen gegenüberzutreten und ihm seine Unterstützung anzubieten, als wäre er einer seiner glühendsten und treuesten Anhänger.

Doch die Hoffnung, seinen Plan verwirklichen zu können, hatte er nicht aufgegeben.

25

Jetzt kommt das Schlimmste, ging es mir durch den Kopf. Das wirklich Schwierige bei der Liebe ist der Morgen danach. Häufig wirkt dann das Tageslicht wie ein Guss kaltes Wasser auf die flüchtige Leidenschaft der Nacht. Ich öffnete die Augen und empfand die Helligkeit, die durch die Vorhänge hereintrat, wie eine Bedrohung. Ich hatte ein sonderbares Empfinden, das Gefühl, wach zu werden, ohne recht zu wissen, wo ich mich befand. Die Einbuchtung im Laken neben mir war noch handwarm. Ich hatte gehört, wie Giulio aufgestanden war, um die Vorhänge vorzuziehen, und glaubte dann gesehen zu haben, dass er lautlos zur Tür ging. Danach musste ich wohl wieder eingeschlafen sein, denn ich hatte ihn nicht aus dem Bad kommen hören. Ich sah mich leicht verstört um. Das Zimmer kam mir anders vor als am Vortag, größer und unerforscht. An der Wand hing ein gerahmtes Plakat, das für eine Ausstellung von Gegenwartskunst im *Palazzo Grassi* in Venedig warb. Auf dem Nachttisch stapelten sich Bücher, die mir bisher nicht aufgefallen waren, und im Schrankspiegel sah ich eine andere Anordnung der Möbel als die, an die ich mich erinnerte. *Wenn ich auch ihn nicht wiedererkenne*, ging es mir voll Entsetzen durch den Kopf, *und wenn mir nicht gefällt, wie er mich ansieht*? Manche Männer betrachten eine Frau als Privateigentum, nur weil sie mit ihr im Bett waren. So mancher Märchentraum endet am Morgen danach, wenn man sich der unverhüllten und unverstellten Wirklichkeit gegenübersieht.

Aus der Art, wie man begrüßt wird, lassen sich Schlüsse auf

das ziehen, was einen erwartet und was nicht, ebenso wie wir morgens beim Aufschlagen der Zeitung sogleich wissen, in welchem Zustand sich die Welt bei Tagesanbruch befunden hat. Ich drückte mir selbst die Daumen, während ich nach unten ging. Meine Seele befand sich in einem Schwebezustand. *Hoffentlich sieht er mich nicht triumphierend an, hoffentlich sagt er nicht etwas, was alles verdirbt. Er soll mich bitte, bitte nicht mit liebevollen Kosenamen bedenken, so sehr es ihn danach drängen mag. Aber nein, so einer ist er nicht.* Ich rief mir seine gelassene Reaktion darauf in Erinnerung, dass mitten in der Nacht die Scheinwerfer eines Autos das Schlafzimmer von einem Ende zum anderen in grelles Licht getaucht hatten. »Bestimmt ein Polizeiwagen«, hatte er gesagt, als er merkte, wie ich zusammengefahren war. »Inspektor Leoni hat gesagt, er werde Leute schicken, die ein Auge auf das Haus haben sollen.« Ich war nicht sicher, ob es ihm mit diesen Worten ernst gewesen war oder ob er mich damit nur hatte beruhigen wollen. Auf jeden Fall hatten sie die gewünschte Wirkung, und ich konnte einschlafen.

Ich steckte den Kopf zur Küchentür hinein – niemand. Ein rot glimmendes Lämpchen an der Kaffeemaschine zeigte, dass sie eingeschaltet war, ein Frühstückstablett stand fix und fertig auf dem Tisch: Obstsaft, Marmelade und unter einer weißen Leinenserviette Toastscheiben, alles aber nur für eine Person. Ganz offensichtlich hatte ich nicht die geringste Vorstellung davon, was für eine Art von Mann er war.

»Giulio!«, rief ich mehrfach, ohne eine Antwort zu bekommen. Ich sah in der Bibliothek nach, im Garten hinter dem Haus und ging noch mehrere Male in die Küche. Es dauerte eine Weile, bis ich den kleinen Zettel mit seiner Mitteilung auf der Anrichte entdeckte, die er in aller Eile geschrieben zu haben schien. Er teilte mir mit, dass er auf einen Anruf Inspektor Leonis hin diesen dringend habe aufsuchen müssen. Er hatte die Telefonnummer des Taxistandes von Fiesole dazugeschrieben, damit ich zurück nach Florenz konnte, und hinzugefügt, wir könnten uns um fünf Uhr in einem Café an der Piazza San Marco treffen, ganz in der Nähe des Kunsthistorischen Instituts.

Ach, der Märchenprinz war mit dem Morgengrauen verschwunden! Damit hatte ich nun wirklich nicht gerechnet. Missmutig verzog ich das Gesicht zu einem schiefen Lächeln, das mir selbst galt. *Das geschieht dir recht*, sagte ich mir, während ich den Zettel auf den Küchentisch legte. *Das kommt dabei heraus, wenn man den Gang der Dinge beeinflussen möchte*. Es war eine rein informative neutrale Mitteilung ohne die geringste persönliche Note oder einen kleinen Gruß. Neben dem Notizzettel aber leuchtete in einer hohen Kristallvase eine frisch geschnittene Rose; sicher die erste des Jahres aus seinem Garten.

Nach dem Aufwachen habe ich stets einen Bärenhunger. Signora Manfredis selbstgemachte Orangenmarmelade war köstlich. Während ich ausgiebig frühstückte und mir dabei die Ereignisse der Nacht Minute für Minute ins Gedächtnis rief, jede Bewegung, jeden Blick, spürte ich eine unbestimmte Niedergeschlagenheit … Auch das ist bei mir immer so. Dann duschte ich rasch, zog mich an, nahm meine Sachen und ging, nicht ohne die Haustür krachend hinter mir zuzuschlagen. Als Nächstes suchte ich eine Bushaltestelle, denn für ein Taxi reichten meine Mittel nicht. Unterwegs kaufte ich an einem Kiosk eine Zeitung. Die ganze erste Seite beschäftigte sich mit dem Gesundheitszustand von Papst Johannes Paul II. Auf einem Foto, das ihn hinter einem Fenster der Gemelli-Klinik zeigte, war unübersehbar, dass er sich deutlich verschlechtert haben musste. Schwach drang die Sonne durch die tief hängenden

Wolken. Während ihr Licht rosa über den Hügel strich, zeigte sich eine Abfolge von hell-dunklen Stellen, ocker, grün und grau. All das betrachtete ich, die Stirn an die Scheibe des Autobusses gedrückt, der mich von Fiesole nach Florenz brachte. Während ich die Schwingungen des Motors in mich aufnahm, fühlte ich mich ganz und gar verlassen.

In der Via della Scala war alles wie immer, als hätte die Erdkugel nicht in den letzten Stunden ihre Rotationsrichtung geändert. Als ich an Salvatores Trattoria vorüberkam, tröstete der Geruch nach frisch gebackener Pizza meine Seele. Eine Katze in den Armen, saß eins von Simonettas kleinen Kindern auf einer Treppenstufe vor dem Eingang. Ein rotes Dreieck an der Tür des Fahrstuhls zeigte an, dass er außer Betrieb war, Signor Vittorios Radio dröhnte durch das Treppenhaus. Ich war unverkennbar wieder in meinem Viertel.

Ich nahm die Post aus dem Briefkasten. Ein langer Umschlag von der Stiftung Rucellai und ein kleinerer mit einer spanischen Briefmarke. Ich ging damit nach oben. Nachdem ich frische Unterwäsche angezogen und einen roten Pullover samt einem Paar Jeans aus dem Schrank geholt hatte, steckte ich die schmutzige Wäsche in die Waschmaschine und wandte mich den Briefen zu. Die Leute von Rucellai teilten mir mit, dass mein Stipendium am 12. April auslaufe, und informierten mich über Formalitäten, die bei der Abgabe meiner Arbeit im Rektorat einzuhalten waren. Noch knapp ein Monat. Der kleine Umschlag enthielt eine Postkarte mit einer Ansicht der Cíes-Inseln, vom Hafen der nordspanischen Stadt Vigo aus gesehen. Ich erkannte Rois winzige, nach rechts geneigte Schrift. Seit ich in Florenz war, hatte er noch nie geschrieben. Es war seine erste Mitteilung in fünf Monaten. Sauber abgezirkelte Buchstaben, schwarze Tinte. Ich ging zum Kühlschrank, goss mir zwei Finger hoch Gin ein und gab Soda mit viel Eis hinzu. Ich brauchte das, bevor ich las, was er geschrieben hatte, ohne Datum oder eine Anrede. Hier ist der Wortlaut:

Wie schreibt man eine Postkarte? Ich schwöre Dir, Ana, mir kommen alle Touristen in den Sinn, die wir Hunderte von Malen in Santiago gesehen haben, wie sie in Santiago auf der Plaza de la Quintana *sitzen und der Nachbarin daheim eine Karte schreiben. Jetzt bin ich hier und beiße auf dem Kugelschreiber herum. Der Ärger über mich selbst und über Dich ist verflogen, jetzt bleibt nur noch das erdrückende Gefühl, allein zu sein … ganze Nächte hindurch denke ich an Dich im Pub* Dublin *und im* Cinzano. *Philosophische Kellner, Bindungen, die zerbrechen, Missverständnisse … Ich weiß nicht so recht, worüber ich Dir jetzt schreibe, Ana. Es geht um Entschuldigung, nehme ich an, um Entfernung, viele Kilometer, ganz so, wie Du es wolltest. Ich spreche von Dir und mir, davon, wie widersinnig es ist, einander Pfeile ins Herz zu senden und uns gegenseitig herunterzumachen. Ich spreche von den tödlichen Wunden, die uns die Einsamkeit, der Regen und die Wege zufügen … und von einer Sache, die mir heute Morgen besonders wichtig ist: mir fehlt Dein Körper und Dein Lachen.*

ROI

Ich konnte nur denken, wie sonderbar das Leben war. Was hätte ich sonst denken sollen? Monatelang hatte ich mich danach verzehrt, etwas Ähnliches zu hören, hätte wer weiß was darum gegeben, genau diese Worte zu lesen, die mich vor nicht einmal zehn Tagen wohl noch mit Rührung erfüllt hätten. Jetzt aber ließen sie mich völlig kalt. Zu spät. Entschuldigungen kommen immer zu spät. Auf dem Rücken liegend sah ich zu dem feuchten Fleck an der Decke empor, während Tom Waits die letzten

Akkorde von *In Between Love* spielte. Das aber war das letzte Zugeständnis an die Wehmut, das ich mir gestattete. Ich stand auf, ging ins Bad, drehte den Hahn auf, ließ das kalte Wasser eine Weile laufen und besprengte mir dann Gesicht und Hals mit vollen Händen. Nichts ist so gut wie kaltes Wasser, um einen klaren Kopf zu bekommen.

Danach fiel es mir nicht schwer, mich an den Tisch zu setzen, den Rechner einzuschalten, um wie besessen drauflos-zutippen. Ich durfte keine Zeit verlieren, mir blieben genau dreiunddreißig Tage und nicht einer mehr für die Fertigstellung meiner Dissertation. Bevor ich mich an die Arbeit machte, wählte ich aber noch die Nummer der Restauratorenwerkstatt in den Uffizien, weil ich Francesco Ferrer eine Frage zu Masonis *Madonna im Schnee* stellen wollte, die mir keine Ruhe ließ. Es ging um etwas, was er im Verlauf unserer Unterhaltung im Krankenhaus beiläufig erwähnt hatte, eine winzige Einzelheit über den Aufbau des Gemäldes, die ich nicht richtig verstanden hatte. Doch seine Sekretärin teilte mir mit, dass er nicht da sei. Vielleicht, überlegte ich, ohne der Sache weiter Bedeutung beizumessen, hatte er beschlossen, an seinen Aufenthalt in Pistoia noch einen Tag anzuhängen.

Den Rest des Vormittags verbrachte ich mit Arbeit. Nicht einmal zum Essen machte ich eine Pause, sondern schlang vor dem Bildschirm ein vegetarisch belegtes Brot herunter. Bei Licht besehen gab es kein besseres Mittel als die Arbeit, um mich daran zu hindern, an andere Dinge zu denken, und meine Gedanken nicht ständig besorgt um die Verabredung kreisen zu lassen, die ich um fünf Uhr mit Giulio hatte.

Satz für Satz schrieb ich nieder, was Poliziano in seinem Werk *Coniurationis Commentarium* berichtet hatte, in dem er die Ereignisse bis zu dem Augenblick schildert, da die Gruppe der

Getreuen um Lorenzo de' Medici zusammen mit diesem die Domsakristei verließ, die ihnen eine vorläufige Zuflucht geboten hatte, um sich im Stadtpalast der Familie an der Via Larga in Sicherheit zu bringen. An jenem Tag herrschte in ganz Florenz die von kaum einem Geräusch unterbrochene Stille, die großen kollektiven Ausbrüchen voraufgeht. Dann brach von einem Augenblick auf den anderen der Tumult los. An allen Straßenecken tauchten Trupps Bewaffneter auf. Alarmsignale wurden geblasen und alle Stadttore geschlossen. Mit Torriegeln und Sperrbalken hinderte man diejenigen der Verschwörer, die sich im Ratssaal des Regierungspalasts befanden, daran, ihn zu verlassen, so dass sie in der eigenen Falle gefangen saßen. Unterdessen machten sich zahlreiche Bürger auf den Weg zum befestigten Wehrgang des höchsten Turmes, um an der Verteidigung der Stadtregierung mitzuwirken. Von einem Augenblick auf den anderen hatte sich das sonst so friedliche Florenz in Waffen erhoben. Die große Glocke der Signoria läutete Sturm, und die Kunde vom Mordanschlag auf die Medici verbreitete sich durch die ganze Toskana.

Mit einem Mal ertönten die Glocken der Allerheiligenkirche, was mich daran erinnerte, wie spät es war. Leichter Schwindel erfasste mich. Ich kämmte mich, legte ein wenig Lippenrot auf und zog mit dem Konturstift ganz vorsichtig eine sehr dünne Linie unter die Lider, um den Umriss der Augen zu betonen. Dann zog ich meine roten Basketball-Schuhe an, warf mir eine sandfarbene Weste mit vielen Taschen über und sah mich im Badezimmerspiegel abschätzend an. Der lächelndste Mund von ganz Florenz, ein bisschen zu breit, das schon, aber auch Julia Roberts hat einen breiten Mund, und niemand lästert darüber, das blondeste Haar, die träumerischsten Augen und der glücklichste Körper. Man mag sich glücklich fühlen und glauben, dass einem das Leben zulächelt, weil man einen guten Ruf und einen BMW hat, ein Haus am Meer, Kreditkarten … aber wer sich jeden Morgen im Spiegel betrachtet, kann ohne weiteres mit einem Mal merken, wie traurig und resigniert die eigenen Züge sind – das Gesicht der Alltagsroutine. Doch man kann auch in einer Studentenwohnung in der Via della Scala von Florenz neben einem Telefon sitzen, das den ganzen Tag lang nicht geläutet hat, innerlich vor Verzweiflung sterben und dann ins Badezimmer gehen und entdecken, dass ein beharrlicher Ausdruck von Glück auf dem Gesicht liegt, oder zumindest von Ironie, von Selbstverspottung über die Situation, in die man sich selbst manövriert hat. Unter Umständen ist es auch der Ausdruck von Entsetzen. Eine Geschichte, in der es um Dolche und Verbrechen geht, flackert auf dem Computer-Bildschirm, während draußen vor dem Fenster vier Stockwerke weiter unten das Leben im Verkehrsgewühl vorüberzieht, wo der Putz an Mauern bröckelt, in deren Nischen Gips-Madonnen stehen, vorbei an Hotels, die früher Klöster waren, an Katzen, die in einer Motorrad-Reparaturwerkstatt ein und aus gehen, an einem Internetcafé voller junger Maghrebiner, an Hinterhöfen und Lagerplätzen, auf denen sich Autofelgen und -reifen stapeln. Über all das zieht der Frühlingswind dahin, der sich in der Ferne auf der gewellten Oberfläche eines Flusses verfängt, durch dessen dunkelgrünes Wasser sich graue und erdfarbene Adern ziehen, beinahe rötlich, wie von dem Blut gefärbt, das eines Apriltages im Jahre 1478 in den Arno strömte.

Ich erreichte die Piazza San Marco kurz vor fünf. In den Cafés sah man viele Paare. Zwischen den Bänken auf dem Platz wanderte in einem Kreis sich lautstark unterhaltender und noch lauter lachender Halbwüchsiger mit Kapuzen-Sweatshirts und im Schritt tief herabhängenden Hosen eine Zigarette von einem Mund zum anderen. Vor der genau gegenüber dem Kloster liegenden *Taverna da Tonino* standen Metallstühle unter einer grünen Markise. Zur Zeit der Renaissance hatten diese Gebäude die äußere Grenze der Stadt gebildet und als Kasernen wie auch als Stallungen für die Löwen, Elefanten und Giraffen der Medici gedient. Mir gefiel das Spiel von Licht und Schatten, das man dort beobachten konnte. Ich bestellte eine große Tasse schwarzen Kaffee und atmete einige Minuten lang tief durch. Um Punkt fünf tauchte Professor Rossi in der Via Ricasoli an der Ecke der Kunstakademie auf. Er ging wie immer nachlässig, trug ein weißes Hemd mit Krawatte, eine an den Knien abgeschabte Hose mit Bügelfalten und eine rauchgraue Cordsamtjacke sowie einen blassblauen Schal, der ihm sehr gut stand. *Mal sehen, wie er mich begrüßt*, sagte ich mir, als er neben meinem Tisch stand. Er war gut rasiert, und er wirkte jünger als am Vortag. Doch in seiner Art, sich zu bewegen, meinte ich einen Anflug von Besorgnis zu erkennen. Während ich ihn betrachtete, versuchte ich meine innere Unruhe zu bezwingen. Zwei, vielleicht drei, unendliche Minuten vergingen, in denen er nichts sagte, doch sein Blick bewies mir eine unübersehbare Zuneigung. Dann lächelte er auf die scheue Weise, die sein ganzes Gesicht aufleuchten ließ, zuckte ungekünstelt die Achseln, legte die Bücher und meine Mappe mit den Blättern auf den Tisch, zog sich einen Stuhl herbei und nahm seinen Schal ab. Das alles geschah ohne erzwungene Distanz, aber auch ohne übertriebene Vertraulichkeit, ganz wie bei unseren ersten Begegnungen.

Was für ein Glück, dass er sich völlig normal verhielt! Er redete eine ganze Weile fast ohne Unterbrechung, während er mir die Einzelheiten seines Gesprächs mit Inspektor Leoni berichtete.

»Er hat mich nach dir gefragt«, sagte er.

»Und was hast du ihm gesagt?«

Er sah mich neugierig und belustigt an. In seinen Augen lag liebevoller Spott. Dann fragte er mit leicht schief gehaltenem Kopf: »Was glaubst du?«

Er saß schräg auf seinem Stuhl, wie immer, und ich merkte, dass mich sein Gesicht mit den tief eingesunkenen, durchfurchten Wangen und der großen geraden Nase im Profil ebenso beeindruckte wie von vorn. Sein prüfender Adlerblick zeugte von einer Energie in seinem Inneren, die mir von Anfang an als außergewöhnlich erschienen war und die je nach Tageszeit und Wetter variieren konnte.

Aus dem, was er mir über seine Unterhaltung mit Inspektor Leoni berichtete, ging hervor, dass nach Überzeugung der Polizei der Einbruch bei ihm mit dem illegalen Kunsthandel zu tun hatte. Einzelheiten hatte ihm Leoni nicht genannt, doch lag für ihn auf der Hand, dass die Sache in engem Zusammenhang mit den drei verschwundenen Heften Masonis stehen musste. Allerdings hatte weder Professor Rossi noch ich eine Erklärung dafür, was an drei einfachen Notizheften so interessant sein konnte, deren Schwarzmarktwert äußerstenfalls bei knapp hunderttausend Euro liegen mochte – ein eher lächerlicher Betrag verglichen mit den astronomischen Gewinnen, die bei solchen Geschäften an der Tagesordnung sind.

Während ich ihm zuhörte, kam mir die Antiquitätenhandlung in den Sinn, deren Namen der Inspektor mir gegenüber auf der Wache am Corso dei Tintori hatte fallen lassen. Soweit ich ihn verstanden hatte, gingen dort zahlreiche Sammler und Agenten von Auktionshäusern ein und aus.

»Kannst du dich erinnern, wie der Laden heißt?«

»Nein, aber ich weiß, wo er ist – an der Via di Santo Spirito. Ich glaube, ganz in der Nähe des Goethe-Instituts.«

Der Blick, mit dem er mich ansah, sprach Bände.

»Denkst du dasselbe wie ich?«, fragte er.

Eine halbe Stunde später hatten wir den Arno auf der Brücke della Trinità überquert und schritten rasch durch die Via di Santo Spirito. Da sie wegen Straßenbauarbeiten teilweise gesperrt war, herrschte kaum Verkehr. Zwei Arbeiter mit von der Sonne verbrannten Gesichtern, die in der Nähe einer Teermaschine standen, sahen zu uns her. Mich musterten sie ziemlich unverfroren, dann wandten sie ihre neugierigen Blicke Professor Rossi zu, als wollten sie abschätzen, ob er mich verdiene. Es war gar nicht einfach, den Laden zu finden, und wir stießen lediglich durch einen Zufall darauf. Durch eine offene Tür sah man im Schein einer Leuchtstoffröhre einige Metallskulpturen, die von ferne an Picasso erinnerten, geschnitzte Deckenbalken, altes Werkzeug, Kohlenschaufeln, verblichene Gürtelschärpen aus Leinen. Wir versuchten, uns einen Weg durch diesen Wust zu bahnen. Nach einigen Schritten sagte Giulio laut: »*Buona sera*!«, bekam aber keine Antwort.

Am anderen Ende des Raumes führte eine Treppe nach oben. Auch auf den Treppenabsätzen standen Kisten und Bündel.

Allem Anschein nach waren wir durch den Hintereingang gekommen, denn eine ältere Frau mit einem grauen wollenen Umschlagtuch, die am oberen Ende der Treppe strickend in einem Schaukelstuhl saß, teilte uns mit, wir müssten um das Haus herumgehen; der Haupteingang sei in der Via Maffia. *Was für ein Name für einen Laden, in dem unsaubere Geschäfte gemacht werden*, ging es mir durch den Kopf. Von der anderen

Seite aus machte er einen gänzlich anderen Eindruck. Vitrinen präsentierten zahlreiche Objekte: Gemmen, Kameen, alte Füllhalter, Münzen, silberne Medaillons zur Aufnahme von Reliquien sowie Teeporzellan. Im Hintergrund standen mit Riemen verschlossene Lederkästen und Metallkoffer, doch sah man keinerlei Gemälde, weder Tafelbilder noch Malereien sonstiger Art, und auch keine Handschriften oder frühe Drucke. Der Angestellte, der in einem grauen Kittel hinter der Theke stand, ließ uns nicht aus den Augen, während wir uns umsahen.

Nach einer Weile trat Giulio auf den Mann zu, der an die sechzig Jahre alt sein mochte, und erkundigte sich mit gesenkter Stimme: »Ich wüsste gern aus reiner Neugier, welchen Preis eine Handschrift aus dem 15. Jahrhundert erzielen kann.«

»Kommt ganz drauf an«, gab der Mann zurück. »Da müsste man vorher eine Expertise einholen. Allerdings handeln wir nicht mit solchen Objekten. Wie Sie sehen, haben wir ausschließlich antike Schmuck- und Gebrauchsgegenstände in unserem Geschäft.« Er verdeutlichte seine Worte mit einer umfassenden Handbewegung.

»Ach so …«, sagte ich mit betont enttäuschter Stimme. »Könnten Sie uns denn sagen, an wen man sich am besten für so etwas wendet?«

»Dazu müsste ich erst wissen, um welche Art von Handschrift es geht.«

»Na ja, genau genommen sind es lediglich einige schmale Bände aus einer Privatsammlung«, wagte ich mich vor, wobei mich Giulio anfunkelte, als hielte er dieses Vorgehen für unpassend und gefährlich.

Doch es erfüllte seinen Zweck. Der Antiquar sah mich überrascht an, als schätzte er mich jetzt völlig anders ein als zuvor.

»Hmm.« Während er diesen Laut ausstieß, presste er die Lippen zwischen Zeigefinger und Daumen zusammen. »Ich weiß nicht recht... Da war mal ein Dominikaner von der Stiftung des Klosters San Marco. Eventuell kann Ihnen der weiterhelfen.«

»Das ist das Museum im ältesten Teil des Klosters, den Cosimo de' Medici hat errichten lassen«, erläuterte Giulio überflüssigerweise, denn ich wusste sehr wohl, dass Lorenzos Großvater den Bau in Auftrag gegeben hatte, um den Dominikanern von Fiesole eine Heimstatt zu geben.

»Ich glaube, er heißt Tullio, Tullio Rolania«, fuhr der Antiquar fort. »Er hat einen ausgezeichneten Blick für solche Dinge und einen sechsten Sinn, was in dieser Branche äußerst nützlich ist. Früher hat er für viele Sammler Expertisen erstellt, sich aber schon vor einer ganzen Weile in eine kleine Landgemeinde in der Nähe von Artimino zurückgezogen. Obwohl er eigentlich nicht mehr aktiv ist, sucht ihn von Zeit zu Zeit noch jemand auf, um sich von ihm beraten zu lassen. Allerdings kann ich nicht sagen, ob er überhaupt noch Aufträge annimmt.« Mit resignierter Geste hob er seine ungeheuer buschigen Brauen. »Die Jahre gehen nun mal nicht spurlos an uns vorüber.«

Giulio sah sich erneut im Laden um. Die Hände in den Taschen seines Jacketts, musterte er die beleuchteten Vitrinen mit dem konzentrierten Blick eines Schachspielers, der sich den nächsten Zug überlegt. Mir war nicht klar, ob er nur Zeit gewinnen wollte oder innerlich verarbeitete, was wir da gehört hatten, und seine Schlüsse daraus zog. Ich unterhielt mich weiter mit dem Antiquar. Er sprach jetzt in Andeutungen, und ich merkte, dass er lauter Köder mit einflocht, auf die ich aber nicht einging.

Als wir uns verabschiedeten, sagte er mit so breitem Lächeln, dass man sah, wie weit seine Schneidezähne auseinanderstanden: »Kommen Sie gern jederzeit wieder.«

Die Tür schloss sich hinter uns mit einem leisen Klingeln von Glöckchen. Es klang, als kämen wir aus dem Laden des Weihnachtsmannes.

25

Nicht nur um den Dom herum waren die Türen der Schänken verriegelt, auch alle Häuser der Stadt schienen fest verschlossen zu sein. In der Luft lag ein sonderbares Zittern, wie das Geräusch von tausend Schwingen.

Der Plan der Verschwörer hatte sich keineswegs auf die Aktion im Inneren des Domes beschränkt. So rückten jetzt zwei Dutzend Söldner auf der Via dei Calzaiuoli vor. Ihr Ziel war der Regierungssitz der Republik im Palazzo della Signoria. An ihrer Spitze schritt der Erzbischof von Pisa, Francesco Salviati. Dank seinem mit Hermelin gefütterten Brokatumhang über dem purpurfarbenen Gewand und der Mitra auf dem Kopf erreichte er, dass man ihm die Türen zum Palast öffnete, als er erklärte, er habe dem *gonfaloniere dei Giustizia* eine dringende Mitteilung von Papst Sixtus zu überbringen.

Als aber der *gonfaloniere* Cesare Petrucci heraustrat und den Erzbischof mit ausgestreckter Hand um das Schreiben des Papstes bat, stolperte ihm dieser nervös entgegen und hob den Blick zu den großen Fenstern des Saales, ohne zu wissen, was er sagen sollte. Er hatte lediglich Zeit gewinnen und erfahren wollen, ob die Verschwörer im Dom ihrem Auftrag gemäß die Medici getötet hatten. Es erfüllte ihn mit nicht geringer Verzweiflung, dass die so sehnsüchtig erhoffte Mitteilung so lange auf sich warten ließ.

Sein Raubvogelblick unter gesenkten Lidern verriet ihn. Cesare Petrucci, der von Anfang an Unrat gewittert hatte, zog blank und drängte den Prälaten mit seiner als *cinquedea* bezeichneten Waffe – auch ›Ochsenzunge‹ genannt, weil die Klinge so breit war wie eine solche – bis zum Eingang zurück. Vergeblich rief dieser nach seinen Söldnern, denn die saßen bereits in der eigenen Falle gefangen und waren im großen Saal im Nordflügel des Palasts eingeschlossen. Damit sich dieser Raum leicht verteidigen ließ, hatten die Baumeister außer einem unübersichtlichen System von Gängen, die dorthin führten, auch schwere Riegel an dessen Türen vorgesehen.

Obwohl auf dem Platz nichts Ungewöhnliches zu geschehen schien, sammelten sich Männer unter den Gewölbebogen der *Loggia dei Lanzi*. Die auf der anderen Seite anstoßenden Häuser schienen in sonderbarer Stille dazuliegen, doch schon bald flogen Rufe von Balkon zu Balkon, die den Menschen mitteilten, dass in der Stadt etwas Entsetzliches geschehen war. Jetzt gab der *gonfaloniere*, von den übrigen Zunftvorstehern gefolgt, den Befehl, die große Glocke im Turm der Signoria Sturm läuten zu lassen. Ihr Klang sagte den Bewohnern der Stadt, dass sie sich auf einen Kampf vorbereiten sollten. Inzwischen herrschte allenthalben lärmendes Durcheinander und ein chaotisches Gewühl im Labyrinth der engen Gassen. Menschen rannten hin und her, man hörte klirrend Stahl auf Stahl treffen. Am lautesten aber ertönte das Geschrei auf der *Piazza di Governo* und in den umliegenden Straßen. Hunderte von Männern, von Frauen und Kinder gefolgt, tauchten an den Ecken auf und bedachten die Söldner aus Perugia mit Schmähreden. Mit allerlei Küchengerät, Fleischermessern und Knochenbeilen bewaffnet stürmten Männer aus den Häusern, drohend schwangen sie Fackeln, riesige Sacknadeln – alles, womit man jemanden verwunden konnte. Ganz Florenz war auf die Straße geströmt und zog dem befestigten Turm entgegen, um die Regierung der Republik zu verteidigen.

Mit einem Mal schien die menschliche Flutwelle ins Stocken zu geraten, als hätten einander widersprechende Gerüchte sie verwirrt und in ihrer Bewegung gehemmt. Allem Anschein nach hatte man auf der Via del Proconsole eine von *messer* Jacopo de Pazzi angeführte Hundertschaft schwer Bewaffneter abgefangen, die auf dem Weg zum Regierungsgebäude war. Aus den Fenstern der Häuser regnete es brennende Holzscheite und Töpfe voll siedenden Wassers auf die Angreifer hinab. Als die ersten Söldner den Platz vor dem Regierungsgebäude erreichten, stellten sich ihnen Frauen in den Weg, packten die Pferde am Zaumzeug und stießen ihnen ihre Messer tief in die Flanken.

Niemand hatte mit so erbittertem Widerstand gerechnet, zumal die Verschwörer irrtümlich angenommen hatten, Erzbischof Salviatis Männer hätten den Sitz der Stadtregierung bereits in ihre Gewalt gebracht. Da die Magistaratsherren mit Unterstützung von Söldnern und Köchen siedendes Öl durch die Schießscharten der Signoria auf den Platz hinabgossen, hallte dieser schon bald wieder von den Jammerlauten der Verwundeten und Verbrühten. Der Bankier Jacopo de' Pazzi musste an Hauptmann Monteseccos bedeutungsschwere Worte denken, als ihm inmitten des Schlachtgetümmels gemeldet wurde, man habe soeben Lorenzo den Prächtigen aus dem Dom kommen sehen; er strebe im Schutz seiner Getreuen dem Stadtpalast der Medici in der Via Larga entgegen.

Jacopo de' Pazzi blieb nur noch die Hoffnung, Florenz so schnell wie möglich verlassen zu können. Besorgt sah er sich nach einem Hinweis auf die Ankunft der in den Hügeln von Fiesole postierten Verstärkungen um. Er konnte nicht wissen, dass deren Befehlshaber seinen Leuten den Rückzug befohlen hatten, weil sie das plötzlich einsetzende Läuten, mit dem sich die Kunde vom Anschlag auf die Medici von Glockenturm zu Glockenturm durch die ganze Toskana verbreitete, als Hinweis auf ein Scheitern der Verschwörung deuteten.

Die blutige Vergeltung setzte in den letzten Nachtstunden ein. Viele Verschwörer stürzte man aus den Fenstern des Ratssaales auf die Steine des großen Platzes, wo die Menge, die sich dort drängte, ihre Leiber zerfleischte. Der Erzbischof von Pisa wurde im Palast der Signoria gehenkt und sein Leichnam auf fürchterliche Weise geschändet. Das Zentrum der Stadt verwandelte sich in eine Hinrichtungsstätte, doch auch außerhalb der Mauern, in der Nähe der Porta della Giustizia, errichtete man Galgen. Manche der Leichen wurden von der Menge mit den Zähnen zerfetzt, auf Lanzen gespießte Köpfe und Gliedmaßen wurden im Triumph umhergetragen. Nichts und niemand vermochte der allgemeinen Raserei Einhalt zu gebieten. Es war, als stachelte der Blutgeruch den Rachedurst zu immer ungezügelterem Wüten an.

Auch der heraufdämmernde Tag brachte keinen Frieden. Im Licht des neuen Morgens sah man gepfählte Leichen, die an den Fensterkreuzen der Stadtvogtei aufgehängt und zur Schau gestellt worden waren. All das verzeichnete Luca wahrheitsgemäß mit eigener Hand im Notizheft seines Meisters, während er in einem Zimmer der Herberge *La Campana* am Fuß des Bettes wachte, in dem der Maler mit einer Binde um die Augen lag. Von dort aus beschrieb ihm der Junge wie ein Blindenführer, was auf den Straßen der Stadt geschah, in der weder Recht noch Gesetz mehr zu gelten schienen. Eine vom Blutrausch erfasste Menge fuhr fort, auf Spieße gesteckte Köpfe, Herzen und Testikeln wie Jagdtrophäen in der Stadt umherzutragen.

Drei lange Tage und Nächte hindurch schrieb der Junge, notierte in den Heften genauestens alles, was ihm der Meister in seinen wenigen lichten Augenblicken über die Geheimloge *Eruca Sativa* diktierte, deren Kennzeichen die Rauke war. Nur allzu oft aber stand Masoni unter dem Einfluss des morgenländischen Räucherwerks, mit dem man seine Schmerzen zu betäuben versuchte.

Es gab Augenblicke, in denen Luca am Verstand seines Meisters zu zweifeln begann. Er selbst hatte nicht nur jeglichen Glauben an die Gerechtigkeit verloren, er hätte auch jedes Zeitgefühl eingebüßt, wenn ihn nicht das Vespergeläut der Kirche Santa Maria Novella, das wie durch dichten Nebel von ferne zu ihm drang, daran erinnert hätte, wie spät es war. Wenn er dann ans Fenster trat, sah er den ganzen Stadtkern im Schein von Scheiterhaufen und Freudenfeuern vor sich, mit zerstörten Dächern, eingestürzten Mauern, zwischen Fenstern und Schlagläden eingequetschten nackten Leichen, Galgen mit Gehenkten – bis hinab zum Arno, dessen Wasser von dem in Strömen fließenden Blut rot gefärbt war. Und überall lagen Tote, die niemand begrub.

Immer, wenn es schien, als wäre das Entsetzen nicht mehr zu steigern, geschah etwas, was die Menschen in noch wildere Raserei versetzte. Viele verfielen in Tobsucht oder andere Arten des Wahnsinns, so als wären sie vom Teufel besessen. In einem Gässchen nahe Santa Croce fand man die Leiche eines siebzehnjährigen Novizen, dessen Herz und Testikeln von Dolchstichen durchbohrt waren, und mehrere Straßen weiter nahe der Porta della Giustizia einen mit dem Kopf nach unten aufgehängten Angehörigen der Schwarzen Bruderschaft. Das Büßergewand hatte man ihm um den Hals gewickelt und den Leib, augenscheinlich mit einem langen Metzgermesser von der Art, mit der man Rinder zerlegt, von der rechten Leiste bis zur linken Achselhöhle aufgeschlitzt.

Man führte den Hauptmann Giovanni Battista Montesecco zu Fuß in die Bargello-Festung, wo er im Schein einer Kerze ein ausführliches Geständnis und einen an Lorenzo de' Medici gerichteten Brief verfasste, in dem er für sich um Gnade bat – vergebens. Im Morgengrauen wurde er, an den Händen gefesselt, zum Richtplatz geführt, wo ihm der Henker mit einem zweihändigen Schwert in einem einzigen Streich den Kopf so rasch vom Rumpf trennte, dass dem Grafen keine Zeit blieb zu begreifen, was mit ihm geschah. Noch als sein abgetrennter Kopf im Korb unter dem hölzernen Richtblock lag, zeigte sein Gesicht den Ausdruck von Ungläubigkeit.

Den ebenfalls an der Verschwörung beteiligten Priestern Antonio Maffei da Volterra und Ser Stefano da Bagnone gelang die Flucht. Man stöberte sie bei den Benediktinern auf, wo sie Unterschlupf gefunden hatten. Während man sie zum Regierungspalast brachte, wurden sie mit Schlägen traktiert und verstümmelt. So hatte man ihnen, als sie dem Gericht übergeben wurden, damit sie abgeurteilt und gehenkt werden konnten, bereits die Nase abgerissen und die Ohren abgeschnitten.

Doch nichts von all dem hinterließ bei den Bewohnern von Florenz einen so tiefen Eindruck wie die Hinrichtung des Erzbischofs Salviati, den man, wie auch Francesco de' Pazzi, an einem Fenster im dritten Stock des Palazzo della Signoria erhängte und dann auf die Steinplatten des Platzes fallen ließ. Als die beiden dort beieinander lagen, erreichte das Entsetzen unter denen, die Zeugen dieser Szene geworden waren, einen solchen Höhepunkt, dass manche von ihnen beinahe den Verstand verloren. Erschauernd gaben die Florentiner den Bericht darüber einander weiter, und der Fall verstörte sie noch in vielen schlaflosen Nächten. Nachdem man diese beiden Verschwörer erhängt hatte, schlug der Erzbischof von Pisa, sei es, weil ihm das Leiden den Verstand geraubt hatte, sei es in einem rituellen Akt der Kommunion, seine Zähne mit solcher Heftigkeit in de' Pazzis Leichnam, dass er ihm die linke Brustwarze herausriss, die er verschlang, als müsste er einen Wolfshunger stillen.

Der Blutgeruch, der über der Stadt hing, versetzte die Tiere in so große Unruhe, dass sie die Bretterwände ihrer Ställe durchbrachen und in die Vorräume mancher Kirchen eindrangen. Man hörte sogar gerüchteweise, das Wasser des Arno sei vergiftet und rufe bei jedem, der davon trinke, drohende Zukunftsbilder hervor. Manche Mönche nutzten den Schrecken, der unter den Menschen herrschte, um den Untergang einer durch Sodomie, Götzendienst und Kannibalismus verrohten Herrschaft zu prophezeien. Eine gewisse Erfüllung fand diese Voraussage dadurch, dass der aufs Äußerste aufgebrachte Papst Sixtus IV. in den Mauern der Stadt die *cessatio a divinis* verkünden ließ. Damit war in Florenz jegliche Art von Gottesdienst untersagt, und niemandem durfte der Trost der Sakramente gespendet werden.

Während ein kalter Nieselregen niederging, begnügte sich der Herzog von Urbino, der Hauptverursacher dieses allumfassenden Zerstörungswerks, damit, sein Gewissen zu beschwichtigen. Niemand kann wissen, was ihm dabei durch den Kopf ging, doch auf seinem Gesicht lag zweifellos der gleiche tragische Ausdruck, mit dem ihn Piero della Francesca auf seinem Diptychon *Triumphzug des Federico da Montefeltro* porträtiert hat.

26

Das Licht der sinkenden Sonne fiel auf die Motorhaube des Wagens, der über gewundene Nebenstraßen durch die steinige Toskana fuhr. Von Zeit zu Zeit streifte Giulios Rechte leicht mein linkes Bein, das dicht neben dem Schalthebel stand. Mir gefiel die Nähe unserer beider Leiber im Inneren des Autos. Statt einander die Geschichte unseres Lebens zu erzählen, sprachen wir über die von Obstbäumen umstandenen alten Klöster, die wir links und rechts der Straße sahen. Eine ganze Reihe von ihnen hatte den deutschen Truppen im Zweiten Weltkrieg als Kaserne gedient. Dort hatte Giulio als kleiner Junge an den steilen Hängen gespielt, durch deren Dorngebüsch Skorpione huschten, und zwischen Thymianbüschen und Bergamotte-Bäumen nach Granatsplittern gesucht. Während er mir das erzählte, stellte ich mir vor, wie er mit dem khakifarbenen Rucksack eines gefallenen Soldaten auf dem Fahrrad über diese verbrannte Erde gefahren war, und es kam mir vor, als wären wir in unterschiedlichen Jahrhunderten zur Welt gekommen.

Nach etwa einer Dreiviertelstunde tauchte am Straßenrand das Ortsschild von Artimino auf.

Auf dem Dorfplatz fragten wir nach Tullio Rolania. Jeder im Ort schien ihn zu kennen. Obwohl wir nicht genau wussten, wonach wir suchten, nahmen wir aus irgendeinem Grund die Richtung auf eine Art Kapelle an einem Berghang, nahe den Ruinen eines Klosters. Der Glockenturm neben dem steinernen Gebäude wirkte trotz seiner schmucklosen Strenge sehr schön. Unter der Traufe des Giebeldachs sah man eine Reihe der für die italienische Romanik typischen kleinen lombardischen Bögen. Giulio stellte den Wagen neben dem Glockenturm an einer Stelle ab, wo in einem orangefarbenen Schaukelstuhl aus Plastik ein älterer und recht beleibter Andenkenverkäufer vor sich hin döste. Der Tisch vor ihm war voller Medaillons, Kruzifixe, Ansichtskarten des Klosters und Bilder der Heiligen Annunziata.

Mit den Worten »Wir suchen den Priester«, trat Giulio auf den Verkaufsstand zu.

»Sind Sie die Leute vom Vatikan?«, erkundigte sich der Mann, während er sich erhob. Er schien bestimmte Besucher zu erwarten.

»Nein«, sagte ich und trat einige Schritte vor. »Der Antiquar von Santo Spirito schickt uns.«

Der Mann hatte einen leuchtend roten Fleck auf der Stirn, etwa so wie Gorbatschow. Vermutlich Rosacea. Er sah uns aufmerksam an und sagte dann: »Bruder Tullio kommt bestimmt bald.« Er erhob sich, nahm einen großen eisernen Schlüssel aus der Tasche und schloss die grüne hölzerne Tür zur Klosterkirche auf.

Im Inneren roch es nach feuchtem Stein und abgebrannten Kerzen. Unsere Schritte hallten in der Stille des düsteren Raumes. Auf dem Boden lagen rechteckige Steinplatten; die unmittelbar vor dem Altar waren mit sieben Tierdarstellungen und Tierkreiszeichen geschmückt. In der Mittelapsis sahen wir eine vergoldete Mauernische mit einem Standbild der heiligen Annunziata. Die Säulen des Marmoraltars schienen von einer alten römischen Balustrade zu stammen.

»Eigentlich ist jetzt keine Besuchszeit«, erklärte der Andenkenverkäufer, »aber wo Sie schon mal da sind, können Sie sich gern die Krypta ansehen, wenn Sie wollen. Die Fresken da unten sind wirklich was ganz Besonderes.«

Meiner Vermutung nach hing sein großzügiges Angebot damit zusammen, dass er von den Trinkgeldern der Besucher lebte. »Sie werden sehen, es lohnt sich wirklich«, fügte er hinzu.

»Wunderbar«, nahm Giulio das Angebot an. »Wir würden diese Fresken sehr gern sehen.«

Der Mann betätigte neben einer kleinen Seitentür mehrere auf einer Tafel angeordnete Schalter.

»Jetzt haben Sie Licht«, sagte er. »Nehmen Sie aber trotzdem die Kerze hier mit für den Fall, dass Sie die Fackeln in den Haltern unten entzünden wollen, um besser zu sehen. Ich würde Sie gern begleiten, aber ich muss an meinem Verkaufsstand bleiben«, erklärte er mit entschuldigendem Lächeln.

Zwar überlegte ich, dass ihm die Gelegenheit, reich zu werden, bestimmt nicht verdorben würde, wenn er seinen Krempel an jenem gottverlassenen Ort einige Minuten sich selbst überließe, behielt das aber für mich.

Am Fuß der Treppe wirkte die Luft kühl und muffig, so als stiege sie aus der Tiefe eines Brunnens empor. Meiner Vermutung nach befanden wir uns mehrere Meter unter dem Mittelschiff.

»Unglaublich«, rief Giulio begeistert aus, und damit hatte er recht.

In der Tat zeigte die elektrische Beleuchtung des Raumes kaum etwas von der Schönheit der Fresken, und so befolgten wir den Rat des Mannes und entzündeten mit der Kerze die vier in eisernen Haltern an der Wand angebrachten Fackeln. Licht ließ das Blau des mit Sternen bedeckten Himmelsgewölbes hervortreten, an dem Engel mit goldenen Flügeln schwebten. Den Kopf in den Nacken gelegt, sahen wir hingerissen zur

Decke empor und betrachteten die ockerfarbenen Gesichter, als suchten wir in der Menge nach einer bestimmten Gestalt. Die ursprünglich wohl kräftig leuchtenden Farben der Gewänder hatte der von Öllampen und Kerzen aufsteigende Rauch im Laufe der Jahrhunderte stark nachgedunkelt.

»Mir waren die Klosterkirche und die Ruinen der übrigen Gebäude bekannt«, sagte Giulio, »aber von der Existenz dieser Krypta hatte ich nicht die geringste Ahnung.«

Der Raum schien Bestandteil alter Katakomben zu sein, die sich in äußerst engen Seitengängen verzweigten und vollständig im Dunkeln lagen. Giulio riss ein Streichholz an und drang, die Flamme mit der Hand schützend, in einen dieser Gänge ein. Ich wagte nicht, ihm zu folgen, weil ich mich seit frühester Kindheit in beengten Räumen ängstige. Daher blieb ich im Hauptgang und knöpfte meine Jacke bis obenhin zu, denn ich begann zu frösteln. Ich wartete fünf Minuten, sechs, sieben, acht …

»Giulio!«, rief ich mehrere Male, ohne eine Antwort zu bekommen. Ich tat einige Schritte in die Richtung, in die er gegangen war, doch da es dort vollständig dunkel war, wagte ich nicht, ihm zu folgen. »Giulio!«, rief ich erneut, inzwischen ernsthaft beunruhigt.

Ich kehrte wieder in den Hauptraum zurück und stieg, immer zwei Stufen auf einmal nehmend, die Wendeltreppe bis zur Tür empor, die ins Kircheninnere führte. Ich klopfte mit den Knöcheln dagegen und begann nach einer Weile mit Fäusten dagegen zu hämmern. Nach längerer Zeit hörte ich auf der anderen Seite Schritte und schöpfte Hoffnung. Gleich darauf ertönte ein knackendes Geräusch. Offenbar hatte jemand einen Schalter umgelegt, denn die Lampen in der Krypta erloschen. Nur noch die Fackeln verbreiteten ihr Licht.

Wie erstarrt stieg ich wieder hinab. Das Kältegefühl nahm zu, und der Modergeruch wurde immer beklemmender. Bedrückt und fest überzeugt, der Situation nicht mehr lange gewachsen zu sein, betrachtete ich erneut die Gesichter an der Decke, die sich dicht aneinanderdrängten.

»Giulio!«, rief ich noch einmal in eine der Tunnelöffnungen. Ich tat einige Schritte und blieb stehen. Von den Wänden tropfte Feuchtigkeit. Es kam mir so vor, als verzweigte sich der Gang. Man konnte nicht die Hand vor Augen sehen. Ich hätte sonst etwas für eine Taschenlampe gegeben. Nach einer Weile beschloss ich, ein wenig weiter in einen der Gänge einzudringen, der mir etwas breiter als die anderen zu sein schien. Nach einer Weile merkte ich, dass er sich leicht abwärts neigte. Ich weiß nicht, wie weit ich gegangen bin, vielleicht zwanzig oder dreißig Meter. Sie kamen mir wie die längsten meines Lebens vor. Inzwischen drang die Kälte auch durch das dünne Segeltuch meiner Schuhe, so dass ich die Füße kaum noch spürte. Mit einem Mal kitzelte es mich leicht an den Knöcheln. Es kam mir vor, als wäre der Boden unter mir weicher geworden, ungefähr so, als liefe ich über ein Wasserbett … Ich ging in die Knie und legte die Hand auf den Boden. Dabei spürte ich an den Fingerspitzen etwas, was nicht flüssig war, wohl aber weich und gelatineartig, wie eine Qualle. Übelkeit stieg mir in die Kehle. Eine Unzahl winziger Tiere, die sich kalt anfühlten, bedeckte den Boden. Es hatte den Anschein, als wären sie über und über mit Saugnäpfen besetzt. Mir blieb keine Zeit, mir vorzustellen, was für widerliche Lebewesen das sein mochten, die sich an meinen Waden emporarbeiteten, denn das Empfinden von Entsetzen, Beklemmung und Ekel war so groß, dass ich aus Leibeskräften schrie. Aus allen Richtungen dieses Gewirrs von Gängen hallte es wie eine Detonation zurück.

Dann wurde kaum hörbar mein Name gerufen.

Ich bekam keine Luft, konnte nicht atmen. Ich hatte den Eindruck, immer mehr in eine Grabesnische hineingezogen zu werden, aus der ich nie wieder herauskommen würde.

»Giulio, bist du da?«

»Ja, Ana, ich höre dich ganz nahe.«

Seine Stimme schien von rechts zu kommen. Ich überwand meinen Ekel und mein Bedürfnis, mich zu übergeben. Es dauerte nicht lange, bis ich in einem Seitengang den bleichen Schimmer eines brennenden Streichholzes erkannte. Giulio lehnte sich an die auswärts gewölbte Wand eines Raumes, der wie eine Kapelle aussah. Im Schein der winzigen Streichholzflamme sah ich, dass sein Gesicht mit Schlamm bedeckt war. Man hätte ihn für einen aus den Tiefen emporgestiegenen Bergmann halten können.

»Was ist passiert?«

»Ich weiß nicht … Ich muss mir irgendwo den Kopf angeschlagen haben.«

Mit einem Mal wurde mir voll Entsetzen klar, dass wir auf keinen Fall lebend dort hinauskommen würden. Ich spürte, wie mich Atemnot erfasste, der Raum von Minute zu Minute kleiner wurde. *Könnten wir doch wenigstens zum Hauptraum zurückfinden*, ging es mir durch den Kopf. Ich sehnte mich nach der himmelblauen Gewölbedecke, den Gesichtern der Engel, ihren goldenen Flügeln, mit denen sie die Luft zerteilten. Doch die Enge des Raumes, in dem wir uns befanden, erinnerte mich daran, wie weit wir von der frischen Luft entfernt waren. Mein Herz schlug rasend schnell. Ich konnte meine Klaustrophobie nicht länger beherrschen.

»Ich muss mich übergeben.«

»Ganz ruhig, hol tief Luft«, sagte Giulio und füllte laut

atmend seine Lunge, um es mir vorzumachen. »Noch einmal … vergiss einfach, wo wir sind.« Er riss ein weiteres Streichholz an. Ich sog den Schwefelgeruch ein. Er erschien mir als der köstlichste Duft auf der ganzen Welt. Am liebsten hätte ich das Licht mit eingeatmet. »Sieh mich an.« Ich schaute auf seine kräftige Rechte, die mein Kinn hielt, seine Augen, die er fest auf mich richtete. »Wir finden den Weg hier raus, meinst du nicht auch?«

Ich hatte mich einmal als kleines Mädchen im Haus einer Freundin, die mich zu ihrem Geburtstag eingeladen hatte, beim Versteckspiel in einem sehr kleinen Zimmer eingesperrt gefunden, weil sich die Türklinke, deren Mechanismus wohl defekt war, nicht von innen öffnen ließ. Der Raum enthielt eine Unmenge von Gegenständen: ein senkrecht stehendes zusammengeklapptes Bügelbrett, eine metallene Trittleiter, eine Heimwerker-Bohrmaschine sowie allerlei Metallwerkzeug mit scharfen Kanten. Vermutlich gab es dort auch einen Lichtschalter, aber ich konnte ihn nicht finden. Damals hatte ich nicht um Hilfe gerufen, weder geschrien noch an die Tür gehämmert. Ich hatte mich einfach, den Rücken an die Wand gelehnt, hingehockt, ohne mich zu rühren, und so wenig wie möglich geatmet. Ich hatte die Stimmen gehört, die nach mir riefen, konnte aber nicht antworten. Das Entsetzen hatte mich so gelähmt, dass ich nicht den geringsten Laut herausbrachte. Ich weiß nicht, wie lange ich mich dort aufgehalten hatte. Es war bestimmt schon dunkel, als jemand die Tür der Rumpelkammer öffnete, um von dort eine Taschenlampe zu holen und die Suche im Dunkeln auf freiem Feld fortzusetzen. Es kam mir wie ein Wunder vor, dass mich gleich darauf mein Vater draußen in die Arme geschlossen hatte, ich die Äste der hohen Bäume und die Lücken zwischen den Sternen sehen konnte … Es war so, wie wenn man nach dem Untertauchen an die Oberfläche zurückkommt und den Kopf aus dem Wasser hebt.

Auch jetzt war es draußen bestimmt längst dunkel, selbst wenn das Zeitgefühl hier unten nicht besonders genau sein mochte. Ganz offensichtlich hatte jemand mit unserem Kommen gerechnet. Der Einzige aber, der das wissen oder vermuten konnte, war der Antiquar von Santo Spirito. Möglicherweise hatte er dem Priester mitgeteilt, wir würden unter Umständen die Klosterkirche aufsuchen, woraufhin dieser dem Andenkenverkäufer entsprechende Anweisungen gegeben hatte. Es konnte nicht den geringsten Zweifel daran geben, dass hier jemand um einiger Hefte willen, die bei einer Versteigerung keinen umwerfend hohen Erlös bringen würden, unglaublich weitgehende Schritte unternahm. Möglicherweise hatte es sich ein Sammler in den Kopf gesetzt, sie um jeden Preis in seinen Besitz zu bringen. Auch wenn der Markt für alte Handschriften und Dokumente bekanntlich stark von den Launen solcher Menschen abhängt, konnte mich die Vorstellung, dass jemand diese drei Hefte gleichsam als Reliquie betrachtete, nicht überzeugen. *Il Lupetto* hatte zu seiner Zeit kein besonders hohes Ansehen genossen, und auch jetzt noch war er außerhalb eines kleinen Kreises von Wissenschaftlern so gut wie unbekannt. Möglicherweise hatte Giulio recht, und eine Sekte steckte hinter dem Ganzen. Mit einem Mal kam mir der Gedanke nicht mehr so abwegig vor. Immerhin hatte der Maler so manchen Strauß mit den Kirchenoberen ausgefochten und es nur deshalb nicht mit der Schwarzen Bruderschaft zu tun bekommen, weil die Medici allzeit ihre schützende Hand über ihn gehalten hatten. Natürlich konnte es sich auch um irgendeine andere Gruppe handeln. Zu dieser Ansicht war Francesco Ferrer gelangt, als er feststellte, dass der Heilige Stuhl das Material so geheim halten wollte, wie er das sonst bei Werken mit anstößigem Inhalt zu tun pflegt. Bestimmt wusste er, wovon er sprach, schließlich hatte er eine Zeit lang Restaurierungsarbeiten für den Vatikan durchgeführt. Doch mir wollte nicht in den Kopf, dass die Aufzeichnungen eines Malers wie Masoni auch nur von ferne mit theologischen Fragen zu tun haben konnten – vor allem, wenn man an den Inhalt der neun Hefte dachte, die ich im Staatsarchiv hatte einsehen können. Er hatte darin dies und jenes notiert, Skizzen für Zeichnungen aufs Papier geworfen, sich Gedanken über Licht und Schatten gemacht, häusliche Vorfälle berichtet, Köpfe von Menschen beim Niesen oder Gähnen gezeichnet, oder die Anatomie einer Ameise ... Alles, womit sich *Il Lupetto* beschäftigt hatte, war eng mit der Wirklichkeit seines Alltags verbunden, und seine Hefte wirkten eher wie das Tagebuch eines Fotografen, der Menschen bei ihrem gewöhnlichen Tun festhalten will, als wie eine theologische Abhandlung welcher Art auch immer. Auch Giulio bemühte sich sichtlich, Zusammenhänge zu erkennen. Ich sah sein Gesicht im Profil – seine Stirnfalten wirkten besonders tief, wie immer, wenn er scharf nachdachte.

Angesichts dessen, dass wir die Hefte ebenso wenig besaßen wie bestimmte Leute, die sie mit so großem Aufwand in ihren Besitz bringen wollten, stellte sich außerdem die Frage, wer sie hatte. Sie waren mit Sicherheit nicht weggezaubert worden. Mir wurde die Sache immer unverständlicher. Jede Erklärung, die mir einfiel, schien mir zu weit hergeholt, dennoch musste ich immer wieder an Bosco Castiglione denken, aber auch an den Zwerg im Mantel mit dem Fuchspelzkragen und an den schwarzen Alfa Romeo mit seinem Heckspoiler wie die Rückenflosse eines Hais.

Ich versuchte mich in die Denkweise der Gegenseite zu versetzen, ganz wie es mir Giulio beigebracht hatte, doch fielen mir Schlussfolgerungen unter den gegebenen Umständen alles andere als leicht. Meine Vorstellungskraft war wie blockiert. Dafür dachte ich an alle möglichen mir bekannten Geschichten von Verhören und Folter. Da war beispielsweise die eines militanten Kommunisten, dem man zur Zeit der Franco-Diktatur im Kellergeschoss des Sicherheitshauptamtes in Madrid mit einer Zange die Fingernägel herausgerissen hatte, oder die eines anarchistischen Fischers aus Porto do Son, dem man die Finger mit einem Schweißbrenner verbrannt hatte. Auch an Männer musste ich denken, denen man bei lebendigem Leib die Haut abgezogen hatte. Mir fiel die bei der Inquisition übliche Foltermethode ein, die darin bestand, einem der Ketzerei Verdächtigen die Hände hinter dem Rücken zusammenzubinden und ihn dann über eine an der Decke angebrachte Laufrolle mit einem Seil hochzuziehen, bis er frei in der Luft schwebte. Anschließend ließ man das Seil so weit los, dass ihn sein eigenes Gewicht bis auf einen halben Meter über dem Boden hinabriss. Die Wucht des Rucks, der das Seil dort abbremste, renkte ihm aufs Schmerzhafteste die Arme aus. Ich dachte auch an die Strafe der Einmauerung sowie andere Formen der Einschließung und sonstige unsagbare Schrecken. Das Bild der Grabnischen in den Nekropolen der Urchristen kam mir in den Sinn, wie auch die Leiche eines Maurers, den man aus der Trommel einer großen Betonmischmaschine gezogen hatte. Als Nächstes fiel mir die heilige Verdiana ein, die vierunddreißig Jahre lang in Gesellschaft zweier Schlangen in einer Klosterzelle eingeschlossen zugebracht hatte.

Kein Schrecken ist so entsetzlich wie der, den wir zwar nicht sehen, uns aber vorstellen können. Ich hörte ein Knirschen, etwa so, wie es entsteht, wenn man einen Eimer an einem Seil in einen Brunnen hinablässt, und spürte, wie sich mein Puls beschleunigte. Leichte Schritte wie von sich nähernden Gummisohlen waren zu hören. Dann wurde es hell, und im Lichtstrahl einer starken Taschenlampe wurde eine Gestalt sichtbar, die mir undeutlich bekannt vorkam.

Ihr Schatten erstreckte sich über den Boden, und einen Augenblick lang musste ich an Masonis Weissagung denken: »Es werden Gestalten von menschlichem Aussehen erscheinen, so riesig wie Giganten. Doch je näher man ihnen kommt, desto mehr schrumpft ihre gewaltige Größe.« Dann strich mir etwas über das Gesicht, so als hätte mir jemand seinen abgestandenen Atem entgegengehaucht. Das Letzte, was ich hörte, war ein keuchender Seufzer, worauf etwas, ich weiß nicht, was es war, vielleicht ein gezielter Schlag, aber vielleicht auch nur mein unbeherrschbares Entsetzen, mich in Ohnmacht sinken ließ.

Ich weiß nicht, wie viel Zeit vergangen war, bevor ich wieder vollständig zu Bewusstsein kam. Ich spürte, wie das Blut in meinen Schläfen pochte, und empfand einen stechenden Schmerz. Ich saß im Fond eines Polizeiautos, in eine außen mit Aluminium beschichtete Rettungsdecke gehüllt. Eine mir unbekannte Frau fühlte meinen Puls, und ich ließ alles benommen und willenlos geschehen, zitternd und ohne zu begreifen, was vorgefallen war.

Zuckendes Blaulicht warf in Abständen seinen Schein auf den Asphalt der Straße. Wir fuhren über eine Autobahn, welche die in der Dunkelheit liegenden Felder durchschnitt, kamen an Tankstellen und Industriehallen vorüber … Dann bogen wir auf eine Nationalstraße ein, auf der uns Lastwagen entgegenkamen, die einen Augenblick lang die gesamte Windschutzscheibe ausfüllten und uns mit ihren Scheinwerfern blendeten. Bald darauf sah ich die vertrauten Straßen der Stadt Florenz, die hell erleuchtete Fassade eines Stadtpalastes, den herabgelassenen stählernen Rollladen vor einer Pizzeria, im Dunkeln liegende Parks, menschenleere Plätze, bis wir mit einem Mal in den Corso dei Tintori einbogen. Dann fuhr der Wagen durch einen steinernen Bogen und blieb vor dem eisernen Tor des alten Polizeigebäudes stehen.

27

Da Pierpaolo Masoni fürchtete, man könne ihm seine Einfälle stehlen, hütete er seine Entwürfe und arbeitete im Geheimen. Ebenso handelte eine ganze Reihe von Malern der Renaissance, beispielsweise Botticelli oder Leonardo da Vinci. In manchen Fällen ging diese Geheimhaltung auf einen leicht verständlichen schöpferischen Impuls zurück, den Stolz des Genies, das Gefühl seiner Verwundbarkeit, doch gab es mitunter auch gänzlich anders geartete Gründe dafür. Man denke nur an die schwierige wirtschaftliche Lage der Künstler jener Zeit, die auf den guten Willen ihrer Mäzene angewiesen waren. Ganz davon abgesehen kam es durchaus vor, dass politische oder persönliche Umstände die Sicherheit des jeweiligen Künstlers gefährdeten.

Auf dem Gemälde *Madonna im Schnee* ließ sich eine Bearbeitung mit einem Stichel erkennen. In dieser für die Werkstatt Verrocchios kennzeichnenden Technik war Masoni ebenso bewandert wie der junge Leonardo, als dieser in der *bottega* zu arbeiten begann. Allem Anschein nach wurde die anfängliche Abschattierung mit einer Zeichenfeder an einzelnen Stellen weiß gehöht, wobei das Liniennetz so gut wie unsichtbar war. Man musste schon ein genialer Restaurator sein, was auf Francesco Ferrer zweifellos zutraf, um auf die Vermutung zu kommen, unter Masonis Gemälde könne das Herz eines anderen Bildes pochen, an dessen Entstehung mehrere Maler beteiligt waren. Vermutlich handelte es sich um eine Auftragsarbeit, bei der der Maler, aus welchem Grund auch immer, von den

Vorgaben des Auftraggebers abgewichen war. Folgt man den zuverlässigsten Quellen, unter ihnen der mögliche Auftrag an den Maler, sollte das Gemälde ursprünglich die Jungfrau Maria mit dem Kind, umgeben von musizierenden Engeln, zeigen. Statt ihrer aber sieht man auf dem Bild *Madonna im Schnee* Personen, deren Anwesenheit nicht vorgesehen war. Vor allem aber finden sich Hinweise auf eine Verschlüsselung, die so raffiniert ist, dass niemand sie bisher aufzulösen vermocht hat.

Ferrer vertrat die Ansicht, das Bild zeige die bei der Gründung der Geheimloge *Eruca Sativa* vorgenommene Unterwerfungszeremonie, wie sie am Heiligen Stuhl bis auf den heutigen Tag üblich ist, wenn die Prälaten dem Papst zum Zeichen ihrer Ergebenheit und unverbrüchlichen Treue Hände und Füße küssen. Das eigentliche Ziel jener durch das Raukenblatt gekennzeichneten Vereinigung sei es gewesen, eine mächtige vatikanische Bank ins Leben zu rufen, die sämtliche europäische Banken unter ihren Einfluss bringen und mittels der dahinterstehenden wirtschaftlichen Macht des Heiligen Stuhls dessen absolute Vorrangstellung festigen sollte. Da dieses Ziel lediglich durch eine Entmachtung der Medici zu erreichen war, habe man eine Verschwörung auf höchster Ebene angezettelt, um dieser Familie durch einen Staatsstreich die Herrschaft über Florenz zu entreißen.

Zu dieser Schlussfolgerung war der Restaurator der Uffizien durch die aufmerksame Betrachtung des Gemäldes gelangt. Darauf gebracht hatte ihn vor allem die Entdeckung eines an den linken Rand gekritzelten Namens, der unter einem später hinzugefügten kräftigen roten Pinselstrich verborgen war. Dort fanden sich, in Leonardos unverkennbarer Spiegelschrift mit einer Metallfeder geschrieben, die Wörter *Eruca Sativa*. Dabei handelte es sich weder um einen Aphorismus noch um ein

Rätsel von der Art, deren sich der Maler der *Mona Lisa* später so gern bediente, wohl aber wies die Verwendung dieser Wörter auf einen Hang zum Geheimnisvollen hin, der sich später in der Seele des erwachsenen Künstlers noch verfestigen sollte. Vielleicht war diese Einzelheit auch den Leuten im Vatikan aufgefallen, die dann Monate später zu derselben Schlussfolgerung gelangt waren wie Ferrer. Das würde erklären, warum sie unbedingt Masonis Hefte an sich bringen wollten, war ihnen doch bekannt, dass *Il Lupetto* darin so pedantisch genau wie ein Notar alles und jedes verzeichnet hatte, und seien es noch so unbedeutende Einzelheiten. Wenn das Gemälde schon Anlass zu Mutmaßungen lieferte, waren die Hefte noch gefährlicher, konnten sie jene doch bestätigen. Sofern ein Außenstehender diese Handschriften gründlich las, konnte das ein weitgehendes Risiko bedeuten. Auch wenn er dabei wohl nicht die Finanzoperation ans Tageslicht fördern würde, die fünf Jahrhunderte zuvor das Papsttum zum Beherrscher aller europäischen Reiche hatte machen sollen, bestand die Gefahr, dass er auf etwas anderes stieß, das auf keinen Fall allgemein bekannt werden durfte, weil dessen nicht wiedergutzumachende Folgen bis in die Gegenwart reichten. Das nun wollten die Geheimdienste des Vatikans um jeden Preis verhindern.

»Aber warum nur?«, fragte ich Giulio. Ich konnte mir nicht vorstellen, auf welche Weise so weit zurückliegende Ereignisse die römische Kurie im 21. Jahrhundert in Verlegenheit bringen konnten.

»Das kann ich nicht sagen, denn ich bin mir da immer noch nicht sicher. Doch sofern Francesco mit seiner Theorie recht hat, wäre die Vermutung nicht abwegig, dass der Vatikan – oder zumindest bestimmte Kräfte dort – die Existenz einer Gesellschaft vom Schlag der *Eruca Sativa* geheim halten will, weil eine unübersehbare Ähnlichkeit zwischen ihr und einer gegenwärtig existierenden vergleichbaren Organisation besteht. Unter Umständen geht es dabei um die kurz P2 genannte Loge *Propaganda Due*, die vor einigen Jahren einen der größten Finanzskandale der Geschichte ausgelöst hat.« Er steckte sich eine Zigarette an, wobei er die Streichholzflamme nicht besonders geschickt mit den hohlen Händen vor dem Luftzug schützte. Bisher hatte ich ihn immer nur Pfeife rauchen sehen, wobei er sich entspannt dem Genuss des Tabakrauchs hingegeben hatte. Allerdings waren die letzten Stunden alles andere als entspannend gewesen, und eine Zigarette beruhigt nun einmal, da können die Ärzte sagen, was sie wollen. Nach einem tiefen Zug fuhr er ein wenig gelöster fort: »Du wirst das nicht wissen, denn die Sache liegt Jahre zurück, aber der bewusste Skandal hat dem Ruf von Bankiers, Militärs, hohen Beamten, Wissenschaftlern und Zeitungsherausgebern sehr geschadet ... Niemand, der eine noch so geringe Macht ausübte, ist davon verschont geblieben. Das gilt ganz besonders für den Vatikan. Er war durch das Institut für Religiöse Werke des Kardinals Marcinkus, das dazu diente, in Steuerparadiesen Geldwäsche zu betreiben, in die Angelegenheit verwickelt.«

Ich erinnerte mich, dass mein Vater von dieser Sache gesprochen hatte. Der Tod des Papstes Johannes Paul I. nach einem Pontifikat von lediglich dreiunddreißig Tagen hatte sich mir ins Gedächtnis gebrannt, da er an einem 29. September gestorben war, meinem Geburtstag. Auch wenn ich damals noch klein war, hatte mich der Schatten des Geheimnisses um diesen überraschenden Tod bereits zu jener Zeit tief beeindruckt. Weder hatte man eine Autopsie vorgenommen, noch war ein Arzt bereit gewesen, den Totenschein auszustellen. Es dauerte ziemlich lange, bis mir weitere Einzelheiten im Zusammenhang mit dem Tod jenes Papstes bekannt wurden. Irgendwann im Verlauf meines Studiums hörte ich, man habe den Mann, dessen Aufgabe es gewesen war, Johannes Paul I. über die Tätigkeit des Instituts für Religiöse Werke auf dem Laufenden zu halten, in einem Park der Stadt Rom erhängt aufgefunden, der als beliebter Transvestitentreff bekannt war – ein weiteres Opfer in einer ganzen Kette von Todesfällen. Unter ihnen befanden sich, wie ich später erfuhr, auch ein Journalist des *Osservatore Politico*, ein Staatsanwalt, der den Auftrag hatte, Finanzskandale zu entwirren, ein Oberst des italienischen Sicherheitsdienstes, ein Richter, mehrere Kardinäle, ein sizilianischer Polizeibeamter namens Boris Giuliano sowie der Präsident des *Banco Ambrosiano*, Roberto Calvi. Ihn hatte man im Jahre 1982 unter der Londoner Blackfriars-Brücke tot aufgefunden, die Taschen voller Steine. Ist es ein Zufall, dass ›Blackfriars‹ so viel wie ›Schwarze Mönche‹ heißt, also Dominikaner?

»Willst du damit sagen, dass die Finanztransaktionen des *Banco Ambrosiano* und des Instituts für Religiöse Werke eine neuzeitliche Version dessen waren, was die Geheimloge *Eruca Sativa* erreichen wollte?«

»Nicht unbedingt genau dasselbe, aber sicher etwas Ähnliches. Vergiss nicht, dass der Fehlschlag der April-Verschwörung im 15. Jahrhundert das Vorhaben, eine übermächtige vatikanische Bank zu gründen, hat scheitern lassen. Da es nicht gelang, Lorenzo wie vorgesehen aus dem Weg zu räumen, musste man den Plan aufgeben. Stattdessen wurden wenige Jahre danach Genuesen nach Spanien und in andere Länder geschickt, wo sie die Stelle der jüdischen Händler und Bankiers einnehmen sollten, die das spanische Herrscherpaar nach dem Ende des Maurenreichs von dort vertrieben hatte.« Bei diesen Worten trat ein Glanz in Giulios Augen, als begeisterte ihn das Thema förmlich. »Seit jener Zeit war die Bank des Vatikans bis auf den heutigen Tag in kriminelle Handlungen jeglicher Art verwickelt, vom betrügerischen Bankrott über die Finanzierung von Staatsstreichen bis hin zum Waffenhandel, ohne dass je ein weltliches Gericht einen ihrer führenden Männer abgeurteilt hätte. Auch wenn das nicht unbedingt die Verwirklichung des alten Traums der *Eruca Sativa* sein mag, kommt es ihr schon ziemlich nahe.«

»All das ist aber doch ebenso allgemein bekannt wie die Namen von Freimaurern, die der Kurie angehörten, oder das Treiben des Instituts für Religiöse Werke, und das gilt im Großen und Ganzen auch für die Mehrzahl der Aktivitäten des *Banco Ambrosiano*. Bücher beschäftigen sich damit, und die Presse hat ein ganzes Dossier darüber veröffentlicht. Nachdem diese Leute so schwerwiegende Straftaten auf ihrem Konto haben, scheint es doch kaum sinnvoll, einige Hefte geheim halten zu wollen, die im günstigsten Fall lediglich von historischem Wert sind?«

»Bei diesen Rückschlüssen wäre ich vorsichtig, Ana. Mitunter kann einen etwas, was auf dem ersten Blick völlig unbedeutend erscheint, ins Gefängnis bringen. Denk daran, dass Al Capone nicht etwa wegen Mordes, Raubes oder Erpressung hinter Gitter gekommen ist, sondern ausschließlich wegen Steuerhinterziehung. Ganz davon abgesehen ist es durchaus möglich, dass hinter all dem ein Machtkampf zwischen verschiedenen Interessengruppen im Vatikan steht. Eine Art interner Krieg«, sagte er. Mit gehobenen Brauen sah er mich an, das Kinn auf die Hand gestützt. Ich glaubte in seinen Augen ein ganz besonderes Funkeln zu entdecken. »Wie du weißt, zerfällt die Kurie in Cliquen, von denen jede ihre eigenen Ziele verfolgt«, fuhr er fort. »Da wäre einmal das Opus Dei, dessen Macht immer mehr zunimmt, außerdem könnte eine Gruppe, die mit der

Freimaurerei und P2 zu tun hat, eine Verbindung zur Geheimloge *Eruca Sativa* herstellen – von anderen Möglichkeiten ganz zu schweigen.«

»Dann hätte also jemand aus dem innersten Kreis der Kirche sozusagen zur Jagd auf das Gemälde *Madonna im Schnee* geblasen …?«

»Das scheint mir äußerst wahrscheinlich. Es wäre eine Erklärung dafür, warum Inspektor Leoni die Existenz von Masonis Heften bekannt war. Vermutlich hat ihn ein Angehöriger der Kurie – möglicherweise ohne sich als solcher zu erkennen zu geben – auf die Fährte gesetzt. Es würde mich gar nicht wundern, wenn persönliche Rachegelüste dahinterstehen.«

»Da tun sich ja wahre Abgründe auf …«

»Du sagst es«, bestätigte er mit einem Lächeln. »Immerhin ist im Zusammenhang mit den Nachforschungen über die Aktivitäten des *Banco Ambrosiano* die wichtige Frage nach wie vor nicht geklärt, ob die Verbindungen zwischen dem Vatikan und P2 ausschließlich auf finanziellem Gebiet bestanden oder ob es, was damals viele vermuteten, in den höchsten Kreisen des Vatikans eine große Freimaurerloge gab.« So sehr war er in das vertieft, was er sagte, dass er nicht merkte, dass ihm die Asche seiner Zigarette auf den Jackettaufschlag zu fallen drohte. Es gelang mir, ihm im letzten Augenblick einen Aschenbecher hinzuhalten. »Die Kirche bemüht sich mit allen Mitteln zu verhindern, dass dergleichen an die Öffentlichkeit dringt«, sagte er und drückte die Zigarette aus. An seinen Worten zeigte sich nicht nur, dass er über ein glänzendes Gedächtnis verfügte, sondern außerdem in der Lage war, auch dann eine schlüssige Argumentationskette aufzubauen, wenn die Beweise nicht unbedingt erdrückend waren. Vielleicht stand, wie bei jedem, der einen Lehrberuf ausübt, eine gewisse Eitelkeit hinter dem Wunsch, seine Beobachtungen auf möglichst brillante Weise vorzutragen. Allerdings war sein Argumentationsstil nicht rhetorisch, sondern spekulativ, er formulierte seine These, stellte sie in Frage, zog aber keine Schlüsse daraus. Genauso hielt er es in seinen Vorlesungen, damit die Studenten ihre Fähigkeit entwickelten, aufgrund der vorgetragenen Standpunkte zu eigenen Ergebnissen zu kommen. Ich aber war keine Studentin mehr, jedenfalls nicht ausschließlich, und daher gefiel mir nicht, dass er mich wie eine solche behandelte. Andererseits hatte ich keinerlei Vorstellung davon, was ich in seinen Augen war: Vorzugsschülerin? Ersatztochter? Geliebte? Eine Affäre? Mich verwirrte seine tiefe Konzentration, seine immer wieder überraschend auftretende Scheu und sein lastendes Schweigen. Mitunter kam es mir vor, als hätte sich nach jener in seinem Hause verbrachten Nacht jeder von uns in sein Inneres und auf seine frühere Position offenkundiger Unschuld zurückgezogen. Während mich diese Gedanken quälten, fuhr er im neutralen und dozierenden Ton fort: »Nachdem die Presse die zwischen dem Vatikan und dem Bankier der Mafia bestehenden Verbindungen offengelegt hatte, beschloss Papst Johannes Paul II., der Marcinkus stets den Rücken gestärkt hatte, den Kardinal ein wenig aus dem grellen Scheinwerferlicht der Öffentlichkeit herauszunehmen, und schickte ihn nach Amerika, in ein gottverlassenes Nest in Arizona. Ich glaube, es hieß Sun City. Zu eben jener Zeit beschlossen einflussreiche Kreise der Kurie, das riskante Treiben aufzugeben und dafür zu sorgen, dass Gras über alles wuchs, was den Heiligen Vater in ein ungünstiges Licht rücken konnte.«

Zum Teil passte die Theorie einer innerlich gespaltenen und in verschiedene Interessengruppen zerfallenen Kirche zu dem, was Bosco Castiglione bei unserer ersten Begegnung beschrieben hatte. Es klang durchaus einleuchtend, dass sich diese Spannungen in dem Maße verschärften, je mehr sich der Gesundheitszustand des amtierenden Papstes verschlechterte. Erfahrungsgemäß ist das immer so, wenn Nachfolgekämpfe bevorstehen. In diesem Zusammenhang klang die Hypothese von der Verschwörung einer seit dem 15. Jahrhundert tätigen Geheimloge durchaus einleuchtend. Hinzu kam, dass es mir zu einem Zeitpunkt meines Lebens, an dem ich ernstliche Zweifel hatte, ob es auf dieser Welt irgendeine Art von Ordnung gibt, durchaus angenehm war, wenigstens einen gewissen Zusammenhang zwischen einer ganzen Reihe von Ereignissen zu entdecken.

»Das würde die Dinge aber nur zum Teil erklären«, sagte ich dennoch.

»Um die Beweggründe der Kirche vollständig zu verstehen«, setzte Professor Rossi seinen Gedankengang fort, »müsste man sich die innere Logik des Vatikans als Staatswesen zu eigen machen. Nur fürchte ich, dass weder du noch ich diesen Grad der Perversion je erreichen werden.« Mir gefiel das ›Weder du noch ich‹, es gab also zumindest eine Gemeinsamkeit zwischen uns. »Wie es aussieht, wollte Monsignore Gautier mit dem Ankauf des Gemäldes von den Uffizien ein vorteilhaftes Geschäft machen, doch hat sich die Sache durch die Geschichte mit der Restaurierung, in die sich Francesco verwickelt gesehen hat und bei der letztlich Masonis Tagebücher ans Tageslicht gekommen sind, kompliziert. Das dürfte der Zeitpunkt gewesen sein, zu dem sich die Leute über die wahre Gefahr klar geworden sind, die von diesen Handschriften ausgeht, woraufhin sie wohl beschlossen haben, ihre Vorgehensweise zu ändern.«

Über all diese Dinge sprachen wir auf einer durch eine große Markise vor der Sonne geschützten Café-Terrasse am

Hauptmarkt, während wir es uns bei einem Salat mit Mozzarella, schwarzen Oliven und Basilikum wohl sein ließen. Beide hatten wir uns vollständig von unserem Abenteuer erholt. Die Märzsonne ließ safranfarbene Lichtreflexe auf den Glasscheiben und gusseisernen Streben der Markthalle uns gegenüber tanzen, wo zur Mittagsstunde geschäftiges Treiben herrschte. Man hörte die Rufe der Verkäufer und sah durch die offen stehenden Türflügel, wie sich Kauflustige vor den Ständen drängten, an denen außer Frühjahrsgemüse Geflügel und sonderbar nackt aussehende Kaninchen angeboten wurden.

Auf dem Tisch lag neben unseren Biergläsern ein Exemplar des *Corriere della Sera.* Aufgeschlagen war die Seite mit den Inlandsnachrichten. Dort hatten wir gerade gelesen:

KUNSTSCHIEBERBANDE IN FLORENZ AUFGEFLOGEN

Mehrere von der Polizei um Amtshilfe gebetene Einheiten der Carabinieri haben bei der in zahlreichen Städten Italiens durchgeführten Operation Machiavelli *insgesamt 236 wertvolle Bücher aus dem 15. und 16. Jahrhundert sichergestellt.*

Franco Pellogi, Rom. – Die Sache hatte System. In den letzten Jahren wurden aus Archiven, Bibliotheken und anderen öffentlichen Einrichtungen des Landes Handschriften und Inkunabeln von unschätzbarem Wert gestohlen. In einem bekannten Florentiner Auktionshaus gelagert, warteten sie darauf, zu Preisen zwischen jeweils 200 000 und 500 000 Euro verkauft zu werden.

Auf die Spur dieses Handels mit gestohlenen Büchern stieß man bei einer in Antiquitätengeschäften und Auktionshäusern durchgeführten Routinekontrolle. Der damit beauftragte Polizeiinspektor Marco Leoni stellte gemeinsam mit Mitarbeitern der Behörde für die Bewahrung des Kulturerbes fest, dass ein Dominikanermönch, der über Jahre hinweg an der Klosterkirche von San Marco tätig war, diese Bücher dorthin schaffte. Bei einigen von ihnen hatte man die Eigentumsvermerke mit Hilfe chemischer Mittel beseitigt, bei anderen einfach die Stellen herausgeschnitten, an denen sie sich befanden.

Als Köder dienten den Ermittlern drei Handschriften des Renaissancemalers Pierpaolo Masoni. Sie dürften auf dem Schwarzmarkt für Kunstgegenstände einen hohen Wert besitzen, weil sie Angaben aus erster Hand über nach wie vor nicht eindeutig zugeordnete Gemälde jener Epoche enthalten.

In der vergangenen Woche gelang es, in der Klosterkirche *Santa Annunziata* von Artimino mehrere an diesem Kunstraub Beteiligte festzunehmen. Dabei stellte sich heraus, dass deren Tätigkeitsgebiet noch weit verzweigter ist und sie mit einer auf das Mittelalter zurückgehenden Gesellschaft zusammenarbeiten, der möglicherweise hochgestellte Mitglieder der Democrazia Cristiana sowie Angehörige der mit der Verwaltung des vatikanischen Geheimarchivs betrauten Kardinalskommission angehören.

Bei den Festgenommenen handelt es sich um den Dominikanermönch Tullio Rolania, der viele Jahre hindurch die Bibliothek des Klosters San Marco in Florenz geleitet hat, aus der ein großer Teil jener Inkunabeln stammt, den hoch angesehenen Restaurator der Uffizien, Francesco Ferrer, den Leiter der Banca Privata Finanziaria, Giacomo Colombo, sowie den Professor für Paläographie Bosco Castiglione, der zugleich Archivar beim Vatikan ist. Dieser hatte sich schon früher mehrfach strafbar gemacht, unter anderem durch den Diebstahl einer mittelalterlichen Handschrift aus der Nationalbibliothek von Palermo, für die er im Jahre 1993 zu einer Gefängnisstrafe verurteilt wurde.

Es ist nicht auszuschließen, dass sich die Ergebnisse der gegen den illegalen Handel mit Kunst- und Kulturgütern gerichteten *Operation Machiavelli* als hilfreich bei weiteren gegenwärtig durchgeführten Ermittlungen erweisen, über die zurzeit noch Stillschweigen bewahrt wird, um sie nicht zu gefährden.

»Dann hat uns Inspektor Leoni also benutzt«, sagte ich, zwischen Überraschung und Empörung schwankend. »Nicht nur hat er die ganze Zeit genau gewusst, wo sich Masonis Hefte befanden, er hat auch unsere Sicherheit und sogar unser Leben aufs Spiel gesetzt, um sich bei seinen Vorgesetzten ins beste Licht zu rücken …«

»Nun, ich nehme an, dass er Sicherungen eingebaut hat. Immerhin hatte er überall Leute postiert, außerdem war ihm möglicherweise das Ausmaß des Ganzen nicht von Anfang an klar. Als ihm aufging, dass es bei der Geschichte um weit mehr ging als um den Diebstahl von Inkunabeln und Handschriften, war es schon zu spät, uns aus der Sache herauszuhalten.«

»Willst du damit sagen, dass er den wahren Wert von Masonis Aufzeichnungen nicht gekannt und mehr oder weniger ins Blaue hinein gehandelt hat?«

»Ins Blaue hinein zu handeln passt wohl nicht zu einem Pavese-Leser«, sagte Giulio mit verschwörerischem Lächeln. »Erinnere dich an die Worte des Dichters: ›Überraschung ist die Ursache jeder Entdeckung.‹ Vielleicht wäre es passender zu sagen, dass er sich auf seine Eingebung verlassen hat. Ich habe in ihm immer den seltenen Typus des Polizeibeamten gesehen, dem mehr daran liegt, ein gut geknüpftes Netz zu entwirren, als daran, die Schuldigen der Strafe zuzuführen. Aber auch ein noch so systematisch vorgehender Geist trifft bisweilen nur aus Versehen ins Schwarze.«

Mir war nicht genau klar, worauf er damit hinauswollte, doch musste ich ihm recht geben. In der Mehrzahl der Fälle entspricht die Ordnung, von der wir glauben, dass sie die Welt beherrscht – vorausgesetzt, sie existiert überhaupt –, keinem im voraus berechneten Plan, sondern einem Netz aus ineinander verwobenen Ursachen und sich daraus ergebenden Um- und Abwegen, die sich aus der anfänglichen Planung gelöst und von ihr entfernt haben. Es war ohne weiteres denkbar, dass Inspektor Leoni durch jemanden, der ihn auf die Fährte gesetzt hatte, bis zum Bild *Madonna im Schnee* gelangt war, doch hatte er in diesem Fall lediglich angenommen, dass er es mit einem örtlich begrenzten Netz von Kunstschiebern zu tun habe. Für mich hatte das Florentiner Abenteuer damit begonnen, dass ich mich um ein Stipendium beworben hatte, weil ich eine Doktorarbeit über Pierpaolo Masoni verfassen wollte, woraufhin ich in ein Geflecht von Verstrickungen geraten war, das sich, wie es aussah, bis in die Gewölbe unter dem Vatikan erstreckte.

»Zumindest hat Inspektor Leoni mehr entdeckt, als er suchte, wenn nicht gar Besseres«, sagte ich. »Ungefähr wie ein Jäger, der einen Hasen schießen möchte und schließlich einen Hirschen erlegt.«

»Ja, das ist mehr, als andere für sich in Anspruch nehmen können«, pflichtete mir Giulio leise und nachdenklich bei. Am Klang seiner Stimme erkannte ich, dass er an Francesco Ferrer dachte. Mit einem Mal ging mir auf, dass ihn bei der ganzen Angelegenheit nichts so tief getroffen hatte wie das Bewusstsein, dass jemand darin verwickelt war, den er seit vielen Jahren kannte und mit dem er zweifellos manche Höhen und Tiefen erlebt hatte, wie das bei jeder aufrichtigen Freundschaft der Fall ist.

Auch wenn meine Bekanntschaft mit Francesco Ferrer nicht wie bei Giulio auf mehrere gemeinsam verbrachte Jahre zurückging, hatte mich dessen Verhaftung ebenfalls getroffen. Ich hatte mich an den ihm eigenen Humor gewöhnt, an die spöttische Art, mit der er stets kluge oder unterhaltsame Dinge von sich gab.

»Warum er das wohl gemacht hat?«, fragte ich, weil ich annahm, dass es Giulio möglicherweise erleichtern würde, darüber zu sprechen.

Er wiegte wortlos den Kopf.

»Ich weiß nicht. Vielleicht war er einfach von dem Bild besessen. Er ist einer der bedeutendsten Fachleute auf dem Gebiet der Semiotik in ganz Italien. Er glaubt an die Ordnung der Zeichen und hat damit vielleicht sogar recht. Sie sind das Einzige, woran sich der Mensch in der Welt orientieren kann. Auch unter den Restauratoren gibt es bestimmte Strömungen und Schulen, und in gewissem Sinne bilden auch sie eine Art Netz, ganz wie früher die Zünfte mit ihren Pflichten und Bindungen. Francescos Lehrmeister und zugleich der Mann, der ihn in die tiefen Geheimnisse der Bildersprache der Renaissance eingeführt hat, war ein Jesuit. Ich habe ihn kennengelernt, als Francesco für das Vatikanische Archiv gearbeitet hat. Auch wenn er kaum viele theologische Ansichten mit diesem Jesuiten teilen dürfte, so hat er ihn doch zutiefst bewundert und war ihm auch den einen oder anderen Gefallen schuldig. Ich ahne nicht, ob das der Grund für seine Verstrickung in die Sache oder lediglich ein Nebenumstand ist. Das Einzige, was ich weiß, ist, dass er sich viele Jahre hindurch intensiv mit dem Gemälde beschäftigt hat. Vielleicht ist ihm, als er schließlich erkannt hat, welche Beziehungen zwischen den einzelnen Zeichen darauf bestehen, aufgegangen, dass die Geschichte verwickelter ist, als er angenommen hatte. Da aber war er bereits im Netz gefangen, und es gab keinen Weg zurück. Nachdem er die Sache mit der *Eruca Sativa* erkannt hatte, waren die Vertreter der Kirche wohl nicht ohne weiteres bereit, ihn aus ihren Fängen zu lassen. Vergiss nicht, dass wir uns hier in einem Land der Verschwörungen befinden, wo man Päpste vergiftet.«

»Glaubst du denn, dass er sich mit einer der einander bekriegenden Gruppierungen eingelassen hat?«

»Nein, das kann ich mir ehrlich gesagt nicht vorstellen. Möglicherweise hatte er irgendeine Art Abkommen mit ihnen geschlossen. Auf jeden Fall bin ich überzeugt, dass er sich nicht gebunden hat. Die meisten Menschen lassen sich von ihrem Machthunger oder ihrer Geldgier korrumpieren, bei manchen aber, auch wann das nur sehr wenige sind, ist Stolz die Triebfeder dafür. Zu ihnen gehört Francesco. Ich bin überzeugt, dass das nicht der erste Verstoß ist, zu dem ihn seine intellektuelle Überheblichkeit veranlasst hat. Für manche Menschen ist der Drang zu wissen stärker als die Verlockung aller weltlichen Genüsse, und so wird daraus geradezu eine Leidenschaft.« Er schwieg einen Augenblick, aber nicht wie jemand, der seinen Standpunkt klargemacht hat, sondern eher wie jemand, der sich seinen Gedanken hingibt oder in eine ferne Vergangenheit zurückzieht. »Es mag dir sonderbar erscheinen, und vielleicht schockiert es dich sogar, aber manche Menschen kann man nicht verurteilen, ganz gleich, was sie tun. Es ist, als wäre es ihnen vorausbestimmt, stets zu sein, was sie sind – jedenfalls was uns betrifft.« Bei diesen Worten trat ein abwesender Blick in seine Augen. Wenn er so aussah, kam es mir immer vor, als befände er sich am jenseitigen Ende einer zerstörten Brücke.

»Und du hast nie etwas davon geahnt?«, drang ich in ihn.

Nach längerem Schweigen sagte er: »Nein. Einmal, das ist aber schon lange her, hat er zu mir über das Raukenblatt gesprochen und mir erklärt, dass die Inquisition zu der Zeit, da Papst Pius V. in der Ewigen Stadt für Angst und Schrecken sorgte, damit die Häuser derer gekennzeichnet hat, die festgenommen und verhört werden sollten. Ich habe damals nicht besonders darauf geachtet und es für eine der vielen Sonderbarkeiten gehalten, mit denen er unsere Gespräche bereicherte. Du kennst ihn ja selbst: Er wollte bei seinen Zuhörern Spannung erzeugen. Vermutlich hat er das immer so gehalten und seine geheimnisvollen Anmerkungen um sich gestreut. Wenn er dann an eine bestimmte Stelle gekommen war, hörte er auf zu reden und begnügte sich damit, fröhlich zu lächeln, wie ein Schachspieler, der einen meisterlichen Zug getan hat. Das ist nun einmal sein Stil. Er wäre ein glänzender Spion geworden. Vielleicht war er das sogar, ohne es zu wollen. Ich habe erst wieder an die Sache mit dem Raukenblatt gedacht, als ich in der Zeitung im Zusammenhang mit dem Skandal um die Banco Ambrosiano die Meldung vom Mord an dem Polizeibeamten Boris Giuliano in Palermo gelesen habe. Weißt du, auf welche Weise man den Mann umgebracht hat?«

Ich schüttelte den Kopf.

»Er hat eines Morgens die Bar aufgesucht, in der er gewöhnlich seinen Kaffee trank. Als er bezahlen wollte, ist jemand von hinten an ihn herangetreten und hat ihm einen Genickschuss versetzt. Bis hierher ist an der Sache nichts Besonderes, denn so geht die Mafia üblicherweise vor. Dann aber hat der Mörder, bevor er das Lokal verlassen hat, ein Raukenblatt auf sein

Opfer gelegt. Erst als ich das las, fiel mir ein, was mir Francesco berichtet hatte. Es schien mir erstaunlich, dass der Journalist, der das geschrieben hatte, die Bedeutung dieses Zeichens kannte. Möglicherweise hatte mir Francesco auf seine Art etwas mitteilen oder, besser gesagt, andeuten wollen, ohne es ausdrücklich zu benennen. Genau so verfährt er in vielen seiner Texte über Semiotik und Kryptologie, so dass man darin häufig zwischen den Zeilen lesen muss. Doch wenn du von mir wissen willst, ob es irgendwann einen eindeutigen Hinweis auf das Netz gegeben hat, in das er sich hat verstricken lassen, muss ich mit Nein antworten. Ich wäre nie im Leben darauf gekommen. Es ist das Letzte, was ich erwartet hätte. Was mich übrigens bei dieser Sache am meisten schmerzt, sind nicht moralische Bedenken, denn genau genommen ist Spionage auf dem Gebiet der Kunst eine der letzten verbliebenen romantischen Tätigkeiten. Nein, am meisten macht mir zu schaffen, dass er mir angesichts unserer schon lange bestehenden Freundschaft nie etwas anvertraut hat, nie eine Befürchtung geäußert oder mir mitgeteilt hat, was er erreichen wollte. Das ist für mich das eigentlich Enttäuschende und Unverständliche an der Sache.« Offensichtlich war ihm nicht klar, dass ein guter Spion auch gegenüber guten Freunden nicht von seinem Grundsatz der Geheimhaltung abweichen darf. Dann senkte er den Blick und zwang sich zu einem Lächeln. Es wirkte gequält. Man konnte seinem Gesicht die Enttäuschung und Betrübtheit ablesen, die er empfand. Das beeindruckte mich an ihm am meisten – die Intensität, mit der es ihm gelang, Unsichtbares durch eine einfache Geste deutlich zu machen.

Ich spürte einen Stich im Inneren, war aber überzeugt, dass er mit seinen Worten recht hatte. Niemand hatte jenes Gemälde so gründlich Quadratmillimeter für Quadratmillimeter untersucht wie Professor Ferrer; für ihn hatte jeder Pinselstrich und jeder noch so kleine Riss in der Farbschicht mit Sicherheit seine eigene Bedeutung, sagte etwas aus, was außer ihm so gut wie niemand verstand. Vermutlich handelte es sich bei ihm um eine Art Besessenheit, und zwar eine nachgerade romantische Besessenheit, die das Bild in seinen Augen in gewissem Sinne überhöhte. Andere mochten in der *Madonna im Schnee* ein Symbol sehen, das für eine Geheimloge stand, aber zugleich auf ein schuldhaftes Verhalten verwies, das es zu verbergen galt. Für Ferrer aber war es wahrscheinlich von geradezu essentieller Bedeutung, und so gesehen konnte selbstverständlich niemand mit größerem Recht einen Besitzanspruch darauf anmelden als er.

Jetzt richtete Giulio ohne bestimmtes Ziel den Blick auf den Platz vor der Markthalle. Ganz offenkundig war er in seine Erinnerungen versunken. An uns vorüber strömte das Leben mit seinen Alltagsgeräuschen vor den architektonischen Zeugen vergangener Zeiten dahin, als wären die von Leonardo, Botticelli oder Masoni geschaffenen Figuren von ihrem Sockel herabgestiegen und hätten sich unter die Menschen auf der Straße gemischt, um einen Salat mit Mozzarella zu essen, aus dem Autofenster zu rufen oder sich im Gedränge der Touristengruppen zu verlieren, die den von ihren Führern geschwenkten Erkennungszeichen folgten, und das alles inmitten des sämtliche Sinne ansprechenden prallen Lebens, wie es sich jederzeit in den belebten Stadtvierteln Italiens findet. Beim Klang der Glocken von San Lorenzo stiegen mit einem Mal Schwärme von Vögeln auf, und Giulio hob den Blick zum Himmel. In diesem Augenblick legte ich meine Hand auf seine, ganz langsam, nicht etwa, um ihn zu liebkosen, sondern im Bestreben, ihn zu verteidigen oder vor der Unsicherheit zu beschützen, die in seinen Augen zu erkennen war und ihn mir so liebenswert erscheinen ließ.

»Lass uns gehen«, sagte ich und versuchte zu vertreiben, was auch immer seinen Blick umdüsterte. »Wir sind mit Inspektor Leoni verabredet.«

»Ja.« Mit einem Lächeln tauchte er aus seiner Versunkenheit empor.

Zerstreut und unseren Gedanken hingegeben, schlenderten wir durch die Via dell'Ariento zur Piazza di San Lorenzo. In der Krypta und der Alten Sakristei der gleichnamigen Kirche befinden sich die Grabstätten der Mediceer, und die von Michelangelo im Auftrag der Familie geschaffenen Grabskulpturen stehen dort seit Jahrhunderten im Halbdämmer wie in einer Höhle. Ganz in der Nähe liegt die Biblioteca Medicea Laurenziana mit ihrer beeindruckenden Freitreppe; sie enthält sämtliche einst im Besitz der Familie befindlichen Handschriften und Bücher, vollständig und unbeschädigt. Nie hat man diese Bibliothek beraubt oder geplündert.

Wir fühlten einander sehr nahe. Während mir Giulio einige Male wie beiläufig mit einer gleichsam kameradschaftlichen Geste einen Arm um die Schulter legte, wagte ich nur ein einziges Mal den Arm flüchtig um seine Taille zu legen. Es sah eher aus wie eine rasche Liebkosung, die über den Stoff seines Jacketts hinwegglitt. Wir ließen den Kreuzgang von San Lorenzo hinter uns, in dem der unverwechselbare Duft erst kürzlich aufgebrochener Blüten von Orangen- und Granatapfelbäumen hing. Durch enge Gassen, in denen vor den Fassaden der Häuser Wäsche zum Trocknen hing und zwischen eingeklappten grünen Metallschlagläden Töpfe mit Basilikumpflanzen standen, strebten wir dem Viertel Santa Croce entgegen, um die Polizeiwache am Corso dei Tintori aufzusuchen. Auf dem Weg dorthin sahen wir alte Frauen in Trauerkleidern, die vor dem Eingang ihrer Häuser saßen und uns neugierig nachblickten. In ihren Augen mochten wir ein merkwürdiges Paar bilden, ein Herr der alten Schule in Sakko und Krawatte, der wie ein englischer Lord aussah, und eine junge Frau mit dunkelblondem Haar in Jeans und Turnschuhen.

Am Corso dei Tintori war der Kontrast zwischen dem Sonnenlicht und den tiefen Schatten sehr stark. Das Dröhnen eines Motorrades erschreckte die Tauben, die zwischen den Füßen der wenigen Gäste auf den Caféhausterrassen nach Krümeln suchten. In der Polizeiwache, die auf der beschatteten Seite lag, hing immer noch ein leichter Geruch nach Ammoniak in der Luft, wie ich es von meinem ersten Besuch her in Erinnerung hatte. Vielleicht kam er gar nicht aus den Urinalen, sondern vom Fotokopierer, an dem eine junge Mitarbeiterin stand und Blätter in einen roten Ordner einsortierte. Sie bat uns, im Vorraum zu warten, bis Inspektor Leoni aus der Pressekonferenz zurück sei. »Da haben Sie es bequemer«, fügte sie hinzu.

Einige Minuten später tauchte er im Hauptkorridor inmitten einer vielköpfigen Gruppe von Journalisten und Fotografen auf. Mit einer Handbewegung bedeutete er uns, ihm in sein Büro zu folgen.

»Sie sehen deutlich besser aus als beim vorigen Mal«, sagte er zu Giulio, während er ihm gegenüber auf seinem Drehstuhl Platz nahm. Das Buch von Pavese lag aufgeschlagen mit dem Rücken nach oben auf dem Tisch. Er hatte wohl in den letzten Tagen nicht viel Zeit zum Lesen gehabt.

Er schien guter Stimmung zu sein, war mit seiner Arbeit erkennbar zufrieden und zu Scherzen aufgelegt. Ich nehme nicht an, dass er es besonders bedauert hat, uns als Lockvögel benutzt zu haben. Wir füllten ein Formular mit unseren Angaben aus und sprachen über dies und jenes: die *Operation Machiavelli*, das letzte Spiel der Florentiner Fußballmannschaft *Fiore*, den Gesundheitszustand des Papstes …

»Und wie kommen Sie mit Ihrer Dissertation voran, Signorina Sotomayor?«, wandte er sich liebenswürdig an mich. Vielleicht empfand er doch ein leichtes Schuldgefühl.

»Gut. Ich bin fast fertig.«

»Das Einzige, was ihr noch fehlt«, erklärte Giulio, die Gelegenheit beim Schopfe packend, »ist eine Gelegenheit, sich die bewussten Hefte etwas genauer anzusehen.«

Der Inspektor lächelte. Als Florentiner verstanden die beiden einander. »Nun, es wird noch eine Weile dauern, bis die im Archiv zur Verfügung stehen. Bedenken Sie, dass sie zu den Beweismitteln gehören.«

»Ehrlich gesagt hatte ich gehofft, dass man mir gestatten würde, einen Blick hineinzuwerfen«, sagte ich mit einem Anflug von Hoffnung in der Stimme. »Ich denke schon, dass ich mir gewisse Verdienste erworben habe.«

Mit einem angedeuteten Lächeln sagte er: »Da kann ich wohl nicht Nein sagen.«

»Nein«, gab ich zurück, meines Sieges gewiss.

»Einverstanden«, räumte er ein. »Aber ich möchte die Handschriften vor acht Uhr wieder hier auf meinem Schreibtisch liegen haben. Jetzt ist es zwanzig nach zwölf. Sie haben also gut sieben Stunden.« Dann fügte er mit erhobenem Zeigefinger zu Professor Rossi gewandt hinzu: »Sie stehen mir dafür gerade.«

»Danke«, sagte ich und stand auf. Am liebsten hätte ich Freudentänze vollführt.

Als wir das Gebäude verließen, stand ein blauer Gefangenentransportwagen vor dem Einfahrtstor. Während sich ein Beamter bemühte, den Motor zum Laufen zu bringen, was ihm auch nach einigen Versuchen gelang, glaubte ich durch eine der vergitterten Panzerglasscheiben einen Mann zu erkennen. Er hatte wirres, weißes Haar und trug ein moosgrünes Hemd mit bis über die Ellbogen aufgekrempelten Ärmeln. Es kam mir vor, als hebe er einen winzigen Augenblick lang die Brauen und deute eine Geste an, die so viel heißen sollte wie: ›Ich habe verloren‹. Man kennt das von Spencer Tracy. Vielleicht aber habe ich mir das auch nur eingebildet, während wir an dem Wagen vorübergingen. Da er, wie sich aus den Worten des Beamten an der Tür ergab, auf dem Weg in die Reparaturwerkstatt war, konnte sich eigentlich kein Häftling darin befinden. Mitunter verwechsele ich Wirklichkeit und Phantasie und neige dazu, wie mit einer Eintrittskarte für das Kino durch das Leben zu gehen. Daher blieb ich schweigend mit erhobener Hand stehen, ungefähr so wie Katharine Hepburn. Ich hätte sonst etwas dafür gegeben, den Film bis genau zu der Stelle zurückspulen zu können, von der an ein anderer Ablauf möglich gewesen wäre. Hoffentlich, ging es mir durch den Kopf, kommt er gut aus der Sache heraus. Hoffentlich sehen wir uns bald wieder.

Die nächste halbe Stunde kam mir vor wie eine Ewigkeit. Wir gingen bereits über den Platz vor der Kirche Santa Maria Novella. Da Giulio seinen Wagen gewöhnlich ganz in der Nähe parkte und es auch nicht mehr weit zu mir war, trennten wir uns dort. Von der Zeit, die mir der Inspektor zugestanden hatte, war bereits nahezu eine Stunde vergangen. Zum Abschied hob ich mich, den Umschlag mit dem Emblem der Stadtpolizei von Florenz, der die Hefte Masonis enthielt, fest unter den Arm gedrückt, auf die Zehenspitzen, gab Giulio einen flüchtigen Kuss und eilte davon.

»Ana«, rief er mir nach, als ich kaum fünf Schritte zurückgelegt hatte.

»Ja?«

Er schwieg. Er sah erst nach links, und dann nach rechts, als wollte er eine Straße überqueren. Dann senkte er den Blick zu Boden, hob ihn erneut und sah sogleich wieder auf seine Fußspitzen hinab.

»Nichts«, sagte er schließlich. Was auch immer es gewesen sein mochte, er hatte es sich anders überlegt.

28

Für einen Menschen wie mich, der umgeben von Kelchen mit vergiftetem Champagner und mordlustigen Blondinen aufgewachsen ist, wie sie die Titelbilder der Kriminalromane der Reihe *El Búho* zierten, bedeutete Florenz den Gipfel des Geheimnisvollen, denn die Lösung keines Rätsels der Kriminalgeschichte hat so lange gebraucht – genau 527 Jahre.

Alle Kinder sind von Rätseln begeistert. Mit dreizehn oder vierzehn Jahren hatte ich mir eine gewisse Geschicklichkeit im Umgang mit unsichtbarer Tinte angeeignet, die aus Salzwasser und Zitronensaft bestand – ein Rezept, das ich in einem alten englischen Detektivbuch entdeckt hatte. Man musste je zwei Löffel Salz und Wasser mit einigen Tropfen Zitronensaft vermengen, bis alles vollständig aufgelöst war. Darauf trug man die Lösung mit einem Pinsel auf eine beliebige Oberfläche auf, die man anschließend beschreiben konnte. Sobald die Schrift trocken war, verschwand sie und wurde erst wieder sichtbar, wenn man mit einem glatten Gegenstand darüberstrich – das konnte ein stumpfer Meißel oder etwas anderes sein – oder das Material, zum Beispiel ein Blatt Papier, der Wärme aussetzte. Ich ging mehrere Male mit dem Bügeleisen über ein solches Blatt, und sobald das Wasser verdunstet war, wurde die Schrift in Gestalt der Salzkörner wieder sichtbar.

Ähnlich, allerdings ausgeklügelter, war das Verfahren, dessen sich Professor Marcello Simonetta von der Universität des Staates Connecticut bediente und bei dem er Gummi Arabicum und Kobaltchlorid verwendete. Er veröffentlichte seine Ergebnisse im *Bulletin no. 15 of the Wesleyan University Library of Connecticut*, und eine knappe Woche nach dem Polizeieinsatz fand ein Exemplar davon seinen Weg in das Institut für Kunstgeschichte der Universität Florenz. Angefangen hatte alles mit der Entdeckung eines im 15. Jahrhundert verfassten kleinen Kompendiums, das Diplomaten als Handreichung zur Entschlüsselung von Codes dienen sollte, wie sie manche Kanzleien für internationale Geheimbotschaften verwendeten. Dieses Rüstzeug hatte es Professor Simonetta ermöglicht, einen Brief zu dechiffrieren, den er im Privatarchiv Ubaldini entdeckt hatte. Dabei handelte es sich um eine Mitteilung, die der Herzog von Urbino zwei Monate nach der gegen die Medici gerichteten Verschwörung an seine Botschafter in Rom geschickt hatte. Bislang war niemand darauf verfallen, diesen hochadligen Staatsmann zu verdächtigen, und wahrscheinlich hätten wir ohne Professor Simonettas Entdeckung nie erfahren, dass Federico da Montefeltro derjenige war, der mit kalter Berechnung beschlossen hatte, die Medici aus dem Weg zu räumen und dazu sowohl Papst Sixtus IV. als auch König Ferdinand von Aragonien und Neapel mit in die Verschwörung hineinzuziehen. Auf ihn ging auch der Einfall zurück, die Geheimloge vom Raukenblatt ins Leben zu rufen. Sie stellte eine Verbindung zwischen dem Papsttum und gewissen zwielichtigen Gestalten her, die es später unmittelbar mit der Mafia verknüpfte.

Einige Absätze in Masonis Heften waren eben dieser Theorie gewidmet. So lautete beispielsweise eine der Forderungen der bewussten Geheimloge, die politische und die spirituelle Macht müssten eine Einheit bilden. An anderer Stelle hat der Maler die Kleidung des Großmeisters der Loge wie folgt beschrieben: ›Eine Unterjacke aus schwarzem Wollstoff, darüber ein langes mit Fuchsfell gefüttertes Gewand (buchstabengetreu

Brustfell vom Fuchs), einen Umhang, dessen Äußeres aus karmesinrotem Samt besteht, sowie rote Beinlinge aus Seide‹. Genau so war Federico da Montefeltro auf dem Bild *Madonna im Schnee* gekleidet, und sonderbarerweise erscheint er ebenso in einer von Leonardo da Vinci hingeworfenen Kohleskizze von der Hinrichtung jenes Bernardo Bandini, der zusammen mit einem der Pazzi-Brüder Giuliano de' Medici unter einem Vorwand aus dem Palast der Familie gelockt hatte, damit er auf keinen Fall dem Anschlag entging.

Auch wenn der Strich dieser Skizze noch ein wenig unsicher wirkt, konnte niemand, der die beiden Darstellungen ansah, den geringsten Zweifel daran haben, dass sie von der Hand dessen stammten, der später der bedeutendste Maler der Renaissance werden sollte. Auf dem Gemälde zeigt das Gesicht des Herzogs von Urbino, dessen kaum sichtbare Mundwinkel herabgezogen sind, einen schwermütigen Ausdruck, so als könnte er sich von einer Stelle außerhalb seiner selbst betrachten. Zweifellos ist das Bild nach der Verschwörung noch einmal überarbeitet worden. Was in kaum lesbaren winzigen Buchstaben und Spiegelschrift in der oberen linken Ecke steht, lässt Schlüsse darauf zu, wie sich das Vorgefallene auf den Gemütszustand des jungen Lehrlings da Vinci ausgewirkt hatte.

Il sangue è denso
Ogni denso è grave
Come sta la morte

(Das Blut ist dick / alles Dicke ist schwer / ganz wie der Tod)

Diese Gedanken zeigen nicht nur, dass sich der Maler bewusst war, Zeuge eines bedeutungsvollen historischen Geschehens geworden zu sein, sondern auch seine Absicht, das auf ein

Gemälde zu übertragen. Genau das hat er getan, indem er sich sogleich entsprechend den Anweisungen seines Lehrmeisters Pierpaolo Masoni bei dessen eigentlich vollendetem Gemälde *Madonna im Schnee* ans Werk machte. Auch die von *Il Lupetto* geführten Notizhefte legen mit eilig hingeworfenen, aber auf genaue Beobachtung zurückgehenden Beschreibungen Zeugnis von den Vorfällen jenes 26. April 1478 ab. Auch wenn sie in einer anderen Handschrift als der davor verfasst wurden, haben sie die gleiche dokumentarische Kraft wie die von ihm selbst niedergeschriebenen.

Ich verglich die Angaben mit dem Bericht des Dichters Poliziano über die Ereignisse im Zusammenhang mit der Verschwörung und stellte fest, dass sie sich deckten, bei beiden fanden sich makabre Details darüber, wie sich eine ganze Reihe der abgeurteilten Verschwörer vor ihrer Hinrichtung mit den Zähnen selbst Wunden zugefügt oder wie sie einander gebissen hatten – sei es aus Verzweiflung oder, wie einige Fachleute auf dem Gebiet mittelalterlicher Geheimlogen erklärt haben, in einem letzten symbolischen Akt der Kommunion zwischen Angehörigen einer sich als zusammengehörig empfindenden Gruppe, der diesen Kannibalismus nicht nur verzeihlich erscheinen ließ; sie wollten sich mit ihm wohl auch einen Platz in der Erinnerung der Allgemeinheit verschaffen, die stets mit Erschauern an sie denken würde.

Während ich an meinem Arbeitstisch die Hefte durchging, überlegte ich mir, dass das Verbrechen im damaligen Florenz wohl eher grundlegender Bestandteil des Alltagslebens als ein Zeitvertreib oder eine private Liebhaberei war. Diese Stadtrepublik war nicht nur Heimstatt äußerst ausgeklügelter politischer Lehren und Theorien, dort hatte auch der Machthunger den Höhepunkt seiner Verfeinerung erreicht, was jeder leicht nachvollziehen kann, wenn er Machiavellis Hauptwerk *Der Fürst* liest. Die Grausamkeit erscheint hier nicht als auf Wut oder Geisteskrankheit zurückgehendes krankhaftes Verhalten von Einzelpersonen, sondern als eine Art auf Intelligenz und Moral gegründete generelle Krankheit, sozusagen das unverfälschte ›rationale Böse‹, das unauflöslich mit dem Machtstreben verknüpft ist. Da liegt der Keim für das Staatsverbrechen.

In diese Kategorie hochrangiger Mörder fällt der Haupt-Rädelsführer, der Herzog von Urbino, der die Verschwörung über einen langen Zeitraum hinweg immer wieder neu angefacht hat, bis es schließlich so weit war, dass er sie mit Hilfe von allerlei Ränken, Irreführung und Machtanmaßung in die Tat umsetzte. Niemand hat eine Erklärung dafür, auf welche Weise er es fertiggebracht hat, dafür zu sorgen, dass man so lange nicht dahintergekommen ist, welche Rolle er bei dieser Verschwörung gespielt hat. Er hat mit größter Sorgfalt darauf geachtet, weder Spuren noch schriftliche Hinweise auf sein Tun zu hinterlassen, und da ihn geheimnisvollerweise auch niemand einer Beteiligung an der Untat bezichtigte, genoss er bis zum letzten Augenblick das unumschränkte Vertrauen der Medici und blieb die Erinnerung an ihn 527 Jahre lang unbefleckt.

Ich weiß nicht, was ihm durch den Kopf gegangen ist, als er mit ansehen musste, wie Lorenzos Anhängerschaft dafür sorgte, dass der Plan misslang, doch dürfte sich das nicht wesentlich von dem unterschieden haben, was zu einem bestimmten Zeitpunkt dem sogenannten Bankier Gottes, Kardinal Paul Marcinkus, durch den Kopf gegangen ist. Wahrscheinlich hat er dafür gesorgt, dass niemand auf seinen Zügen lesen konnte, was er geplant hatte, und auch niemand etwas von seiner Hinterhältigkeit, seinen Täuschungsmanövern und der Ungeduld merkte, die er über Jahre hinweg hatte bezähmen müssen, bis die Zeit für das Verbrechen reif war, das sein Ziel verfehlte. Für einen Mann wie ihn, einen *condottiere* reinsten Wassers, muss es ausgesprochen hart gewesen sein, sich die Niederlage einzugestehen. Vielleicht hatte sich damals sein Blick so umdüstert, dass sein Gesicht, wie all seine Porträts erkennen lassen, den Eindruck erweckte, er sei leberkrank. Sicherlich hat er sich im Laufe jener Nacht mehrfach auf die Zunge beißen und sein Blut vermischt mit Speichel schlucken müssen, mit dem Aschegeschmack im Mund, von dem es heißt, er sei der bittere Geschmack des Verrats. Der Wunsch, Urbino zu einer der Großmächte auf der Apenninen-Halbinsel zu machen, genügt auf keinen Fall zur Erklärung dieses Ehrgeizes, der ihn dazu gebracht hatte, sein Leben aufs Spiel zu setzen, Männer, die er nicht einmal kannte, in den Tod zu treiben, und andere, die an ihn geglaubt hatten, an den Galgen zu bringen. Nein, zweifellos steckte mehr dahinter, ein gänzlich anderer Grund, der nach wie vor im Dunkeln liegt. Gehütet wird er in dem Gebäude, in dem sich das Institut für Religiöse Werke befindet und dessen bronzene Pforte ausschließlich einige auserwählte Angehörige der römischen Kurie durchschreiten dürfen. Es muss etwas so Unaussprechliches gewesen sein, dass nicht einmal der Lauf der Zeit ein milderes Urteil zulässt.

Schon als ich sein Porträt in den Uffizien zum ersten Mal gesehen hatte, waren mir sonderbare Empfindungen gekommen, wie auch später, als ich es beständig vor Augen hatte, solange die mit Heftzwecken befestigte Reproduktion an der Wand meines Zimmers neben dem Schreibtisch hing. Manchen Menschen ist es gegeben, in Gesichtern anderer gleichsam zu lesen und daraus deren künftiges Verhalten zu erraten. Diese Gabe würde es beispielsweise ermöglichen, einen geplanten Verrat im Voraus zu erkennen. Denkbar, dass Pierpaolo Masoni einer dieser Menschen war, und auch sein Schüler Leonardo. Vielleicht verfügten beide über einen besonderen Scharfblick, der es ihnen gestattete zu erkennen, wann eine Sache zum Untergang verurteilt war oder sich in die falsche Richtung entwickelte. Möglicherweise sieht jemand einen einstigen Freund und Verbündeten mit anderen Augen an, wenn es ihn nach dessen Macht gelüstet, so wie eines Tages Federico da Montefeltro bei einer Feierlichkeit im Verlauf des *calendimaggio* unter dem Baldachin einer Empore hervor einen Blick auf Lorenzo de' Medici geworfen haben muss, der so wirkte, als stünde er im Begriff, über dessen Leiche hinwegzuschreiten.

Nichts von dem, was auf der Welt geschieht, verschwindet je ganz und gar, denn immer gibt es jemanden, der nicht nur in dem Augenblick hinsieht, in dem es geschieht, sondern auch später, nach Jahrhunderten: ein Maler in Begleitung seines Schülers, ein Hochschullehrer tief im fernen amerikanischen Connecticut, eine Stipendiatin, ein scheu dreinblickender Lehrstuhlinhaber für Kunstgeschichte, ein Gemälderestaurator, der wie ein Handwerker aussieht und dessen Blick nichts entgeht, ein Polizeiinspektor, der Pavese liest, ein Mann mit einem Gipsbein, der durch ein starkes Fernglas aus dem Fenster sieht, wie James Stewart in *Das Fenster zum Hof.* Immer späht jemand von der anderen Seite der Wahrheit herüber, und daher ist jeder Versuch, etwas auf alle Zeiten im finsteren Schacht der Vergessenheit verschwinden zu lassen, von vornherein zum Scheitern verurteilt.

Ich merkte, dass ich schon seit über fünf Minuten den Blick unverrückt auf die letzte Seite des letzten Heftes von Masoni gerichtet hielt, das brüchige Papier betrachtete, mir Gedanken über die Qualität der Tinte machte, die verfärbten Stellen wahrnahm. Es fiel mir nicht leicht einzusehen, dass ich einen Schlusspunkt setzen musste, immerhin hatte ich mich volle sechs Monate mit dieser Arbeit beschäftigt. Ich verschränkte die Hände im Nacken und drehte den Kopf mehrere Male nach links und rechts. Ich war erschöpft, kein Wunder nach nahezu sechs Stunden, die ich mit den Heften vor dem Computer verbracht hatte. Ein Blick durch das offene Fenster hinaus zeigte mir das Leben auf der Straße, das mit seinen gedämpften Geräuschen zu mir hereindrang – ein Motorrad knatterte vorüber, Signora Cipriani trällerte einen Schlager, Tomassino aus dem dritten Stock beschwerte sich mit durchdringender Stimme über etwas. Es kam mir vor, als wäre ich zu lange im Leben anderer untergetaucht gewesen, in einer verwickelten Angelegenheit, die mehr als fünf Jahrhunderte weit in die Vergangenheit reichte, und jetzt war mir so wirr im Kopf, als wäre ich voll Unruhe aus Träumen erwacht, an die ich mich nicht erinnern konnte.

Es war kurz vor sechs. Mir blieb also noch genug Zeit, bei der Polizeiwache vorbeizugehen. In aller Ruhe packte ich in eine Stofftasche, die ich aus dem Schrank holte, was ich brauchte: eine Hose, den roten Pullover, mehrere Baumwollhemden, Unterwäsche, ein Paar Turnschuhe zum Wechseln, die ich in eine Plastiktüte steckte, sowie mein Waschzeug. Den Lippenstift in seiner silbern glänzenden Hülse, meine Geheimwaffe, vergaß ich auf der Ablage vor dem Badezimmerspiegel. Mit einem Mal kam mir der Gedanke, dass der Inhalt meiner Tasche eher zu einer Abenteurerin passte als zu einer Studentin, deren Stipendium demnächst ausläuft. *Was tue ich da überhaupt?*, fragte ich mich. Ich wusste weder, ob Giulio zuhause war und, falls ja, ob er allein oder in Gesellschaft war, noch ob er mich in dem einen oder anderen Fall überhaupt sehen wollte … Ich hielt kurz inne, um mir den Pony aus den Augen zu streichen. Ich packte weiter: einige Bücher, die CD von Tom Waits, Söckchen. Wer lieben will, muss mutig sein.

Von der Haltestelle Santa Maria Novella, an der ich schließlich den Bus bestieg, sagte ich diesen Satz bis Fiesole immer wieder wie eine Beschwörungsformel vor mich hin. Natürlich wusste ich nicht, ob Giulio mutige Menschen schätzte, und ich hatte auch nicht die geringste Vorstellung davon, was er zu meinem unerwarteten Auftauchen sagen würde. Schon auf halber Strecke überlegte ich, ob es nicht besser wäre umzukehren. Was zum Teufel tat ich in diesem Bus mit einer vollgestopften Reisetasche und 125 Euro im Geldbeutel? Das war alles, was mir vom Rucellai-Stipendium geblieben war. Wie stellte ich mir das vor, einfach so ins Haus eines Mannes zu treten, von dem ich kaum etwas wusste? Alles nur weil ich mir in den Kopf gesetzt hatte, ich könnte ihm etwas beibringen. War er nicht doppelt so alt wie ich und mir außerdem auf allen Gebieten haushoch überlegen? Dabei wusste ich nicht einmal, was ich ihm eigentlich beibringen wollte, auch wenn ich sicher war, dass es da etwas gab. Bei diesem Gedanken weitete sich meine Lunge, schlug mein Herz heftiger, und zugleich gerieten meine Gedanken ins Stocken. Ja, das war es. Ich würde diesem Mann, der über alles Bescheid wusste, etwas beibringen, was er zu wissen glaubte, wovon er aber nicht den blassesten Schimmer hatte. Ich fühlte mich imstande, etwas Unwiderrufliches zu tun, und wäre es nur dieses eine einzige Mal in meinem Leben. Etwas ganz und gar Aufrichtiges, Ehrenhaftes und Unwiderrufliches. Diese Überzeugung erfüllte mich mit Selbstvertrauen, während ich mich an die Haltestange im Bus klammerte, die sich wie ein glühender Nagel anfühlte. *Und wenn er dich nicht gut aufnimmt,* ging es mir durch den Kopf, während ich mich auf das Schlimmste gefasst machte, *machst du einfach auf dem*

Absatz kehrt, und Feierabend. Dann ist die Sache erledigt. Nur lass ihn bitte zuhause sein, hoffte ich, während ich den schmalen Weg von der Straße zu seinem Haus emporging, *denn wenn ich es jetzt nicht tue, bringe ich nie den Mut dazu auf, das aber könnte ich mein Leben lang bedauern*. Das war der Grund dafür, dass es mir nichts ausmachte, unter dem violetten Himmel, der sich allmählich zu verdunkeln begann, das Fegefeuer der Zweifel zu durchleben, und deshalb brachte ich es auch fertig, das Gartentor aufzustoßen und über den Kiesweg zwischen den Zypressen auf das Haus zuzugehen, die drei Stufen vor der Haustür zu ersteigen, auf die Klingel zu drücken und dort reglos mit meiner Reisetasche zu warten. Wer lieben will, muss mutig sein.

Es gibt Augenblicke, in denen es nicht mehr wichtig ist, was geschehen kann, weil nur noch der unmittelbare Anblick zählt, der Geruch der feuchten Erde aus dem Garten, die Musik, die von fern aus einem erleuchteten Zimmer herüberdringt, in dem eine Stehlampe leuchtet, das Schweigen des Mannes, der mich von der Schwelle seines Hauses ansieht, starr vor Verblüffung, während langsam ein Lächeln auf seine Züge tritt, in dem alles Platz hat, was geschehen kann und auch bald geschehen wird. Man spürt es an den Atemzügen, an jeder Geste der Annäherung, die in seinen Fingerspitzen zittert, während er einen Arm ausstreckt und mir seine Rechte vom Hals aus unter den Stoff des olivgrünen Hemdes schiebt, mit einer tiefen, zärtlichen und ein wenig heiseren Stimme meinen Namen sagt. Er nimmt meine Tasche und geleitet mich über die Schwelle ins Haus, als wiese jede Bewegung bereits auf eine Dauer hin und nicht auf ein plötzliches Drängen wie beim ersten Mal, sondern ein allmähliches und innehaltendes Verharren, bei dem sich die Minuten dehnen, man die Worte und die Liebkosungen genießt, bis aus ihnen helle Glut wird, mit der Geduld erstklassiger Juweliere, ohne jedes Gefühl für das Verstreichen der Zeit. Keinerlei Eile drängt danach, irgendwohin zu gelangen, als ahnten wir, dass es Welten gibt, die man nie wird vollständig erkunden können: die zur Hälfte von der Kleidung befreite Haut, die geheime Falten und Vertiefungen offenbart, die Liebkosung, die an der letzten Grenze der Schenkel innehält wie am Rand eines Abgrundes, vor dem sich das Begehren zusammenzieht und erweitert wie das schlagende Herz.

Ich sehe ihn, wie er sich über mir kniend aufrichtet, nehme sein Gesicht zwischen die Hände, um mir auf alle Zeiten diese Augen einzuprägen, deren Farbe ich nie gewusst habe und in denen ich mit einem Mal einen neuen Glanz entdecke, während er mir das Hemd aufknöpft, über mich geneigt, wobei ihm die Haare in die Stirn fallen, wie er mich mit keuchendem Atem und angespannten Kiefermuskeln blindlings sucht. Während ich seine Schläfen liebkose, sehe ich hinab auf die benetzten Haare zwischen den beiden Leibern, die in immer rascherem Rhythmus gegeneinanderdrängen, ich spüre bereits das erste Zittern des Orgasmus, dem ich mich noch nicht hingeben will, denn jetzt ist mir nicht in erster Linie der Wonneschauer wichtig. Erst muss ich diesen Mann kennenlernen, der über die Jahrhunderte hinweg zu mir gekommen ist, als wäre er der einzige Überlebende eines Gemetzels, zu dem es an einem Apriltag des Jahres 1478 vor den Augen einer belagerten Stadt gekommen war und das wie die Legenden aus der Antike bis zu diesem Märztag des Jahres 2005 in einer kleinen Villa von Fiesole mit grünen Jalousien und einer rankenden Glyzinie fortwirkt, die einen Teil der Fassade bedeckt, was dem Haus fast die Aura eines heiligen Tempels verleiht. Das im Halbdämmer liegende Zimmer ist in Wahrheit wie das Innere eines Wunders, denn wenn man es recht bedenkt, erscheint es kaum möglich, dass zwei so unterschiedliche und scheue Menschen einander über all die Jahrhunderte hinweg genau in diesem Augenblick begegnet sind, nicht davor und nicht später, und das in diesem Haus nahe der alten Villa Bruscoli der Medici, dass wir einander im jeweils anderen erkannt haben, ohne uns in den Tausenden von Verzweigungen, Umwegen und Sackgassen zu verlieren, von denen es im Leben so viele gibt.

Diese absolute Gewissheit, ein Vorrecht zu genießen, durchbricht die übliche Ordnung der Stunden, deren Zahl wir seit langem vergessen haben, deren Dauer sich in eine fortwährende Gegenwart verwandelt und die von den Lichtstreifen gedämpft wird, die durch die Ritzen der Schlagläden fallen. Mit dem Sinken des Tages nimmt auch deren Helligkeit ab, die sich schattenhaft abzeichnenden Äste im Garten werden immer dunkler, und wir verstehen nicht, wieso es schon so spät ist, denken aber nicht daran, sogleich aus dem Zustand endloser Wonne aufzutauchen. Von Schweiß bedeckt, erschöpft, nicht ohne Schmerzen, gestatten wir uns, ein wenig auszuruhen, gleiten ins Unbewusste hinüber, da die Begierde befriedigt ist. Doch erloschen ist sie nicht, denn mit einem Mal belebt sie sich erneut unter der beiläufigen Berührung einer Brustwarze oder durch das sanfte Streicheln einer Stelle am Rücken, als hätten wir einander schon immer gekannt, und als enthielte jede Geste das Wissen miteinander geteilter Erfahrung, die Art, dem anderen Platz im Bett zu lassen oder nach seiner Hand zu suchen. Sie belebt sich durch leise, wie trunken gesprochene Worte, durch die Liebkosung des Nackens mit den Lippen. Wir teilen vertraute Erinnerungen miteinander, wenn er sich aufrichtet, um in der Nachttischschublade nach einem Foto aus seiner Kinderzeit zu suchen, oder mir ein Glas Wasser bringt und dabei etwas ins Ohr flüstert, wobei er mir das Laken bis zu den Schultern hochzieht. Das Licht ist gelöscht, wir sind fast eingeschlafen, er wispert mir liebevolle Worte zu, deren Abstände immer größer werden, und wenn uns in den frühen Morgenstunden die köstliche Erschöpfung des Schlafes überwältigt, nachdem die Liebe zu ihrem Recht gekommen ist, lerne ich, mich ihm, der auf der Seite liegt, anzupassen, indem ich die Knie ein wenig anziehe, ihm ein Bein zwischen die Schenkel schiebe und eine Hand auf die Taille lege, woraufhin wir ruhig, träge und zufrieden bis weit in den Vormittag hinein tief schlafen.

Mich weckte Kaffeeduft, der durch das Treppenhaus emporstieg. Es war heller Tag. Ich wusste nicht, wo ich meine Kleidung gelassen hatte. Zwar fand ich meine sorgfältig zusammengelegte Jeans auf dem Sofa am Fenster, doch das Hemd war nirgendwo zu sehen. Also nahm ich aus dem Schrank, was mir als Erstes in die Hände fiel: Es war ein dicker Wollpullover, der mir bis zu den Knien reichte. Der kleine Däumling in Gullivers Pullover.

Als ich den Kopf durch die Küchentür steckte, sah ich, wie Giulio frisch rasiert und in einem weißen Hemd Hängeschränke öffnete und schloss, mit abgemessenen Bewegungen Toastscheiben in einen Korb legte, Saft in Gläser goss und Marmeladenschälchen bereitstellte. Er kam mir größer vor als am Vortag, und in seinen Augen glaubte ich eine neue Verletzlichkeit zu erkennen, als wäre jede seiner Bewegungen in Wirklichkeit dazu da, seine Gefühle zu beherrschen, ganz gleich, ob er den Löffel in die Zuckerdose steckte, das Besteck und die Servietten auf das Tablett legte, alles an seinen Platz stellte …

Das Tablett in den Händen hob er den Blick und ließ ihn suchend durch die Küche schweifen, um festzustellen, ob noch etwas fehlte. Dabei sah er mich. Ich stand schon seit einer ganzen Weile in Gullivers Pullover und ungekämmt, wie ich war, mit gekreuzten Armen im Türrahmen, um ihm zuzusehen. Der Pony fiel mir in die Stirn. Er sagte nichts, doch sein Blick vermittelte mir das einzigartige und begeisternde Gefühl, dass sich eine unsichere und ziemlich schwache Frau wie ich, die aussieht, als käme sie direkt aus einem zweitklassigen *road movie*, mit einem Mal wie von einem Erzengel in den Zustand der Gnade versetzt fühlt. Er zwinkerte mir zu, lächelte auf die ihm eigene scheue Weise und stieß dann, nach wie vor das Tablett in den Händen, mit dem Fuß die Tür zum hinteren Teil des Gartens auf.

Nie zuvor hatte ich einen so herrlichen Blick auf Florenz genossen wie aus jenem ein wenig verwilderten Garten, unter dessen Obstbäumen Korbstühle um einen wackligen Holztisch standen. Ich breitete die Tischdecke aus, die von einem so lebhaftem Blau war, als wäre sie in Meerwasser gewaschen worden.

Es war ein klarer Tag. Einzelne Windstöße, die sich erfrischend anfühlten, hoben die Ecken der Tischdecke. Giulio ging ins Haus, um sich einen Pullover zu holen.

Das im Winter so trübselig wirkende Tal des Arno leuchtete im Sonnenlicht, das die Stämme der Buchen und Birken vergoldete. Die Villen mit ihren Torbogen und ihren rötlichen Ziegeldächern wirkten mit einem Mal majestätisch und ließen mich an eine untergegangene Welt denken. In der Ferne erahnte man die Ruinen eines alten Klosters, Glockentürme, einen von Zypressen gesäumten Weg, den grauen Streifen der Landstraße, der sich in die Landschaft fügte. An manchen Stellen nahmen die Äcker durch die Blüten der dort wuchernden Pflanzen eine rötliche Färbung an, an anderen sahen sie graubraun-erdig aus, ähnlich dem Panzer einer Schildkröte. Dann wieder wurde es dort, wo zarte Wiesen schimmerten, grün. Der Fluss schien die gesamte Farbsubstanz des Tales auf die Stadt hin zu lenken, vermischte sie mit Orange- und Ockertönen, mit Siena, venezianischem Gelb und Veroneser Grün … Ich gab mich dem Entzücken hin, das dieser begeisternde Anblick in mir weckte. Es kam mir vor, als hätte jemand den Vorhang vor einer einzigartigen Szenerie gehoben und ein Zeremonienmeister zeigte mir die Welt zum ersten Mal: Wolken, Luft, Bäume, das kaum wahrnehmbare, aber dennoch feste Band, das all diese Bestandteile zusammenhielt. Ich hörte Giulio so aufmerksam zu, als befände ich mich in einer der Vorlesungen Professor Rossis über die Brechung des Lichts, und begriff, dass diese Art zu wissen auch Bestandteil einer tiefen und geheimnisvollen geistigen Erotik ist, die bei unserem Spiel von Anfang an das unerforschte Gelände gewesen war. Mit einem Mal hatte das Sehen für mich einen neuen Glanz gewonnen, einen völlig anderen Sinn. Die rosafarbene Tönung um die Ränder der Wolken herum zeigte das gleiche Licht wie auf Masonis ersten Gemälden, eine leuchtende Malerei, noch voller Möglichkeiten, wie zu Beginn der Schöpfung, als alles noch im Werden war und es weder Tücke noch Neid gab, weder Raukenblätter noch unter einem Samtwams verborgene Morddolche, und auch keine Söldner. Als die Welt noch ihre Unschuld besaß, ein Ort war, so rein wie die Märzbrise, die uns durch das Haar strich und die herabhängenden Zipfel des Tischtuchs bewegte.

Mit Sicherheit gab es vieles, was ich noch nicht wusste. Wie würde der Kampf um die Macht ausgehen, der in der katholischen Kirche gegenwärtig in unmittelbarer Nähe der Sixtinischen Kapelle tobte? Welche der verschiedenen Fraktionen im Vatikan würde sie an sich reißen? Und welcher von ihnen würde der neue Papst angehören, der Nachfolger Johannes Pauls II.? Würde die weltliche Justiz die Macht haben, ein Spionagenetz des Heiligen Stuhls vom Schlage der *Eruca Sativa* zu zerreißen, das es fertiggebracht hatte, über mehr als fünf Jahrhunderte intakt zu bleiben? Wir versuchen zu verstehen, und bisweilen bleibt uns wie in Kriminalromanen lediglich das Vergnügen, uns vorzustellen, welche Figur auf welche Weise man hätte ziehen müssen, damit der Urheber eines perfekten Verbrechens ungestraft davonkäme.

Auch mit Bezug auf mich selbst gab es nicht viel, dessen ich sicher sein durfte. Ich hatte keine Vorstellung davon, wie mein künftiges Leben aussehen würde. Überdies wusste ich weder, was aus dem kleinen Mädchen mit den roten Stiefelchen und dem Dreirad geworden war, noch was für Gedanken das waren, die einem Mann durch den Kopf gingen und bewirkten, dass er immer wieder stumm am jenseitigen Ende einer zerstörten Brücke stand, als befände er sich in einem anderen Land, zu dem ich nie Zugang haben würde. Vermutlich gibt es Fragen, für die keine Antwort vorgesehen ist, Abgründe der Erinnerung, für die nie ein Name existierte, etwa so wie jene Städte voller Blut, in denen alle Glockentürme brennen. Doch jetzt, in genau diesem Augenblick, war das Licht nichts als eine federleichte Hoffnung, nicht von dieser Welt und vielleicht auch ohne jeden Zusammenhang, für sich allein genommen aber imstande, jedem beliebigen Menschen, zumindest an diesem Vormittag und in diesem Garten mit Apfelbäumen, Pflaumenbäumen und einem Holztisch, den Eindruck zu vermitteln, dass es sich lohnte zu leben. Vielleicht kam es nur hierauf an, auf die Fähigkeit, das winzige, leuchtende Kleinod dieser augenblicklichen Schönheit zu bewahren.

Ich konnte die Wolle von Giulios Pulloverärmel auf meiner Schulter riechen. Es war, als stünden wir schweigend gemeinsam auf dem Deck eines Schiffes. In der Ferne leuchteten am Horizont die Hügel von Fiesole und Florenz mit Glanzlichtern wie von altem Kupfer. Sie kamen mir wie geläutert vor.

ANHANG

PERSONEN DER HANDLUNG

Lorenzo de' Medici (1449–1492) mit dem Beinamen ›der Prächtige‹, zweifellos der bedeutendste Machthaber, den es in Florenz je gab. Sein Einfluss reichte von den hohen Würdenträgern der Stadtrepublik bis hinab ins einfache Volk. Er war edel und idealistisch gesinnt, ein Dichter, unermüdlicher Lehrer, Anhänger der neuplatonischen Philosophie, Städtebauer und Träumer. Sein Mäzenatentum machte Florenz zur faszinierendsten Stadt ganz Europas. Er förderte Maler wie Leonardo da Vinci, Michelangelo und Botticelli. Doch er war nicht nur Kunstliebhaber, sondern außerdem ein charismatischer, stolzer und zugleich rücksichtsloser Politiker. Angeblich hat er Machiavelli bei der Abfassung seines Werks *Der Fürst* als Vorbild gedient.

Giuliano de' Medici (1453–1478): Lorenzos jüngerer Bruder. Ein einfühlsamer junger Mann, der nichts mit den politischen Verwicklungen zu tun hatte. Er stand in einer intensiven romantischen Beziehung zu Simonetta Vespucci, der jungen Frau, die Botticelli auf seinen Gemälden *Der Frühling* und *Geburt der Venus* unsterblich gemacht hat.

Clarice Orsini (1453–1487): Gattin Lorenzos.

Messer Jacopo de' Pazzi (gestorben 1478): Bankier und Patriarch der Familie Pazzi, zugleich Onkel von **Francesco, Gio-**

vanni und Guglielmo de' Pazzi. Letzterer war verheiratet mit Bianca de' Medici, Schwester von Lorenzo und Juliano.

Papst Sixtus IV. (1414–1484): Er war nicht nur der Stellvertreter Christi auf Erden, sondern zugleich der oberste Herrscher eines weltlichen Reiches, das sich von Rom bis zur Adria erstreckte. Während seines Pontifikats bemühte er sich mit allen Kräften darum, das Vermögen und die Pfründen der Kirche zugunsten seiner Familie auszuplündern. Möglicherweise war er in Wahrheit der Vater eines der Männer, die er als seine Neffen ausgab. Er kannte keinen größeren Ehrgeiz, als die Herrschaft des Kirchenstaates auf ganz Europa auszuweiten.

König Ferrante (Ferdinand I. von Aragonien und Neapel) (1458–1494): natürlicher Sohn von Alfons V. ›dem Großmütigen‹. Ein Renaissanceherrscher mit weit gespannten territorialen Interessen im Mittelmeerraum, wo er eine ausgesprochen erfolgreiche Bündnispolitik betrieb.

Federico da Montefeltro, Herzog von Urbino (1422–1482): Musterbeispiel für einen Diplomaten und Staatsmann jener Zeit, der alles daransetzte, Urbino in den Rang einer der italienischen Großmächte zu erheben. Er war ein bedeutender Mäzen und besaß eine der vollständigsten Bibliotheken seiner Epoche.

Francesco Salviati: von Papst Sixtus IV. zum Erzbischof von Pisa ernannt.

Graf Girolamo Riario: Herr von Imola und Forlì, Neffe des Papstes Sixtus IV.

Kardinal Raffaele Sansoni Riario: Neffe des Papstes, bereits mit siebzehn Jahren zum Kardinal von San Giorgio ernannt.

Bernardo Bandini Baroncelli: mit den Pazzi verbündeter Florentiner Bankier.

Poliziano: Dieser von den Medici geförderte Dichter und Humanist, Verfasser einer kleinen Schrift über die Verschwörung, hieß eigentlich Angelo Ambrogini und nannte sich wegen seiner Herkunft aus Montepulciano »Poliziano«.

Antonio Maffei da Volterra und **Ser Stefano da Bagnone**: zwei Priester, von denen der erste in der Verwaltung des Heiligen Stuhls beschäftigt war und der andere im Dienst der Familie Pazzi stand.

Giovanni Battista, Graf Montesecco: Söldner im Dienst dessen, der ihn am besten bezahlte, Hauptmann der Päpstlichen Garde. Sein schriftliches Geständnis war eine der Hauptquellen für die Erforschung der Verschwörung.

Xenophon Kalamantino: einstiger Dominikanermönch, Vertrauensmann Lorenzos und zugleich Oberhaupt der Kundschafter im Dienste des Hauses Medici.

ORT DER HANDLUNG

Florenz war in jener Epoche eine blühende Republik, deren Ursprünge auf das 13. Jahrhundert zurückgingen. Diese Stadt mit ihren rund vierzigtausend Einwohnern war eine der lebendigsten in ganz Europa und die Wiege der Renaissance. In ihrer Mitte vom Arno durchflossen, wurde sie von einer gewaltigen Mauer mit zwölf bewachten Toren umgeben. Dort gab es dreiundzwanzig Stadtpaläste, über dreißig Banken, Hunderte von Werkstätten und Dutzende von Pfarrkirchen, Abteien und Klöstern, alle vom eindrucksvollen Glockenturm des Regierungspalasts überragt.

WICHTIGE GEBÄUDE UND ANDERE ÖRTLICHKEITEN DER STADT

Dom Santa Maria del Fiore: der Ort, an dem das Attentat stattfand.

Palazzo Vecchio: an der Piazza della Signoria gelegen, Regierungssitz der Stadtrepublik Florenz.

Bargello: Festung und einstiges Gefängnis von Florenz. An den Fensterkreuzen dieses Gebäudes wurden viele der an der Aprilverschwörung Beteiligten gehenkt.

San Marco: Dominikanerkloster, das im 15. Jahrhundert noch innerhalb der Stadtgrenzen lag. Die Medici hatten mehrere seiner Zellen für ihre Zwecke gemietet. In der Kirche dieses

Klosters hielt Girolamo Savonarola seine flammenden Predigten, in denen er vom baldigen Ende der Welt sprach.

Palazzo Medici (in der Via Larga): Wohnsitz der Familie Medici.

Villa Bruscoli: Wohnsitz der Familie Medici in Fiesole.

Palazzo Pazzi (in der Via dei Balestrieri): Wohnsitz des Jacopo de' Pazzi und seiner Familie.

Via Ghibellina: an dieser Straße lagen die wichtigsten Künstlerwerkstätten, unter ihnen die des Bildhauers Andrea Verrocchio.

Piazza del Mercato: dieser Marktplatz bildete den Mittelpunkt des Alltagslebens der Florentiner Bürger. Für jemanden, der die jüngsten Neuigkeiten und Gerüchte erfahren wollte, gab es in der ganzen Stadt keinen besseren Ort. In den umliegenden Straßen standen das Gasthaus **La Corona** und die Herberge **La Campana**.

DANK UND ANERKENNUNG

Angeregt zu diesem Roman hat mich ein Presseartikel. Am 20. Februar 2004 berichtete die spanische Tageszeitung *El País* auf der letzten Seite exklusiv über eine Mordgeschichte, deren Hintergründe fünfhundert Jahre lang im Dunkeln gelegen hatten. Marcello Simonetta, Professor an der Universität des Staates Connecticut, hatte mit Hilfe der Entschlüsselung einer Handschrift aus dem 15. Jahrhundert den Hauptverantwortlichen der Verschwörung gegen die Medici entlarvt. Ich fand, dass die Sache es wert war, in einem Roman verarbeitet zu werden, ließ den Gedanken aber angesichts der seit längerem in die Buchhandlungen schwappenden Welle historischer Romane fallen, von denen so manchem der Sensationskitzel wichtiger zu sein scheint als historische Genauigkeit. Im Winter des Jahres 2005 beauftragte mich der für *El País* tätige Journalist Andrés Fernández Rubio für die Reisebeilage jener Zeitung mit einer Reportage über Florenz. Weil ich auf Einzelheiten im Zusammenhang mit der bewussten Verschwörung neugierig war, nutzte ich die Gelegenheit, um mich im dortigen Staatsarchiv und dem als ›Uffizien‹ bekannten Museum umzusehen. Trotzdem blieb ich bei meinem Entschluss, den Roman nicht zu schreiben. Im Sommer darauf bat mich derselbe Journalist, ein unermüdlicher und immer wieder rückfälliger Reisender, für die in der Sonntagsausgabe von *El País* erscheinende Serie ›Schurken in der Geschichte‹ einen Bericht über jene Vorfälle zu schreiben. Während ich, von dem Thema bereits vollständig begeistert, daran arbeitete, wurde mir mit letzter Gewissheit klar, dass mir nichts anderes übrigbleiben würde, als mir den Roman von der Seele zu schreiben. Mithin gilt mein erster Dank Andrés.

Außer den Standardwerken über die Renaissance waren mir einige in jüngerer Zeit erschienene Bücher für die Phase der Recherche vor der Niederschrift von großem Nutzen. Als Erstes muss ich das wunderbare Buch von Lauro Martines mit dem Titel *Die Verschwörung* nennen. Ebenfalls großen Einfluss hatten die Arbeiten des Journalisten Eric Frattini: *La Conjura* und *La Santa Alianza, cinco siglos de espionaje Vaticano*, beide im Verlag Espasa erschienen. Für die Darstellung des Alltagslebens der Renaissancemaler habe ich Material aus Charles Nicolls außergewöhnlicher Leonardo-Biographie mit dem Titel *Leonardo, el vuelo de la mente* herangezogen. Bei meiner Recherche in den Schätzen des Staatsarchivs von Florenz war mir die geduldige Hilfsbereitschaft von dessen Leiterin und Koordinatorin Concetta Giamblanco wie auch die Unterstützung durch Luisa Paolucci bei der Überwindung sprachlicher Hindernisse von großem Nutzen. Doch da ohne meinen Verleger Carles Revés alles vergeblich gewesen wäre, danke ich ihm dafür, dass er sich von der Geschichte hat anstecken lassen, die ich ihm eines Morgens in seinem Büro erzählt habe, und mir gleich darauf einen Flugschein nach Florenz in die Hand gedrückt hat.

Die gesamte Literaturgeschichte durchziehen Huldigungen, Parodien, Racheakte und geheime Komplizenschaften, die dafür sorgen, wie Borges gesagt hat, dass man auf Bücher, die man gelesen hat, stolzer und ihnen gegenüber dankbarer ist als bei solchen, die man selbst geschrieben hat. In diesem Sinne muss ich sagen, dass dem Schreiben von *Quattrocento* die Lektüre einiger Romane vorangegangen ist, die mich auf ganz besondere Weise gefesselt haben. Daher sehe ich es als meine

Pflicht an, *Der Name der Rose* von Umberto Eco anzuführen, dem es gelungen ist, in einem einzigen Buch die beiden Dinge zusammenzuführen, denen all meine Leidenschaft gilt: den Kriminalroman und die historische Forschung. Hierher gehört auch von Javier Marías *Dein Gesicht morgen*. Seine Gedanken über die Gabe mancher Menschen, im Gegenüber etwas zu sehen, was noch nicht geschehen ist, haben mich tief beeindruckt. Was ich in seinem Buch gelesen habe, hat mich durch die Straßen von Florenz begleitet, während ich verzweifelt auf der Suche nach dem Gesicht eines Mörders war.

Außerdem möchte ich meinen Eltern, die das zweifelhafte Vorrecht haben, meine ersten Entwürfe zu lesen, danken, weil sie mir als kleinem Mädchen die besessene Beharrlichkeit des Archäologen Schliemann vermittelt haben, die durchaus etwas mit dieser ganzen Geschichte zu tun hat. Ihnen und meinem Bruder Xavier sowie María danke ich für die Florentiner Abende in der Taverne von Angelo, meiner Tochter Carlota dafür, dass sie mit geduldigem Spott eine Mutter erträgt, die einen Spagat zwischen dem häuslichen Wohnzimmer und den übelsten Florentiner Spelunken des 15. Jahrhunderts macht; Emilio Garrido danke ich für den Segelunterricht, der mir eine große Hilfe dabei war, durch diesen Roman zu lavieren und ihn in einen sicheren Hafen zu navigieren; Fernando Marías für das Abendessen im Restaurant *El Àngel Azul*; der bezaubernden Gruppe meiner Schüler an der Sekundarschule von Sorolla, wahrhafte Spezialisten, wenn es um die verwickelte Struktur von Kriminalromanen geht. Außerdem dem Schriftsteller Manuel Vicent, der mich in das Geheimnis des Caprese-Salats und in die Stille des 15. Jahrhunderts eingeführt hat.

Schließlich möchte ich noch sagen, dass ich den geschichtlichen Hintergrund – die Stadt Florenz im Jahre 1478 – so getreu wie möglich abzubilden versucht habe. Das gilt auch für die belegten Ereignisse und die Züge sowie die Kleidung der dargestellten Persönlichkeiten. Dennoch sei darauf hingewiesen, dass es sich hier nicht um ein historisches Werk handelt, sondern um einen Roman, weshalb Empfindungen, Absichten und Kümmernisse der dargestellten Persönlichkeiten auf Rechnung und Gefahr der Verfasserin gehen. Der Unterschied zwischen einem Historiker und einem Romanautor besteht darin, dass der Erstgenannte neutral bleiben muss, während Letzterer Partei ergreifen darf. Lorenzo de' Medici war gewiss kein Heiliger, sondern ein Mann seiner Zeit, und diese Zeit war voll blutiger Gewalttaten und Racheakte. Die Abrechnung mit den an den beschriebenen Vorfällen Beteiligten war eine der unerbittlichsten und brutalsten, über die man je berichtet hat, doch das ist ein anderes Thema, über das die dafür Zuständigen urteilen mögen. Mir genügen seine Leidenschaft des Denkens, seine Liebe zur Schönheit, seine Intelligenz und seine Genialität. Das war, denke ich, die Mühe wert, die Toten dem Vergessen zu entreißen.